FORTALEZA DIGITAL

DAN BROWN

FORTALEZA DIGITAL

Tradução de
MÁRIO DIAS CORREIA

3.ª Edição

BERTRAND EDITORA
Chiado 2006

Título Original: DIGITAL FORTRESS
© 1998 by Dan Brown

Todos os direitos para a publicação desta obra em língua portuguesa,
excepto Brasil, reservados por:
Bertrand Editora
Rua Anchieta, 29-1.º, 1249-060 Lisboa
Telef.: 210 305 500
Fax: 210 305 563
Correio electrónico: editora@bertrand.pt
Revisão: Maria Cruz

Capa de Arcangel Images Ldt

Impressão e acabamento: Impresse4, Sociedade de Edições e Impressão, Lda.
Acabou de imprimir-se em Junho de 2006
Depósito Legal: 243672/06

ISBN: 972-25-1469-5

*Para os meus pais...
meus mentores e meus heróis*

Uma dívida de gratidão: para com os meus editores na St. Martin's Press, Thomas Dunne e a excepcionalmente talentosa Melissa Jacobs. Para com os meus agentes em Nova Iorque, George Wieser, Olga Wieser e Jake Elwell. Para com todos aqueles que, ao longo do percurso, leram o manuscrito e contribuíram para o melhorar. E especialmente para com a minha mulher, Blythe, pelo seu entusiasmo e paciência.

E também... um discreto agradecimento aos dois incógnitos criptógrafos da ex-NSA, cuja contribuição através de *remailers* anónimos foi inestimável. Sem eles, este livro não poderia ter sido escrito.

PRÓLOGO

PLAZA DE ESPAÑA
SEVILHA, ESPANHA
11:00 DA MANHÃ

Diz-se que na morte tudo se torna claro; Ensei Tankado sabia agora que era verdade. Enquanto levava as mãos enclavinhadas ao peito e caía no chão, vergado pela dor, compreendeu o horror do seu erro.

Surgiram pessoas que se debruçaram sobre ele e o tentaram ajudar. Mas Tankado não queria ser ajudado. Era demasiado tarde para isso.

A tremer, estendeu a mão esquerda e esticou os dedos. *Olhem para a minha mão!* Os rostos que o rodeavam olharam, mas ele soube que não compreendiam.

Num dos dedos, tinha um anel de ouro. Por um fugaz instante, as marcas gravadas refulgiram no sol andaluz. Ensei Tankado soube que aquela era a última luz que os seus olhos veriam.

CAPÍTULO UM

Estavam nas Smoky Mountains, na pousada preferida de ambos. David sorria-lhe.
— Que dizes, boneca? Casas comigo?
Deitada de costas na cama de dossel, ela levantou os olhos e soube que ele era «o tal». Para sempre. E enquanto estava assim, de olhar preso àqueles olhos verde-escuros, algures ao longe uma campainha ensurdecedora começou a tocar. A campainha atraiu-o e afastou-o. Estendeu os braços para o agarrar, mas as suas mãos encontraram apenas ar.
Foi o som do telefone que despertou completamente Susan Fletcher do seu sonho. Arquejou, sentou-se na cama e procurou o auscultador às apalpadelas.
— Estou?
— Susan? Sou eu, David. Acordei-te?
Ela sorriu, rolando na cama.
— Estava a sonhar contigo. Anda brincar.
Ele riu.
— Ainda está escuro lá fora.
— Hmm — arrulhou ela, sensualmente. — Mais uma razão para vires brincar. Podemos dormir antes de seguirmos para norte.
David deixou escapar um suspiro frustrado.
— É por isso que estou a ligar. Por causa da nossa viagem. Temos de a adiar.
De repente, Susan ficou completamente desperta.
— O quê!?
— Lamento. Tenho de sair da cidade. Volto amanhã. Podemos arrancar de madrugada. Ainda temos dois dias.

— Mas eu fiz as reservas — protestou Susan, magoada. — Consegui o nosso antigo quarto, no Stone Manor.

— Eu sei, mas...

— Era suposto esta noite ser *especial*... comemoramos seis meses. Não te esqueceste de que estamos noivos, pois não?

— Susan. — Ele suspirou. — Ouve, agora não posso mesmo falar disto, eles têm um carro à espera. Telefono-te do avião e explico-te tudo.

— Do *avião*? — espantou-se ela. — O que é que se passa? Por que é que a universidade...?

— Não é a universidade. Telefono-te mais tarde. Tenho mesmo de ir, estão a chamar por mim. Prometo que te telefono.

— David! — gritou ela. — Que...

Porém, já era demasiado tarde. David tinha desligado.

Susan Fletcher ficou horas acordada, à espera que ele ligasse. Mas o telefone não tocou.

Mais tarde, nesse mesmo dia, Susan estava tristemente sentada dentro da banheira. Submergiu o corpo na água espumosa e tentou esquecer Stone Manor e as Smoky Mountains. *Onde estará ele?*, perguntava-se. *Por que foi que não telefonou?*

Gradualmente, a água à volta dela passou de quente a morna e de morna a fria. Preparava-se para sair da banheira quando o telefone sem fios começou a zumbir. Susan endireitou-se bruscamente, derramando a água para o chão, e pegou no aparelho que deixara em cima da sanita.

— David?

— Strathmore — respondeu uma voz de homem.

Susan sentiu-se desiludida.

— Ah. — Foi incapaz de disfarçar a decepção. — Boa tarde, comandante.

— Estava à espera de um homem mais novo? — perguntou a voz em tom risonho.

— Não, senhor. — Susan sentiu-se embaraçada. — Não é nada...

— Claro que é. — Uma gargalhada. — David Becker é um bom homem. Não o deixe escapar.

— Obrigada, senhor.
A voz de Strathmore tornou-se subitamente séria:
— Susan, estou a telefonar porque preciso de si aqui. Já.
Ela tentou concentrar-se.
— É sábado, senhor. Geralmente, não...
— Eu sei — interrompeu-a ele, num tom calmo. — É uma emergência.
Susan endireitou-se. *Emergência?* Nunca ouvira aquela palavra da boca do comandante Strathmore. *Uma emergência? Na Cripto?* Nem o conseguia imaginar.
— S...sim, senhor. — Fez uma pausa. — Vou para aí o mais depressa que puder.
— Tem de ser mais depressa do que isso — disse Strathmore, e desligou.

Susan Fletcher estava de pé, embrulhada numa toalha, a pingar água para cima da roupa meticulosamente dobrada que preparara na noite anterior: calções de passeio, um camisolão para o frio que se fazia sentir à tarde na montanha e a nova *lingerie* que comprara para as noites. Sentindo-se deprimida, tirou do guarda-fatos uma blusa e uma saia. *Uma emergência? Na Cripto?*
Enquanto descia as escadas, perguntava a si mesma como poderia aquele dia tornar-se ainda pior.
Não tardaria a descobrir.

CAPÍTULO DOIS

Dez mil metros acima de um oceano liso como um lago, David Becker olhava com um ar infeliz pela pequena janela oval do *Learjet 60*. Tinham-lhe dito que o telefone de bordo não funcionava, de modo que não pudera ligar a Susan.

Que estou eu a fazer aqui?, resmungou para si mesmo. Mas a resposta era simples: havia homens a quem pura e simplesmente não se podia dizer que não.

— Sr. Becker — crepitou o altifalante. — Chegamos dentro de meia hora.

Becker respondeu com um aceno de cabeça ao seu invisível interlocutor. *Estupendo*. Baixou a gelosia e tentou dormir. Mas só conseguia pensar nela.

CAPÍTULO TRÊS

O *Volvo* de Susan deteve-se junto à vedação de rede de aço com três metros de altura, encimada por várias fiadas de arame farpado electrificado. Um jovem guarda pousou a mão no tejadilho.
— Identificação, por favor.
Susan obedeceu e preparou-se para o habitual meio minuto de espera. O guarda passou o cartão pelo *scanner* computorizado. Por fim, ergueu os olhos.
— Obrigado, Miss Fletcher.
Fez um sinal quase imperceptível e o portão abriu-se.
Oitocentos metros mais à frente, Susan repetiu todo o processo numa nova, e não menos imponente, barreira electrificada. *Vá lá... Só passei por aqui um milhão de vezes.*
Quando se aproximou do terceiro posto de controlo, uma corpulenta sentinela, escoltada por dois cães de guarda e armada com uma pistola-metralhadora, lançou um olhar à matrícula do carro e fez-lhe sinal para passar. Susan seguiu a Canine Road por mais 250 metros e virou para o parque reservado a funcionários C. *Incrível*, pensou. *Vinte e seis mil funcionários e um orçamento de doze mil milhões de dólares; seria de esperar que conseguissem passar o fim-de-semana sem mim.* Estacionou o carro no espaço que lhe estava reservado e desligou o motor.
Depois de ter atravessado a esplanada paisagística e de ter entrado no edifício principal, passou por mais dois postos de controlo internos antes de chegar, por fim, ao longo túnel sem janelas que dava acesso à nova ala. Um identificador de voz, dentro de uma cabina, bloqueava a entrada.

NATIONAL SECURITY AGENCY (NSA)
EDIFÍCIO CRIPTO
SÓ PESSOAL AUTORIZADO

O guarda armado ergueu os olhos para ela.
— Boas, Miss Fletcher.
Susan dirigiu-lhe um sorriso cansado.
— Olá, John.
— Não esperava vê-la por cá hoje.
— Pois, eu também não. — Inclinou-se para o microfone parabólico. — Susan Fletcher — disse, destacando bem as sílabas. O computador confirmou instantaneamente as concentrações de frequências na voz dela e a porta abriu-se com um estalido.

O guarda ficou a ver Susan afastar-se pelo corredor de cimento. Reparara que os olhos dela, de um belo matiz de avelã, pareciam naquele dia um pouco distantes, mas as faces tinham uma frescura rosada e os cabelos castanhos, que usava pelos ombros, tinham sido recentemente lavados e escovados. Ao passar, deixara atrás de si um ténue cheiro a *Johnson's Baby Powder*. O olhar do guarda seguiu a linha esbelta do tronco — as alças do *soutien* quase invisíveis por baixo da blusa branca —, chegou à saia de caqui, pelos joelhos, e deteve-se finalmente nas pernas... as pernas de Susan Fletcher.
Custa a imaginar que transportam um QI de 170, pensou o homem.
Ficou a olhar para ela durante muito tempo. Quando Susan desapareceu ao longe, sacudiu a cabeça.

Ao fundo do túnel, uma porta circular, semelhante à de um cofre, barrava a passagem. CRIPTO, anunciavam as grandes letras pintadas no metal.
Com um suspiro, Susan enfiou a mão na caixa do cifrador, colocada num recesso da parede, e introduziu o seu PIN de cinco dígitos. Segundos depois, as doze toneladas de aço da porta começaram a rolar. Tentou concentrar-se, mas os seus pensamentos voltavam teimosamente a David.
David Becker. O único homem que amara em toda a sua vida. O mais jovem catedrático da Universidade de Georgetown e brilhante especialista em línguas estrangeiras era praticamente uma celebridade

no mundo académico. Dotado de uma memória prodigiosa e de uma enorme paixão pelas línguas, dominava seis dialectos asiáticos, além de espanhol, francês, italiano e alemão. As suas conferências sobre Etimologia e Linguística enchiam invariavelmente o vasto anfiteatro da universidade e, regra geral, permanecia no anfiteatro até muito depois do fim da prelecção, a responder a uma infinidade de perguntas. Falava com autoridade e entusiasmo, aparentemente abstraído dos olhares adoradores das alunas deslumbradas.

Becker era moreno — um homem de trinta e cinco anos, austero, de olhos verdes e penetrantes, com um sentido de humor a condizer. O queixo forte e as feições tensas faziam lembrar a Susan um mármore esculpido. Com mais de um metro e oitenta, movia-se no *court* de *squash* a uma velocidade que a todos os colegas parecia quase incompreensível. Depois de bater o adversário sem apelo nem agravo, refrescava-se, molhando a cabeça num dos bebedouros metálicos do corredor, encharcando os cabelos espessos e negros. Então, ainda a pingar, compensava o derrotado oferecendo-lhe um batido de fruta e um *donuts*.

Tal como sucedia com todos os jovens professores, o salário de David na universidade era modesto. Ocasionalmente, quando precisava de renovar a inscrição no clube de *squash* ou colocar cordas novas na velha raqueta *Dunlop*, ganhava algum dinheiro extra fazendo trabalhos de tradução para várias agências governamentais em Washington ou nas redondezas. Fora durante um desses trabalhos que conhecera Susan.

Decorria a interrupção curricular do Outono e a manhã estava agreste. Ao regressar, depois do *jog* matinal, ao apartamento de três divisões que ocupava no recinto da universidade, Becker encontrou a luz do atendedor automático a piscar. Despejou um copo de sumo de laranja enquanto ouvia a gravação. A mensagem era semelhante a muitas que recebia — uma agência governamental solicitava os seus serviços de tradutor para o final dessa manhã. A única coisa estranha era o facto de nunca ter ouvido falar daquela organização.

— Chamam-se National Security Agency — explicou a alguns colegas a quem telefonou, em busca de informação.

A resposta foi sempre a mesma:

— Queres dizer National Security *Council*?

Da primeira vez, Becker confirmou a gravação.
— Não. Disseram *Agency*. A NSA.
— Nunca ouvi falar.
Becker consultou a lista telefónica. Nenhuma indicação. Intrigado, telefonou a um dos seus velhos parceiros de *squash*, um ex-analista político que passara a trabalhar como investigador na Biblioteca do Congresso. O que ouviu deixou-o perplexo.

Aparentemente, a NSA não só existia como era considerada uma das organizações governamentais mais influentes do mundo. Havia mais de meio século que se dedicava à prática da espionagem electrónica a nível global e a proteger a informação confidencial dos Estados Unidos. Apenas três por cento dos americanos tinham conhecimento da sua existência.

— NSA — brincou o amigo — quer dizer «No Such Agency»*.

Com um misto de apreensão e curiosidade, Becker aceitou a oferta da misteriosa agência. Percorreu de carro os sessenta quilómetros até ao quartel-general da organização, discretamente instalado num espaço com trinta e cinco hectares entre as colinas cobertas de arvoredo de Fort Meade, Maryland. Depois de ter passado por incontáveis postos de controlo e de lhe ter sido entregue um passe holográfico de visitante, válido por seis horas, levaram-no para uma luxuosa instalação de pesquisa onde lhe disseram que passaria a tarde a dar «apoio cego» ao Departamento de Criptografia — um grupo de elite de «cérebros» matemáticos conhecidos como decifradores.

Durante a primeira hora, os criptógrafos pareceram nem sequer se aperceber da sua presença. Pairavam à volta de uma enorme mesa, usando uma linguagem que Becker nunca ouvira. Falavam de cifras de fluxo, geradores de números aleatórios, variantes *knapsack***, protocolos de *zero knowledge****, unicidade de pontos. Becker observava, perdido. Rabiscavam símbolos em papel milimétrico, debruçavam-se em absorta contemplação sobre *prints* de computador e apontavam constantemente para a confusão de texto que aparecia num enorme monitor.

---

* Não Existe Semelhante Agência. (N.T.)
** Nome de algoritmo proposto por Merkle e Hellman em 1978. (N.E.)
*** Protocolos criptográficos que não revelam a informação contida durante o protocolo. (N.E.)

```
JHDJA3JKHDHMADO/ERTWTJLW+JGJ328
5JHALSFNHKHHHFAFOHHDFGAF/FJ37WE
OHI93450S9DJFD2H/HHRTYFHLF89303
95JSPJF2J0890IHJ98YHFI08OEWRT03
JOJR845HOROQ+JTDEU4TQEFQE//OUJW
D8UYOIH0934JTPWFIAJER09QU4JR9GU
IVJP$DUW4H95PE8RTUGVJW3P4E/IKKC
MFFUERHFGV0Q394IKJRMG+UNHVS9OER
IRK/D956Y7UDPOIKIOJP9F876DQWERQI
```

Por fim, um deles explicou o que Becker já tinha deduzido. O texto empastelado era um código. Um «texto cifrado»: grupos de números e letras que representavam palavras cifradas. O trabalho dos criptógrafos consistia em estudar o código e extrair dele a mensagem original ou «texto simples». A NSA tinha chamado Becker por suspeitar que a mensagem original estava escrita em mandarim; o seu trabalho consistiria em traduzir os símbolos à medida que os criptógrafos os fossem descodificando.

Durante duas horas, Becker interpretou um fluxo interminável de caracteres chineses. Contudo, sempre que o fazia, os criptógrafos abanavam a cabeça, desesperados. Aparentemente, o código não fazia qualquer espécie de sentido. Desejoso de ajudar, Becker comentou que todos aqueles caracteres que lhe mostravam tinham uma característica comum: eram também usados em *kanji*. Nesse mesmo instante, o bulício que reinava na sala cessou e fez-se silêncio. O chefe da equipa, um sujeito alto e desengonçado que fumava cigarros uns atrás dos outros e se chamava Morante, voltou-se para ele, incrédulo.

— Está a dizer que estes símbolos têm mais do que um significado?

Becker assentiu e explicou que *kanji* era um sistema de escrita japonês baseado em caracteres chineses modificados. Tinha estado a traduzi-lo para mandarim porque fora isso que lhe tinham pedido.

— Céus. — Morante tossiu. — Vamos tentar o *kanji*.

E, como por magia, tudo encaixou nos seus devidos lugares.

Os criptógrafos ficaram devidamente impressionados, mas, mesmo assim, obrigaram Becker a trabalhar os caracteres por uma ordem não sequencial.

— É para sua própria protecção — explicou Morante. — Deste modo, não saberá o que está a traduzir.

Becker riu-se, mas reparou então que mais ninguém na sala se ria.

Quando terminou o seu trabalho, não fazia a mínima ideia de que segredos obscuros ajudara a desvendar, mas uma coisa era certa: a NSA levava a decifração de códigos muito a sério; o cheque que tinha no bolso correspondia a mais de um mês de salário na universidade.

Quando se preparava para sair, depois de ter passado por uma série de postos de controlo no corredor principal, foi interceptado junto à porta por um guarda que segurava um telefone.

— Dr. Becker, aguarde aqui, por favor.

— Qual é o problema? — Becker não esperara que o trabalho demorasse tanto tempo e já estava atrasado para a sua habitual partida de *squash* de sábados à tarde.

O guarda encolheu os ombros.

— A chefe da Cripto quer falar consigo. Já vem a caminho.

— *A chefe?* — Becker riu-se. Não vira uma única mulher no interior das instalações da NSA.

— Tem algum problema com isso? — perguntou uma voz feminina atrás dele.

Becker voltou-se e, no mesmo instante, sentiu-se corar. Viu o cartão plastificado preso à blusa dela. A pessoa responsável pelo Departamento de Criptografia da NSA era não só uma mulher como, ainda por cima, uma mulher muito bonita.

— Não — atrapalhou-se. — É que...

— Susan Fletcher. — Sorriu, estendendo uma mão de dedos finos e compridos.

Becker apertou-lha.

— David Becker.

— Quero felicitá-lo, Dr. Becker. Dizem-me que fez um excelente trabalho. Podemos conversar um bocadinho sobre o assunto?

Becker hesitou.

— A verdade é que, neste momento, estou com um pouco de pressa.

Esperou que rejeitar um convite da mais poderosa agência de recolha de informações do mundo não fosse um acto de loucura, mas a sua partida de *squash* começava dentro de quarenta e cinco minutos e ele tinha uma reputação a defender: David Becker nunca chegava atrasado às partidas de *squash*... Às aulas, talvez, mas ao *squash*, nunca.

— Serei breve — prometeu Susan Fletcher, com um sorriso. — Por aqui, por favor.

Passados dez minutos, Becker estava no restaurante da NSA a saborear um bolo e um sumo de arando na companhia de Susan Fletcher, a encantadora chefe do Departamento de Criptografia da NSA. Depressa se apercebeu de que o alto cargo que aquela mulher de trinta e oito anos ocupava na organização não se devia ao acaso nem à sorte: Susan era uma das pessoas mais inteligentes que alguma vez conhecera. Enquanto discutiam cifras e decifrações, deu por si a ter de se esforçar por acompanhá-la... o que era, para ele, uma experiência nova e excitante.

Uma hora mais tarde, depois de Becker ter obviamente perdido a sua partida de *squash* e de Susan ter ignorado da forma mais descarada três chamadas pelo intercomunicador, viram-se ambos obrigados a rir. Eram duas mentes altamente analíticas, presumivelmente imunes a impulsos românticos irracionais, mas, fosse lá pelo que fosse, enquanto estavam ali sentados a discutir morfologia linguística e geradores de números pseudo-aleatórios, sentiram-se como dois adolescentes — tudo o que os rodeava assemelhava-se a fogos-de-artifício.

Susan nem sequer chegou a abordar a verdadeira razão por que tinha querido falar com David Becker: oferecer-lhe um lugar no Departamento de Criptografia Asiática. Ficara claro, pela paixão com que o jovem professor falava do ensino, que nunca abandonaria a universidade. E Susan decidira não estragar o ambiente falando de trabalho. Sentia-se novamente uma colegial; não ia deixar que coisa alguma estragasse aquela sensação. E nada a estragou.

O namoro foi demorado e romântico: escapadelas juntos sempre que os horários de ambos o permitiam, longos passeios pelo *campus* de Georgetown, *capuccinos* a altas horas da noite no Merlutti's, conferências e concertos de vez em quando. Susan deu por si a rir mais do que alguma vez julgara possível. Parecia não haver nada com que David não fosse capaz de fazer piadas. Era uma agradável contrapartida à intensidade do seu trabalho na NSA.

Certa tarde fria de Outono, estavam os dois sentados nas bancadas a ver a equipa de futebol de Georgetown a ser absolutamente esmagada pela de Rutgers.

— Que desporto disseste tu que praticavas? — perguntou Susan, a gozar com ele. — *Zucchini*?

David gemeu.

— Chama-se *squash**.

Ela fez um ar de quem não estava a perceber a diferença.

— É *como* o *zucchini* — explicou ele —, só que o *court* é mais pequeno.

Susan deu-lhe um encontrão.

O ponta esquerda de Georgetown marcou um pontapé de canto que saiu dos limites do campo, provocando os apupos da assistência. Os defesas recuaram apressadamente no campo.

— E tu? — perguntou David. — Praticas algum desporto?

— Sou cinturão negro em *StairMaster***.

David fez uma careta.

— Prefiro os desportos em que se pode ganhar.

Susan sorriu.

— Somos um bocadinho superempreendedores, não somos?

A estrela da defesa de Georgetown bloqueou um passe e, das bancadas, ergueu-se um coro de incitamentos. Susan inclinou-se e murmurou ao ouvido de David:

— Doutor.

Ele voltou-se para ela, sem perceber.

— Doutor — repetiu Susan. — Diz a primeira coisa que te vier à cabeça.

David fez um ar de dúvida.

— Associações de palavras?

— Procedimento-padrão da NSA. Preciso de saber com quem estou. — Olhou-o de frente nos olhos. — Doutor.

David encolheu os ombros.

— Seuss***.

---

* *Zucchini* significa *courgette*, ou seja, é uma espécie de abóbora (em inglês *squash*). Daí a brincadeira e o trocadilho. (N.E.)

** Marca de equipamento para exercício físico, nomeadamente *steps*, bicicletas, etc. (N.T.)

*** Referência a Dr. Seuss, autor dos populares livros infantis norte-americanos de *nonsense*, como o *The Cat in the Hat*, *I am Sam*, *The Grinch*, etc. (N.E.)

Susan franziu o sobrolho.
— *Okay*, tentemos esta... Cozinha.
Ele não hesitou:
— Quarto.
Ela arqueou uma sobrancelha.
— Muito bem, vejamos esta... Gato.
— Tripa — respondeu David no mesmo instante.
— Tripa?
— Sim. Categute*. O encordoamento das raquetas de ténis dos campeões.
— Essa é gira — resmungou ela.
— O teu diagnóstico? — quis David saber.
Susan pensou por um minuto.
— És um maníaco do *squash*, infantil e sexualmente frustrado.
David encolheu os ombros.
— Acho que está mais ou menos correcto.

Continuou assim durante semanas. À sobremesa, em restaurantes abertos toda a noite, David fazia infindáveis perguntas.
Onde tinha ela aprendido matemática?
Como fora parar à NSA?
Por que é que era tão bonita?
Susan corou e admitiu que desabrochara tarde. Era desengonçada e tinha usado aparelho nos dentes quase até aos vinte. Explicou que a sua tia Clara lhe dissera certa vez que a maneira que Deus arranjara para pedir desculpa por tê-la feito tão feia fora dar-lhe inteligência. *Um pedido de desculpas prematuro*, pensou David.
Susan explicou-lhe também que o seu interesse pela criptografia começara no secundário. O presidente do clube de computadores, um aluno do 8.º ano chamado Frank Gutmann, tinha-lhe escrito um poema de amor e cifrara-o usando um esquema de substituição numérica. Susan pedira-lhe que lhe revelasse o conteúdo. Ele recusara, em jeito de provocação. Susan levara o código para casa e passara a noite inteira

---

*O categute (em inglês *«catgut»*, que soaria como *cat*-«gato» e *gut*-«tripa») serve de facto para encordoar raquetas, embora a matéria-prima seja tripa de ovelha e não de gato. (N.T.)

acordada, enfiada debaixo das mantas com uma lanterna, até conseguir descobrir o segredo: cada número representava uma letra. Decifrara o código e vira, maravilhada, como uma série de algarismos aparentemente dispostos ao acaso se transformavam, como que por magia, num belo poema. Soubera nesse instante que estava apaixonada: as cifras e a criptografia seriam o amor da sua vida.

Quase vinte anos mais tarde, depois de ter completado o mestrado em Matemática na Johns Hopkins e estudado Teoria dos Números com uma bolsa do MIT*, apresentara a sua tese de doutoramento: *Métodos, Protocolos e Algoritmos Criptográficos para Aplicações Manuais*. Aparentemente, os membros do júri não tinham sido os únicos a ler o trabalho; pouco depois, Susan recebeu da NSA um telefonema e um bilhete de avião.

Todas as pessoas do mundo da criptografia sabiam da existência da NSA: era aí que se encontravam os melhores cérebros criptográficos do planeta. Todas as Primaveras, quando os «caça-cabeças» do sector privado desciam como águias sobre as mentes mais brilhantes saídas das universidades oferecendo-lhes salários obscenos, a NSA vigiava, atenta, escolhia os seus alvos e então entrava no jogo, e pura e simplesmente duplicava a melhor oferta. Aquilo que a NSA queria, a NSA comprava. A tremer de excitação, Susan voou até ao aeroporto internacional de Dulles, em Washington, onde encontrou à sua espera um carro que a levou directamente a Fort Meade.

Naquele ano, quarenta e uma outras pessoas tinham recebido o mesmo telefonema. Com vinte e oito anos, Susan era a mais jovem. E era também a única mulher. A visita acabou por ser mais um exercício de relações públicas e uma bateria de testes do que uma sessão informativa. Na semana seguinte, Susan e seis outras pessoas foram convidadas a regressar. Apesar de hesitante, aceitou. O grupo foi imediatamente separado. Passaram por testes individuais no detector de mentiras, investigações ao passado familiar, análises grafológicas e intermináveis horas de entrevistas, incluindo questionários gravados sobre as respectivas orientações e práticas sexuais. Quando o entrevistador lhe perguntou se alguma vez tivera relações sexuais com animais, Susan esteve quase a levantar-se e a sair, mas o mistério acabou por

---

* Massachusetts Institute of Technology. (N.E.)

levar a melhor — a perspectiva de trabalhar na primeira linha da teoria das cifras, de entrar para o «Palácio da Charada» e de se tornar membro do clube mais exclusivo e secreto do mundo, a National Security Agency.

David ficava fascinado com as histórias dela.

— Perguntaram-te mesmo se já tinhas feito sexo com animais?

Susan encolheu os ombros.

— Fazia parte dos interrogatórios de rotina.

— Bem... — David tentou disfarçar o sorriso. — E que foi que lhes disseste?

Ela deu-lhe um pontapé por baixo da mesa.

— Disse-lhes que não! — E então acrescentou: — E até era verdade... até ontem à noite.

Aos olhos de Susan, David era o mais próximo da perfeição que conseguia imaginar. Tinha apenas uma infeliz qualidade: sempre que saíam juntos, insistia em pagar a conta. Susan detestava vê-lo gastar um dia de ordenado num jantar para dois, mas David era inabalável. Susan aprendeu a não protestar, o que não significava que o facto não continuasse a incomodá-la. *Ganho mais dinheiro do que aquele que consigo gastar,* pensava ela. *Eu é que devia pagar.*

Fosse como fosse, decidiu que, tirando a sua antiquada noção de cavalheirismo, David era ideal. Era generoso, inteligente, divertido e, melhor do que tudo, interessava-se genuinamente pelo trabalho dela. Quer estivessem a visitar o Smithsonian, a passear de bicicleta ou a queimar *spaghetti* na cozinha dela, a curiosidade dele era insaciável. Susan respondia ao que podia e dava-lhe uma ideia geral, expurgada de elementos confidenciais, da National Security Agency. E aquilo que David ouvia deixava-o fascinado.

Fundada pelo presidente Truman às 12:01 do dia 4 de Novembro de 1952, a NSA fora a agência de espionagem mais secreta do mundo durante quase cinquenta anos. O documento doutrinário fundador, com sete páginas, definia uma agenda muito concisa: proteger as comunicações do Governo dos Estados Unidos e interceptar as comunicações das potências estrangeiras.

Mais de quinhentas antenas erguiam-se do telhado do principal edifício operacional da NSA, incluindo duas enormes cúpulas de radar que pareciam gigantescas bolas de golfe. O edifício propriamente dito era colossal: mais de 186 000 metros quadrados, o dobro do tamanho do quartel-general da CIA. O interior, por onde corriam 2400 quilómetros de cabos telefónicos, era iluminado por 7400 metros quadrados de janelas permanentemente seladas.

Susan falou a David da COMINT, a divisão de reconhecimento global da agência — uma estonteante rede de postos de escuta, espiões e operações clandestinas espalhada por todo o globo. Todos os dias eram interceptadas milhares de transmissões e conversas e todas chegavam às mãos dos analistas da NSA para serem decifradas. O FBI, a CIA, os conselheiros de política externa do Governo norte-americano, todos dependiam da NSA para tomarem as suas decisões.

David estava espantado.

— E a decifração? Onde é que tu te encaixas no meio de tudo isso?

Susan explicou-lhe que as transmissões interceptadas tinham com frequência origem em governos hostis, facções perigosas ou grupos terroristas, muitos dos quais operavam no interior das fronteiras dos Estados Unidos. Como regra, todas essas entidades cifravam as suas comunicações, uma medida de segurança para o caso de caírem nas mãos erradas — o que, graças à COMINT, acontecia quase sempre. Disse-lhe que o seu trabalho consistia em estudar os códigos, decifrá-los à mão e fornecer à NSA as mensagens já decifradas. O que não era inteiramente verdade.

Sentia-se culpada por mentir ao seu novo amor, mas não tinha alternativa. Poucos anos antes, a afirmação teria sido exacta, mas as coisas tinham mudado no interior da NSA. Todo o mundo da criptologia mudara. Os novos deveres de Susan eram secretos, mesmo para muitos daqueles que se encontravam nos mais altos escalões do poder.

— Códigos — disse David, fascinado. — Como é que sabes por onde começar? Quer dizer... como é que os decifras?

Susan sorriu.

— Tinhas obrigação de saber. É como estudar uma língua estrangeira. Ao princípio, o texto parece ilegível, mas a partir do momento em que percebes as regras que lhe definem a estrutura, começas a conseguir extrair um significado.

David assentiu com a cabeça, fascinado. Queria saber mais.

Com os guardanapos do Merlutti's e programas de concertos a servir-lhe de quadro, Susan dispôs-se a dar ao seu novo e encantador pedagogo um minicurso de criptografia. Começou pela caixa de cifragem «quadrado perfeito» de Júlio César.

César, explicou, foi o primeiro criptógrafo da História. Quando os seus mensageiros começaram a ser capturados e as suas mensagens secretas roubadas, imaginou um processo rudimentar de cifrar as suas directivas. Cifrava o texto das mensagens de tal maneira que parecessem não fazer sentido. Como é evidente, faziam. Cada mensagem tinha sempre uma quantidade de letras que formavam um quadrado perfeito — dezasseis, vinte e cinco, cem, dependendo do que precisava de dizer. Secretamente, informava os seus oficiais de que, quando chegasse uma comunicação, deveriam transcrever o texto para uma grelha quadrada. Se o fizessem, e lessem de cima para baixo, a mensagem secreta apareceria como que por magia.

Com o tempo, essa ideia de redistribuir o texto foi adoptada por outros e modificada de modo a tornar a sua decifração mais difícil. O auge da cifragem manual ocorrera durante a Segunda Guerra Mundial. Os alemães construíram uma complexa máquina de cifrar chamada *Enigma*. O artefacto assemelhava-se a uma vulgar máquina de escrever com rotores de latão interligados que giravam de maneiras intricadas e transformavam o texto em grupos de caracteres aparentemente sem sentido. Só possuindo uma outra máquina *Enigma*, calibrada exactamente da mesma maneira, podia o receptor decifrar o código.

David escutava, atento. O professor passara a ser o aluno.

Certa noite, durante uma representação do *Quebra-Nozes*, no teatro da universidade, Susan deu-lhe o seu primeiro código básico para decifrar. David passou todo o intervalo, de caneta na mão, debruçado sobre as dezoito letras da mensagem:

OQZYDQ DL BNMGDBDQ SD

Finalmente, quando já começavam a apagar-se as luzes para a segunda parte do bailado, conseguiu. Para cifrar, Susan limitara-se a substituir cada letra da sua mensagem pela que a precedia no alfabeto. Para decifrar o código, tudo o que precisava de fazer era avançar uma letra. «A» tornava-se «B», «B» tornava-se «C», e assim sucessivamente. Fez a transposição em poucos segundos. Nunca imaginara que sete pequenas sílabas pudessem torná-lo tão feliz:

PRAZER EM CONHECER-TE

Rabiscou rapidamente a resposta e entregou-lha:

HFTZKLDMSD

Susan leu-a e sorriu.

David Beker teve de se rir: tinha trinta e cinco anos e o seu coração dava saltos mortais. Nunca se sentira tão atraído por uma mulher em toda a sua vida. As delicadas feições europeias e os suaves olhos castanhos de Susan lembravam-lhe um anúncio da *Estée Lauder*. Se o corpo dela fora desengonçado e sem graça na adolescência, agora de certeza que não o era. Algures ao longo do percurso, desenvolvera uma graça flexível — era esguia e alta, tinha seios firmes e volumosos e um abdómen perfeitamente liso. Dizia muitas vezes, em tom de brincadeira, que ela era a primeira modelo de fatos de banho que conhecia doutorada em Matemática Aplicada e Teoria Numérica. À medida que os meses passavam, iam ambos começando a suspeitar de que talvez tivessem encontrado qualquer coisa que podia durar uma vida inteira.

Andavam juntos havia mais de dois anos quando, de repente, David a pediu em casamento. Foi durante uma viagem de fim-de-semana às Smoky Mountains. Estavam os dois deitados na grande cama de dossel, na Stone Manor. Ele nem sequer tinha um anel, limitou-se a fazer a pergunta, assim de repente. Era uma das coisas que ela adorava nele, o facto de ser tão espontâneo. Susan beijou-o. Um beijo longo, apaixonado. Ele tomou-a nos braços e despiu-lhe a camisa de noite.

— Vou interpretar isso como um sim — disse, e fizeram amor a noite inteira, ao calor da lareira.

Essa noite mágica acontecera seis meses antes — antes da inesperada promoção de David a director do Departamento de Línguas Modernas. Desde então, a relação entre os dois entrara numa espiral descendente.

CAPÍTULO QUATRO

A porta do Departamento da Cripto emitiu um *bip*, arrancando Susan ao seu deprimente devaneio. O grande círculo de metal rodou 360°, abrindo totalmente a porta, que se voltaria a fechar dentro de cinco segundos. Susan regressou ao presente e passou pela abertura. Um computador tomou nota da sua entrada.

Apesar de viver praticamente naquele espaço desde que ficara pronto, três anos antes, o espectáculo que ele oferecia continuava a espantá-la. A sala principal era uma enorme câmara circular, com uma altura de cinco pisos. O tecto, transparente e abobadado, atingia 36 metros de altura no seu ápice. A cúpula de *plexiglas*, reforçada por um entrançado embutido de policarbonato — uma rede de protecção capaz de aguentar uma explosão de duas megatoneladas —, filtrava a luz solar, transformando-a num delicado rendilhado que decorava as paredes. Minúsculas partículas de pó subiam em lentas e largas espirais, cativas do potente sistema desionizador da cúpula.

O bojo arredondado do edifício abria-se num vasto arco a partir do topo e tornava-se quase vertical ao nível dos olhos, onde passava gradualmente de transparente a translúcido, atingindo um preto-opaco ao chegar ao chão — uma tremeluzente superfície de azulejos negros que refulgiam com um brilho estranho, dando a perturbadora sensação de que o piso era transparente. Gelo negro.

Sobressaindo do centro do chão da sala, como a ponta de um gigantesco torpedo, encontrava-se a máquina para a qual a cúpula fora construída. A sua esguia e negra silhueta erguia-se num arco com sete metros de altura antes de voltar a descer para o chão. Curva e lisa, era como se uma orca enorme tivesse sido congelada em pleno salto, num mar frígido.

Era o *TRANSLTR*, o computador mais caro do mundo — a máquina que a NSA jurava não existir.

Tal como um icebergue, noventa por cento da sua massa e poder estavam escondidos muito abaixo da superfície. O seu segredo encontrava-se fechado num silo de cerâmica que mergulhava seis andares nas profundezas da terra — um casco semelhante ao de um foguetão rodeado por uma intricada rede de plataformas e escadas metálicas, cabos e sibilantes tubos de escape do sistema de arrefecimento a fréon. Os geradores de corrente, ao fundo, zumbiam numa perpétua zoada de baixa frequência que conferia à acústica da Cripto uma qualidade tumular, fantasmagórica.

O *TRANSLTR*, à semelhança de todos os grandes progressos tecnológicos, fora fruto da necessidade. Ao longo dos anos de 80, a NSA assistira a uma revolução no campo das telecomunicações que haveria de modificar para sempre o mundo da recolha de informações: o acesso público à Internet. Mais especificamente, a chegada do *e-mail*.

Criminosos, terroristas e espiões, fartos de ver os seus telefones colocados sob escuta, abraçaram imediatamente esse novo meio de comunicação global. O *e-mail* tinha a segurança do correio convencional e a rapidez do telefone. Uma vez que as mensagens passavam por cabos de fibra óptica subterrâneos em vez de serem transmitidas por ondas hertzianas, tornara-se impossível interceptá-las... ou, pelo menos, era essa a convicção geral.

Na realidade, interceptar as comunicações *e-mail* que circulavam pela Internet era uma brincadeira de crianças para os tecnogurus da NSA. A Internet não era a nova revelação do computador caseiro que a maior parte das pessoas julgava. Fora criada pelo Departamento da Defesa três décadas antes — uma gigantesca rede de computadores destinada a proporcionar ao Governo comunicações seguras em caso de guerra nuclear. Os olhos e ouvidos da NSA eram velhos profissionais da Net. Aqueles que conduziam negócios ilícitos via *e-mail* depressa descobriram que os seus segredos não eram tão privados como pensavam. Para o FBI, a DEA, o IRS e outras agências da lei — auxiliadas pela NSA ou por *hackers* que se ofereciam para o fazer — foi um autêntico maná de capturas e condenações.

Como seria de esperar, quando os utilizadores de computadores do mundo inteiro descobriram que o Governo dos Estados Unidos tinha livre acesso às suas comunicações electrónicas, levantou-se um ensurdecedor coro de protestos. Até aqueles que se limitavam a usar o *e-mail* para trocar simples correspondência recreativa acharam essa falta de privacidade perturbadora. De um extremo ao outro do globo, os programadores dotados de mais espírito de iniciativa começaram a procurar uma maneira de tornar o *e-mail* mais seguro. Não tardaram a encontrá-la, e assim nasceu a cifragem por chave pública.

A cifragem por chave pública era um conceito tão simples como brilhante. Consistia em *softwares* facilmente utilizáveis em computadores caseiros e que empastelavam as mensagens de *e-mail* pessoais de tal modo que se tornavam completamente ilegíveis. Um utilizador podia escrever uma carta e passá-la por um *software* de cifragem, e o texto saía do outro lado como um emaranhado sem significado, absolutamente ilegível: uma cifra. Se alguém interceptasse a transmissão, apenas encontraria no visor uma barafunda incompreensível de letras, números e símbolos.

A única maneira de desempastelar a mensagem era introduzir a chave do remetente — uma série secreta de caracteres que funcionava de uma maneira muito semelhante ao PIN nas caixas automáticas. As chaves eram regra geral muito compridas e complexas; continham toda a informação necessária para dizer ao algoritmo de cifragem exactamente quais as operações matemáticas que deveria executar para recriar a mensagem original.

Os utilizadores podiam agora enviar os seus *e-mails* com toda a confiança. Mesmo que a transmissão fosse interceptada, só quem possuísse a chave certa conseguiria lê-la.

A NSA sentiu imediatamente o aperto. Os códigos que agora encontrava já não eram simples cifras de substituição solucionáveis com lápis e papel. Eram funções de comprovação aleatória que utilizavam a teoria do caos e múltiplos alfabetos simbólicos para empastelar mensagens num padrão que parecia ser completamente casual.

De início, as chaves utilizadas eram suficientemente curtas para que os computadores da NSA as «calculassem». Se uma determinada chave tinha dez dígitos, programava-se um computador para tentar todas as possibilidades entre 0000000000 e 9999999999. Mais tarde ou mais cedo, o computador acabava por descobrir a sequência correcta. Este método de tentativa-e-erro ficou conhecido como «ataque de força bruta». Consumia tempo, mas havia a certeza matemática do êxito.

Quando o mundo se apercebeu das possibilidades da decifração por força bruta, as chaves começaram a tornar-se cada vez mais compridas. O tempo de computador necessário para «calcular» a chave correcta passou de semanas para meses e, finalmente, para anos.

Na década de 90, as chaves tinham mais de cinquenta caracteres e utilizavam todas as 256 letras, algarismos e símbolos do alfabeto ASCII*. O número de diferentes possibilidades era da ordem de 10^{120} — um 1 com 120 zeros à frente. Calcular uma chave passou a ser tão matematicamente improvável como descobrir um determinado grão de areia numa praia com 5 quilómetros de extensão. Calculou-se que um ataque de força bruta a uma chave-padrão de sessenta e quatro *bits* ocuparia o computador mais rápido da NSA — o super-secreto *Cray/Josephon II* — durante mais de noventa e nove anos. Quando o computador calculasse a chave e decifrasse o código, o conteúdo da mensagem ter-se-ia tornado irrelevante.

Apanhada num *blackout* virtual de informação, a NSA emitiu uma directiva ultra-secreta que foi avaliada pelo presidente dos Estados Unidos. Apoiada por fundos federais e com carta branca para fazer o que fosse necessário para resolver o problema, a agência decidiu construir o impossível: a primeira máquina decifradora universal do mundo.

Não obstante a opinião dos muitos engenheiros que consideravam impossível a construção do novo computador, a NSA manteve-se fiel ao seu lema: Tudo é possível. O impossível só demora um pouco mais de tempo.

Cinco anos, meio milhão de horas de trabalho humano e 1,9 biliões de dólares mais tarde, a NSA voltou a prová-lo. O último dos três milhões de processadores do tamanho de selos foi soldado à mão no seu respectivo lugar, a programação interna final ficou completa, a concha de cerâmica foi selada. Tinha nascido o *TRANSLTR*.

---

* American Standard Code for Information Interchange. (N.T.)

Embora o funcionamento interno secreto do *TRANSLTR* fosse fruto de muitos cérebros e nenhum indivíduo tivesse por si só a capacidade para o compreender na globalidade, o princípio básico era simples: muitas mãos despacham muito trabalho.

Os seus três milhões de processadores trabalhariam todos em paralelo — fazendo uma contagem crescente a uma velocidade estonteante, tentando todas as novas permutas. A esperança era de que até cifras com chaves impensavelmente colossais fossem incapazes de resistir à tenacidade do *TRANSLTR*. Essa obra-prima multimilionária usaria, além do poder do processamento paralelo, certos progressos altamente secretos conseguidos na avaliação de textos simples para calcular a chave e decifrar códigos. A sua força decorreria não só do assombroso número de processadores que possuía mas também de novas descobertas na área da computação quântica — uma tecnologia emergente que permitia armazenar a informação como estados quântico-mecânicos e não apenas como dados binários.

O momento da verdade chegou numa tempestuosa manhã de quinta-feira, em Outubro. O primeiro teste ao vivo. Apesar da incerteza quanto à velocidade real da máquina, havia um ponto em que todos os engenheiros estavam de acordo: se todos os processadores trabalhassem em paralelo, o *TRANSLTR* seria poderoso. A questão era saber até que ponto.

A resposta chegou doze minutos depois. Fez-se um silêncio aturdido entre a meia dúzia de presentes quando a impressora despertou para a vida e cuspiu das suas entranhas o texto simples — o código decifrado. O *TRANSLTR* acabava de localizar uma chave de sessenta e quatro caracteres em pouco mais de dez minutos, quase um milhão de vezes menos do que as duas décadas que o segundo computador mais rápido da NSA teria demorado.

Liderado pelo comandante Trevor J. Strathmore, director-adjunto de Operações, o Gabinete de Produção da NSA tinha triunfado. O *TRANSLTR* era um êxito. Com o objectivo de manter esse êxito secreto, Strathmore fez imediatamente saber, através de uma «fuga de informação», que o projecto fora um fracasso total. Toda a actividade que se registava na ala Cripto da organização era alegadamente uma tentativa de salvar qualquer coisa daquele fiasco de dois mil milhões de dólares. Só a elite da NSA sabia a verdade... e o *TRANSLTR* começou a decifrar centenas de códigos todos os dias.

Com toda a gente convencida de que os códigos cifrados por computador eram invioláveis — até pela omnipotente NSA —, os segredos entraram em catadupas. Barões da droga, terroristas e vigaristas — fartos de terem as suas comunicações por telemóvel interceptadas — voltaram-se para o novo e excitante meio de comunicação global instantânea oferecido pelo *e-mail* cifrado. Nunca mais teriam de enfrentar um grande júri, nem de ouvir a sua própria voz a sair do altifalante de um gravador, prova de alguma conversa telefónica há muito esquecida e caçada por um satélite da NSA.

Nunca a recolha de informação fora tão fácil. Os códigos interceptados pela NSA entravam no *TRANSLTR* como cifras ilegíveis e saíam minutos mais tarde como textos perfeitamente claros. Tinham-se acabado os segredos.

Para tornar a rábula da incompetência ainda mais credível, a NSA opôs-se ferozmente à criação de todos os novos *softwares* de cifragem para computadores pessoais, insistindo em que lhe cortavam as pernas e impossibilitavam os agentes da lei de prender e acusar os criminosos. Os grupos de direitos civis rejubilaram, afirmando que a NSA não tinha de qualquer modo o direito de ler o correio fosse de quem fosse. Os programas de cifragem continuaram a ser produzidos e vendidos. A NSA tinha perdido a batalha... exactamente como planeara. Toda a comunidade electrónica global tinha sido enganada... ou, pelo menos, assim parecia.

CAPÍTULO CINCO

— Onde se meteu toda a gente? — murmurou Susan, enquanto atravessava a sala completamente deserta. *Mas que emergência!*

Embora a maior parte dos departamentos da NSA tivesse pessoal a trabalhar em pleno sete dias por semana, o da Cripto estava geralmente sossegado aos sábados. Os matemáticos criptográficos eram, por natureza, trabalhadores compulsivos, sujeitos a tensões fortíssimas, de modo que uma regra não escrita estipulava que, salvo em caso de emergência, descansassem ao sábado. Os decifradores de códigos constituíam um bem demasiado valioso para que a NSA corresse o risco de os deixar queimarem-se.

Susan continuou a atravessar a sala, com o *TRANSLTR* a erguer-se à sua direita. O zumbido dos geradores, seis pisos mais abaixo, pareceu-lhe naquele dia estranhamente agoirento. Sempre detestara estar ali fora das horas normais de trabalho. Era como ficar encurralada dentro de uma jaula na companhia de um animal enorme e alienígena. Cobriu rapidamente a distância até ao gabinete do comandante.

O local de trabalho de Strathmore, conhecido como «o aquário» por causa do aspecto que as paredes de vidro lhe davam quando as cortinas estavam abertas, situava-se, no alto de uma série de lanços de escadas metálicas, na parede traseira da sala da Cripto. Enquanto subia os degraus gradeados, Susan olhou para cima, para a pesada porta de carvalho do gabinete. Ostentava o selo da NSA — uma águia-calva segurando ferozmente entre as garras uma antiquada gazua — e, do outro lado, sentava-se um dos homens mais formidáveis que ela alguma vez conhecera.

O comandante Strathmore, de cinquenta e seis anos e que era director-adjunto de Operações, era como um pai para Susan. Fora ele quem a contratara, fora ele quem fizera da NSA a casa dela. Quando Susan entrara para a organização, havia já mais de uma década, Strathmore chefiava a Divisão de Desenvolvimento Cripto — uma espécie de campo de treino para os novos criptógrafos... todos, sem excepção, do sexo masculino. Embora nunca tolerasse qualquer espécie de perseguição fosse a quem fosse, Strathmore mostrava-se particularmente protector no que se referia ao único membro feminino do seu pessoal. Quando o acusavam de favoritismo, limitava-se a responder com a verdade: Susan Fletcher era uma das mais brilhantes recrutas que lhe tinham passado pelas mãos e não tinha a mínima intenção de a perder por motivos de assédio sexual. Um dos criptógrafos mais velhos decidira, tolamente, pôr à prova a determinação do chefe.

Certa manhã, durante o seu primeiro ano, Susan passou pela sala de convívio dos novos criptógrafos para ir buscar alguns papéis. Ao sair, reparou numa fotografia sua pregada no painel de notícias. Quase desmaiou de vergonha. Ali estava ela, reclinada numa cama e vestindo apenas umas cuequinhas.

Descobriu-se que um dos criptógrafos digitalizara num *scanner* uma foto de uma revista pornográfica, e colocara a cabeça de Susan no corpo de outra mulher. O efeito era bastante convincente.

Infelizmente para o responsável, o comandante Strathmore não achou a brincadeira nada divertida. Duas horas mais tarde, um memo, que se tornou um marco histórico, anunciava:

O FUNCIONÁRIO CARL AUSTIN FOI DESPEDIDO
POR CONDUTA IMPRÓPRIA

A partir desse dia, mais ninguém ousou meter-se com ela. Susan Fletcher era a menina de ouro do comandante Strathmore.

Os jovens criptógrafos não eram porém os únicos que aprendiam a respeitar o comandante; logo no início da sua carreira, Strathmore tornara a sua presença notada propondo uma série de operações de espionagem pouco ortodoxas e altamente bem sucedidas. À medida que ia subindo na escala hierárquica, Trevor Strathmore foi-se tornando notado pelas suas análises concisas e exactas de situações altamente complexas. Parecia ter uma capacidade quase sobrenatural de ver para lá das dúvidas morais que rodeavam as difíceis decisões que a NSA era forçada a tomar e agir sem remorso no interesse do bem comum.

Ninguém tinha a mínima dúvida de que Strathmore amava o seu país. Era conhecido entre os colegas como um patriota e um visionário... um homem decente num mundo de mentiras.

Desde a chegada de Susan à NSA, Strathmore ascendera vertiginosamente de chefe da Divisão de Desenvolvimento Cripto a número dois de toda a organização. Agora, havia apenas um homem acima do comandante Strathmore: o director Leland Fontaine, o mítico senhor do Palácio da Charada, nunca visto, ocasionalmente ouvido, mas sempre temido. Ele e Strathmore raramente estavam de acordo, e, quando se enfrentavam, era como uma luta de titãs. Fontaine era um gigante entre gigantes, mas Strathmore não parecia muito preocupado com isso. Defendia as suas ideias perante o director com toda a contenção de um pugilista a disputar o título. Nem sequer o presidente dos Estados Unidos ousava desafiar Fontaine como Strathmore fazia. Era preciso ter imunidade política para o fazer... ou, como era o caso de Strathmore, indiferença política.

Susan chegou ao último patamar. Antes que pudesse bater, a fechadura electrónica zumbiu. A porta abriu-se e o comandante fez-lhe sinal para entrar.

— Obrigado por ter vindo, Susan. Fico a dever-lhe esta.

— De modo nenhum. — Susan sorriu e sentou-se na cadeira em frente da secretária.

Strathmore era um homem alto, corpulento, cujas feições arredondadas conseguiam disfarçar uma eficiência implacável e um perfeccionismo intransigente. Os olhos cinzentos sugeriam geralmente uma confiança e um saber nascidos da experiência, mas, naquele dia, pareciam inquietos e perturbados.

— Está com ar cansado — observou Susan.

— Já tive dias melhores — admitiu Strathmore, com um suspiro.

Eu que o diga, pensou ela.

Susan nunca o tinha visto assim. Os cabelos grisalhos e que já começavam a rarear estavam despenteados e, apesar do ar condicionado, tinha a testa perlada de suor. Dava a sensação de ter dormido vestido.

Estava sentado atrás de uma moderna secretária, com dois teclados recolhidos e um monitor numa das extremidades. Coberta de *prints* de computador, parecia o *cockpit* de uma qualquer nave alienígena transplantada para o meio daquela sala fechada por cortinas.

— A semana foi dura? — perguntou ela.

Strathmore encolheu os ombros.

— O costume. Tenho outra vez a EFF à perna por causa do direito à privacidade.

Susan deixou escapar um risinho. A EFF, ou Electronic Frontier Foundation, era uma coligação mundial de utilizadores de computadores que criara um poderoso grupo de defesa das liberdades civis, cujo objectivo era apoiar a liberdade de expressão *on-line* e educar o público em geral sobre as realidades e perigos de viver num mundo electrónico. Estavam constantemente a protestar contra aquilo a que chamavam «as capacidades orwelianas de escuta das agências governamentais» — em particular da NSA. A EFF era um espinho perpetuamente cravado na carne de Strathmore.

— É mesmo o costume — replicou Susan. — Onde está a tal grande emergência que o fez arrancar-me à banheira?

Strathmore ficou sentado em silêncio por um instante, a brincar distraidamente com a esfera do rato embutida no tampo da secretária. Então, olhou fixamente Susan e perguntou:

— Qual foi o tempo máximo que viu o *TRANSLTR* a demorar a decifrar um código?

A pergunta apanhou Susan totalmente de surpresa. Parecia não fazer sentido. *Foi por isto que ele me chamou?*

— Bem... — hesitou. — Tivemos uma intercepção da COMINT, há um par de meses, que demorou cerca de uma hora, mas tinha uma chave ridiculamente comprida... dez mil *bits*, ou qualquer coisa assim.

— Uma hora, hã? — resmungou Strathmore. — E algumas das experiências-limite que fizemos?

Susan encolheu os ombros.

— Bem, se incluirmos os diagnósticos, um pouco mais, obviamente.

— *Quanto* mais?

Susan não fazia ideia aonde queria Strathmore chegar.

— Bem, experimentei um algoritmo, o mês passado, com uma chave segmentada de um milhão de *bits*. *Loops* ilegais, autómatos celulares, tudo. Mesmo assim, o TRANSLTR decifrou-o.
— Quanto tempo?
— Três horas.
Strathmore arqueou as sobrancelhas.
— Três horas? Tanto?
Susan franziu o sobrolho, um tudo-nada ofendida. O seu trabalho consistira, naqueles últimos três anos, em afinar até à perfeição o computador mais secreto do mundo; grande parte da programação que tornava o TRANSLTR tão rápido era dela. Uma chave com um milhão de *bits* dificilmente se poderia considerar um cenário realista.
— *Okay* — continuou Strathmore. — Portanto, mesmo em condições extremas, o máximo que uma cifra sobreviveu dentro do TRANSLTR foi cerca de três horas?
Susan assentiu.
— Sim. Mais ou menos.
Strathmore fez uma pausa, como se receasse dizer qualquer coisa de que pudesse vir a arrepender-se. Por fim, ergueu os olhos.
— O TRANSLTR encontrou uma coisa... — Calou-se.
Susan esperou.
— Mais de três horas? — acabou por perguntar.
Strathmore anuiu.
Ela não pareceu muito preocupada.
— Um novo diagnóstico? Qualquer coisa vinda da Seg-Sis?
Strathmore abanou a cabeça.
— É um ficheiro do exterior.
Susan esperou pelo remate, mas nada aconteceu.
— Um ficheiro do exterior? Está a brincar, não está?
— Quem me dera. Introduzi-o ontem à noite, por volta das onze e meia. Ainda não foi decifrado.
Susan deixou cair o queixo. Olhou para o relógio e depois de novo para Strathmore.
— *Ainda* está a correr? Mais de quinze horas?
Strathmore inclinou-se para a frente e rodou o monitor para Susan. O visor estava negro, com excepção de um pequeno texto a amarelo que piscava no centro,

TEMPO DECORRIDO: 15:09:33
A AGUARDAR CHAVE: _____

Susan ficou a olhar, estupefacta. Segundo parecia, o TRANSLTR estava a trabalhar numa cifra há mais de quinze horas. Sabia que os processadores do computador examinavam trinta milhões de chaves por segundo — cem mil milhões por hora. Se o TRANSLTR continuava a contar, isso significava que a chave tinha de ser enorme — mais de dez mil milhões de dígitos. Era completamente absurdo.

— É impossível! — declarou. — Verificaram as mensagens de erro? Talvez o TRANSLTR tenha tropeçado num...

— Está a correr sem qualquer problema.

— Mas a chave deve ser enorme!

Strathmore abanou a cabeça.

— Um vulgar algoritmo comercial. Estou a apostar numa chave de sessenta e quatro *bits*.

Confusa, Susan olhou através da janela para o TRANSLTR, situado lá em baixo, no chão da sala. Sabia por experiência própria que a máquina decifrava qualquer chave de sessenta e quatro *bits* em menos de dez minutos.

— Tem de haver uma explicação qualquer.

Strathmore assentiu.

— Há. E não vai gostar de a ouvir.

Susan pareceu pouco à vontade.

— O TRANSLTR está a funcionar mal?

— O TRANSLTR está a funcionar perfeitamente.

— Apanhámos algum vírus?

— Nenhum vírus. Ouça-me até ao fim.

Susan estava pasmada. Nunca o TRANSLTR encontrara um código que não conseguisse decifrar em menos de uma hora. Regra geral, o texto simples chegava às mãos de Strathmore numa questão de minutos. Olhou para a impressora de alta velocidade atrás da secretária. Estava vazia.

— Susan — começou Strathmore num tom calmo —, a princípio, isto vai ser difícil de aceitar, mas escute-me por um instante. — Mordeu o lábio. — Este código em que o TRANSLTR está a trabalhar é... único.

Diferente de tudo o que vimos até agora. — Fez uma pausa, como se tivesse dificuldade em dizer as palavras. — Este código é indecifrável.

Susan olhou para ele e quase desatou à gargalhada. *Indecifrável? O que é que quererá dizer com ISSO?* Não havia códigos indecifráveis — uns demoravam mais tempo do que outros, mas todos os códigos podiam ser decifrados. Era matematicamente garantido que, mais tarde ou mais cedo, o *TRANSLTR* encontraria a chave correcta.

— Desculpe?

— O código é indecifrável — repetiu ele, numa voz sem inflexões.

Indecifrável? Susan não queria acreditar que a palavra acabava de sair dos lábios de um homem com vinte e sete anos de experiência de análise de códigos.

— Indecifrável? — repetiu, embaraçada. — Então, e o Princípio de Bergofsky?

Susan ouvira falar do Princípio de Bergofsky logo no início da sua carreira. Era a pedra angular da tecnologia da força bruta. E fora também a inspiração de Strathmore para construir o *TRANSLTR*. Afirmava claramente que se um computador tentasse um número suficiente de chaves, era matematicamente garantido que acabaria por encontrar a certa. A segurança de um código não residia em ter uma chave impossível de encontrar, mas sim no facto de a maior parte das pessoas não dispor do tempo nem do equipamento necessários para a encontrar.

Strathmore abanou a cabeça.

— Este código é diferente.

— Diferente? — Susan lançou-lhe um olhar de esguelha. *Um código indecifrável é uma impossibilidade matemática! Como ele muito bem sabe!*

Strathmore passou uma mão pelo couro cabeludo transpirado.

— Este código é o produto de um algoritmo de cifragem completamente novo. Um algoritmo que nunca tínhamos visto.

Susan estava agora ainda mais cheia de dúvidas. Os algoritmos de cifragem eram apenas fórmulas matemáticas, receitas para empastelar um texto em código. Os matemáticos e os programadores criavam novos algoritmos todos os dias. Havia centenas deles no mercado — PGP, Diffie-Hellman, ZIP, IDEA, El Gamal. O *TRANSLTR* decifrava todos os códigos que produziam sem qualquer dificuldade. Para a máquina, todos os códigos eram iguais, independentemente do algoritmo que os escrevesse.

— Não compreendo — argumentou. — Não estamos aqui a falar de fazer pesquisa inversa a uma qualquer função complexa, estamos a falar de força bruta. PGP, Lucifer, DSA... não importa. O algoritmo gera uma chave que considera segura, e o TRANSLTR continua a calcular até encontrá-la.

A resposta de Strathmore continha a paciência controlada de um bom professor.

— Sim, Susan, o TRANSLTR encontra *sempre* a chave, por maior que ela seja. — Fez uma longa pausa. — A menos que...

Susan queria falar, mas era evidente que Strathmore estava a preparar-se para largar a sua bomba. *A menos que o quê?*

— A menos que o computador não saiba que decifrou o código.

Susan quase caiu da cadeira.

— O quê!?

— A menos que o computador encontre a chave certa, mas continue a calcular por não se ter apercebido de que encontrou a chave certa. — Strathmore fez um ar sombrio. — Penso que este algoritmo tem um texto simples rotativo.

Susan ficou de boca aberta.

A ideia de uma função de texto simples rotativo fora apresentada pela primeira vez, em 1987, numa obscura comunicação de um matemático húngaro chamado Josef Harne. Uma vez que a tecnologia da força bruta decifrava os códigos examinando o texto simples obtido a cada tentativa em busca de padrões de palavras identificáveis, Harne propunha um algoritmo de cifragem que, além de cifrar, alterasse o texto simples decifrado segundo uma variante de tempo. Teoricamente, a mutação constante garantiria que o computador atacante nunca localizaria padrões de palavras reconhecíveis e, logo, nunca saberia se tinha ou não encontrado a chave certa. O conceito era um pouco como a ideia de colonizar Marte: admissível a um nível intelectual, mas, pelo menos de momento, muito para lá da capacidade humana.

— Onde é que foi buscar essa coisa? — perguntou.

A resposta do comandante foi lenta.

— Foi um programador do sector público que o escreveu.

— O quê? — Susan deixou-se cair para trás na cadeira. — Temos os melhores programadores do mundo lá em baixo! Todos nós, a trabalhar em conjunto, não conseguimos chegar sequer *perto* de escrever uma função de texto simples rotativo. Está a querer dizer-me que um fedelho qualquer com um *PC* descobriu a maneira de o fazer?

Strathmore baixou a voz, numa aparente tentativa de a acalmar.

— Eu não chamaria a este tipo um fedelho.

Susan não o ouvia. Estava convencida de que tinha de haver outra explicação: uma avaria, um vírus. Tudo era mais provável do que um código indecifrável.

Strathmore olhava fixamente para ela.

— Foi um dos cérebros criptográficos mais brilhantes de todos os tempos que escreveu este algoritmo.

Susan duvidava agora mais do que nunca; os cérebros criptográficos mais brilhantes de todos os tempos trabalhavam no departamento que ela chefiava, e, com toda a certeza, teria sabido se um deles tivesse criado um algoritmo daqueles.

— Quem? — perguntou.

— Tenho a certeza de que consegues adivinhar — respondeu Strathmore. — Alguém que não gosta muito da NSA.

— Bem, não há dúvida de que isso reduz bastante o campo de pesquisa! — atirou-lhe ela, sarcástica.

— Trabalhou no projecto *TRANSLTR*. Violou as regras. Quase causou um pesadelo internacional. Deportei-o.

O rosto de Susan ficou vazio apenas por um instante antes de se tornar mortalmente pálido.

— Oh, meu Deus...

Strathmore assentiu.

— Passou o ano inteiro a falar do seu trabalho na criação de um algoritmo resistente à força bruta.

— M... mas — gaguejou Susan. — Pensei que estava a fazer *bluff*. Quer dizer que conseguiu *mesmo*.

— Conseguiu. O derradeiro e definitivo gerador de códigos invioláveis.

Susan manteve-se silenciosa por um longo momento.

— Mas... isso significa...

Strathmore olhou-a bem no fundo dos olhos.

— Sim. Ensei Tankado acaba de tornar o *TRANSLTR* obsoleto.

CAPÍTULO SEIS

Apesar de não ser nascido na altura da Segunda Guerra Mundial, Ensei Tankado estudou a fundo tudo o que se relacionava com o tema e sobretudo o acontecimento culminante, a explosão atómica que incinerou 100 000 dos seus compatriotas.

Hiroxima, 8:15 da manhã do dia 6 de Agosto de 1945 — um vil acto de destruição. Uma cruel ostentação de poder por parte de um país que já vencera a guerra. Tankado aceitara tudo isso. Mas o que nunca poderia aceitar era o facto de a bomba lhe ter roubado o direito de conhecer a mãe, morta ao dá-lo à luz em consequência das complicações provocadas pelo envenenamento radioactivo a que fora exposta havia tantos anos.

Em 1945, muito antes de Ensei nascer, a mãe, como tantas das suas amigas, fora para Hiroxima trabalhar como voluntária nos centros de queimados. Fora aí que se tornara uma *hibakusha*: uma radiada. Dezanove anos mais tarde, com trinta e seis anos, deitada numa maca na sala de partos, a sangrar internamente, soubera que ia finalmente morrer. O que não sabia era que a morte lhe pouparia o horror final: o seu único filho seria uma criança deformada.

O pai de Ensei nem sequer chegou a ver o filho. Perturbado pela morte da mulher e envergonhado pela chegada daquilo que as enfermeiras lhe tinham dito ser uma criança imperfeita que provavelmente não sobreviveria àquela noite, desapareceu do hospital para nunca mais voltar. Ensei Tankado foi colocado num lar adoptivo.

Todas as noites, o jovem Tankado olhava para os dedos disformes com que segurava a sua *daruma*, a boneca-dos-desejos, e jurava que haveria de se vingar... de se vingar do país que lhe roubara a mãe e levara o pai a abandoná-lo. O que ele não podia saber era que o destino estava prestes a intervir.

Em Fevereiro do seu décimo segundo ano da vida, os representantes de uma fábrica de computadores de Tóquio visitaram os pais adoptivos de Ensei e perguntaram-lhes se a criança deformada poderia fazer parte de um grupo que ia testar um novo teclado especialmente concebido para jovens deficientes. Os pais consentiram.

Apesar de nunca ter visto um computador, Ensei pareceu saber instintivamente como utilizá-lo. O computador abriu-lhe as portas de mundos que ele nunca imaginara possíveis. Em bem pouco tempo, tornaram-se o centro da sua vida. Quando cresceu, começou a dar aulas, ganhou dinheiro e acabou por conseguir uma bolsa de estudos para a universidade de Doshisha. Não tardou que Ensei Tankado se tornasse conhecido em Tóquio como *fugusha kisai*: «o génio aleijado».

A seu tempo, descobriu o que se passara em Pearl Harbor e os crimes de guerra japoneses. O ódio contra a América foi-se desvanecendo lentamente. Tornou-se um budista devoto. Esqueceu o seu voto infantil de vingança; o perdão era o único caminho para a iluminação.

Aos vinte anos, era uma espécie de figura de culto no mundo paralelo dos programadores. A IBM ofereceu-lhe um visto e um emprego no Texas. Tankado agarrou a oportunidade com ambas as mãos. Passados três anos, tinha deixado a IBM, vivia em Nova Iorque e criava *software* por conta própria. Cavalgou a nova onda da cifragem por chave pública. Escreveu algoritmos e ganhou uma fortuna.

Tal como tantos outros autores de algoritmos de cifragem, foi cortejado pela NSA. A ironia não lhe passou despercebida: a oportunidade de trabalhar no coração do Governo de um país que em tempos jurara odiar. Decidiu ir à entrevista. Quaisquer dúvidas que pudesse ter dissiparam-se quando conheceu o comandante Strathmore. Falaram francamente a respeito do passado de Tankado, do potencial rancor que podia guardar contra os Estados Unidos, dos seus planos para o futuro. Tankado submeteu-se a um teste no detector de mentiras e a cinco semanas de rigorosos exames ao seu perfil psicológico. Passou-os todos. O seu ódio fora substituído pela devoção a Buda. Quatro meses mais tarde, começou a trabalhar no Departamento de Criptografia da National Security Agency.

Apesar do salário principesco que ganhava, Ensei ia para o trabalho numa velha motocicleta e comia sozinho, sentado à secretária, o almoço que levava de casa, em vez de se juntar no restaurante aos restantes membros do departamento para saborear bifes do lombo e *vichyssoise*. Os outros programadores reverenciavam-no. Era brilhante, o programador mais criativo que qualquer deles alguma vez conhecera. Era bondoso e honesto, sossegado, guiado por uma ética impecável. A integridade moral era, para ele, o mais importante de todos os valores. Fora por isso que o seu afastamento da NSA e subsequente deportação tinham causado um choque tão grande.

Tankado, tal como o restante pessoal da Cripto, trabalhara no projecto do *TRANSLTR* no pressuposto de que, se fosse bem sucedido, seria usado para decifrar correspondência electrónica só em casos previamente aprovados pelo Departamento da Justiça. A utilização do supercomputador pela NSA seria regulada em termos muito semelhantes aos que obrigavam o FBI a obter uma ordem judicial para colocar um telefone sob escuta. O *TRANSLTR* incluiria programação que exigiria — para decifrar um ficheiro — *passwords* confiadas à guarda da Reserva Federal e do Departamento de Justiça. Isso impediria a organização de escutar indiscriminadamente as comunicações de cidadãos respeitadores da lei em qualquer parte do mundo.

No entanto, chegada a altura de introduzir essa programação, fora dito ao pessoal ligado à construção do *TRANSLTR* que tinha havido uma mudança de planos. Devido às pressões de tempo tantas vezes associadas ao trabalho antiterrorista da NSA, o *TRANSLTR* seria um equipamento de decifração isento de restrições, cujo funcionamento diário seria exclusivamente regulado pela própria NSA.

Ensei Tankado sentiu-se ultrajado. Na prática, aquilo significava que a NSA poderia abrir o correio fosse de quem fosse e tornar a fechá-lo sem que os visados o soubessem. Era como colocar sob escuta os telefones do mundo inteiro. Strathmore tentou fazer com que Tankado visse o *TRANSLTR* como uma ferramenta ao serviço da lei, mas sem resultado; Tankado mostrou-se inabalável na sua condenação do que considerava ser uma grosseira violação dos direitos humanos. Demitiu-se no mesmo instante e, passadas poucas horas, violou o código de secretismo da NSA ao tentar entrar em contacto com a Electronic Frontier Foundation. Estava preparado para chocar o mundo com a sua história a respeito de uma máquina secreta capaz de expor os utilizadores de computadores do mundo inteiro a uma impensável devassa por parte do Governo norte-americano. A NSA não tinha alternativa senão travar-lhe o passo.

A captura e deportação de Tankado, largamente noticiada *on-line*, foi um infeliz escândalo público. Contrariando os desejos de Strathmore, os especialistas em controlo de danos da NSA, com receio de que Tankado tentasse convencer o mundo da existência do *TRANSLTR*, lançaram uma vaga de boatos e calúnias que lhe destruíram a credibilidade. Ensei Tankado foi ostracizado pela comunidade informática global: ninguém confiava num aleijado acusado de espionagem, sobretudo quando ele tentava comprar a liberdade com alegações absurdas a respeito de uma máquina decifradora em poder dos norte-americanos.

O mais estranho foi que Tankado pareceu compreender; tudo aquilo fazia parte do jogo da espionagem. Pareceu não sentir qualquer ressentimento, apenas determinação. Enquanto os membros da segurança o levavam, dirigiu-se pela última vez a Strathmore, com gélida calma.

— Todos temos direito aos nossos segredos — disse. — Um dia, hei-de fazer com que assim seja.

CAPÍTULO SETE

O cérebro de Susan trabalhava a todo o vapor. *Ensei Tankado escreveu um programa que cria códigos invioláveis!* Mal conseguia apreender verdadeiramente a ideia.
— Fortaleza Digital — disse Strathmore. — É como ele lhe chama. A arma de contra-espionagem absoluta. Se este programa chega ao mercado, qualquer miúdo do 3.º ano com um computador poderá enviar códigos que a NSA não conseguirá decifrar. Os nossos Serviços de Informações estarão liquidados.

Os pensamentos de Susan estavam, no entanto, muito distantes das implicações políticas do programa. Estava ainda a esforçar-se por compreender a sua existência. Passara a vida a decifrar códigos, negando firmemente a possibilidade do código absoluto. *Não há códigos indecifráveis... O Princípio de Bergofsky!* Sentia-se como um ateu que repentinamente se visse face a face com Deus.

— Se este código sai — murmurou —, a criptografia tornar-se-á uma ciência morta.

Strathmore assentiu.

— Esse é o menor dos nossos problemas.

— Não podemos comprá-lo? Eu sei que ele nos odeia, mas não podemos oferecer-lhe uns quantos milhões de dólares? Convencê-lo a não o divulgar.

— Uns quantos milhões? — inquiriu Strathmore, rindo. — Faz alguma ideia de quanto esta coisa vale? Todos os Governos do mundo vão entrar na corrida. É capaz de nos imaginar a dizermos ao presidente que continuamos a poder espiar os iraquianos, mas deixámos de poder ler o que eles escrevem? Isto não tem só a ver com a NSA, tem a ver com toda a comunidade de recolha de informações. Esta organização fornece apoio a toda a gente: o FBI, a CIA, a DEA; ficariam todos a voar às cegas. Os embarques dos cartéis da droga tornar-se-iam indetectáveis, as grandes empresas transfeririam capitais sem deixarem qualquer rastro de papel e o IRS não saberia de nada, os terroristas poderiam conversar uns com os outros no mais absoluto segredo... seria o caos.

— A EFF vai ter um dia em cheio — comentou Susan, pálida.

— A EFF não faz a mínima ideia do trabalho que aqui desenvolvemos — rosnou Strathmore, enojado. — Se soubessem quantos ataques terroristas já impedimos por sermos capazes de decifrar códigos, mudavam de cantiga.

Susan concordou, mas também não ignorava as realidades. A EFF nunca saberia quão importante o *TRANSLTR* era. A máquina ajudara a fazer gorar dúzias de ataques, mas a informação era altamente secreta e nunca seria divulgada. A razão por detrás deste secretismo era fácil: o Governo não podia permitir a histeria colectiva que a verdade inevitavelmente provocaria; ninguém sabia como reagiria o público se se soubesse que, só no ano anterior, tinham sido evitados, por pouco, dois ataques com armas nucleares planeados por grupos terroristas em solo americano.

Os atentados nucleares não eram, no entanto, a única ameaça. Ainda no mês anterior, o *TRANSLTR* ajudara a travar um dos mais engenhosamente concebidos ataques terroristas registados nos anais da NSA. Uma organização antigovernamental gizara um plano designado pelo nome de código «Floresta de Sherwood». O alvo era a Bolsa de Valores de Nova Iorque e a intenção «redistribuir a riqueza». Ao longo de seis dias, alguns membros do grupo tinham colocado vinte e sete contentores metálicos não explosivos em edifícios à volta da Bolsa. Quando activados, os artefactos libertavam enormes quantidades de energia magnética. A descarga simultânea destes contentores cuidadosamente situados geraria um campo magnético suficientemente potente para apagar todos os registos informáticos da Bolsa: discos rígidos de computadores, bases de dados, *backups* e até vulgares disquetes. Todos os registos do que pertencia a quem desapareceriam para sempre.

Uma vez que a activação simultânea dos artefactos exigia uma sincronização perfeita, os recipientes estavam interligados por linhas telefónicas, via Internet. Durante os dois dias de contagem decrescente, os relógios internos dos engenhos trocaram entre si um fluxo constante de dados cifrados. A NSA interceptou as emissões como uma anomalia da rede, mas ignorou-as, considerando-as uma inofensiva troca de tagarelice. Mas depois do TRANSLTR ter decifrado os fluxos de dados, os analistas reconheceram imediatamente a sequência como uma contagem decrescente sincronizada. Os contentores foram localizados e retirados três horas antes do momento previsto para a sua activação.

Susan sabia que, sem o TRANSLTR, a NSA ficava impotente para travar o avanço do terrorismo electrónico. Lançou um olhar ao monitor. Continuava a indicar mais de quinze horas. Mesmo que a máquina conseguisse decifrar o ficheiro de Tankado naquele preciso instante, a NSA estaria liquidada. A Cripto ficaria reduzida a decifrar menos de dois códigos por dia. Até mesmo ao actual ritmo de 150 diários continuava a existir uma lista de espera de códigos a aguardar decifração.

— Tankado telefonou-me no mês passado — disse Strathmore, interrompendo-lhe o fio dos pensamentos.

Susan ergueu os olhos.

— Tankado *telefonou-lhe*?

Ele assentiu.

— Para me avisar.

— *Avisá-lo?* Ele odeia-o!

— Ligou para me dizer que estava a aperfeiçoar um algoritmo capaz de escrever códigos invioláveis. Não acreditei nele.

— Mas por que havia ele de o avisar? — perguntou Susan. — Queria vender-lho?

— Não. Queria fazer chantagem.

Subitamente, as peças começaram a encaixar.

— Claro — disse Susan, espantada. — Queria que lhe limpasse o nome.

— Não. — Strathmore franziu a testa. — Queria o TRANSLTR.

— O TRANSLTR?

— Sim. Ordenou-me que admitisse perante o mundo que temos a máquina. Disse que se reconhecêssemos que temos a capacidade de ler o *e-mail* de qualquer pessoa, destruiria o programa Fortaleza Digital.

Susan fez um ar de dúvida.

Strathmore encolheu os ombros.

— De qualquer maneira, é demasiado tarde. Tankado publicou uma cópia do Fortaleza Digital no seu *site*. Qualquer pessoa, em qualquer parte do mundo, pode copiá-lo.

Susan empalideceu.

— Fez *o quê*!?

— É uma manobra publicitária. Nada que nos deva preocupar. A cópia publicada está cifrada. Qualquer pessoa pode copiá-la, mas ninguém consegue abri-la. Muito engenhoso, na verdade. O código-fonte do Fortaleza Digital está cifrado, trancado.

— Claro! — exclamou Susan. — Toda a gente pode ter o programa, mas ninguém o pode usar.

— Exactamente. É Tankado a agitar uma cenoura diante do nariz do burro.

— Já viu o algoritmo?

O comandante fez um ar confuso.

— Não. Já lhe disse que está cifrado.

Susan pareceu igualmente confusa.

— Mas nós temos o TRANSLTR. Por que não decifrá-lo? — perguntou, mas quando viu o rosto de Strathmore, soube que as regras tinham mudado. — Oh, meu Deus! — Subitamente, tinha compreendido. — Cifrou o algoritmo com... *o próprio algoritmo*!

— *Bingo!*

Susan estava assombrada. A fórmula do Fortaleza Digital fora cifrada usando o Fortaleza Digital. Tankado publicara uma receita matemática sem preço, mas o texto da receita estava cifrado. E usara-se a *si mesmo* para fazer a cifragem.

— É o Cofre de Biggleman — murmurou Susan, reverentemente.

Strathmore confirmou com um aceno de cabeça. O Cofre de Biggleman era um cenário criptográfico hipotético em que um construtor de cofres desenha os planos de um cofre inviolável. Como quer manter os planos secretos, constrói o cofre e guarda os planos lá dentro. Tankado fizera o mesmo com o Fortaleza Digital. Protegera os seus planos cifrando-os com a fórmula descrita nos próprios planos.

— E o ficheiro que está no TRANSLTR? — perguntou Susan.

— Descarreguei-o do *site* do Tankado na Internet, como toda a gente. A NSA é neste momento a orgulhosa proprietária do algoritmo Fortaleza Digital, só que não conseguimos abri-lo.

Susan estava maravilhada com o engenho de Tankado. Sem revelar o seu algoritmo, provara à NSA que ele era indecifrável.

Strathmore entregou-lhe um recorte de jornal. Tratava-se de uma tradução resumida de um artigo do *Nikkei Shimbum*, o equivalente japonês do *Wall Street Journal*, no qual se noticiava que o programador japonês Ensei Tankado completara uma fórmula matemática que, segundo afirmava, era capaz de produzir códigos invioláveis. A fórmula chamava-se Fortaleza Digital e estava disponível na Internet. O programador vendê-la-ia pela melhor oferta. O artigo prosseguia dizendo que, apesar de haver um enorme interesse no Japão, as poucas companhias de *software* americanas que tinham ouvido falar do Fortaleza Digital consideravam a afirmação absurda, o equivalente a alguém dizer-se capaz de transformar chumbo em ouro. A fórmula, diziam, era um embuste e não devia ser levada a sério.

Susan ergueu a cabeça.

— Um leilão?

Strathmore assentiu.

— Neste preciso instante, todas as empresas de *software* do Japão têm nos respectivos discos rígidos a fórmula cifrada do Fortaleza Digital e estão a tentar abri-la. E a cada segundo que passa sem que o consigam, o preço sobe.

— Isso é absurdo — protestou Susan. — Todos os novos ficheiros cifrados são invioláveis a menos que se tenha o TRANSLTR. O Fortaleza Digital podia não ser mais do que um algoritmo genérico, do domínio público, e mesmo assim nenhuma dessas empresas conseguiria abri-lo.

— Mas não deixa de ser uma brilhante manobra de *marketing* — disse Strathmore. — Pense um pouco... todas as marcas de vidros à prova de bala detêm uma bala, mas se uma empresa desafiar o mundo a disparar uma contra os *deles*, de repente, toda a gente vai querer tentar.

— E os japoneses acreditam mesmo que o Fortaleza Digital é diferente? Melhor do que tudo o que existe no mercado?

— Tankado pode ter sido ostracizado, mas toda a gente sabe que é um génio. É praticamente uma figura de culto entre os *hackers*. Se ele diz que o algoritmo é indecifrável, o algoritmo é indecifrável.

— Mas são *todos* indecifráveis, tanto quanto o público sabe!
— Sim... — murmurou Strathmore. — Por enquanto.
— O que é que quer dizer com isso?
Strathmore suspirou.
— Há vinte anos, ninguém imaginava que hoje seríamos capazes de decifrar cifras de fluxo com doze *bits*. Mas a tecnologia avançou. Avança sempre. Os produtores de *software* assumem que, mais cedo ou tarde, há-de existir um computador como o TRANSLTR. A tecnologia progride exponencialmente e os actuais algoritmos de chave pública acabarão por deixar de ser seguros. Vão precisar de algoritmos melhores para se manterem um passo à frente dos computadores de amanhã.
— E o Fortaleza Digital é a resposta?
— Exactamente. Um algoritmo capaz de resistir à força bruta nunca se tornará obsoleto, por muito poderosos que os computadores de decifração se tornem. Pode tornar-se um padrão mundial da noite para o dia.
Susan inspirou fundo.
— Deus nos ajude! — murmurou. — Podemos licitar?
Strathmore abanou a cabeça.
— Tankado deu-nos a nossa oportunidade. Deixou isso bem claro. De todos os modos, é demasiado arriscado; se fôssemos apanhados, estaríamos basicamente a admitir que temos medo do algoritmo dele. Seria como confessar publicamente não só que temos o TRANSLTR mas também que o Fortaleza Digital é imune.
— Quanto tempo nos resta?
Strathmore franziu a testa.
— Tankado planeava anunciar a melhor oferta amanhã ao meio-dia.
Susan sentiu um aperto no estômago.
— E depois?
— A combinação era que entregaria ao vencedor a chave.
— A *chave*?
— Faz parte da jogada. Já toda a gente tem o algoritmo, de modo que o que Tankado está a leiloar é a chave que o abre.
— Claro — resmungou Susan. Era perfeito. Limpo e simples. Tankado cifrara o Fortaleza Digital e só ele detinha a chave que o abria. Tinha dificuldade em aceitar que algures... talvez rabiscada num pedaço de papel, no bolso de Tankado... havia uma chave de sessenta e

quatro caracteres capaz de liquidar definitivamente todo o sistema de recolha de informações dos Estados Unidos.

Sentiu-se repentinamente doente ao imaginar o cenário. Tankado entregaria a chave ao maior licitador e essa empresa abriria o ficheiro Fortaleza Digital. Em seguida, muito provavelmente, imprimiria o algoritmo num *chip* inviolável, e, dentro de cinco anos, todos os computadores produzidos em todo o mundo sairiam das fábricas já equipados com esse *chip*. Jamais construtor comercial algum sonhara sequer em criar um *chip* de cifragem, porque os algoritmos de cifragem normais acabavam sempre por se tornar obsoletos. O Fortaleza Digital, porém, nunca se tornaria obsoleto; com uma função de texto simples rotativo, nenhum ataque de força bruta conseguiria descobrir a chave. Um novo padrão de cifragem digital. De agora para todo o sempre. Todos os códigos invioláveis. Banqueiros, corretores, terroristas, espiões. Um mundo — um algoritmo.

Anarquia.

— Quais são as opções? — perguntou, cautelosamente. Estava bem ciente de que situações desesperadas exigiam medidas desesperadas. Mesmo na NSA.

— Não podemos removê-lo, se é isso que está a perguntar.

Era exactamente o que Susan estava a perguntar. Ao longo dos anos que passara na NSA, ouvira rumores a respeito das ligações da organização aos mais hábeis assassinos do mundo: matadores a soldo contratados para fazer o trabalho sujo do mundo da espionagem.

Strathmore abanou a cabeça.

— Tankado é demasiado esperto para nos deixar uma opção desse tipo.

Susan sentiu-se estranhamente aliviada.

— Está protegido?

— Não exactamente.

— Escondido?

Strathmore encolheu os ombros.

— Saiu do Japão. Planeava verificar as ofertas por telefone. Mas sabemos onde ele está.

— E não está a planear nenhuma jogada?

— Não. Ele arranjou um bom seguro. Entregou uma cópia da chave a uma terceira pessoa que ninguém sabe quem é... para o caso de lhe acontecer alguma coisa.

Claro. Susan estava maravilhada. *Um anjo da guarda.*

— E suponho que, se alguma coisa acontecer, o homem-mistério vende a chave?

— Pior. Se alguém atacar Tankado, o parceiro dele publica-a.

Susan pareceu baralhada.

— O parceiro *publica* a chave?

Strathmore assentiu.

— Na Internet, nos jornais, em cartazes. Na realidade, *oferece-a*.

Susan abriu muito os olhos.

— *Downloads* gratuitos?

— Exacto. Tankado achou que, estando morto, não precisaria do dinheiro... Por que não oferecer ao mundo um pequeno presente de despedida?

Seguiu-se um longo silêncio. Susan respirava profundamente, como que para absorver a terrível verdade. *Ensei Tankado criou um algoritmo indecifrável. Tem-nos a todos como reféns.*

Subitamente, levantou-se. Falou com uma voz cheia de determinação:

— Temos de contactar Tankado! Tem de haver uma maneira de o convencer a não publicar! Podemos oferecer-lhe o triplo da melhor oferta! Podemos limpar-lhe o nome! Seja o que for!

— Demasiado tarde — disse Strathmore. Inspirou fundo. — Ensei Tankado foi encontrado morto esta manhã. Em Sevilha, Espanha.

CAPÍTULO OITO

O trem de aterragem do bimotor *Learjet 60* tocou o asfalto escaldante da pista. Do outro lado da janela, a paisagem árida da baixa Estremadura espanhola, que a velocidade esbatia, abrandou gradualmente a sua corrida.

— Dr. Becker — crepitou uma voz. — Chegámos.

Becker levantou-se, espreguiçando-se. Só depois de ter aberto o compartimento por cima do assento se lembrou de que não tinha bagagem. Não houvera tempo para fazer malas. Também pouco importava, tinham-lhe dito que a estada seria breve: entrada por saída.

Com o uivo dos motores a decrescer até uma espécie de zumbido, o avião saiu do sol e entrou num hangar deserto situado em frente do terminal principal. Um instante mais tarde, o piloto apareceu e abriu a porta. Becker bebeu o resto do sumo de arando, pousou o copo e pegou no casaco.

O piloto tirou um gordo sobrescrito do bolso interior.

— Mandaram-me entregar-lhe isto.

Estendeu o sobrescrito a Becker. Na frente, escritas a tinta azul, encontravam-se as palavras:

FIQUE COM O TROCO

Becker passou o polegar pelo grosso maço de notas avermelhadas.

— O que...?

— Moeda local — disse o piloto, sucintamente.

— Eu sei o que é — respondeu Becker. — Mas é... é muito. Só preciso de dinheiro para o táxi. — Fez mentalmente a conversão. — Está aqui o equivalente a *milhares* de dólares!

— Limito-me a cumprir ordens. — O piloto fez meia volta e tornou a subir para o aparelho. A porta deslizou e fechou-se atrás dele.

Becker olhou para o avião e a seguir para o dinheiro que tinha na mão. Depois de ter ficado por um momento imóvel no hangar deserto, enfiou o sobrescrito no bolso interior, atirou o casaco por cima do ombro e atravessou a pista. Era um estranho começo. Afastou o pensamento. Com um pouco de sorte, estaria de volta a tempo de salvar pelo menos uma parte do seu fim-de-semana com Susan no Stone Manor.

Entrada por saída, disse a si mesmo. *Entrada por saída.*

Nunca o poderia ter adivinhado.

CAPÍTULO NOVE

O técnico de segurança de sistemas Phil Chartrukian não tencionava demorar-se mais de um minuto dentro da redoma da Cripto: apenas o tempo suficiente para pegar nuns papéis de que se esquecera no dia anterior. Não estava, porém, destinado a ser assim.

Depois de ter atravessado a sala e entrado no laboratório da Seg-Sis, soube imediatamente que algo estava errado. Não havia ninguém sentado diante do terminal de computador que vigiava instante a instante o funcionamento interno do *TRANSLTR*, e o próprio terminal estava desligado.

— Ei, está aí alguém? — chamou Chartrukian.

Não obteve resposta. O laboratório estava impecavelmente arrumado, como se ninguém lá tivesse entrado nas últimas horas.

Apesar de ter apenas vinte e três anos e ser um membro relativamente recente da equipa, Chartrukian fora bem treinado e conhecia os procedimentos: havia *sempre* um Seg-Sis de serviço na Cripto... especialmente aos sábados, quando os criptógrafos não estavam lá.

Ligou de imediato o terminal e voltou-se para a escala afixada na parede.

— Quem é que está de serviço? — perguntou em voz alta, examinando a lista de nomes. Segundo a escala, era suposto um «novo» chamado Seidenberg ter iniciado um duplo turno à meia-noite. Chartrukian passeou o olhar pelo laboratório deserto e franziu a testa.

— Onde raio se meteu ele?

Enquanto via o terminal acender-se, perguntou a si mesmo se Strathmore saberia que o laboratório da Seg-Sis ficara abandonado. Notara, no caminho para ali, que o gabinete do comandante tinha as cortinas corridas, o que significava que o chefe estava lá — nada de invulgar num sábado. Embora exigisse aos seus criptógrafos que folgassem ao sábado, Strathmore parecia trabalhar 365 dias por ano.

Uma coisa Chartrukian sabia com toda a certeza: se Strathmore descobrisse que não havia ninguém no laboratório da Seg-Sis, o ausente Seidenberg ficaria sem emprego. Olhou para o telefone, perguntando a si mesmo se deveria ligar para o jovem técnico e safá-lo daquela enrascada; havia uma regra tácita entre os técnicos da Seg-Sis, e essa regra estipulava que tinham de se proteger uns aos outros. Na Cripto, os Seg-Sis eram cidadãos de segunda, constantemente em conflito com os senhores do castelo. Não era segredo para ninguém que os criptógrafos reinavam naquele galinheiro de muitos milhões de dólares; os Seg-Sis só eram tolerados porque mantinham os brinquedos a funcionar sem problemas.

Chartrukian tomou uma decisão. Pegou no telefone. Mas não chegou a levar o auscultador ao ouvido. Imobilizou-se a meio do gesto, de olhos cravados no visor do terminal. Como que em câmara lenta, pousou o telefone e ficou a olhá-lo boquiaberto.

Nunca, naqueles oito meses que já levava como Seg-Sis, Phil Chartrukian vira o monitor do TRANSLTR mostrar outra coisa que não fossem dois zeros no campo das *horas*. Aquilo era uma estreia absoluta.

TEMPO DECORRIDO: 15:27:21

— Quinze horas e vinte e sete minutos! — exclamou, engasgando-se. — É impossível!

Reiniciou o terminal, pedindo aos deuses que se tivesse tratado apenas de um problema de arranque. Mas quando o visor voltou à vida, nada tinha mudado.

Chartrukian sentiu um arrepio. Os Seg-Sis da Cripto tinham uma única responsabilidade: manter o TRANSLTR «limpo» — livre de vírus.

Chartrukian sabia que um ficheiro a correr durante quinze horas só podia significar uma coisa: infecção. Um ficheiro impuro entrara na máquina e estava a corromper a programação. Instantaneamente, o treino a que fora submetido impôs-se; já não importava que a Seg-Sis tivesse ficado abandonada ou que os terminais tivessem sido desligados. Concentrou-se no problema que tinha entre mãos: o TRANSLTR. Chamou ao visor o registo dos ficheiros que tinham entrado na máquina durante as últimas quarenta e oito horas. Começou a examinar a lista.

Terá um ficheiro infectado conseguido passar? Terão os filtros de segurança deixado escapar qualquer coisa?

Como precaução, todos os ficheiros que entravam no TRANSLTR tinham de passar pelo chamado Crivo — uma série de portões potentes ao nível dos circuitos, filtros e programas antivírus cuja função era detectar quaisquer vírus ou sub-rotinas potencialmente perigosas. Todos os ficheiros que contivessem programação que o Crivo não «conhecesse» eram imediatamente rejeitados. E tinham de ser verificados à mão. Ocasionalmente, o Crivo rejeitava ficheiros inofensivos por conterem programação que os filtros nunca tinham encontrado. Nesses casos, os Seg-Sis faziam uma escrupulosa inspecção manual, e só então, depois de terem confirmado que o ficheiro estava limpo, o reintroduziam no TRANSLTR, contornando os filtros.

Os vírus informáticos eram tão diversos e variados como os bacterianos. Tal como os seus equivalentes fisiológicos, tinham apenas um objectivo: instalarem-se num sistema hospedeiro e replicarem-se. Neste caso, o hospedeiro era o TRANSLTR.

Chartrukian espantava-se por a NSA não ter tido anteriormente problemas com vírus. O Crivo era uma sentinela poderosa, mas, mesmo assim, a NSA alimentava-se do fundo, absorvendo quantidades maciças de informação digital retirada de sistemas espalhados por todo o mundo. Espiar dados era, sob vários aspectos, muito parecido com praticar sexo indiscriminado: com protecção ou sem ela, mais cedo ou mais tarde, acabava por se apanhar qualquer coisa.

Chartrukian acabou de examinar a lista de ficheiros que tinha à sua frente. Estava agora ainda mais intrigado do que antes. Todos os ficheiros tinham sido examinados. O Crivo não vira nada fora do habitual, o que significava que o TRANSLTR estava totalmente limpo.

— Então, por que raio está a demorar tanto tempo? — perguntou ao laboratório deserto. Sentiu que começava a suar. Pôs a si mesmo a questão de saber se seria oportuno incomodar Strathmore com a notícia.

— Uma busca — disse firmemente, tentando acalmar-se. — Tenho de fazer uma busca ao sistema.

Sabia que essa seria, de todos os modos, a primeira medida que Strathmore o mandaria tomar. Lançando um olhar à sala deserta, tomou uma decisão. Introduziu o programa de busca de vírus e pô-lo a correr. Ia demorar cerca de quinze minutos.

— Sai-me daí limpinho — murmurou. — Como um apito. Diz cá ao papá que não é nada.

Porém, Chartrukian sabia que *alguma* coisa tinha de ser. O instinto dizia-lhe que algo de muito invulgar se passava nas entranhas da grande criatura decifradora.

CAPÍTULO DEZ

— Ensei Tankado está morto? — Susan sentiu uma onda de náusea. — Mataram-no? Pensei que tinha dito...

— Não lhe tocámos — garantiu-lhe Strathmore. — Morreu de um ataque cardíaco. A COMINT ligou-nos hoje de manhã, muito cedo. O computador deles apanhou o nome num relatório da Polícia de Sevilha, através da Interpol.

— Ataque cardíaco? — A expressão de Susan era de dúvida. — Tinha trinta anos.

— Trinta e dois — corrigiu Strathmore. — Tinha uma malformação congénita.

— Nunca ouvi nada a esse respeito.

— Detectámo-la nos exames médicos de admissão na NSA. Não era um tema de que ele gostasse de falar.

Susan estava a ter dificuldade em aceitar a felicidade do acaso.

— Uma malformação cardíaca capaz de o matar... assim de repente? Parecia-lhe demasiado conveniente.

Strathmore encolheu os ombros.

— Um coração fraco... combinado com o calor de Espanha. Junte-se a isso a tensão de andar a chantagear a NSA...

Susan permaneceu silenciosa por um instante. Mesmo considerando as circunstâncias, a morte de um tão brilhante colega criptógrafo não podia deixar de lhe causar uma sensação de perda. A voz rouca de Strathmore interrompeu-lhe os pensamentos.

— A única coisa boa no meio de todo este fiasco é que Tankado viajava sozinho. Há boas possibilidades de o parceiro não saber que ele morreu. As autoridades espanholas prometerem reter a informação o máximo de tempo possível. Só fomos informados porque a COMINT estava atenta. — Strathmore olhou fixamente para Susan. — Tenho de encontrar o tal parceiro antes que ele descubra que Tankado morreu. Foi por isso que a chamei aqui. Preciso da sua ajuda.

Susan estava confusa. Parecia-lhe que a oportuna morte de Ensei Tankado resolvera o problema.

— Comandante — argumentou —, se as autoridades dizem que ele morreu de um ataque cardíaco, estamos safos; o parceiro saberá que a NSA não foi responsável.

— Não somos responsáveis? — Strathmore abriu muito os olhos, numa expressão de incredulidade. — Alguém que tenta fazer chantagem com a NSA aparece morto poucos dias mais tarde... e nós *não somos responsáveis?* Aposto o que quiser em como o misterioso amigo de Tankado não será da mesma opinião. Seja o que for que tenha acontecido, parecemos culpados como o raio. Podia muito bem ter sido veneno, uma autópsia falseada, sei lá o quê. — Fez uma pausa. — Qual foi a sua primeira reacção quando lhe disse que Tankado tinha morrido?

Susan franziu a testa.

— Pensei que a NSA o tinha apanhado.

— Exactamente. Se a NSA consegue colocar cinco satélites *Rhyolite* em órbita geostacionária por cima do Médio Oriente, parece-me seguro assumir que temos meios suficientes para pagar a meia dúzia de polícias espanhóis.

Strathmore marcara o seu ponto.

Susan expirou devagar. *Ensei Tankado morreu. A NSA vai passar por culpada.*

— Vamos conseguir encontrá-lo a tempo?

— Penso que sim. Temos um bom avanço. Tankado anunciou publicamente diversas vezes que estava a trabalhar com um parceiro. Julgo que na esperança de desencorajar as empresas de *software* de o atacarem ou tentarem roubar-lhe a chave. Ameaçou que se houvesse qualquer espécie de jogo sujo, o parceiro publicaria o algoritmo e as empresas ver-se-iam de repente em competição com o *software* público.

— Inteligente — assentiu Susan.

— Em três ou quatro ocasiões — prosseguiu Strathmore —, Tankado referiu publicamente o parceiro pelo nome. Chamou-lhe North Dakota.

— North Dakota? Obviamente, um pseudónimo.

— Sim, mas por uma questão de precaução, fiz uma busca na Internet usando North Dakota como comando de pesquisa. Não estava à espera de descobrir fosse o que fosse, mas encontrei um endereço *e-mail*. — Strathmore fez uma pausa. — Parti do princípio, claro está, de que não era o North Dakota que procurávamos, mas, só para ter a certeza, investiguei o endereço. Imagine o meu choque quando descobri que estava cheio de mensagens de Tankado. — Ergueu as sobrancelhas. — E as mensagens estavam cheias de referências ao Fortaleza Digital e aos planos de Tankado para chantagear a NSA.

Susan lançou-lhe um olhar carregado de cepticismo. Espantava-a que o comandante se deixasse levar tão facilmente.

— Comandante — argumentou —, Tankado sabia perfeitamente que a NSA tem a capacidade de pescar *e-mail* da Internet; nunca usaria o correio electrónico para enviar informações secretas. É uma armadilha. Ensei Tankado *deu-lhe* o North Dakota. *Sabia* que ia fazer uma busca. Fosse qual fosse a informação que estava a enviar, *queria* que a descobrisse... é uma pista falsa.

— Bom instinto — ripostou Strathmore —, excepto por duas coisas. Não encontrei nada em North Dakota, de modo que afinei o comando de pesquisa. A conta que encontrei estava sob uma variação: NDAKOTA.

Susan abanou a cabeça.

— Correr permutações é procedimento-padrão. Tankado sabia que havia de tentar variações até encontrar qualquer coisa. NDAKOTA é uma alteração demasiado simples.

— Talvez — admitiu Strathmore, escrevendo qualquer coisa num pedaço de papel que estendeu a Susan. — Mas olhe para isto.

Susan leu o que estava escrito no papel. Subitamente, compreendeu o raciocínio do comandante. O que tinha à sua frente era o endereço *e-mail* de North Dakota.

ndakota@ara.anon.org

Foram as letras ARA no endereço que lhe prenderam a atenção. ARA era o acrónimo de American Remailers Anonymous, um servidor anónimo muito conhecido.

Os servidores anónimos eram populares entre os utilizadores da Internet que desejavam manter secretas as respectivas identidades. A troco de um pagamento, estas empresas protegiam a privacidade de quem enviava ou recebia mensagens agindo como intermediárias de correio electrónico. Era como ter uma caixa postal numerada — o utilizador podia enviar e receber correio sem ter de revelar o seu nome e morada verdadeiros. A empresa recebia o correio dirigido a pseudónimos e reencaminhava-o para a verdadeira conta do cliente, estando obrigada, por contrato, a nunca revelar os dados reais dos utilizadores.

— Não serve como prova — continuou Strathmore. — Mas é muito suspeito.

Susan assentiu, subitamente mais convencida.

— O que está a dizer é que Tankado não queria saber se alguém procurava o North Dakota porque a identidade e morada deste último estavam protegidos pela ARA.

— Exacto.

Susan pensou por um instante.

— A ARA serve sobretudo contas nos Estados Unidos. Acha que o North Dakota pode estar por aí algures?

Strathmore encolheu os ombros.

— É possível. Com um parceiro americano, Tankado podia manter as duas chaves geograficamente separadas. Talvez fosse uma jogada inteligente.

Susan considerou a questão. Duvidava que Tankado tivesse partilhado a sua chave com quem quer que fosse excepto um amigo muito íntimo, e, se bem se lembrava, Ensei Tankado não tinha muitos amigos nos Estados Unidos.

— North Dakota — murmurou, com o seu cérebro criptológico a remoer os possíveis significados do pseudónimo. — Como é que é o *e-mail* dele para o Tankado?

— Não faço ideia. A COMINT só apanhou as mensagens enviadas pelo Tankado. Neste momento, tudo o que temos relativamente ao North Dakota é um endereço anónimo.

Susan permaneceu em silêncio por um instante.

— Alguma hipótese de ser um engodo? — perguntou.

Strathmore arqueou uma sobrancelha.

— Que quer dizer?

— Tankado podia estar a enviar *e-mails* falsos para um endereço morto na esperança de que nós os apanhássemos. Julgá-lo-íamos protegido e desse modo ele não teria de correr o risco de partilhar a chave fosse com quem fosse. Pode estar a trabalhar sozinho.

Strathmore riu-se, impressionado.

— A ideia é curiosa, excepto por uma coisa. Não está a usar qualquer das habituais contas Internet de casa ou da empresa. Vai à universidade de Doshisha e usa o computador central deles. Aparentemente, tem lá uma conta que conseguiu manter secreta. Está muito bem escondida, e só a encontrei por mero acaso. — Fez uma pausa. — Portanto... se Tankado queria que lhe espiássemos o correio, para quê usar uma conta secreta?

Mais uma vez, Susan ponderou a questão.

— Talvez ele usasse uma conta secreta para que não suspeitássemos de uma manobra. Talvez a tenha escondido só o suficiente para que tropeçássemos nela e julgássemos ter sido por pura sorte. Seria uma maneira de dar credibilidade aos *e-mails* dele.

Strathmore riu-se.

— A Susan deveria ter sido uma operacional. A ideia é boa. Infelizmente, todas as mensagens que Tankado envia têm resposta. Tankado escreve, o parceiro responde.

Susan franziu a testa.

— Tudo bem. Está então a dizer que o North Dakota existe de verdade.

— Receio que sim. E temos de o encontrar. Muito *discretamente*. Se ele sonha que andamos atrás dele, é o fim.

Susan sabia agora exactamente por que razão Strathmore a tinha chamado.

— Deixe-me adivinhar — disse. — Quer que entre na base de dados da ARA e descubra a verdadeira identidade do North Dakota.

Strathmore dirigiu-lhe um sorriso tenso.

— Miss Fletcher, acaba de ler os meus pensamentos.

Em se tratando de buscas discretas na Internet, Susan Fletcher era a mulher indicada para o trabalho. Um ano antes, um alto funcionário da Casa Branca começara a receber no seu computador ameaças de alguém com um endereço de *e-mail* secreto. Tinha sido pedido à NSA que localizasse o indivíduo. Apesar de ter poder suficiente para exigir à empresa de reencaminhamento que revelasse a identidade do utilizador, a organização optara por um método mais subtil: um «*tracer*».

Susan criara, com efeito, um feixe direccional disfarçado de mensagem. Podia enviá-la para o falso endereço do utilizador, e o *remailer*, cumprindo a função para que fora contratado, remetê-la-ia para o endereço verdadeiro. Uma vez ali, o programa registaria a localização Internet e enviá-la-ia para a NSA. Feito isto, desintegrar-se-ia sem deixar rasto. A partir desse dia, no que respeitava à NSA, os *remailers* anónimos passaram a ser apenas um pequeno incómodo.

— Consegue encontrá-lo? — perguntou Strathmore.

— Claro. Por que esperou tanto tempo para me chamar?

— A verdade... — Strathmore franziu a testa —, é que não tinha planeado chamá-la. Não queria mais ninguém envolvido nesta alhada. Tentei enviar uma cópia do seu *tracer*, mas a Susan escreveu o raio da coisa numa dessas novas linguagens híbridas: não consegui pô-lo a funcionar. Devolvia-me dados que não faziam qualquer espécie de sentido. Finalmente, tive de engolir o sapo e chamá-la.

Susan riu-se. Strathmore era um brilhante programador criptográfico, mas o seu repertório limitava-se primariamente a trabalho algorítmico; por isso, muitas vezes ignorava as minudências práticas da mais comezinha programação «secular». Por outro lado, Susan escrevera o seu *tracer* numa nova linguagem de programação híbrida chamada LIMBO; era compreensível que Strathmore tivesse deparado com problemas.

— Eu trato disso — disse, com um sorriso, voltando-se para sair. — Vou para o meu terminal.

— Alguma ideia quanto a um enquadramento temporal?

Susan fez uma pausa.

— Bem... depende da eficiência com que a ARA reenvia o correio que recebe. Se ele está nos Estados Unidos e usa qualquer coisa como o AOL ou o Compuserve, descubro-lhe o cartão de crédito e tenho uma morada dentro de uma hora. Se estiver numa universidade ou numa empresa, vai demorar um pouco mais. — Sorriu, embaraçada.

— Depois, o resto é consigo.

Susan sabia que o «resto» seria um grupo de acção da NSA, a cortar a electricidade em casa do sujeito e a entrar-lhe pela janela com armas atordoantes. Provavelmente, os membros da equipa julgariam tratar-se de uma operação relacionada com narcóticos. Strathmore apareceria em pessoa logo a seguir, passaria pelo meio dos escombros, localizaria a chave de sessenta e quatro caracteres e destruí-la-ia. E o Fortaleza Digital ficaria para todo o sempre sepultado na Internet.

— Envie o *tracer* com cuidado — exortou Strathmore. — Se o North Dakota percebe que estamos em cima dele, entra em pânico e nunca conseguirei fazer lá chegar uma equipa antes que ele desapareça com a chave.

— Toca e foge — assegurou ela. — No instante em que esta coisa descobrir a conta, dissolve-se. Ele nem chegará a saber que lá esteve.

O comandante assentiu, cansado.

— Obrigado.

Susan sorriu-lhe suavemente. Ficava sempre espantada ao verificar como, mesmo face ao desastre, Strathmore conseguia manter a calma. Estava convencida de que fora essa capacidade que lhe definira a carreira e o levara aos mais altos escalões do poder.

Enquanto se dirigia para a porta, lançou um olhar prolongado ao TRANSLTR. A existência de um algoritmo indecifrável era um conceito que ainda estava a esforçar-se por apreender. Pediu aos deuses que os deixassem encontrar North Dakota a tempo.

— Faça isso depressa — disse Strathmore, atrás dela —, e estará nas Smoky Mountains antes do anoitecer.

Susan imobilizou-se. Tinha a certeza de que não referira o assunto a Strathmore. Rodou sobre os calcanhares. *Estará a NSA a vigiar o meu telefone?*

O comandante sorriu, com um ar culpado.

— David falou-me dos vossos planos, hoje de manhã. Contou-me que tinha ficado muito aborrecida por ter de os adiar.

Susan não estava a perceber nada daquela conversa.

— Falou com o David *esta manhã?*

— Por causa da viagem dele. Mandei-o a Espanha.

CAPÍTULO ONZE

Espanha. *Mandei-o a Espanha.* As palavras do comandante foram como ferroadas.

— David está em Espanha? — Susan nem queria acreditar. — Mandou-o a Espanha? — O tom da sua voz deixou transparecer uma nota de fúria. — *Porquê?*

Strathmore pareceu confuso. Não estava evidentemente habituado a que lhe gritassem, mesmo tratando-se da chefe do Departamento da Cripo. Lançou a Susan um olhar embaraçado. Viu-a tensa, pronta a saltar como um tigre fêmea em defesa das crias.

— Susan — disse —, falou com ele, não falou? David explicou-lhe?

Susan estava demasiado chocada para falar. *Em Espanha? Foi por isso que David adiou a nossa ida para o Stone Manor?*

— Mandei um carro buscá-lo esta manhã. Ele disse-me que lhe telefonava antes de partir. Lamento. Pensei...

— Que foi David fazer a Espanha?

Strathmore olhou para ela com o ar de quem achava a resposta evidente.

— Buscar a outra chave.

— Que outra chave?

— A cópia de Tankado.

Susan olhou para ele, sem compreender.

— De que é que está a falar?

Strathmore suspirou.

— Tankado tinha de certeza consigo uma cópia da chave quando morreu. E eu não a quero a passear-se de um lado para o outro na morgue de Sevilha.

— E mandou David Becker? — Susan estava para lá do choque. Já nada fazia sentido. — David nem sequer trabalha para si!

Strathmore parecia espantado. Ninguém falava com o director-adjunto da NSA naqueles termos.

— Susan — disse, mantendo a calma —, é exactamente essa a questão. Precisava...

O tigre saltou.

— Tem vinte mil empregados às suas ordens! O que lhe deu o direito de mandar o meu noivo?

— Precisava de um correio civil. Alguém que não tivesse nada a ver com o Governo. Se seguisse o procedimento normal e alguém descobrisse...

— E David Becker é o único civil que conhece?

— Não! David Becker *não* é o único civil que conheço! Mas às seis da manhã de hoje, estava muita coisa a acontecer muito depressa! David fala espanhol, é inteligente, confio nele, e julguei estar a fazer--lhe um favor!

— Um favor! — explodiu Susan. — Mandá-lo a Espanha foi um favor?

— Foi! Estou a pagar-lhe dez mil dólares por um dia de trabalho. Vai buscar os objectos pessoais do Tankado e regressa a casa. Isto é um favor!

Susan ficou calada. Compreendia. Era tudo uma questão de dinheiro.

Os pensamentos dela recuaram cinco meses, até à noite em que o administrador da Georgetown University oferecera a David a direcção do Departamento de Línguas Modernas. O administrador avisara-o de que teria de reduzir o número de horas de aulas e de que haveria mais papelada a tratar, mas também um substancial aumento de salário. Susan quisera gritar: *David, não aceites! Vais ser infeliz! Temos dinheiro mais do que suficiente... que importa qual dos dois o ganha?* Mas não lhe cabia fazê-lo. No fim, apoiara a decisão dele de aceitar. Enquanto adormeciam, naquela noite, tentara sentir-se feliz por David, mas qualquer coisa dentro de si lhe dizia que ia ser um desastre. Tinha razão... só que nunca esperara ter *tanta* razão.

— Pagou-lhe dez mil dólares? — perguntou. — Isso é um truque sujo!

Strathmore começava a ficar furioso.

— Truque? Não foi raio de truque nenhum! Nem sequer lhe falei do dinheiro. Pedi-lho como um favor pessoal. Ele aceitou ir.

— Claro que aceitou! O senhor é o meu patrão! É o director-adjunto da NSA! Não podia dizer que não!

— Tem toda a razão! — atirou-lhe Strathmore. — Foi por isso que o escolhi. Não podia dar-me ao luxo...

— O director sabe que enviou um civil?

— Susan — disse Strathmore, cuja paciência estava claramente a esgotar-se —, o director não está envolvido. Não sabe nada disto.

Susan ficou a olhar para ele, incrédula. Era como se já não conhecesse o homem com quem estava a falar. Mandara o noivo dela — um professor — numa missão da NSA, e não dissera ao director uma palavra a respeito da maior crise da história da organização.

— Leland Fontaine *não* foi informado?

Strathmore tinha chegado ao fim da corda. Explodiu.

— Susan, escute-me bem! Chamei-a aqui porque preciso de um aliado, não de um inquisidor! Tive uma manhã dos diabos. Descarreguei o ficheiro do Tankado a noite passada e fiquei aqui sentado junto da impressora durante horas a pedir a Deus que o *TRANSLTR* conseguisse abri-lo. De madrugada, engoli o orgulho e liguei para o director... e deixe-me que lhe diga que *era* uma conversa que eu estava *mesmo* ansioso por ter. «Bom dia, doutor. Desculpe tê-lo acordado. Por que é que estou a telefonar-lhe? Acabo de descobrir que o *TRANSLTR* se tornou obsoleto. É por causa de um algoritmo que a minha equipa inteira de criptógrafos, pagos a peso de ouro, não consegue chegar sequer perto de escrever!» — E Strathmore deu um murro no tampo da secretária.

Susan ficou petrificada. Não fez o mais pequeno som. Ao longo de dez anos, só vira Strathmore perder a calma meia dúzia de vezes, e nunca com ela.

Dez segundos mais tarde, nenhum dos dois tinha falado. Finalmente, Strathmore recostou-se na cadeira e Susan ouviu a respiração dele regressar ao normal. Quando falou, a voz soou estranhamente calma e controlada.

— Infelizmente — disse ele com tranquilidade —, acontece que o director está na América do Sul, numa reunião com o presidente da

Colômbia. Uma vez que não havia rigorosamente nada que ele pudesse fazer do sítio onde estava, restavam-me duas opções: pedir-lhe que interrompesse a reunião e regressasse, ou tratar eu próprio do assunto.
— Seguiu-se um longo silêncio. Strathmore ergueu finalmente a cabeça e os seus olhos cansados encontraram os de Susan. A expressão dele suavizou-se nesse instante. — Susan, lamento. Estou exausto. Isto é um pesadelo tornado realidade. Sei que está perturbada por causa de David. Não era minha intenção que o ficasse a saber deste modo. Pensei que ele lhe tinha contado.
Susan sentiu-se vagamente culpada.
— A minha reacção foi exagerada. Peço desculpa. David foi uma boa escolha.
Strathmore assentiu, com um ar ausente.
— Está de volta esta noite.
Susan pensou em tudo o que o comandante tinha de enfrentar: a pressão de supervisionar o *TRANSLTR*, as horas de trabalho intermináveis, as reuniões. Corria o rumor de que a mulher ia deixá-lo, ao cabo de trinta anos de casamento. E, então, a acrescentar a tudo isso, aparecia o Fortaleza Digital, a maior ameaça aos serviços de inteligência de toda a história da NSA, e o pobre homem estava a voar a solo. Não admirava que parecesse à beira de um colapso.
— Considerando as circunstâncias — disse —, acho que provavelmente deveria telefonar ao director.
Strathmore abanou a cabeça e uma gota de suor caiu no tampo da secretária.
— Não vou comprometer a segurança do director nem arriscar uma fuga de informação contactando-o a respeito de uma crise grave em relação à qual ele nada pode fazer.
Susan sabia que ele tinha razão. Mesmo em momentos como aquele, o comandante conseguia manter a cabeça fria.
— Já pensou em falar com o presidente?
Strathmore assentiu.
— Já. E decidi não o fazer.
Susan já o esperava. Os altos funcionários da NSA tinham o direito de responder a emergências evidentes ao nível dos serviços de inteligência sem conhecimento do executivo. A NSA era a única organização de recolha de informações dos Estados Unidos que gozava

de imunidade total relativamente a qualquer espécie de tutela federal. Strathmore aproveitava-se muitas vezes desse direito; preferia fazer as suas magias em total isolamento.

— Comandante — argumentou Susan —, isto é demasiado grande para uma pessoa só. Tem de envolver mais alguém, pedir ajuda.

— Susan, a existência do Fortaleza Digital tem implicações gravíssimas para o futuro desta organização. Não faço a mínima tenção de informar o presidente nas costas do nosso director. Temos uma crise e eu estou a geri-la. — Olhou para ela com uma expressão pensativa. — *Sou* o director-adjunto de Operações. — Um sorriso cansado perpassou-lhe o rosto. — E, além disso, não estou sozinho. Tenho a Susan Fletcher na minha equipa.

Naquele instante, Susan soube o que era que respeitava tanto em Trevor Strathmore. Ao longo de dez anos, através de bons e maus momentos, ele sempre lhe indicara o caminho. Firme. Inabalável. Era a dedicação dele que a espantava, a inquebrantável fidelidade aos seus princípios, ao seu país, aos seus ideais. Acontecesse o que acontecesse, o comandante Trevor Strathmore era a luz orientadora num mundo de decisões impossíveis.

— *Está* na minha equipa, não está? — perguntou ele.

Susan sorriu.

— Sim, estou. A cem por cento.

— Óptimo. E agora, podemos voltar ao trabalho?

CAPÍTULO DOZE

David Becker já tinha estado em funerais, já tinha visto cadáveres noutras ocasiões, mas havia naquele qualquer coisa de particularmente perturbador. Não era um corpo muito bem composto e arranjado, estendido num caixão forrado a seda. Aquele estava nu e fora atirado sem cerimónias para cima de uma mesa de alumínio. Os olhos não tinham ainda adquirido aquele olhar vítreo e sem vida dos cadáveres «normais». Em lugar disso, estavam revirados para cima, voltados para o tecto com uma estranha expressão congelada de terror e remorso.

— *¿Dónde están sus efectos?* — perguntou Becker, num castelhano fluente. «Onde estão as coisas dele?»

— *Allí* — respondeu o tenente de dentes amarelos, apontando para um balcão em cima do qual havia um monte de roupas e outros objectos pessoais.

— *¿Es todo?*
— *Sí.*

Becker pediu uma caixa de cartão. O tenente saiu para ir buscá-la.

Era sábado à tarde e a morgue de Sevilha estava tecnicamente fechada. O jovem tenente permitira a entrada a Becker por ordem expressa do comandante da Guardia da cidade. O visitante americano tinha, aparentemente, amigos poderosos.

Becker examinou o monte de roupas. Havia um passaporte, uma carteira e uns óculos enfiados dentro de um dos sapatos. Havia também um pequeno saco de viagem que a Guardia recolhera no hotel onde o homem estivera hospedado. As instruções que recebera eram claras. Não tocar em nada. Não ler nada. Limitar-se a levar tudo consigo. Tudo. Não deixar escapar fosse o que fosse.

Enquanto examinava o monte, franziu o sobrolho. *Para que quererá a NSA esta tralha?*

O tenente regressou com uma pequena caixa e Becker começou a meter as roupas dentro dela.

— ¿*Quien es?* — perguntou o oficial, tocando com um dedo na perna do cadáver.

— Não faço a mínima ideia.

— Parece chinês.

Japonês, pensou Becker.

— Pobre diabo. Ataque cardíaco, hã?

Becker assentiu, distraidamente.

— Foi o que me disseram.

O tenente suspirou e abanou a cabeça, com um ar de pena.

— O sol de Sevilha pode ser cruel. O melhor é ter cuidado, amanhã.

— Obrigado — disse Becker —, mas regresso a casa ainda hoje.

O homem pareceu chocado.

— Ainda agora chegou!

— Eu sei, mas a pessoa que me pagou a viagem está à espera destas coisas.

O tenente fez aquele ar ofendido que só os espanhóis sabem fazer.

— Quer dizer que não vai *experimentar* Sevilha?

— Já cá estive, há anos. É uma bela cidade. Gostaria de poder ficar.

— Viu La Giralda?

Becker assentiu. Nunca chegara a subir até ao topo da antiga torre mourisca, mas tinha-a visto.

— E o Alcazar?

Becker tornou a assentir, recordando a noite em que ouvira Paco de Lucia tocar guitarra no pátio do Alcazar. *Flamenco* à luz das estrelas numa fortaleza do século XV. Quem lhe dera já conhecer Susan naquela altura.

— E há o Cristóvão Colombo, claro. — O tenente sorriu. — Está sepultado na nossa catedral.

Becker ergueu os olhos.

— Palavra? Pensava que Colombo estava sepultado na República Dominicana.

— Raios, não! Quem será que espalha esses boatos? O corpo de Colombo está aqui, em Espanha! Pareceu-me ouvi-lo dizer que frequentou a universidade.

Becker encolheu os ombros.

— Devo ter faltado nesse dia.

— A Igreja espanhola orgulha-se muito das suas relíquias.

A Igreja espanhola. Becker sabia que havia apenas uma Igreja em Espanha: a Igreja Católica Romana. O catolicismo era mais forte ali do que no próprio Vaticano.

— Claro que não temos o corpo todo — acrescentou o tenente. — *Solo el escroto.*

Becker interrompeu o que estava a fazer e olhou para o homem. *Solo el escroto?* Esforçou-se por disfarçar um sorriso.

— Só o escroto?

O tenente assentiu, orgulhosamente.

— Sim. Quando a Igreja obtém os restos mortais de um grande homem, santifica-o e distribui as relíquias por diferentes catedrais, para que todos possam gozar o seu esplendor.

— E aqui em Sevilha têm o... — Becker abafou uma gargalhada.

— *Oye*! É uma parte muito importante! — declarou o oficial, defensivamente. — Não é o mesmo que termos uma costela, ou um osso do dedo, como essas igrejas da Galiza! Devia ficar por cá e ir vê-lo.

Becker assentiu, com cortesia.

— Talvez passe por lá a caminho do aeroporto.

— *Mala suerte.* — O tenente suspirou. — A catedral só abre para a missa da manhã.

— Fica para a próxima, então. — Becker sorriu, pegando na caixa. — É melhor ir andando. Tenho o avião à espera. — Lançou um último olhar à sala.

— Quer boleia até ao aeroporto? — ofereceu o tenente. — Tenho uma *Moto Guzzi* à porta.

— Não, obrigado, apanho um táxi. — Becker andara uma vez de mota na universidade e quase se matara. Não fazia a mínima tenção de voltar a pôr-se numa, independentemente de quem fosse a conduzir.

— Como queira — disse o tenente, encaminhando-se para a porta. — Eu apago as luzes.

Becker meteu a caixa debaixo do braço. *Terei tudo?* Olhou uma última vez para o corpo estendido em cima da mesa. Nu, deitado de costas, com o rosto voltado para as luzes fluorescentes. Não havia ali mais nada que procurar. Os olhos de Becker foram mais uma vez atraídos para as mãos estranhamente deformadas. Estudou-as por alguns instantes, focando melhor a atenção.

O tenente apagou as luzes e a sala ficou às escuras.

— Um momento — pediu Becker. — Volte a acender as luzes, por favor.

O tenente obedeceu.

Becker pousou a caixa no chão e aproximou-se do cadáver. Inclinou-se e examinou atentamente a mão esquerda.

O tenente seguiu-lhe a direcção do olhar.

— Bem feio, hã?

Não fora porém a deformidade que prendera a atenção de Becker. Vira outra coisa. Voltou-se para o oficial.

— Tem a certeza de que está tudo nesta caixa?

O tenente assentiu.

— Sim. Tudo.

Becker ficou imóvel por instantes, com as mãos nas ancas. Então pegou na caixa, levou-a de novo para o balcão e despejou-a. Com todo o cuidado, peça a peça, sacudiu as roupas. Em seguida, tirou o que estava dentro dos sapatos e bateu com eles no tampo do balcão, como que a tentar soltar uma pedra. Depois de ter repetido do primeiro ao último os mesmos gestos, recuou um passo e franziu a testa.

— Há problema? — perguntou o tenente.

— Sim — respondeu Becker. — Falta-nos aqui qualquer coisa.

CAPÍTULO TREZE

Tokugen Numataka estava no seu sumptuoso escritório, situado no último piso, a contemplar os telhados de Tóquio. Tanto os funcionários como os concorrentes o conheciam como *akuta same* — tubarão mortífero. Durante três décadas, fora mais esperto, mais ousado e mais empreendedor que toda a concorrência japonesa; agora, estava prestes a tornar-se um gigante também no mercado mundial.

Preparava-se para fechar o maior negócio da sua vida, um negócio que faria da sua Numatech Corp. a Microsoft do futuro. Sentia o sangue vivo com o fluxo refrescante da adrenalina. Negócio era guerra... e a guerra era excitante.

Apesar de se ter mostrado desconfiado quando recebera o telefonema, três dias antes, agora sabia a verdade. Fora abençoado com *myouri* — sorte. Os deuses tinham-no escolhido.

— Tenho uma cópia da chave do Fortaleza Digital — dissera a voz com sotaque americano. — Está interessado em comprá-la?

Numataka quase soltara uma gargalhada. Sabia que se tratava de um embuste. A Numatech Corp. licitara generosamente o novo algoritmo de Ensei Tankado, e agora um dos seus concorrentes estava a tentar uma jogada para saber o montante da oferta.

— Tem a chave? — perguntou, fingindo interesse.

— Tenho. Chamo-me North Dakota.

Numataka abafou uma gargalhada. Toda a gente sabia da existência de North Dakota. Tankado falara à imprensa do seu parceiro secreto. Fora uma jogada inteligente arranjar um parceiro; até no Japão as práticas negociais se tinham tornado desonestas. Ensei Tankado não era inatingível. Mas um passo em falso da parte de alguma empresa mais precipitada e a chave seria publicada; todas as empresas de *software* do mercado sairiam prejudicadas.

Numataka aspirou um longo hausto do seu charuto *Umami* e resolveu alinhar com a patética charada do interlocutor.

— Quer então vender a sua chave? Interessante. E que acha Ensei Tankado dessa sua ideia?

— Não devo qualquer fidelidade ao Sr. Tankado. O Sr. Tankado foi um louco ao confiar em mim. A chave vale centenas de vezes aquilo que ele me paga para lha guardar.

— Lamento — disse Numataka. — Sozinha, a sua chave não tem qualquer valor para mim. Quando Tankado descobrir o que fez, limitar-se-á a publicar a sua cópia e o mercado será inundado.

— Receberá ambas as chaves — disse a voz. — A do Sr. Tankado *e* a minha.

Numataka tapou o bucal com a mão e riu à gargalhada. Não conseguiu impedir-se de perguntar:

— E quanto é que está a pedir por ambas as chaves?

— Vinte milhões de dólares americanos.

Vinte milhões era quase exactamente o que Numataka tinha licitado.

— Vinte milhões? — arquejou, simulando horror. — Isso é absurdo!

— Vi o algoritmo. Asseguro-lhe que vale cada cêntimo.

A quem o dizes, pensou Numataka. *Vale dez vezes isso.*

— Infelizmente — disse, cansado do jogo —, ambos sabemos que o Sr. Numataka nunca consentiria em semelhante coisa. Pense nas repercussões legais.

A voz fez uma pausa significativa.

— E se o Sr. Tankado deixasse de ser um factor?

Numataka quis rir, mas notara uma estranha determinação na voz.

— Se Tankado deixasse de ser um factor? — considerou aquilo por um instante. — Nesse caso, nós os dois faríamos negócio.

— Entrarei em contacto consigo — disse a voz. A linha ficou muda.

CAPÍTULO CATORZE

Becker olhou para o cadáver. Mesmo várias horas após a morte, o rosto asiático conservava ainda o brilho rosado de um escaldão recente. O resto do corpo era amarelo-pálido... excepto uma pequena área arroxeada directamente sobre o coração.

Quase de certeza uma consequência das tentativas de reanimação, pensou Becker. *É uma pena não terem resultado.*

Voltou às mãos. Eram diferentes de tudo o que alguma vez vira. Ambas tinham apenas três dedos, enviesados e torcidos. Mas não era a deformação que, de momento, lhe interessava.

— Macacos me mordam! — resmungou o tenente, do outro lado da sala. — O homem não era chinês, era japonês.

Becker ergueu os olhos. O tenente estava a folhear o passaporte do falecido.

— Preferia que não mexesse nisso — disse. *Não toque em nada. Não leia nada.*

— Ensei Tankado... nascido em Janeiro...

— Por favor — pediu Becker, delicadamente —, ponha isso onde estava.

O tenente continuou a olhar para o passaporte durante uns segundos e atirou-o de volta ao monte.

— Este tipo tinha um visto classe três. Válido por vários anos.

Becker levantou a mão do cadáver com uma esferográfica.

— Talvez vivesse cá.

— Não. A data de entrada é da semana passada.

— Talvez tencionasse *mudar-se* para cá — sugeriu Becker, secamente.

— Sim, talvez. Que raio de primeira semana. Insolação e um ataque cardíaco. Pobre diabo.

Becker ignorou o tenente e examinou a mão.

— Tem a certeza de que não usava quaisquer jóias quando morreu? — perguntou por fim.

O tenente ergueu a cabeça, sobressaltado.

— Jóias?

— Sim. Veja isto.

O tenente atravessou a sala.

A pele da mão esquerda de Tankado apresentava sinais de queimadura solar, excepto numa estreita faixa à volta do dedo mais pequeno.

Becker apontou para a tira de pele pálida.

— Repare neste dedo. Aparentemente, usava um anel.

O tenente fez um ar surpreendido.

— Um *anel*? — De súbito, a voz do polícia adquiriu um tom de perplexidade. Examinou o dedo do cadáver. E então corou, embaraçado. — Meu Deus! — riu-se. — Então sempre era *verdade*!

Becker teve a súbita sensação de estar a afundar-se.

— Desculpe?

O tenente abanou a cabeça, incrédulo.

— Já devia ter-lhe falado nisso... mas pensei que o sujeito fosse maluco.

Becker não estava a sorrir.

— Que sujeito?

— O sujeito que ligou para o serviço de emergência. Um turista canadiano. Não parava de falar a respeito de um anel. Um raio de uma conversa qualquer, no espanhol mais macarrónico que já ouvi.

— Disse que o Sr. Tankado usava um *anel*?

O tenente assentiu. Tirou do bolso um maço de *Ducados*, olhou para o letreiro que dizia NO FUMAR e acendeu um.

— Calculo que devia ter dito qualquer coisa, mas o homem parecia completamente *loco*.

Becker franziu a testa. As palavras de Strathmore ecoaram-lhe na cabeça. *Quero tudo o que o Ensei Tankado tinha com ele. Tudo. Não deixe ficar nada. Nem sequer o mais pequeno pedaço de papel.*

— Onde está o anel? — perguntou.

O tenente soprou um longo jacto de fumo.

— É uma história comprida.

Qualquer coisa disse a Becker que aquilo *não* pressagiava boas notícias.

— Conte-ma, de qualquer das maneiras.

CAPÍTULO QUINZE

Susan Fletcher estava sentada diante do seu terminal no interior do Módulo 3. O Módulo 3 era a câmara privada e insonorizada dos criptógrafos, contígua à sala principal. Uma placa curva de vidro especial com cinco centímetros de espessura proporcionava um panorama geral da sala da Cripto, ao mesmo tempo que impedia a visão de fora para dentro.

Ao fundo do vasto espaço do Módulo 3 havia doze terminais de computador dispostos num círculo perfeito. Essa disposição anular tinha como objectivo encorajar as trocas intelectuais entre os criptógrafos, recordar-lhes de que faziam parte de uma equipa mais vasta — qualquer coisa como os Cavaleiros da Távola Redonda da decifração. Ironicamente, o secretismo era visto com maus olhos no interior do Módulo 3.

Conhecido pela alcunha de Playpen, o Módulo 3 não transmitia a mesma sensação de estéril aridez do resto do Departamento da Cripto. Fora concebido para ser confortável — uma espessa alcatifa, instalação sonora topo de gama, um frigorífico bem abastecido, *kitchenette*, um cesto de basquetebol *Nerf*. A NSA tinha uma filosofia relativamente à Cripto: não gastar dois biliões de dólares num computador de decifração sem incitar os melhores dos melhores a ficar por ali a utilizá-lo.

Susan descalçou sapatos rasos *Salvatore Ferragamo* e enterrou os dedos dos pés na alcatifa fofa. Os funcionários bem pagos do Governo eram encorajados a absterem-se de ostentações indevidas de riqueza pessoal. O que, de um modo geral, não constituía problema para Susan: sentia-se perfeitamente satisfeita com o seu modesto *duplex*, o seu *Volvo* e o seu guarda-roupa bastante para o conservador. Mas os sapatos eram outra história. Já nos tempos da universidade, só comprava o melhor.

Não vais conseguir saltar até às estrelas se te doerem os pés, dissera-lhe certa vez a tia. *E quando chegares ao sítio para onde vais, não esqueças de que o aspecto conta muito!*

Susan permitiu-se uma voluptuosa espreguiçadela e preparou-se para deitar mãos à obra. Abriu o *tracer* que tinha criado e preparou-se para o configurar. Olhou para o endereço de *e-mail* que Strathmore lhe tinha dado.

NDAKOTA@ARA.ANON.ORG

O homem que se fazia chamar North Dakota tinha uma conta anónima, mas Susan sabia que não ia permanecer anónima por muito tempo. O *tracer* passaria pela ARA, seria reencaminhado para North Dakota e enviaria informação contendo o verdadeiro endereço de *e-mail* do utilizador.

Se tudo corresse bem, não tardaria a localizar o misterioso North Dakota e Strathmore confiscaria a chave. O que deixaria apenas David. Quando ele encontrasse a chave de Tankado, ambas as cópias seriam destruídas; a pequena bomba-relógio de Tankado tornar-se-ia inofensiva, um explosivo mortífero sem detonador.

Verificou o endereço no papel que tinha à sua frente e introduziu a informação no campo apropriado. Riu-se interiormente ao recordar que Strathmore tivera dificuldade em enviar o *tracer*. Aparentemente, fizera-o duas vezes, recebendo de ambas o endereço de Tankado em vez do de North Dakota. *Um simples erro*, pensou; provavelmente, trocara os campos e o *tracer* andara à procura da conta errada.

Acabou de configurar o *tracer* e premiu a tecla ENTER. O computador emitiu um *bip*.

TRACER ENVIADO

Agora, era uma questão de esperar.

Susan expirou. Sentia-se culpada por ter atacado o comandante. Se havia alguém qualificado para enfrentar sozinho aquela ameaça, era Trevor Strathmore. O homem parecia ter uma capacidade sobrenatural para levar a melhor sobre aqueles que o desafiavam.

Quando, seis meses antes, a EFF publicara uma história a respeito de um submarino da NSA que andava a meter o nariz nos cabos telefónicos subaquáticos, Strathmore fizera discretamente constar que aquilo que o submarino andava na realidade a fazer era depositar ilegalmente no fundo do oceano contentores com resíduos tóxicos. A EFF e os ambientalistas tinham passado tanto tempo a discutir qual das duas versões seria a verdadeira que a imprensa acabara por perder o interesse e largar o assunto.

Todas as jogadas que Strathmore fazia eram planeadas ao pormenor. Dependia largamente do computador para gizar e rever os seus planos. Tal como muitos funcionários da NSA, usava um *software* «da casa», chamado *BrainStrom*, que proporcionava uma maneira isenta de riscos de ensaiar, na segurança de um computador, cenários do tipo «e se».

O programa *BrainStorm* era uma experiência na área da inteligência artificial descrita pelos seus criadores como um Simulador de Causa e Efeito. Fora originariamente concebido para ser usado em campanhas eleitorais como uma ferramenta capaz de criar modelos em tempo real de um dado «ambiente político». Alimentado por gargantuescas quantidades de dados, criava uma rede relacionativa — um modelo hipotético de interacções entre variáveis políticas, incluindo figuras proeminentes do momento, respectivas equipas, laços interpessoais, questões candentes, motivações individuais influenciadas por variáveis como sexo, etnia, dinheiro e poder. O utilizador podia então introduzir um qualquer acontecimento hipotético e o programa previa os respectivos efeitos no «ambiente».

O comandante Strathmore trabalhava religiosamente com o *BrainStorm* — não com objectivos políticos, mas como uma ferramenta TFM; o *software* Linha do Tempo, Fluxograma e Mapeamento era um poderoso instrumento para definir estratégias complexas e prever pontos fracos. Susan suspeitava de que havia esquemas escondidos no computador de Strathmore que haviam um dia de mudar o mundo.

Sim, pensou, *fui demasiado dura para com ele.*

Estes pensamentos foram interrompidos pelo deslizar das portas do Módulo 3.

Strathmore entrou de rompante.

— Susan — disse —, David acaba de telefonar. Surgiu um problema.

CAPÍTULO DEZASSEIS

— Um anel? — Susan fez um ar de dúvida. — Falta um anel do Tankado?

— Sim. Foi uma sorte David ter dado por isso.

— Mas andamos à procura de uma sequência-chave, não de jóias.

— Eu sei — concordou Strathmore —, mas penso que talvez sejam uma e a mesma coisa.

Susan parecia perdida.

— É uma longa história.

Ela apontou para o visor do terminal.

— Não tenho para onde ir.

Strathmore suspirou e começou a andar de um lado para o outro.

— Aparentemente, a morte de Tankado teve testemunhas. Segundo o oficial que estava na morgue, um turista canadiano telefonou para a Guardia esta manhã, em pânico, a dizer que um japonês acabava de ter um ataque cardíaco no parque. Quando o oficial chegou, encontrou o Tankado morto e o canadiano, um sujeito já de idade, junto dele, de modo que chamou uma ambulância. Enquanto a ambulância levava o corpo para a morgue, o oficial, um tenente, tentou que o canadiano lhe contasse o que se passara. Mas o velhote só falava de um anel que Tankado lhe teria oferecido instantes antes de morrer.

Susan lançou-lhe um olhar carregado de cepticismo.

— Tankado *ofereceu-lhe* um anel?

— Sim. Ao que parece, quase o espetou na cara do velhote... como se estivesse a pedir-lhe que ficasse com ele. Seja como for, o canadiano teve oportunidade de ver o anel de perto. — Strathmore interrompeu o passeio e voltou-se. — Disse que tinha umas letras gravadas.

— Umas letras?

— Sim. E, segundo ele, não era inglês. — Strathmore arqueou as sobrancelhas, à espera.

— Japonês?

Strathmore abanou a cabeça.

— Foi também a minha primeira ideia. Mas agora ouça isto... o canadiano afirmou que as letras não formavam palavras. Seria impossível alguém confundir caracteres japoneses com letras do nosso alfabeto. Segundo o velhote, era como se um gato tivesse passado por cima do teclado de uma máquina de escrever.

Susan riu-se.

— Comandante, não acredita verdadeiramente...

— Susan, é claro como a água — interrompeu-a Strathmore. — Tankado gravou no anel a chave do Fortaleza Digital. O ouro é durável. Quer ele estivesse a dormir, a tomar duche ou a comer, teria sempre a chave consigo, pronta para ser revelada a qualquer instante.

Susan manteve o ar de dúvida.

— No dedo? Assim à vista de toda a gente?

— Por que não? A Espanha não é exactamente a capital mundial da decifração. Ninguém faria a mínima ideia do que aquelas letras significavam. Além disso, se estamos a falar de uma chave-padrão de sessenta e quatro *bits*, ninguém conseguiria lê-la e memorizá-la num único olhar.

Susan estava agora perplexa.

— E Tankado ofereceu o anel a um perfeito desconhecido antes de morrer? Porquê?

Strathmore olhou para ela.

— O que é que lhe parece?

Susan demorou apenas um instante a perceber. Abriu muito os olhos.

Strathmore assentiu.

— Tankado estava a tentar ver-se livre do anel. Pensou que o tínhamos liquidado. Sentiu-se morrer e, logicamente, assumiu que éramos nós os responsáveis. O momento era demasiado oportuno para ser uma simples coincidência. Pensou que o tínhamos apanhado, envenenado, ou coisa assim, com um inibidor cardíaco de acção retardada. Sabia que só nos atreveríamos a matá-lo se já tivéssemos descoberto o North Dakota.

Susan sentiu um arrepio.

— Claro — murmurou. — Pensou que tínhamos neutralizado a sua apólice de seguro e por isso podíamos eliminá-lo também a ele.

Começava tudo a fazer sentido. O momento do ataque cardíaco fora tão conveniente para a NSA que Tankado imaginara ter sido a agência a responsável. O seu instinto final fora a vingança. Oferecera o anel numa derradeira tentativa de tornar pública a chave. E agora, por inverosímil que parecesse, um turista canadiano, que de nada suspeitava, tinha em seu poder a chave do mais poderoso algoritmo da História.

Susan inspirou fundo e fez a inevitável pergunta:

— E onde está agora o canadiano?

Strathmore franziu o sobrolho.

— É esse o problema.

— O oficial não sabe onde encontrá-lo?

— Não. A história do canadiano era tão absurda que o oficial pensou que o homem estava em choque ou senil. Por isso montou-o na mota, para o levar ao hotel. Mas o sujeito segurou-se mal e caiu antes de terem percorrido um metro... rachou a cabeça e partiu um pulso.

Susan quase se engasgou.

— O quê?

— O oficial quis levá-lo ao hospital, mas o canadiano estava furioso. Disse que mais depressa voltaria ao Canadá a pé do que tornaria a pôr-se em cima de uma mota. Por isso, o mais que o oficial pôde fazer foi acompanhá-lo a uma pequena clínica pública perto do parque. Deixou-o lá para ser observado.

Susan franziu a testa.

— Deduzo que nem preciso de perguntar para onde foi o David.

CAPÍTULO DEZASSETE

David Becker apeou-se do táxi e pisou o escaldante empedrado da Plaza de España. Diante dele erguia-se, rodeado de árvores, El Ayuntamiento — o edifício do antigo Conselho Municipal —, assente numa base de azulejos azuis e brancos com doze mil metros quadrados. Os pináculos árabes e a fachada esculpida sugeriam que teria sido construído mais com a intenção de servir de palácio do que de instalação pública. A despeito de uma rica história de golpes militares, incêndios e enforcamentos públicos, a maior parte dos turistas visitava-o sobretudo por as brochuras locais o apresentarem como tendo «feito o papel» de quartel-general britânico durante a rodagem de *Lawrence da Arábia*. Ficara muito mais barato à Columbia Pictures filmar em Espanha que no Egipto, e a influência mourisca na arquitectura sevilhana era suficiente para convencer os espectadores de que estavam a ver o Cairo.

Becker acertou o seu *Seiko* para a hora local: 21:10 — ainda finais da tarde, pelos padrões locais; nenhum espanhol que se preze janta antes de o Sol se pôr, e o preguiçoso sol andaluz raramente abandona os céus antes das dez.

Apesar do calor do início da noite, Becker deu por si a atravessar o parque a passo rápido. A voz de Strathmore parecera-lhe, ao telefone, muito mais carregada de urgência do que naquela manhã. As novas ordens não deixavam margem para interpretações dúbias: descobrir o canadiano, recuperar o anel. Fazer o que for necessário, mas encontrar esse anel.

Becker perguntou-se o que raio poderia ter assim de tão importante um anel com letras gravadas. Strathmore nada dissera, e ele nada perguntara. *NSA,* pensou. *Nunca Digas Nada*[*].

---

[*] «Never Say Anything». (N.T.)

A clínica era claramente visível do outro lado da Avenida Isabela la Católica, ostentando por cima da porta o símbolo universal de uma cruz vermelha sobre fundo branco. Havia horas que o oficial da Guardia lá deixara o canadiano. Pulso aberto, cabeça rachada; o paciente já fora sem dúvida tratado e mandado embora. Becker ia apenas na esperança de que a clínica tivesse alguns dados relativos à alta... o nome de um hotel ou um número de telefone onde o homem pudesse ser contactado. Calculou que, com um pouco de sorte, conseguiria encontrar o canadiano, recuperar o anel e regressar a casa sem mais complicações.

— Use os dez mil dólares para comprar o anel, se for preciso — dissera-lhe Strathmore. — Eu reembolso-o.

— Não é necessário — respondera Becker. Já tencionava devolver o dinheiro, de todos os modos. Não fora a Espanha pelo dinheiro, fora por Susan. O comandante Trevor Strathmore era o mentor e o guardião de Susan. Susan devia-lhe muito; servir de moço de recados por um dia era o mínimo que podia fazer.

Infelizmente, naquela manhã, as coisas não tinham corrido exactamente como as planeara. Esperara poder telefonar a Susan do avião para lhe explicar tudo. Ainda considerara a possibilidade de pedir ao piloto que contactasse Strathmore via rádio para que ele pudesse transmitir a mensagem, mas sentira uma invencível relutância em envolver o director-adjunto nos seus problemas românticos.

Tentara por três vezes ligar-lhe ele mesmo — primeiro, de um defunto telemóvel a bordo do jacto; depois, de uma cabina telefónica no aeroporto; finalmente, da morgue. Susan não atendera. David perguntava-se onde poderia ela estar. Optara por não deixar qualquer mensagem no atendedor automático; aquilo que queria dizer não era coisa que se deixasse gravada numa máquina.

Ao aproximar-se da avenida, viu uma cabina telefónica perto da entrada do parque. Correu para lá, pegou no auscultador e usou o cartão pré-pago para fazer a chamada. Seguiu-se uma longa pausa enquanto se estabelecia a ligação e, finalmente, ouviu o sinal de chamada.

Vá lá. Está em casa.

Depois de cinco toques, uma voz anunciou:

— Olá. Ligou para Susan Fletcher. Lamento não poder atender neste momento, mas se deixar o seu nome...

Becker ouviu a mensagem. *Onde está ela?* Calculou que, entretanto, Susan tivesse entrado em pânico. Pensou que talvez tivesse ido para Stone Manor sem ele. Ouviu um *bip*.

— Olá. Sou eu, o David. — Fez uma pausa, sem saber muito bem o que dizer. Uma das coisas que detestava nos atendedores automáticos era que se uma pessoa parava para pensar, eles desligavam. — Desculpa não ter telefonado — disse, mesmo a tempo. Hesitava em dizer-lhe o que se passava. Teve uma ideia melhor. — Liga ao comandante Strathmore, ele explica-te tudo. — O coração martelava-lhe o peito. *Isto é absurdo,* pensou. — Amo-te — acrescentou apressadamente, e desligou.

Esperou que o trânsito abrandasse na Avenida Borbolla. Estava a pensar em como Susan deveria inevitavelmente ter assumido o pior; não era nada dele não telefonar depois de ter prometido que o faria.

Pôs o pé na avenida para começar a atravessar as quatro faixas de rodagem.

— Entrada por saída — murmurou para consigo. — Entrada por saída.

Estava demasiado preocupado para reparar no homem com óculos de aros metálicos que o observava do outro lado da rua.

CAPÍTULO DEZOITO

De pé diante da grande parede de vidro no alto da sua torre em Tóquio, Numataka aspirou longamente o fumo do charuto e sorriu para si mesmo. Mal podia acreditar em tanta sorte. Voltara a falar com o americano e, se tudo estivesse a correr de acordo com o calendário estabelecido, Ensei Tankado já teria sido eliminado e a sua cópia da chave confiscada.

Era irónico, pensou Numataka, que fosse ele a acabar por ficar com a chave de Ensei Tankado. Tokugen Numataka conhecera Tankado muitos anos antes. O jovem programador apresentara-se na Numatech Corp., acabado de sair da universidade, à procura de emprego. Numataka recusara-lho. Não havia a mínima dúvida de que Tankado era brilhante, mas, na altura, tinham prevalecido outras considerações. Apesar de o Japão estar a mudar, Numataka fora educado na velha escola; vivia segundo o código de *menboko*: honra e prestígio. A imperfeição não podia ser tolerada. Contratar um aleijado seria envergonhar toda a empresa. Rejeitara o *curriculum* de Tankado sem sequer olhar para ele.

Tornou a consultar o relógio. O americano, North Dakota, já devia ter telefonado. Sentiu uma pontada de nervosismo. Esperava que nada corresse mal.

Se as chaves fossem tão boas como lhe fora prometido, abririam o produto mais cobiçado da era dos computadores: um algoritmo de cifragem digital absolutamente inviolável. Poderia alojar o algoritmo num *chip* selado *VSLI*, à prova de manipulação e selado a *spray*, e vendê-lo em massa a todos os produtores de computadores do mundo, a governos, a indústrias, talvez até aos mercados mais negros... o mercado negro do mundo do terrorismo.

Numataka sorriu. Parecia que, como de costume, continuava a ser favorecido pelos *shichigosan* — as sete divindades da boa sorte. A Numatech Corp. estava prestes a controlar a única cópia existente da chave do Fortaleza Digital. Vinte milhões de dólares era muito dinheiro... mas, considerando o produto, era também a pechincha do século.

CAPÍTULO DEZANOVE

— E se anda mais alguém à procura do anel? — perguntou Susan, subitamente nervosa. — David pode estar em perigo!

Strathmore abanou a cabeça.

— Mais ninguém sabe da existência do anel. Por isso mandei o David. Por querer que assim continuasse a ser. Os espiões curiosos não costumam seguir professores de Espanhol.

— David é professor catedrático — corrigiu Susan, arrependendo-se imediatamente de ter feito o esclarecimento. Havia alturas em que o comandante lhe dava a impressão de não achar David suficientemente bom para ela, de estar convencido de que poderia conseguir melhor do que um mestre-escola. — Comandante — disse, mudando de assunto —, se deu instruções ao David por telemóvel esta manhã, alguém pode ter interceptado...

— Uma probabilidade num milhão — interrompeu-a Strathmore, num tom tranquilizador. — Seria necessário que a pessoa em causa estivesse nas proximidades imediatas e soubesse exactamente o que procurar. — Pousou a mão no ombro dela. — Nunca teria mandado David se achasse que ia pô-lo em perigo. — Sorriu. — Confie em mim. Ao mínimo sinal de problemas, mando avançar os profissionais.

As palavras do comandante foram pontuadas pelo repentino ruído de alguém a bater no bojo de vidro no Módulo 3. Susan e Strathmore voltaram-se.

O técnico da Seg-Sis Phil Chartrukian tinha o nariz esmagado contra o vidro e batia com toda a força, tentando ver para o interior. Fosse o que fosse que estava a dizer, com uma expressão excitadíssima, não era audível no módulo insonorizado. Parecia ter visto um fantasma.

— Que diabo está Chartrukian a fazer aqui? — resmungou Strathmore. — Não está de serviço.

— Parece que há problema — disse Susan. — É capaz de ter visto o monitor de contagem.

— Raios! — sibilou o comandante. — Telefonei ao Seg-Sis que estava escalado para ontem à noite e ordenei-lhe especificamente que não viesse!

Susan não ficou surpreendida. Cancelar o serviço da Seg-Sis era irregular, mas Strathmore quisera sem dúvida ter privacidade absoluta na cúpula. A última coisa de que precisava era de um técnico paranóico a denunciar ao mundo a existência do Fortaleza Digital.

— É melhor cancelarmos a busca do TRANSLTR — sugeriu Susan. — Podemos reajustar o contador e dizer ao Phil que anda a imaginar coisas.

Strathmore pareceu estar a considerar a proposta, mas acabou por abanar a cabeça.

— Ainda não. O TRANSLTR está há quinze horas à volta desta cifra. Quero chegar às vinte e quatro... só para ter a certeza.

Fazia sentido. O Fortaleza Digital era a primeira utilização de sempre de uma função de texto simples rotativo. Talvez Tankado tivesse deixado passar um pequeno pormenor; talvez o TRANSLTR conseguisse decifrá-lo ao fim de vinte e quatro horas. Fosse pelo que fosse, Susan duvidava.

— O TRANSLTR continua a funcionar — decidiu Strathmore. — Tenho de ter a certeza de que este algoritmo é intocável.

Chartrukian continuava aos murros ao vidro.

— Vamos a isto — resmungou Strathmore. — Apoie-me.

O comandante inspirou fundo e avançou para a porta de vidro. A placa sensória colocada no chão foi activada e a porta deslizou para o lado, com um silvo.

Chartrukian caiu praticamente dentro da sala.

— Comandante... Peço... peço desculpa por incomodá-lo, mas o monitor de contagem... Corri uma busca de vírus e...

— Phil, Phil, Phil — interrompeu-o Strathmore num tom jovial, pousando-lhe tranquilizadoramente a mão no ombro. — Calma. Qual é o problema?

Pelo tom descontraído da voz de Strathmore, ninguém diria que o mundo se desmoronava à sua volta. Afastou-se para um lado e convidou Chartrukian a entrar no espaço sagrado do Módulo 3. O técnico passou o umbral, hesitante, como um cão bem treinado que sabe que não pode fazer o que está a fazer.

Pela expressão confusa do rosto de Chartrukian, era evidente que nunca ali tinha estado. A fonte do seu pânico, fosse ela qual fosse, ficou momentaneamente esquecida. Estudou o confortável interior, o círculo de terminais, os sofás, as estantes, as luzes suaves. Quando os seus olhos pousaram em Susan Fletcher, a rainha da Cripto, apressou-se a desviá-los. Susan intimidava-o de um modo que não seria capaz de explicar. O cérebro dela funcionava num plano diferente. Achava-a perturbadoramente bonita e, quando estava perto dela, as palavras pareciam embrulhar-se-lhe na língua. E o ar despretensioso de Susan só conseguia tornar as coisas ainda piores.

— Qual é o problema, Phil? — repetiu Strathmore, abrindo o frigorífico. — Uma bebida?

— Não, hã... não, senhor, obrigado. — Parecia incapaz de falar, pouco certo de ser verdadeiramente bem-vindo naquele lugar. — É que... julgo que se passa qualquer coisa com o TRANSLTR.

Strathmore fechou o frigorífico e olhou para o técnico com uma expressão perfeitamente calma.

— Está a referir-se ao monitor de contagem?

Chartrukian pareceu chocado.

— Quer dizer que já *sabe*?

— Claro. Está a correr há quase dezasseis horas, se não me engano.

Chartrukian estava cada vez mais confuso.

— Sim, senhor, dezasseis horas. Mas não é só isso. Fiz uma busca de vírus e apareceram umas coisas bastante estranhas.

— Sim? — Strathmore parecia tudo menos preocupado. — Que tipo de coisas?

Susan observava, impressionada, a representação do comandante.

— O TRANSLTR está a processar qualquer coisa muito avançada — continuou Chartrukian, atabalhoadamente. — Os filtros nunca encontraram nada igual. Receio que possa ser um vírus.

— Um vírus? — Strathmore riu-se, com uma ligeira nota de condescendência. — Phil, fico muito satisfeito com a sua preocupação, palavra. Mas eu e a menina Fletcher estamos a correr um novo diagnóstico, material mesmo muito avançado. Tê-lo-ia avisado, se soubesse que estava de serviço hoje.

O técnico fez o que pôde para fugir graciosamente ao aperto em que de repente se via.

— Troquei com o novo funcionário. Fiquei com o fim-de-semana dele.

Strathmore semicerrou os olhos.

— Isso é estranho. Falei com ele ontem à noite. Disse-lhe para não vir hoje. E ele não me disse nada a respeito de trocas de turnos.

Chartrukian sentiu um nó apertar-lhe a garganta. Fez-se um silêncio carregado de tensão.

— Bem — acabou Strathmore por dizer, com um suspiro —, parece ter havido uma lamentável confusão. — Pousou uma mão no ombro do técnico e empurrou-o para a porta. — A boa notícia é que não precisa de ficar. Eu e a menina Fletcher vamos ficar aqui todo o dia. Nós aguentamos o forte. Aproveite o fim-de-semana.

Chartrukian continuava hesitante.

— Comandante, penso que devíamos verificar...

— Phil — voltou Strathmore a interrompê-lo, desta vez com uma levíssima nota de dureza na voz. — O *TRANSLTR* está óptimo. Se a sua busca descobriu qualquer coisa, foi porque *nós* a pusemos lá. Agora, se não se importa...

Deixou a frase em suspenso, mas o Seg-Sis compreendeu. Acabara--se-lhe o tempo.

— Um diagnóstico, o tanas! — resmungou Chartrukian enquanto regressava, a fumegar, ao laboratório da Seg-Sis. — Que espécie de *loop* mantém três milhões de processadores a trabalhar durante dezasseis horas?

Perguntou a si mesmo se não seria melhor chamar o supervisor da Seg-Sis. *Raio dos criptógrafos,* pensou. *Pura e simplesmente, não compreendem a segurança!*

O juramento que fizera antes de entrar para a Seg-Sis começou a passar-lhe pela cabeça, como uma fita gravada. Jurara usar as suas competências, treino e instintos para proteger o investimento multibilionário que a NSA fizera naquela máquina.

— Instintos — murmurou. *Não é preciso ser psíquico para perceber que não se trata de nenhum raio de nenhum diagnóstico!*

Num gesto de desafio, Chartrukian dirigiu-se ao terminal e pôs a funcionar toda a panóplia de sistemas de monitorização do *TRANSLTR*.

— O seu bebé está com problemas, comandante — murmurou. — Não confia no instinto? Vou arranjar-lhe provas!

CAPÍTULO VINTE

La Clínica de Salud Pública, na realidade uma escola primária reconvertida, não se parecia muito com um hospital. Era um comprido edifício de tijolo, de um só piso, com grandes janelas e um enferrujado conjunto de baloiços nas traseiras. Becker subiu os degraus gastos.

O interior era escuro e barulhento. A sala de espera consistia numa fila de cadeiras metálicas desdobráveis dispostas a todo o comprimento de um longo e estreito corredor. Um cartaz de papelão, montado num cavalete, ostentava a palavra OFICINA e uma seta apontada para o fundo do corredor.

Becker avançou pela escura passagem. Tudo aquilo parecia uma espécie de fantasmagórico cenário concebido para um filme de terror de Hollywood. O ar cheirava a urina. As luzes na extremidade mais distante estavam apagadas e nos últimos doze ou quinze metros só se conseguia ver silhuetas difusas. Uma mulher que sangrava... um casal de jovens que choravam... uma rapariguinha que rezava... Becker chegou ao fim do escuro corredor. A porta à sua esquerda estava entreaberta e ele empurrou-a. A única ocupante era uma velha nua e engelhada que tentava sentar-se numa arrastadeira.

Encantador. Becker gemeu. Voltou a fechar a porta. *Onde raio será a secretaria?*

Ouviu vozes do outro lado de um pequeno cotovelo do corredor. Seguiu o som e chegou diante de uma porta de vidro translúcido, para lá da qual parecia estar a decorrer uma acesa discussão. Abriu a porta com relutância. A secretaria. *Balbúrdia*. Tal como receava.

A fila tinha cerca de dez pessoas, todas elas a empurrar e a gritar. A Espanha não era famosa pelos seus níveis de eficiência e Becker sabia que era bem capaz de ficar ali toda a noite à espera de informações sobre o canadiano. Havia apenas uma funcionária atrás da secretária, em luta aberta com os irritados pacientes. Becker deteve-se à porta por um instante e considerou as suas opções. Havia uma maneira melhor.

— *Con permiso!* — gritou um servente, empurrando velozmente uma maca à sua frente.

Becker esquivou-se para lhe dar passagem e gritou:

— *¿Dónde está el teléfono?*

Sem abrandar a passada, o homem apontou para uma porta dupla e desapareceu para lá da esquina. Becker dirigiu-se às portas e empurrou-as.

Encontrou-se numa sala enorme, um antigo ginásio. O chão era verde-pálido e parecia desfocado nos pontos onde incidia a luz das lâmpadas fluorescentes. Numa das paredes, um aro de basquetebol pendia tristemente de uma tabela rachada. Havia umas poucas dúzias de pacientes espalhados por aquele espaço, deitados em camas baixas. No canto mais distante, por baixo do desbotado marcador, viu um telefone pago. Esperava que funcionasse.

Enquanto atravessava a sala, revistou os bolsos à procura de moedas. Encontrou setenta e cinco pesetas em moedas de cinco *duros*, troco do táxi: o suficiente para duas chamadas locais. Sorriu delicadamente a uma enfermeira que ia a sair e dirigiu-se ao telefone. Pegou no auscultador e ligou para as Informações. Trinta segundos mais tarde, tinha o número da secretaria da clínica.

Independentemente do país, parece haver uma lei universal no que toca a secretarias: ninguém consegue suportar a campainha de um telefone não atendido. Seja qual for o número de pessoas que tenha à sua frente, o funcionário ou funcionária larga sempre o que está a fazer para pegar no telefone.

Becker marcou o número. Mais um instante e estaria em contacto com a secretaria da clínica. Naquele dia, fora com toda a certeza admitido apenas um canadiano com um pulso partido e uma concussão na cabeça. O processo não seria difícil de encontrar. Becker sabia que a funcionária teria relutância em revelar o nome e a morada do paciente a um desconhecido, mas gizara um plano.

Começou a ouvir o sinal telefónico. Becker calculou que tocaria apenas cinco vezes. Tocou dezanove.

— *Clínica de Salud Pública* — ladrou a frenética funcionária.

Becker falou em espanhol, com um fortíssimo sotaque franco-inglês:

— Fala David Becker, da Embaixada Canadiana. Um dos nossos cidadãos recebeu hoje tratamento na vossa clínica. Preciso de informação, para que a embaixada possa liquidar as despesas.

— Muito bem — disse a mulher. — Mando os dados para a embaixada na segunda-feira.

— Na realidade — insistiu Becker —, é muito importante para nós dispormos desses dados imediatamente.

— Impossível. Estamos muito ocupados.

Becker adoptou o tom mais oficial de que foi capaz.

— O assunto é muito urgente. O homem tinha um pulso partido e uma ferida na cabeça. Foi aí tratado esta manhã. O processo deve estar mesmo à sua frente.

Tinha acentuado o sotaque, tornando o seu espanhol suficientemente claro para transmitir o que queria e ao mesmo tempo suficientemente confuso para ser exasperante. As pessoas costumavam contornar as regras quando se sentiam exasperadas.

Contudo, em lugar de contornar as regras, a mulher amaldiçoou os americanos que tinham a mania de que eram importantes e bateu com o telefone.

Becker franziu a testa e desligou também. Bola fora. A ideia de esperar horas numa fila não o entusiasmava mesmo nada; o tempo ia passando, o velho canadiano podia já estar sabia-se lá onde. Talvez até tivesse decidido regressar ao Canadá. Talvez vendesse o anel. Becker não dispunha de horas para esperar numa fila. Com renovada determinação, pegou no telefone e voltou a marcar. Apertou o auscultador contra o ouvido e encostou-se à parede. O telefone começou a tocar. Becker lançou um olhar à enfermaria. Tocou uma vez... duas vezes... três vezes...

Uma súbita descarga de adrenalina percorreu-lhe o corpo.

Voltou-se e bateu com o auscultador no descanso. E então tornou a olhar para a enfermaria, num silêncio aturdido. Ali deitado numa cama, mesmo em frente dele, apoiado num par de velhas almofadas, estava um velhote com um aparelho de gesso ainda fresco a envolver-lhe o pulso.

CAPÍTULO VINTE E UM

O americano que falava pela linha privada de Tokugen Numataka parecia ansioso.

— Sr. Numataka... disponho apenas de um momento.

— Óptimo. Espero que tenha ambas as chaves.

— Vai haver um pequeno atraso — respondeu o americano.

— Inaceitável — sibilou Numataka. — Disse que as teria em meu poder antes do fim do dia!

— Há uma ponta solta.

— O Tankado está morto?

— Sim — respondeu a voz. — O meu homem matou o Sr. Tankado, mas não conseguiu apoderar-se da chave. Tankado ofereceu-a antes de morrer. A um turista!

— Ridículo! — berrou Numataka. — Como pode então prometer-me os direitos exclusivos...

— Acalme-se — pediu o americano. — Terá os direitos exclusivos. Garanto-lhe. Mal a chave que falta seja encontrada, o Fortaleza Digital será seu.

— Mas a chave pode ser copiada!

— Todos os que virem a chave serão eliminados.

Seguiu-se um longo silêncio. Finalmente, Numataka falou:

— Onde está a chave agora?

— Tudo o que precisa de saber é que *será* encontrada.

— Como pode ter tanta certeza?

— Porque não sou o único a procurá-la. Os Serviços Secretos americanos já sabem do que se passa. Por razões óbvias, gostariam de impedir a divulgação pública do Fortaleza Digital. Têm um homem à procura da chave. Chama-se David Becker.

— Como sabe semelhante coisa?

— Isso é irrelevante.

Numataka fez uma pausa antes de perguntar:

— E se esse Becker encontrar a chave?

— O meu homem tirar-lha-á.

— E depois, que acontece?

— Não precisa de se preocupar com isso — disse o americano, friamente. — Quando o Sr. Becker encontrar a chave, será devidamente recompensado.

CAPÍTULO VINTE E DOIS

David Becker aproximou-se e olhou para o velho estendido na cama. Tinha o pulso direito envolto em gesso. Teria entre sessenta e setenta anos. Usava os cabelos brancos com um risco ao lado, muito bem desenhado, e bem no meio da testa apresentava uma enorme nódoa negra que alastrava em direcção ao olho direito.

Um pequeno galo?, pensou, recordando as palavras do tenente. Verificou os dedos do homem. Não viu qualquer anel de ouro. Estendeu a mão e tocou no braço do ferido.

— Senhor? — abanou-o muito ao de leve. — Desculpe... senhor?

O homem não se mexeu.

Becker tentou outra vez, um pouco mais alto:

— Senhor?

O homem agitou-se.

— *Qu'esc-ce-que... quelle heure est...* — Abriu lentamente os olhos e focou-os em Becker. Franziu a testa, como que irritado por ter sido incomodado. — *Qu'est-ce-que vous voulez?*

Sim, pensou Becker, *um franco-canadiano!* Sorriu.

— Dispõe de um instante?

Apesar de falar um francês perfeito, Becker optou por usar aquilo que tinha a esperança de que fosse a língua mais fraca do homem, o inglês. Convencer um perfeito desconhecido a entregar-lhe um anel de ouro podia vir a revelar-se um truque difícil; por isso, achou que seria melhor usar todas as vantagens a que pudesse deitar mão.

Seguiu-se um longo silêncio, enquanto o homem tentava situar-se. Olhou em redor e levantou um dedo comprido e esguio para alisar o pendente bigode branco. Finalmente, falou:

— Que quer? — O seu inglês era ligeiramente nasalado.

— Senhor — disse Becker, exagerando a pronúncia das palavras, como se estivesse a dirigir-se a uma pessoa com problemas de audição —, preciso de lhe fazer umas quantas perguntas.

O homem lançou-lhe um olhar irritado, com uma expressão estranha no rosto.

— Tem algum problema?

Becker franziu a testa; o inglês do sujeito era impecável. Abandonou nesse mesmo instante o tom condescendente.

— Lamento imenso incomodá-lo, mas por acaso esteve hoje de manhã na Plaza de España?

O velho semicerrou os olhos.

— É do Conselho Municipal?

— Não, na realidade sou...

— Do Gabinete de Turismo?

— Não, sou...

— Ouça, eu sei por que é que está aqui! — O velho tentou sentar-se na cama. — Não vou deixar-me intimidar! Já o disse uma vez e di-lo-ei um milhão de vezes... Pierre Cloucharde escreve o mundo tal como o *vive*. É possível que os autores de alguns guias turísticos escondam estas coisas debaixo do tapete a troco de uma noite de borga na cidade, mas o *Montreal Times não* se deixa comprar! Recuso!

— Peço desculpa, senhor, não me parece que esteja a com...

— *Merde alors*! Compreendo perfeitamente! — Agitou um dedo ossudo diante do nariz de Becker, e a voz dele ecoou pelo ginásio-
-enfermaria. — Não é você o primeiro! Tentaram a mesma coisa no Moulin Rouge, no Brown's Palace e no Golfigno, em Lagos! Mas *o que* foi publicado? A *verdade*! O pior *Wellington* que alguma vez comi! A banheira mais suja que alguma vez vi! E a praia mais cheia de pedras que alguma vez pisei! Os meus leitores não esperam menos de mim!

Os pacientes das camas mais próximas começaram a sentar-se para ver o que se passava. Becker olhou nervosamente em volta, atento ao aparecimento de alguma enfermeira. A última coisa de que precisava naquele momento era ser posto na rua.

Cloucharde estava cada vez mais furioso.

— Aquela miserável imitação de oficial da Polícia trabalha para a *vossa* cidade. Obrigou-me a subir para a mota! Olhe para mim! — tentou levantar o braço esquerdo. — Quem vai *agora* escrever a minha coluna?

— Meu caro senhor, eu...

— Nunca me senti tão desconfortável nos meus quarenta e três anos de viagens! Olhe para este lugar! Vou dizer-lhe uma coisa, a minha coluna é publicada em mais de...

— Senhor! — Becker ergueu ambas as mãos, num pedido de tréguas. — Não estou interessado na sua coluna. Trabalho no consulado canadiano. Estou aqui para me certificar de que é bem tratado!

De repente, fez-se um silêncio de morte no ginásio. Da cama, o velho olhou desconfiadamente para o intruso.

— Estou aqui — prosseguiu Becker, quase num murmúrio — para ver se há alguma coisa que possa fazer para ajudá-lo. — *Como arranjar-lhe um par de* valiums, *por exemplo*.

Ao cabo de uma longa pausa, o canadiano falou:

— O consulado? — O tom foi consideravelmente mais suave.

Becker assentiu.

— *Não* é por causa da minha coluna?

— Não, senhor.

Foi como se uma bolha gigantesca tivesse rebentado dentro de Pierre Cloucharde. Tornou a recostar-se lentamente nas almofadas. Parecia ter ficado com o coração destroçado.

— Pensei que fosse da Câmara Municipal... a tentar conseguir que eu... — Deixou a frase em suspenso e ergueu os olhos. — Se não é por causa da minha coluna, então, o que *está* aqui a fazer?

Era uma boa pergunta, pensou Becker, imaginando as Smoky Mountains.

— Trata-se apenas de uma cortesia diplomática de carácter informal — mentiu.

O homem pareceu surpreendido.

— Uma cortesia diplomática?

— Sim, senhor. Como estou certo de que um homem com o seu estatuto não ignora, o Governo canadiano esforça-se ao máximo por proteger os seus cidadãos contra as indignidades a que estão sujeitos nestes, hã... digamos... países menos *refinados*.

Os finos lábios de Cloucharde abriram-se num sorriso entendido.

— Mas com certeza... que agradável.

— *É* cidadão canadiano, não é?

— Sim, com certeza. Que tolice a minha. Peço que me desculpe. As pessoas na minha posição são frequentemente abordadas com... bem... compreende.

— Sem dúvida, Monsieur Cloucharde, compreendo-o bem. É o preço que há que pagar pela celebridade.

— Exactamente. — Cloucharde soltou um trágico suspiro. Era um mártir involuntário, obrigado a suportar as massas. — Alguma vez viu um lugar mais horrível que este? — Rolou os olhos, passeando-os pelo bizarro local onde se encontrava. — É uma afronta. E decidiram obrigar-me a passar aqui a noite.

Também Becker olhou em redor.

— Eu sei. É terrível. Só posso pedir desculpa por ter demorado tanto tempo a chegar.

Cloucharde pareceu confuso.

— Nem sequer sabia que vinha.

Becker decidiu mudar de assunto.

— Tem aí uma feia contusão na testa. Dói-lhe muito?

— Não, nem por isso. Dei uma queda, esta manhã. É o que se ganha em ser um bom samaritano. O pulso é que me dói a valer. O estúpido polícia! Francamente! Pôr um homem da minha idade em cima de uma mota. Imperdoável!

— Deseja alguma coisa que eu possa arranjar-lhe?

Cloucharde pensou por um instante, saboreando a atenção.

— Bem, na verdade... — Esticou o pescoço e inclinou a cabeça para a esquerda e para a direita. — Dava-me jeito mais uma almofada, se não for muito incómodo.

— De modo nenhum. — Becker tirou uma almofada de uma cama próxima e ajudou Clocharde a instalar-se mais confortavelmente.

O velho suspirou, contente.

— Muito melhor... obrigado.

— *Pas du tout* — respondeu Becker.

— Ah! — O homem sorriu calorosamente. — Fala então a língua do mundo civilizado.

— Pouco mais sei dizer — afirmou Becker, modestamente.

— Não há problema — declarou Cloucharde, orgulhosamente.

— A minha coluna é publicada em vários jornais dos Estados Unidos; o meu inglês é de excelente qualidade.

— Foi o que me disseram. — Becker sorriu. Sentou-se na beira da cama de Cloucharde. — Agora, se me perdoa a pergunta, por que veio um homem como o senhor parar a um lugar *destes*? Há hospitais muito melhores em Sevilha.

Cloucharde retomou a expressão furiosa.

— O maldito polícia... Fez-me cair da mota e deixou-me estendido no meio da rua a sangrar como um porco. Tive de vir a pé até aqui.

— Não se ofereceu para o levar para um sítio melhor?

— Naquela malfadada mota? Não, muito obrigado!

— O que foi exactamente que aconteceu esta manhã?

— Já contei tudo ao tenente.

— Falei com o oficial em causa e...

— Espero que o tenha repreendido! — interrompeu-o Cloucharde.

Becker assentiu.

— Nos termos mais severos. O consulado continuará a acompanhar o assunto.

— Espero bem que sim.

— Monsieur Cloucharde. — Becker sorriu, tirando uma caneta do bolso do casaco. — Eu gostaria de apresentar uma queixa formal na Câmara Municipal. Não quer ajudar-me? Alguém com a sua reputação seria uma testemunha de enorme valor.

Cloucharde pareceu encantado com a possibilidade de ser citado.

— Bom, sim... com certeza. Terei muito gosto.

Becker pegou num pequeno bloco de notas e ergueu o olhar.

— Muito bem, comecemos por esta manhã. Fale-me do acidente.

O velho suspirou.

— Foi triste, na verdade. O pobre sujeito asiático caiu redondo no chão. Tentei ajudá-lo... mas já não havia nada a fazer.

— Tentou RCP?

Cloucharde fez um ar envergonhado.

— Receio não conhecer a técnica. Chamei uma ambulância.

— E os enfermeiros, fizeram RCP?

— Céus, não! — Cloucharde riu. — Seria malhar em ferro frio. O pobre diabo já estava mais que morto quando a ambulância chegou.

Verificaram o pulso e levaram-no, deixando-me com aquele horrível polícia.

Estranho, pensou Becker, recordando a marca violácea no peito do cadáver. Que a teria provocado? Afastou o pensamento e concentrou-se no assunto que tinha entre mãos.

— E o anel? — perguntou, o mais descontraidamente possível.

Cloucharde pareceu surpreendido.

— O tenente falou-lhe do anel?

— É verdade, falou.

— Palavra? — O ar era de estupefacção. — Fiquei com a impressão de que não tinha acreditado na minha história. Foi tão grosseiro... como se pensasse que eu estava a mentir. Mas a minha história era verdadeira, claro. Orgulho-me muito da exactidão das minhas afirmações.

— Onde está então o anel? — perguntou Becker.

Cloucharde pareceu não o ter ouvido. Tinha os olhos vítreos, fixados num ponto do espaço.

— Uma peça estranha, com todas aquelas letras... Não se parecia com qualquer linguagem que eu conheça.

— Japonês, talvez? — sugeriu Becker.

— Não, de modo nenhum.

— Teve então oportunidade de olhar bem para ele?

— Céus, sim! Quando me ajoelhei para o ajudar, o homem espetou o dedo para a minha cara. Queria dar-me o anel. Foi muito estranho, assustador, para dizer a verdade... as mãos dele eram horríveis.

— Foi então que tirou o anel?

Cloucharde abriu muito os olhos.

— Foi isso que o tenente lhe disse? Que *eu* tirei o anel?

Becker agitou-se, pouco à vontade.

— Eu bem sabia que ele não estava a ouvir-me! — explodiu Cloucharde. — É assim que os boatos começam! Eu disse-lhe que o fulano japonês deu o anel... mas não foi a *mim*! Nem eu aceitava fosse o que fosse de um moribundo! Deus do céu! Só pensar nisso é o bastante para me arrepiar!

Becker soube que vinham aí sarilhos.

— Então, não tem o anel?

— Céus, não!

Becker sentiu uma dor surda crescer-lhe na boca do estômago.

— Quem o tem, então?

Cloucharde fuzilou-o com um olhar indignado.

— O alemão! Foi o alemão que ficou com ele!

Becker teve a sensação de que o chão lhe fugia de baixo dos pés.

— Alemão? Que alemão?

— O alemão que estava no parque! Falei dele ao polícia! Eu recusei o anel, mas aquele porco fascista aceitou-o!

Becker pousou a caneta e o bloco de notas. A charada tinha terminado. E ele estava metido em sarilhos.

— É então um alemão que tem o anel?

— Claro!

— Para onde foi ele?

— Não faço ideia. Corri a chamar a Polícia. Quando voltei, já tinha desaparecido.

— Sabe quem era?

— Um turista qualquer.

— Tem a certeza?

— Passo a vida no meio de turistas — atirou-lhe Cloucharde. — Sei reconhecer um, quando o vejo. Ele e a amiga andavam a passear pelo parque.

Becker estava mais confuso a cada minuto que passava.

— A amiga? Estava alguém com o alemão?

Cloucharde assentiu.

— Uma acompanhante. Uma ruiva maravilhosa. *Mon Dieu*! Belíssima!

— Uma acompanhante? — Becker estava aturdido. — Uma... prostituta?

Cloucharde fez uma careta.

— Sim, se faz questão de usar esse termo vulgar.

— Mas o tenente não me disse nada a respeito...

— Claro que não! Não lhe falei da ruiva. — Cloucharde despediu Becker com um gesto condescendente da mão direita. — Não são criminosas. É absurdo persegui-las como se fossem vulgares ladras.

Becker encontrava-se ainda num ligeiro estado de choque.

— Havia mais alguém presente?

— Não, só nós os três. Estava calor.

— E tem a certeza de que a mulher era uma prostituta?

— Absoluta. Nenhuma mulher tão bonita andaria com um homem daqueles a menos que fosse muito bem paga! *Mon Dieu*! Era gordo, gordo, *gordo*! Um alemão fala-barato, gordo e horroroso! — Cloucharde fez uma pequena careta ao mudar de posição, mas ignorou a dor e continuou: — O homem era uma besta... cento e quarenta quilos, pelo menos. Agarrado à pobre pequena como se estivesse com medo de que ela lhe fugisse... não que eu a censurasse. Palavra. Não tirava as mãos dela. Sempre a gabar-se de que ia tê-la durante todo o fim-de-semana por apenas trezentos dólares! *Ele* é que devia ter caído morto, não o pobre do asiático.

Cloucharde parou para respirar e Becker aproveitou.

— Sabe o nome dele?

Cloucharde pensou por um instante e abanou a cabeça.

— Não faço ideia. — Voltou a fazer uma careta de dor e recostou-se cuidadosamente nas almofadas.

Becker suspirou. O anel acabava de se evaporar diante dos seus olhos. O comandante Strathmore não ia ficar contente.

Cloucharde passou uma mão pela testa. Aquela explosão de entusiasmo cobrara o seu tributo. De repente, parecia muito doente.

Becker tentou outra abordagem.

— Monsieur Cloucharde, gostaria de obter igualmente um depoimento do cavalheiro alemão e da senhora que o acompanhava. Faz alguma ideia de onde estão instalados?

Cloucharde fechou os olhos, as forças a faltarem-lhe. A respiração tornara-se-lhe mais laboriosa.

— Qualquer coisa? — pressionou Becker. — O nome da senhora?

Seguiu-se um longo silêncio.

Cloucharde esfregou a têmpora direita. Estava subitamente muito pálido.

— Bem... hã... não. Não me parece... — A voz tremia-lhe.

Becker inclinou-se para ele.

— Sente-se bem?

Cloucharde assentiu com um pequeno movimento da cabeça.

— Sim, estou bem... só um pouco... a excitação, talvez... — Deixou a frase em suspenso.

— Pense, Monsieur Cloucharde — exortou Becker, em voz baixa. — É importante.

Cloucharde franziu os lábios.

— Não sei.... a mulher... o alemão chamava-lhe... — Fechou os olhos e gemeu.

— Como se chamava ela?

— Não consigo lembrar-me... — Cloucharde estava a apagar-se depressa.

— Pense — insistiu Becker. — É importante que o processo fique o mais completo possível. Preciso de corroborar a sua história com depoimentos das outras testemunhas. Qualquer informação que possa dar-me e que me ajude a localizá-las...

Cloucharde já não estava a ouvi-lo. Limpava a testa com a ponta do lençol.

— Lamento... talvez amanhã... — Parecia prestes a vomitar.

— Monsieur Cloucharde, é importante que se lembre *agora*. — Becker apercebeu-se de que estava a falar demasiado alto. Os ocupantes das camas mais próximas continuavam sentados, a observar o que se passava. No extremo oposto da sala, uma enfermeira empurrou as portas duplas e avançou apressadamente para eles.

— Qualquer coisa! — pressionou Becker, com a voz carregada de urgência.

— O alemão chamava à mulher...

Becker abanou ao de leve o canadiano, tentando trazê-lo de volta.

Os olhos de Cloucharde relampejaram fugazmente.

— Chamava-lhe...

Não te apagues agora...

— Dew... — Cloucharde voltou a fechar os olhos. A enfermeira estava muito perto. Parecia furiosa.

— Dew? — Becker abanou o braço de Cloucharde.

O velho gemeu.

— Chamava-lhe... — Estava a balbuciar, quase não se ouvia o que dizia.

A enfermeira estava a menos de três metros de distância, a gritar com Becker num espanhol furioso. Becker não a ouviu. Tinha os olhos fixos nos lábios do velho. Abanou Cloucharde uma última vez antes de a enfermeira lhe cair em cima.

A enfermeira agarrou Becker por um ombro e pô-lo de pé no preciso instante em que os lábios de Cloucharde se entreabriam. A única palavra que saiu deles não foi exactamente falada. Foi suavemente suspirada... como uma longínqua recordação sensual.

— Dewdrop...

A mão da enfermeira puxou Becker para trás.

Dewdrop? Que raio de nome é Dewdrop? Becker sacudiu a mão da enfermeira e voltou-se uma última vez para Cloucharde.

— Dewdrop? Tem a *certeza*?

Porém, Pierre Cloucharde dormia profundamente.

CAPÍTULO VINTE E TRÊS

Susan estava sozinha no confortável interior do Módulo 3. Beberricava um refresco de limão com chá de ervas enquanto aguardava o regresso do *tracer*.

Como chefe do departamento, tinha direito ao terminal com melhor vista. Ficava na parte de trás do círculo de computadores, voltado para a sala da Cripto. Do seu lugar, podia ver tudo o que se passava no Módulo 3. E via também o TRANSLTR, através do vidro especial, como que plantado bem no centro da sala.

Consultou o relógio. Estava à espera havia quase uma hora. Aparentemente, a American Remailers Anonymous não estava com muita pressa de reencaminhar o correio de North Dakota. Suspirou. Apesar dos seus esforços para esquecer a conversa que tivera com David nessa manhã, as palavras continuavam a ecoar-lhe na cabeça. Sabia que tinha sido dura para com ele. Esperava que estivesse bem, lá em Espanha.

Os seus pensamentos foram interrompidos pelo silvo da porta de vidro a deslizar para o lado. Ergueu os olhos e gemeu. O criptógrafo Greg Hale deteve-se à entrada.

Greg Hale era alto e musculoso, com cabelos louros e espessos e uma funda cova no queixo. Era vaidoso, entroncado e andava sempre elegantemente vestido. Demasiado elegantemente vestido. Os outros criptógrafos chamavam-lhe «Halite» — como o mineral. Hale sempre partira do princípio de que se tratava de uma referência a uma qualquer gema rara, aludindo ao seu incomparável intelecto e dureza física. Se acaso o ego lhe permitisse consultar uma enciclopédia, ficaria a saber que a halite não passava, afinal, do resíduo salitroso que fica quando os oceanos secam.

Tal como todos os criptógrafos da NSA, Hale ganhava um excelente ordenado. Tinha, no entanto, dificuldade em ocultar o facto. Conduzia um *Lotus* branco com tejadilho de abrir e um sistema de som perfeitamente ensurdecedor. Era um cromo das engenhocas e o carro era a sua montra: mandara instalar um sistema computorizado de posicionamento global, fechos das portas activados pela voz, um empastelador de radar e um telemóvel/fax, de modo a poder estar sempre em contacto com o seu serviço de mensagens. A matrícula, que pagara a peso de ouro, era MEGABYTE, e a chapa tinha uma moldura de néon violeta.

Greg Hale fora salvo de uma vida de pequena criminalidade pelo Corpo de Fuzileiros dos Estados Unidos. Fora lá que descobrira os computadores. Era um dos melhores programadores que os Marines tinham tido, a caminho de uma distinta carreira militar. Mas, três dias antes de completar o terceiro contrato de serviço, o seu futuro dera uma repentina reviravolta. Hale matara acidentalmente um camarada numa zaragata de bêbedos. A arte coreana de autodefesa, o *taekwondo*, revelara-se mais mortífera do que defensiva. E Hale fora rapidamente dispensado dos seus deveres

Depois de ter cumprido uma curta pena de prisão, começara a procurar emprego como programador no sector privado. Era sempre muito franco a respeito do incidente nos fuzileiros e aliciava os potenciais empregadores oferecendo um mês de trabalho sem salário para provar o seu valor. Nunca faltava quem o quisesse e, quando descobriam aquilo que ele era capaz de fazer com um computador, nunca queriam deixá-lo partir.

À medida que os seus conhecimentos informáticos aumentavam, ia começando a estabelecer contactos via Internet um pouco por todo o mundo. Era um desses novos ciberfanáticos, com amigos por *e-mail* em todos os países, entrando e saindo de obscuros e duvidosos painéis electrónicos e *chat groups* europeus. Fora despedido por dois patrões diferentes por ter usado as contas *e-mail* das empresas para enviar fotos pornográficas a alguns dos seus amigos.

— Que estás *tu* aqui a fazer? — quis Hale saber, parado à porta e a olhar para Susan. Estivera obviamente à espera de ter o Módulo 3 só para si naquele dia.

Susan fez um esforço por manter a calma.

— É sábado, Greg. Podia perguntar-te o mesmo.

Susan sabia, porém, o que estava Greg ali a fazer. Era um verdadeiro viciado em computadores. Apesar da regra dos sábados, visitava frequentemente a Cripto aos fins-de-semana para usar os incomparáveis meios informáticos da NSA e correr novos programas em que estivesse a trabalhar.

— Só queria afinar meia dúzia de linhas e verificar o meu *e-mail* — disse Hale. Olhou para Susan com uma expressão de curiosidade.

— O que foi que disseste que estavas cá a fazer?

— Não disse.

Hale arqueou uma sobrancelha.

— Não estou a ver porquê. Não temos segredos aqui no Módulo 3, lembras-te? Um por todos e todos por um.

Susan continuou a beberricar o seu refresco de limão e ignorou-o. Hale encolheu os ombros e dirigiu-se à pequena copa. Era sempre a sua primeira paragem. Enquanto atravessava a sala, fez questão de mirar descaradamente as pernas de Susan, estendidas por baixo da mesa do terminal. Susan, sem erguer os olhos, encolheu-as e continuou a trabalhar. Hale sorriu.

Susan já estava habituada aos «ataques» de Hale, cuja frase preferida era qualquer coisa a respeito de estabelecerem uma interface, a fim de verificarem a compatibilidade dos respectivos *hardwares*. Dava-lhe voltas ao estômago. Mas era demasiado orgulhosa para fazer queixa dele a Strathmore. Era muito mais fácil limitar-se a ignorá-lo.

Hale aproximou-se da copa do Módulo 3 e empurrou as portas de tabuinhas como um touro a sair do curro. Tirou um *Tupperware* de tofu do frigorífico e atirou para dentro da boca meia dúzia de pedaços da substância branca e gelatinosa. Feito isto, encostou-se ao fogão e alisou com a mão as calças *Bellvienne* cinzentas, impecavelmente engomadas, que vestia com uma não menos impecavelmente engomada camisa branca.

— Vais ficar aqui muito tempo?

— A noite toda — respondeu Susan, secamente.

— Hmm... — ronronou Halite, com a boca cheia. — Uma noite na *Playpen*, só nós os dois, muito aconchegadinhos.

— Só nós os três — corrigiu Susan. — O comandante está lá em cima. — Talvez queiras pôr-te a andar antes que ele te veja.

Hale encolheu os ombros.

— Parece não se importar que *tu* cá estejas. Deve gostar muito da tua companhia.

Susan conseguiu, com um esforço, ficar calada.

Hale soltou uma risadinha para si mesmo e pousou o tofu. Pegou então numa garrafa de azeite virgem e bebeu alguns golos. Era um maníaco da saúde e afirmava que o azeite virgem lhe limpava os intestinos. Quando não estava a impingir sumo de cenoura aos colegas, estava a pregar as virtudes da limpeza intestinal.

Voltou a guardar a garrafa de azeite e foi sentar-se diante do terminal, exactamente em frente do de Susan. Mesmo à distância de todo o diâmetro do largo círculo de computadores, Susan cheirou-lhe a água-de-colónia. Franziu o nariz.

— Que perfume agradável, Greg. Usaste o frasco todo?

Hale ligou o terminal.

— Só para ti, querida.

Enquanto ele esperava que o terminal arrancasse, um pensamento súbito e perturbador insinuou-se no espírito de Susan. E se Hale acedesse ao monitor de contagem do *TRANSLTR*? Não havia qualquer razão lógica para que o fizesse, mas Susan sabia que, fosse como fosse, nunca ele engoliria uma história mal cozinhada a respeito de um diagnóstico que mantinha o *TRANSLTR* ocupado durante mais de dezasseis horas. Hale exigiria saber a verdade. E a verdade era algo que Susan não tinha a mínima intenção de lhe dizer. Não confiava em Greg Hale. Aquele tipo não era material NSA. Susan opusera-se à sua contratação desde o início, mas a NSA não tivera alternativa. Hale fora o resultado de uma acção de controlo de danos.

O fiasco Skipjack.

Quatro anos antes, numa tentativa de criar um padrão único de cifragem de chave pública, o Congresso encarregara os melhores matemáticos do país, os da NSA, de escreverem um novo super-algoritmo. O plano era o Congresso aprovar legislação que tornasse o novo algoritmo o padrão nacional, evitando deste modo as incompatibilidades de que eram vítimas as empresas que usavam algoritmos diferentes.

Claro que pedir à NSA que ajudasse a melhorar a cifragem por chave pública era algo semelhante a pedir a um homem condenado que construísse o seu próprio caixão. O TRANSLTR ainda não tinha sido criado e um padrão de cifragem só serviria para ajudar à proliferação do uso de códigos e tornar ainda mais complicado o já difícil trabalho da NSA.

A EFF compreendeu este conflito de interesses e protestou veementemente, dizendo que a NSA podia criar um algoritmo de má qualidade — qualquer coisa que ela própria pudesse decifrar. Para acalmar estes receios, o Congresso anunciara que quando o algoritmo da NSA estivesse acabado, a fórmula seria publicada para que os matemáticos de todo o mundo pudessem examiná-la e avaliar-lhe a qualidade.

Foi com relutância que a equipa da Cripto da NSA, encabeçada pelo comandante Strathmore, criara um algoritmo a que dera o nome de Skipjack. O Skipjack fora apresentado ao Congresso para aprovação. Matemáticos de todo o mundo testaram-no e ficaram unanimemente impressionados. Era, afirmaram, um excelente algoritmo que daria um soberbo padrão de cifragem. Contudo, três dias antes da mais que certa aprovação do Skipjack pelo Congresso, Greg Hale, um jovem programador dos Bell Laboratories, chocara o mundo ao anunciar que descobrira uma porta das traseiras escondida no algoritmo.

A tal porta das traseiras consistia numas quantas linhas de discreta programação que o comandante Strathmore incluíra. Isto fora feito de uma maneira tão hábil que ninguém, excepto Greg Hale, se apercebera. A disfarçada adição de Strathmore significava, com efeito, que qualquer código escrito pelo Skipjack poderia ser decifrado graças a uma *password* secreta de que só a NSA tinha conhecimento. Strathmore estivera a milímetros de transformar o proposto padrão de cifragem nacional no maior golpe de espionagem que a NSA alguma vez vira; a NSA teria passado a dispor da chave-mestra capaz de abrir todos os códigos escritos na América.

O mundo informático ficara ultrajado. A EFF atirou-se ao escândalo como abutres a uma carcaça, apostrofando o Congresso pela sua ingenuidade e declarando a NSA a maior ameaça ao mundo livre depois de Hitler. O padrão de cifragem estava morto.

Ninguém ficou muito surpreendido quando, dois dias mais tarde, a NSA contratou Greg Hale. Strathmore achava que era preferível tê-

-lo dentro de portas, a trabalhar para a NSA, do que fora, a trabalhar contra ela.

O comandante enfrentara o escândalo sem esconder a cara. Defendera veementemente as suas acções perante o Congresso. Argumentara que a sede pública de privacidade havia de voltar para assombrá-los a todos. Insistira em que o público precisava de alguém que velasse por ele; o público precisava que a NSA decifrasse códigos a fim de manter a paz. A EFF e grupos correlativos tinham uma opinião diferente. A guerra entre os dois lados durava desde então.

CAPÍTULO VINTE E QUATRO

David Becker estava enfiado numa cabina telefónica do outro lado da rua, em frente da Clínica de Salud Pública, de onde acabava de ser expulso por assediar o paciente número 104, Monsieur Cloucharde.

De repente, estava tudo a tornar-se muito mais complicado do que esperara. O favorzinho que decidira fazer a Strathmore — ir buscar os objectos pessoais de um fulano qualquer — transformara-se numa bizarra caçada a um estranho anel.

Acabava de ligar a Strathmore para o informar da existência do turista alemão. As notícias não tinham sido bem recebidas. Depois de ter pedido pormenores, Strathmore permanecera silencioso por muito tempo.

— David — dissera finalmente, num tom grave —, encontrar esse anel é uma questão de segurança nacional. Conto consigo. Não me deixe ficar mal. — E desligara.

Na cabina telefónica, David suspirou. Pegou na muito manuseada *Guía Telefónica* e começou a folhear as páginas amarelas.

— Vamos lá a isso — resmungou para consigo.

Havia apenas três números listados sob a rubrica Serviços de Acompanhamento, e ele não tinha muito por onde pegar. Tudo o que sabia era que a companheira do alemão era uma ruiva... uma cor de cabelo convenientemente rara em Espanha. O delirante Cloucharde recordara o nome da senhora como Dewdrop. Becker fez uma careta... Dewdrop? Parecia mais o nome de uma vaca do que de uma bela mulher. Nada que se parecesse com um bom nome católico; Cloucharde devia ter-se enganado.

Marcou o primeiro número.

* * *

— Servicio Social de Sevilla — respondeu uma agradável voz feminina.
Becker coloriu o seu castelhano com um cerrado sotaque alemão.
— ¿Hola, hablas aleman?
— Não, mas falo inglês — foi a resposta.
— Obrrigado — continuou Becker, num inglês macarrónico. — Talvez tu poder ajudar-me.
— Em que posso ser-lhe útil? — A mulher falava muito devagar, numa tentativa de ajudar o potencial cliente. — Talvez precise de uma companhia?
— Sim, por favor. Hoje, meu irmão Klaus arranjar raparriga, muito bonita. Ruiva. Querro mesma. Parra amanhã, por favor.
— O seu irmão Klaus esteve aqui? — A voz tornou-se repentinamente animadíssima, como se fossem velhos amigos.
— Sim. Ele muito gordo. Lembrras-te, não?
— Diz que esteve aqui hoje?
Becker ouviu-a consultar os registos. Não encontraria nenhum Klaus, mas Becker pensou que os clientes raramente usariam os nomes verdadeiros.
— Hum, lamento muito — disse ela. — Não o vejo aqui. Como se chamava a rapariga que estava com o seu irmão?
— Tinha cabelos ruivos — informou Becker, fugindo à pergunta.
— Cabelos ruivos? — repetiu ela. — Está a falar com o Servicio Social de Sevilla. Tem a certeza de que o seu irmão veio aqui?
— Clarro, sim.
— *Señor*, não temos ruivas. Temos apenas puras beldades andaluzas.
— Cabelos ruivos — insistiu Becker, sentindo-se estúpido.
— Lamento, não temos ruivas, mas se desejar...
— Nome é Dewdrop — disse Becker, a sentir-se ainda mais estúpido.
Aparentemente, o ridículo nome nada significava para a mulher. Pediu desculpa, sugeriu que Becker estava talvez a fazer confusão com outra agência e desligou delicadamente.
Primeira bola, fora.

Becker franziu a testa e marcou o número seguinte. A resposta foi imediata:

— *Buenas noches, Mujeres España.* Posso ajudá-lo?

Becker repetiu a mesma rábula, um turista alemão disposto a pagar bem por uma ruiva que tinha estado com o irmão naquele mesmo dia.

Desta vez, a resposta foi num delicado alemão, mas também ali não havia ruivas.

— *Keine Rotköpfe*, lamento. — E a mulher desligou.

Segunda bola, fora.

Becker olhou para a lista telefónica. Restava apenas um número. O fim da corda, já.

Marcou.

— Escortes Belén — disse uma voz de homem, num tom untuoso.

Becker repetiu a mesma história.

— *Sí, sí, señor.* Chamo-me Señor Roldán. Terei muito prazer em ajudá-lo. Temos duas ruivas. Raparigas encantadoras.

O coração de Becker deu um salto,

— Muito bonitas? — disse, com o seu sotaque alemão. — Cabelos ruivos?

— Sim, como se chama o seu irmão? Já lhe digo quem foi a acompanhante dele hoje. E podemos mandá-la ter consigo amanhã.

— Klaus Schmidt. — Becker lançou o nome, recordado de um velho livro de estudo.

Uma longa pausa.

— Bem, *señor...* não encontro nenhum Klaus Schmidt nos nossos registos, mas talvez o seu irmão tenha optado por ser discreto... talvez uma esposa em casa? — E o Señor Roldán riu despropositadamente.

— Sim, Klaus casado. Mas ele muito gordo. Mulher não vai cama com ele. — Becker rolou os olhos ao seu próprio reflexo no vidro da cabina. *Se a Susan me ouvisse agora,* pensou.— Também eu gordo e sozinho. Quer ir cama com ela. Pagar muito dinheiro.

Becker estava a ter um desempenho espectacular, mas fora demasiado longe. A prostituição era ilegal em Espanha, e o Señor Roldán era um homem cuidadoso. Já tinha sido queimado por oficiais da Guardia a fazerem-se passar por turistas. *Quer ir cama com ela.* Roldán soube que era uma armadilha. Se dissesse que sim, teria de pagar uma pesada multa e, como sempre, de proporcionar ao comissário da Polícia uma das suas jovens mais talentosas, gratuitamente, por todo o fim-de-semana.

Quando voltou a falar, foi num tom muito menos prestimoso.
— *Señor*, ligou para Escortes Belén. Importa-se de me dizer quem fala?
— Aah... Sigmund Schmidt — inventou Becker. Muito pouco convincentemente.
— Onde conseguiu o nosso número?
— Lista telefónica... páginas amarelas.
— Sim, *señor*, porque somos um serviço de acompanhamento.
— Sim. Quero companhia. — Becker sentiu que havia ali algo de errado.
— *Señor*, Escortes Belén é uma empresa que proporciona acompanhantes a homens de negócios para almoços e jantares. É assim que estamos registados na lista telefónica. A nossa actividade é legal. O que procura é uma *prostituta*. — A palavra saiu-lhe da boca como se fosse o nome de uma doença vergonhosa.
— Mas meu irmão...
— *Señor*, se o seu irmão passou o dia a beijar uma rapariga no parque, não era uma das nossas. Temos regras muito estritas no que respeita ao relacionamento acompanhante-cliente.
— Mas...
— Confundiu-nos com outra empresa qualquer. Só temos duas ruivas, Inmaculada e Rocío, e nenhuma delas iria para a cama com um homem por dinheiro. A isso chama-se prostituição e é ilegal em Espanha. Passe muito bem, *señor*.
— Mas...
CLIQUE.
Becker praguejou entredentes e bateu com o auscultador no descanso. Terceira bola, fora. Tinha a certeza de que Cloucharde dissera que o alemão contratara a rapariga para o fim-de-semana inteiro.

Becker saiu da cabina telefónica no cruzamento da Calle Salado com a Avenida Assunción. Apesar do trânsito, o doce cheiro das laranjas de Sevilha impregnava o ar à volta dele. Anoitecia... a hora mais romântica. Pensou em Susan. As palavras de Strathmore encheram-lhe a cabeça: *Encontre o anel*. Deixou-se cair num banco e considerou a próxima jogada.
Que jogada?

CAPÍTULO VINTE E CINCO

Na Clínica de Salud Pública, a hora da visita tinha terminado. As luzes do ginásio estavam apagadas. Pierre Cloucharde dormia profundamente. Não viu a figura que se debruçava para ele. A agulha de uma seringa roubada brilhou no escuro e no instante seguinte desapareceu no tubo intravenoso, logo acima do pulso do canadiano. A seringa continha 30 cc de líquido de limpeza tirado do carrinho do servente. Um polegar empurrou com força o êmbolo para baixo, introduzindo o líquido azulado na veia do velho.

Cloucharde esteve acordado apenas durante uns escassos segundos. Talvez tivesse gritado de dor, se uma mão forte não lhe tivesse tapado a boca. Ficou ali esmagado contra a cama, imobilizado por um peso aparentemente inamovível. Sentiu a bolsa de fogo subir-lhe pelo braço. Uma dor dilacerante correu-lhe pela axila, pelo peito e, então, como um milhão de lascas de vidro, atingiu-lhe o cérebro. Cloucharde viu um relâmpago ofuscante... e depois nada.

O visitante endireitou-se e olhou, no escuro, para o nome inscrito na papeleta. Feito isto, saiu silenciosamente.

Na rua, o homem de óculos de aros metálicos pegou num pequeno aparelho que levava preso ao cinto. Era rectangular e tinha aproximadamente o tamanho de um cartão de crédito. Era um protótipo do novo computador *Monocle*. Desenvolvido pela Marinha dos Estados Unidos para ajudar os técnicos a registarem a voltagem das baterias no apertado espaço dos submarinos, o minúsculo computador incluía um *modem* celular e as mais recentes descobertas na área da microtecnologia. O monitor era um visor de cristal líquido montado na lente esquerda de uns óculos. O *Monocle* representava um conceito totalmente novo em termos de computadores pessoais; o utilizador podia ver os seus dados sem que isso o impedisse de interagir com o mundo à sua volta.

O verdadeiro triunfo do *Monocle* não era, porém, o seu diminuto visor, mas o sistema de entrada de dados. O utilizador introduzia a informação através de minúsculos contactos fixados nas pontas dos dedos, tocando-os entre si numa sequência que imitava o género de taquigrafia usado nos tribunais e que o computador traduzia para inglês.

O assassino premiu um pequeno interruptor e o visor embutido na lente esquerda dos óculos iluminou-se, pelo menos para ele. Com os braços descontraidamente caídos ao longo do corpo, começou a fazer tocar as pontas dos dedos, numa rápida sucessão. O visor mostrou uma mensagem:

SUJEITO: P. CLOUCHARDE — ELIMINADO

Sorriu. Transmitir a notícia de assassínios fazia parte da sua missão, mas incluir o nome da vítima... isso, para o homem dos óculos de aros metálicos, era elegância. Voltou a mexer os dedos e o *modem* celular foi activado.

MENSAGEM ENVIADA

CAPÍTULO VINTE E SEIS

Sentado no banco em frente da clínica, do outro lado da rua, Becker perguntava-se o que fazer a seguir. Os telefonemas para as agências de acompanhantes não tinham produzido qualquer resultado. O comandante, receando os riscos de uma comunicação em linha aberta, pedira-lhe que só voltasse a ligar-lhe quando tivesse o anel. Becker considerara a hipótese de pedir ajuda à Polícia local — talvez tivessem qualquer registo sobre uma prostituta ruiva —, mas Strathmore dera-lhe instruções específicas também a respeito disso. *David, você é invisível. Ninguém pode saber que esse anel existe.*

Seria suposto deambular pelo mal afamado bairro de Triana em busca da misteriosa ruiva? Ou talvez devesse perguntar em todos os restaurantes se alguém se lembrava de ter visto um alemão obeso? Todas as hipóteses lhe pareciam ser uma pura perda de tempo.

As palavras de Strathmore não lhe saíam da cabeça: *É uma questão de segurança nacional... tem de encontrar esse anel.*

Uma voz no fundo da cabeça dizia-lhe que estava a deixar escapar qualquer coisa — qualquer coisa crucial —, mas nem para salvar a vida saberia dizer o que pudesse ser. *Sou professor, não sou um raio de um agente secreto!* Começava a perguntar-se por que não teria Strathmore enviado um profissional.

Pôs-se de pé e caminhou sem objectivo pela Calle Delicias, considerando as suas opções. O calcetado do passeio esbatia-se diante dos seus olhos. Anoitecia rapidamente.

Dewdrop.

Havia qualquer coisa naquele nome absurdo que teimava em espicaçá-lo. *Dewdrop.* A voz untuosa do Señor Roldán dava-lhe voltas na cabeça. «*Só temos duas ruivas... Duas ruivas, Inmaculada e Rocío... Rocío... Rocío...*»

Deteve-se a meio de um passo. Subitamente, soube. *E considero-me eu um especialista em línguas!* Nem queria acreditar que tinha deixado escapar uma coisa daquelas.

Rocío era um dos nomes de rapariga mais populares em Espanha. Transmitia todas as implicações certas para uma boa menina católica: pureza, virgindade, beleza natural. As conotações de pureza decorriam todas do significado literal do nome: *Gota de Orvalho!*

A voz do velho canadiano ecoou-lhe nos ouvidos. *Dewdrop.* Rocío traduzira o seu nome para a única língua que ela e o seu cliente tinham em comum: o inglês. Excitado, Becker apressou-se a procurar um telefone.

Do outro lado da rua, o homem dos óculos de aros metálicos seguiu-o, sem se deixar ver.

CAPÍTULO VINTE E SETE

Na sala da Cripto, as sombras alongavam-se e esbatiam-se. Lá em cima, a iluminação automática compensava, aumentando de intensidade. Susan continuava sentada diante do terminal, silenciosamente à espera de notícias do *tracer*. Estava a demorar muito mais tempo do que esperara.

Entretanto, deixava a mente divagar — sentia saudades de David e queria que Greg Hale fosse para casa. Isto apesar de Hale não se ter mexido e permanecer misericordiosamente silencioso, absorto no que quer que fosse que estava a fazer no seu terminal. Susan não sabia o que era, nem queria saber, desde que não fosse aceder ao monitor de contagem. Obviamente, não o fizera: dezasseis horas não poderiam ter deixado de provocar um grito de incredulidade.

Susan estava a beber a sua terceira chávena de chá quando, finalmente, aconteceu: o terminal emitiu um *bip*. Sentiu o coração bater mais depressa. Apareceu no monitor o ícone de um sobrescrito a acender e a apagar, anunciando a chegada de *e-mail*. Susan lançou um rápido olhar a Hale. Continuava embrenhado no trabalho. Reteve a respiração e clicou duas vezes no sobrescrito.

North Dakota, murmurou para si mesma. *Vejamos quem tu és.*

Quando a mensagem abriu, continha apenas uma linha. Susan leu-a. E tornou a lê-la.

JANTAR NO ALFREDO'S? ÀS 8?

Do outro lado do círculo de computadores, Hale abafou uma gargalhada. Susan verificou o cabeçalho da mensagem.

FROM: GHALE@CRYPTO.NSA.GOV

Sentiu-se invadir por uma súbita onda de fúria, mas controlou-a. Apagou a mensagem.

— Muito maduro, Hale.

— Fazem um *carpaccio* excelente. — Hale sorriu. — O que é que dizes? E depois podíamos...

— Esquece.

— *Snob*. — Hale suspirou e voltou-se de novo para o terminal. Era a sua octagésima nona tentativa com Susan Fletcher. A brilhante criptógrafa constituía uma frustração constante. Hale fantasiara muitas vezes uma cena de sexo com ela: dobrá-la contra a superfície encurvada do TRANSLTR e possui-la ali mesmo, nos azulejos negros e aquecidos pelo sol. Mas Susan não queria nada com ele. Para Hale, o que tornava tudo ainda pior era o facto de ela estar apaixonada por um professor universitário, que fossava horas a fio por meia dúzia de tostões. Seria uma pena se Susan desperdiçasse a sua magnífica herança genética procriando com um bimbo qualquer... sobretudo quando podia tê-lo a ele, Greg. *Teríamos filhos perfeitos,* pensou.

— Em que é que estás a trabalhar? — perguntou Hale, tentando uma abordagem diferente.

Susan não respondeu.

— Que grande jogadora de equipa me saíste. Tens a certeza de que não posso dar uma espreitadela? — Hale pôs-se de pé e começou a contornar o círculo de terminais em direcção a ela.

Susan sentiu que a curiosidade de Hale tinha o potencial para causar graves problemas naquela noite. Tomou uma decisão instantânea.

— É um diagnóstico — respondeu, usando a mesma mentira que o comandante.

Hale deteve-se a meio caminho.

— Um diagnóstico? — Parecia pouco convencido. — Estás a gastar um sábado a passar um diagnóstico em vez de estares a brincar com o professor?

— Chama-se David.

— Ou isso.

Susan lançou-lhe um olhar furibundo.

— Não tens nada melhor que fazer?

— Estás a tentar ver-te livre de mim? — Hale fez beicinho.
— Para ser franca, estou.
— Oh, Sue, essa doeu.

Susan Fletcher semicerrou os olhos. Detestava que lhe chamassem Sue. Não tinha nada contra o diminutivo, mas Hale era o único que o usava.

— Queres que te ajude? — ofereceu Hale. Tinha recomeçado a avançar para ela. — Sou óptimo em diagnósticos. Além disso, estou morto por ver o diagnóstico capaz de fazer a poderosa Susan Fletcher vir trabalhar ao sábado.

Susan sentiu uma descarga de adrenalina. Olhou para o *tracer* que tinha no visor. Sabia que não podia permitir que Hale o visse... haveria demasiadas perguntas.

— Está tudo sob controlo, Greg — disse.

Hale, no entanto, continuou a avançar. Susan soube que tinha de agir rapidamente. Hale estava a escassos metros de distância quando ela tomou uma decisão. Pôs-se de pé e enfrentou-o, impedindo-lhe a passagem. O cheiro a água-de-colónia era entontecedor.

Olhou-o a direito nos olhos.

— Eu disse que não.

Hale inclinou a cabeça para um lado, aparentemente intrigado por esta exibição de secretismo. Com um sorriso brincalhão nos lábios, deu um passo em frente. Greg Hale não estava preparado para o que aconteceu a seguir.

Com uma calma absoluta, Susan apoiou um único dedo indicador no peito dele, travando-lhe o avanço.

Hale deteve-se e recuou, chocado. Aparentemente, Susan Fletcher estava a falar a sério; nunca antes lhe tinha tocado, *nunca*. Não era bem o que tinha em mente para o primeiro contacto, mas era um começo. Lançou-lhe um olhar longo e intrigado e regressou lentamente ao seu terminal. Enquanto ela voltava a sentar-se, uma coisa ficou bem clara: a encantadora Susan Fletcher estava a trabalhar em qualquer coisa importante e não era com toda a certeza um diagnóstico.

CAPÍTULO VINTE E OITO

O Señor Roldán, da Escortes Belén, estava sentado à sua secretária, a felicitar-se pela habilidade com que fintara a mais recente e patética tentativa da Guardia de armar-lhe uma ratoeira. Pôr um agente a fazer de alemão e a pedir uma rapariga para passar a noite... era sujo; de que mais iriam eles lembrar-se?

A campainha do telefone em cima da secretária retiniu, estridente. O Señor Roldán pegou no auscultador, a ressumar confiança.

— *Buenas noches.* Escortes Belén.

— *Buenas noches* — disse uma voz de homem, num castelhano perfeito. Um pouco nasalada, como que em consequência de uma ligeira constipação. — Estou a falar para um hotel?

— Não, senhor. Que número marcou? — O Señor Roldán não ia em mais truques, naquela noite

— Três quatro, seis dois, um zero — disse a voz.

Roldán franziu a testa. A voz parecia-lhe vagamente familiar. Tentou situar o sotaque. Burgos, talvez? — Marcou o número correcto — disse, cautelosamente —, mas somos um serviço de acompanhamento.

Houve uma pausa na linha.

— Ah... estou a ver. Peço desculpa. O número foi-me dado por uma pessoa. Pensei que fosse um hotel. Sou de Burgos, estou cá de visita. As minhas desculpas pelo incómodo. Boa noite...

— *Espére!* — O Señor Roldán não conseguiu conter-se. Era, acima de tudo, um vendedor. Seria alguém recomendado? Um novo cliente vindo do Norte? Não ia permitir que um pouco de paranóia impedisse uma potencial venda.

— Meu caro amigo — disse untuosamente para o bucal. — Bem me pareceu ter reconhecido um ligeiro sotaque de Burgos na sua voz. Eu sou de Valência. O que o traz a Sevilha?

— Vendo jóias. Pérolas *Majorica*.
— *Majoricas*, a sério! Deve viajar imenso.
— Bem, sim, viajo bastante — disse o homem, com uma tossezinha.
— Veio então a Sevilha tratar de negócios? — pressionou Roldán. Era impossível aquele tipo ser da Guardia; era um cliente com C grande. — Deixe-me adivinhar... foi um amigo que lhe deu este número? Disse-lhe que ligasse para cá. Acertei?
A voz soou obviamente embaraçada:
— Bem, não, na verdade não foi nada disso.
— Vá lá, não seja tímido, *señor*. Somos um serviço de acompanhamento, não há motivo para vergonhas. Raparigas bonitas, companhia agradável para o jantar, nada mais. Quem lhe deu o nosso número? Talvez seja um cliente habitual. Poso fazer-lhe um preço especial.
A voz passou de embaraçada a atrapalhada.
— Hã... ninguém me *deu* exactamente o número. Encontrei-o dentro de um passaporte. Estou a tentar localizar o proprietário.
Roldán sentiu o coração afundar-se-lhe no peito. Afinal, não era um cliente.
— Diz que *encontrou* o número?
— Sim, encontrei um passaporte no parque, hoje de manhã. O vosso número de telefone estava lá dentro, num pedaço de papel. Pensei que fosse o do hotel do senhor e estava na esperança de poder devolver-lhe o passaporte. Engano meu. Acho que vou deixá-lo numa esquadra de Polícia, quando sair de...
— *Perdón* — interrompeu Roldán, nervosamente. — Permite-me que lhe sugira uma ideia melhor? — Roldán orgulhava-se de gerir um negócio discreto, e as visitas à Guardia tinham tendência para transformar clientes em ex-clientes. — Considere o seguinte — sugeriu. — Uma vez que quem perdeu o passaporte tinha este número, é provavelmente nosso cliente. Talvez eu lhe possa poupar uma ida à Polícia.
A voz hesitou.
— Não sei. Julgo que o melhor...
— Não se precipite, meu amigo. Envergonha-me ter de admitir que a Polícia aqui em Sevilha nem sempre é tão eficiente como lá em cima, no Norte. São bem capazes de demorar *dias* a devolver o pas-

saporte ao tal senhor. Se me disser o nome, posso fazer com que o receba *imediatamente*.

— Bem, sim... Suponho que não faz mal... — Roldán ouviu um restolhar de papel e novamente a voz. — É um nome alemão. Não sei pronunciá-lo muito bem... Gusta... Gustafson?

Roldán não reconheceu o nome, mas a verdade era que tinha clientes oriundos do mundo inteiro. Nunca davam o nome verdadeiro.

— Qual é o aspecto dele... na fotografia? Talvez o reconheça.

— Bem... — disse a voz. — A cara é muito, muito gorda.

Roldán soube instantaneamente. Lembrava-se bem do rosto obeso. Era o homem que estava com Rocío. Estranho, pensou, receber dois telefonemas a respeito do alemão na mesma noite.

— O Señor Gustafson? — forçou uma gargalhada. — Claro! Conheço-o muito bem. Se me trouxer o passaporte, mando alguém entregar-lho.

— Estou na Baixa, sem carro — interrompeu-o a voz. — Não poderia vir o senhor ter comigo?

— A verdade — tentou Roldán esquivar-se — é que não posso deixar o telefone. Mas não é assim tão longe, se...

— Lamento, mas é demasiado tarde para andar a deambular por aí. Há uma esquadra da Guardia aqui perto. Deixo lá ficar o passaporte e, quando estiver com o Señor Gustafson, pode dizer-lhe onde encontrá-lo.

— Não, espere! — gritou Roldán. — Não há necessidade de meter a Polícia nisto. Disse que está na Baixa, não foi? Conhece o Hotel Alfonso XIII? É um dos melhores da cidade.

— Sim — disse a voz. — Conheço o Alfonso XIII. Fica aqui perto.

— Óptimo! O Señor Gustafson está lá hospedado. Provavelmente, é lá que se encontra neste momento.

A voz hesitou.

— Estou a ver. Bem, nesse caso... suponho que não será grande incómodo.

— Estupendo! Está a jantar com uma das nossas acompanhantes no restaurante do hotel. — Roldán sabia que o mais certo era já estarem os dois na cama, mas havia que ter o cuidado de não ofender a delicada sensibilidade do seu interlocutor. — Pode deixar o passaporte com o recepcionista. Chama-se Manuel. Diga-lhe que vai da minha parte. E peça-lhe que o entregue à Rocío. Rocío é o nome da acompanhante do Señor Gustafson esta noite. Talvez até possa deixar o seu nome e morada... Quem sabe se o Señor Gustafson não quererá agradecer-lhe pessoalmente?

— Excelente ideia. O Alfonso XIII. Muito bem, vou já até lá. Obrigado pela ajuda.

David Becker desligou o telefone.

— Alfonso XIII — riu-se. — Basta saber perguntar.

Momentos mais tarde, uma figura silenciosa descia atrás de Becker, oculta pelo manto da suave noite andaluza, a Calle Delicias.

CAPÍTULO VINTE E NOVE

Ainda enervada pela confrontação com Hale, Susan olhou para fora através da parede de vidro do Módulo 3. A sala da Cripto estava deserta. Hale, silencioso, voltara a embrenhar-se no seu trabalho. Susan desejou poder fazê-lo desaparecer. Perguntou a si mesma se não seria melhor avisar Strathmore; o comandante podia pura e simplesmente correr com ele dali para fora. Ao fim e ao cabo, *era* sábado. Sabia, no entanto, que uma tal atitude não deixaria de despertar as suspeitas de Hale. Muito provavelmente, mal saísse dali, começaria a ligar para os outros criptógrafos a perguntar-lhes o que achavam que estava a acontecer. Decidiu que era preferível deixá-lo onde estava. Com certeza não tardaria a ir-se embora por sua própria iniciativa.

Um algoritmo indecifrável. Suspirou, voltando uma vez mais os pensamentos para o Fortaleza Digital. Espantava-a que fosse verdadeiramente possível criar um algoritmo assim, e, no entanto, a prova ali estava diante dos seus olhos: o *TRANSLTR* parecia impotente contra ele.

Pensou em Strathmore, a suportar sozinho o fardo daquele pesadelo, fazer o que tinha de ser feito, a manter-se calmo face ao desastre.

Por vezes, via David em Strathmore. Tinham muitas das mesmas qualidades: tenacidade, dedicação, inteligência. Por vezes, pensava que Strathmore ficaria perdido sem ela; a pureza do seu amor pela criptografia parecia ser um cabo salva-vidas emocional para o comandante, arrancando-o ao mar alteroso da política e recordando-lhe os seus velhos tempos de decifrador de códigos.

Também ela, pelo seu lado, se apoiava nele; Strathmore era o seu refúgio num mundo de homens sedentos de poder, acarinhando-lhe a carreira, protegendo-a e, como tantas vezes dizia em tom de brincadeira, tornando realidade todos os seus sonhos. E havia alguma verdade na afirmação, pensou Susan. Ainda que evidentemente com uma intenção muito diversa, fora ele quem fizera o telefonema que levara David Becker à NSA naquela tarde em que o seu destino ficara traçado. Ao pensar em David, voltou instintivamente os olhos para a prancheta com régua deslizante colocada junto ao teclado do computador e para o pequeno fax que lá prendera com fita-cola.

Havia sete meses que o fax ali estava. Era o único código que Susan Fletcher nunca conseguira decifrar. Fora David quem lho enviara. Leu-o pela milésima vez.

VÁ LÁ, PERDOA-ME, NÃO SEJAS UMA FERA.
BEM SABES QUE O MEU AMOR POR TI É SEM CERA.

Tinha-lho enviado depois de um arrufo sem importância. Ela pedira-lhe, durante meses, que lhe dissesse o que significava, mas ele recusara sempre. *Sem cera*. Era a vingança de David. Susan ensinara-lhe muito a respeito de decifração de códigos e, para o manter alerta, passara a cifrar todas as suas mensagens com sistemas muito simples. Listas de compras, bilhetes amorosos... tudo era cifrado. Era um jogo, e David acabara por tornar-se um criptógrafo bastante razoável. E, então, decidira retribuir o favor. Começara a rematar todas as suas cartas com «Sem cera, David». Susan tinha mais de duas dúzias de notas dele. Todas terminavam da mesma maneira. *Sem cera*.

Suplicara-lhe que lhe revelasse o significado escondido, mas David fechava-se em copas. Sempre que ela pedia, limitava-se a sorrir e a dizer: «*Tu* é que és a criptógrafa.»

A chefe do Departamento de Criptografia da NSA tentara tudo: substituições, caixas de cifragem, até anagramas. Passara as palavras pelo computador e pedira redisposições das letras que formassem novas frases ou palavras. Tudo o que obtivera fora: SERA CEM, EM ACRES. Ao que parecia, Ensei Tankado não era o único capaz de escrever códigos invioláveis.

Os seus pensamentos foram interrompidos pelo silvo pneumático da porta do Módulo 3 a abrir-se, e Strathmore entrou.

— Alguma coisa, Susan? — perguntou, e então viu Greg Hale e calou-se bruscamente. — Boa noite, Sr. Hale. — Franziu a testa, os olhos a semicerrarem-se. — Num sábado, nada menos. A que devemos a honra?

Hale sorriu, com um ar de perfeita inocência.

— Estou só a certificar-me de que faço o meu trabalho.

— Estou a ver. — Strathmore resmungou, aparentemente a considerar as suas opções. Passados alguns instantes, tendo, tudo o indicava, decidido não aprofundar a questão, voltou-se para Susan: — Menina Fletcher, posso dar-lhe uma palavra? *Lá fora?*

Susan hesitou.

— Ah... sim, senhor. — Lançou um olhar preocupado ao visor do terminal e depois a Greg Hale. — Só um instante.

Premiu meia dúzia de teclas, activando um programa chamado ScreenLock. Era um instrumento destinado a garantir a privacidade e estava instalado em todos os terminais do Módulo 3. Uma vez que os terminais permaneciam ligados vinte e quatro horas por dia, permitia aos criptógrafos abandonarem os respectivos postos com a certeza de que os seus ficheiros ficariam seguros. Introduziu o código de cinco caracteres e o visor escureceu. Assim permaneceria até que ela regressasse e teclasse a sequência correcta.

Feito isto, enfiou os sapatos nos pés e seguiu o comandante até ao exterior.

— Que raios está *ele* a fazer aqui? — perguntou Strathmore mal ele e Susan saíram do Módulo 3.

— O costume — respondeu ela. — Nada.

Strathmore parecia preocupado.

— Disse alguma coisa a respeito do *TRANSLTR*?

— Não. Mas se aceder ao monitor de contagem e vir que regista dezassete horas, vai dizer com toda a certeza.

Strathmore ponderou as possibilidades.

— Não há qualquer razão para que aceda ao contador.

Susan olhou para ele.

— Quer que o mande para casa?

— Não. Vamos deixá-lo em paz. — Strathmore olhou na direcção do laboratório da Seg-Sis. — O Chartrukian já se foi embora?

— Não sei. Não o vi.

— Meu Deus! — gemeu Strathmore. — Isto parece um circo. — Passou a mão pela barba que começara a escurecer-lhe a cara ao longo das últimas trinta e seis horas. — Alguma notícia do *tracer*? Lá em cima, sinto-me como se estivesse de mãos atadas.

— Nada, por enquanto. Alguma notícia de David?

O comandante abanou a cabeça.

— Pedi-lhe que só voltasse a ligar-me quando tivesse o anel.

Susan fez um ar de surpresa.

— Porquê? E se ele precisar de ajuda?

Strathmore encolheu os ombros.

— Não posso ajudá-lo daqui. Está por conta dele. Além disso, prefiro não falar em linha aberta. Pode dar-se o caso de estar alguém à escuta.

Os olhos de Susan abriram-se muito, preocupados.

— Que quer dizer com *isso*?

Strathmore sorriu-lhe, tranquilizador.

— David está bem. É só uma precaução.

A dez metros de distância desta conversa, protegido pelo vidro especial do Módulo 3, que não permitia a visão para o interior, Greg Hale estava de pé junto do terminal de Susan. Viu o visor escurecido. Olhou lá para fora. Susan e o comandante continuavam a conversar. Tirou a carteira do bolso das calças, extraiu dela um pequeno cartão e examinou-o.

Com um novo olhar a Susan e a Strathmore, premiu cuidadosamente cinco teclas. Um instante depois, o visor iluminou-se.

— *Bingo!* — disse, com uma gargalhadinha.

Roubar os códigos de privacidade do Módulo 3 fora uma brincadeira de crianças. Todos os terminais tinham teclados idênticos e destacáveis. Hale limitara-se a levar o seu próprio teclado para casa, certa noite, e a instalar um *chip* que registava todas as teclas batidas. No dia seguinte, chegara mais cedo, trocara o seu teclado modificado por o de um dos colegas e esperara. No final do dia, desfizera a troca e examinara os dados registados pelo *chip*. Apesar de haver milhões de batidas, encontrar o código de acesso fora fácil; a primeira coisa que um criptógrafo fazia todas as manhãs era teclar o código que destrancava o seu terminal. O que, claro, tornara o trabalho de Hale extremamente fácil: o código de privacidade correspondia sempre aos cinco primeiros caracteres da lista.

Era irónico, pensou Hale enquanto olhava para o visor de Susan. Tinha roubado os códigos de privacidade apenas porque achara graça à ideia. Agora, felicitava-se por tê-lo feito: o programa que aparecia no visor de Susan parecia importante.

Hale examinou-o por instantes. Estava escrito em LIMBO... que não era uma das suas especialidades. Só de olhar para ele, no entanto, uma coisa podia afirmar com certeza: *não* se tratava de um diagnóstico. Percebia apenas três palavras. Mas eram o suficiente.

TRACER EM BUSCA...

— *Tracer*? — disse em voz alta. — Em busca *de quê*? — Sentiu uma súbita inquietação. Sentou-se na cadeira de Susan a estudar o visor. E tomou uma decisão.

Compreendia o suficiente da linguagem de programação LIMBO para saber que se baseava largamente noutras duas linguagens — C e Pascal — em que era especialista. Depois de ter verificado que Susan e Strathmore continuavam a conversar lá fora, começou a improvisar. Introduziu meia dúzia de comandos em Pascal modificado e premiu *ENTER*. Tal como esperava, apareceu no visor uma janela de diálogo.

CANCELAR *TRACER*?

SIM, teclou rapidamente.

TEM A CERTEZA?

Voltou a teclar: SIM

Um momento depois, o computador emitiu um *bip*.

TRACER CANCELADO

Hale sorriu. O terminal acabava de enviar uma mensagem a ordenar ao *tracer* de Susan que se autodestruísse prematuramente. Fosse o que fosse que ela andava à procura, teria de esperar.

Com a preocupação de não deixar rastos, serviu-se da sua perícia para entrar no registo do sistema e apagar todas as ordens que tinha teclado. Feito isto, reintroduziu o código de privacidade de Susan.

O visor ficou novamente escuro.

Quanto Susan Fletcher voltou ao Módulo 3, Greg Hale estava tranquilamente sentado diante do seu próprio terminal.

CAPÍTULO TRINTA

O Alfonso XIII era um pequeno hotel de quatro estrelas, próximo da Puerta de Jerez e rodeado por um gradeamento de ferro forjado e muitos lilases. David subiu os degraus de mármore. Quando chegou diante da porta, esta abriu-se, como que por magia, e um paquete convidou-o a entrar.

— Bagagem, *señor*? Posso ajudá-lo?
— Não, obrigado. Preciso de falar com o recepcionista.

O paquete fez um ar ofendido, como se qualquer coisa naquele diálogo de dois segundos não tivesse sido a seu contento.

— *Por aquí, señor.*

Acompanhou David até ao vestíbulo, apontou para a recepção e afastou-se apressadamente.

O vestíbulo era encantador, pequeno e elegantemente decorado. A Era de Ouro de Espanha pertencia a um passado já distante, mas durante algum tempo, em meados do século XVII, aquele pequeno país governara o mundo. A sala era uma orgulhosa reminiscência desses tempos: armaduras, estampas militares, um expositor com lingotes de ouro do Novo Mundo.

Atrás do balcão assinalado com uma placa que dizia CONSERJE, um homem muito bem arranjado e vestido sorria de uma maneira tão entusiasta que se diria ter passado a vida inteira à espera de uma oportunidade de ser útil.

— *En qué puedo servirle, señor?* — Falava com uma voz afectadamente ciciada, enquanto mirava Becker dos pés à cabeça.

— Preciso de falar com o Manuel — respondeu David, em espanhol.

O rosto bronzeado do homem rasgou-se num sorriso ainda mais amplo.

— *Sí, sí, señor*. Sou eu. Que deseja?

— O Señor Roldán, da Escortes Belén, disse-me que...

O recepcionista calou-o com um gesto da mão e olhou nervosamente em redor.

— Por que não vamos para ali? — Conduziu David até à extremidade do balcão. — Ora bem — continuou, quase num murmúrio —, em que posso ajudá-lo?

Becker recomeçou, baixando também a voz.

— Preciso de falar com uma das acompanhantes dele que, segundo julgo, está a jantar aqui no hotel. O nome dela é Rocío.

O recepcionista soltou um longo suspiro, como se estivesse em êxtase.

— Aah, Rocío... uma criatura maravilhosa.

— Preciso de falar com ela imediatamente.

— Mas, *señor*, ela está com um cliente.

Becker assentiu, com o ar de quem não tinha alternativa.

— É importante. — *Uma questão de segurança nacional.*

O recepcionista abanou a cabeça.

— Impossível. Talvez se deixar uma...

— Não demoro nada. Está na sala de jantar?

O homem abanou a cabeça.

— A nossa sala de jantar fechou há meia hora. Receio que a Rocío e o cavalheiro que a acompanha já se tenham retirado. Se quiser deixar uma mensagem, posso entregar-lha logo de manhã. — Apontou para os cacifos de mensagens numerados na parede atrás dele.

— Se pudesse ligar para o quarto dela e...

— Lamento — interrompeu o recepcionista, a delicadeza manifestamente a esgotar-se-lhe. — O Alfonso XIII tem regras muito estritas no que respeita à privacidade dos seus clientes.

Becker não tinha a mínima intenção de esperar dez horas que um homem gordo e uma prostituta descessem para o pequeno-almoço.

— Compreendo — disse. — Desculpe o incómodo.

Fez meia volta e regressou ao vestíbulo. Encaminhou-se directamente para uma escrivaninha de nogueira que lhe atraíra a atenção ao entrar. Estava generosamente fornecida de postais que mostravam o Alfonso XIII, bem como de papel de carta com o cabeçalho do hotel,

canetas e sobrescritos. Dobrou uma folha em branco e meteu-a num sobrescito, que fechou e em cuja frente escreveu uma única palavra: ROCÍO.
Feito isto, voltou ao balcão do recepcionista.
— Peço desculpa por voltar a incomodá-lo — disse, fingindo um ar embaraçado. — Estou a ser um pouco tonto, bem sei. Desejava dizer à Rocío como apreciei o tempo que passámos juntos, há dias. Mas tenho de partir ainda esta noite. Talvez sempre lhe deixe uma nota.
— E pousou o sobrescrito em cima do balcão.
O recepcionista olhou para o sobrescrito e riu tristemente para dentro. *Mais um heterossexual apaixonado,* pensou. *Que desperdício.* Ergueu os olhos e sorriu.
— Mas com certeza, *señor...*
— Buisán — respondeu Becker. — Miguel Buisán.
— Com certeza. Certificar-me-ei de que a Rocío o recebe logo de manhã.
— Obrigado — disse Becker, e fez meia volta para sair.
O recepcionista, depois de ter discretamente verificado que Becker estava de costas, pegou no sobrescrito e voltou-se para a fila de cacifos. No preciso instante em que o homem enfiava o sobrescrito num deles, Becker girou sobre os calcanhares para uma última pergunta.
— Onde é que posso chamar um táxi?
O recepcionista voltou-se para ele e respondeu. Mas Becker não ouviu a resposta. A sincronização fora perfeita. A mão do recepcionista vinha a sair do cacifo correspondente à *suite* 301.
Becker agradeceu e afastou-se lentamente à procura do elevador.
— Entrada por saída — murmurou para os seus botões.

CAPÍTULO TRINTA E UM

Susan regressou ao Módulo 3. A conversa que acabava de ter com Strathmore deixara-a ainda mais preocupada com a segurança de David. Pôs-se a imaginar as piores desgraças.

— Então — disse Hale, sentado diante do seu terminal —, que queria o Strathmore? Uma noite romântica a sós com a sua criptógrafa-chefe?

Susan ignorou a pergunta e sentou-se diante do terminal. Digitou o código de privacidade e o visor iluminou-se. O programa *tracer* apareceu; ainda não remetera qualquer informação sobre North Dakota.

Inferno, pensou Susan. *O que será que está a demorar tanto tempo?*

— Pareces tensa — disse Hale, inocentemente. — Problemas com o diagnóstico?

— Nada de grave — respondeu ela. Mas não estava assim tão segura. A resposta já devia ter chegado. Perguntou a si mesma se não teria cometido qualquer erro ao escrever o programa. Começou a examinar as longas linhas de programação LIMBO no visor, à procura de qualquer coisa que pudesse estar a entravar o processo.

Hale observava-a, com um ar divertido.

— Eh, já andava para te perguntar isto — tenteou. — O que é que achas do tal algoritmo indecifrável que Ensei Tankado diz que anda a escrever?

O estômago de Susan deu uma cambalhota.

— Algoritmo indecifrável? — repetiu, erguendo os olhos. — Ah, sim... acho que li qualquer coisa a esse respeito.

— Difícil de engolir, não achas?

— Acho — respondeu Susan, perguntando-se por que teria Hale abordado o assunto assim de repente. — Mas não me convence. Toda a gente sabe que um algoritmo indecifrável é uma imposibilidade matemática.

Hale sorriu.
— Pois... o Princípio de Bergofsky.
— E o senso comum — atirou-lhe ela.
— Quem sabe? — Hale suspirou dramaticamente. — Há mais coisas nos céus e na terra do que sonha a tua filosofia.
— Como?
— Shakespeare — esclareceu Hale. — *Hamlet*.
— Lias muito lá na prisão?
Hale riu-se.
— A sério, Susan, alguma vez pensaste que talvez *seja* possível, que talvez o Tankado *tenha* realmente escrito um algoritmo indecifrável?
Aquela conversa estava a deixar Susan pouco à vontade.
— Bem, *nós* não conseguimos.
— Talvez o Tankado seja melhor que nós.
— Talvez. — Susan encolheu os ombros, fingindo desinteresse.
— Correspondemo-nos durante algum tempo — revelou Hale, descontraidamente. — Eu e Tankado. Sabias disso?
Susan ergueu a cabeça, tentando disfarçar o choque.
— Ah, sim?
— É verdade. Ele escreveu-me, depois de eu ter descoberto o algoritmo Skipjack. Dizia que éramos irmãos na luta global a favor da privacidade digital.
Susan mal conseguia esconder a sua incredulidade. *Hale conhece Tankado pessoalmente!* Fez os possíveis por parecer desinteressada.
— Felicitou-me por ter provado que o Skipjack tinha uma porta das traseiras — continuou Hale. — Chamava-lhe uma estocada a favor do direito à privacidade dos civis de todo o mundo. Tens de admitir, Susan, que aquela porta das traseiras no Skipjack foi um golpe sujo. Ler o *e-mail* de toda a gente? Se queres que te diga, o Strathmore *mereceu* ser apanhado.
— Greg — replicou Susan, a tentar controlar a fúria —, aquela porta das traseiras destinava-se a permitir à NSA decifrar *e-mails* que constituíssem uma ameaça para a segurança deste país.
— Ah, sim? — Hale suspirou, com um ar de inocência. — E espiar o vulgar cidadão era apenas um feliz subproduto?
— Não espiamos os cidadãos vulgares e tu sabe-lo muito bem. O FBI pode pôr telefones sob escuta, mas isso não significa que escute *todas* as chamadas que são feitas.

— Só não o fazem porque não têm gente que chegue.

Susan ignorou o comentário.

— Os Governos deviam ter o direito de aceder à informação que ameaça o bem comum.

— Meu Deus! — Hale voltou a suspirar. — Acho que Strathmore te fez uma lavagem ao cérebro. — Sabes muito bem que o FBI não pode escutar sempre que quer... tem de conseguir um mandado judicial. Um padrão de cifragem aldrabado significaria que a NSA poderia espiar *toda a gente, a todo o momento, em todo o lado.*

— Tens razão... e *devíamos* poder fazê-lo! — Subitamente, a voz de Susan tinha endurecido. — Se não tivesses denunciado o Skipjack, teríamos acesso a *todos* os códigos que precisamos de decifrar e não apenas aos que o TRANSLTR consegue resolver.

— Se não tivesse sido eu a descobrir aquela porta das traseiras — argumentou Hale —, teria sido outro qualquer. Salvei-lhes o couro ao descobri-la naquela altura. Imaginas as consequências se o Skipjack estivesse em circulação quando rebentasse a bronca?

— Seja como for — ripostou Susan —, agora temos uma EFF paranóica convencida de que incluímos portas das traseiras em *todos* os nossos algoritmos.

— Bem, e não incluímos? — perguntou ele, com um sorriso trocista.

Susan lançou-lhe um olhar gelado.

— Ei — exclamou Hale, fazendo marcha-atrás —, a questão deixou de ter importância, de todos os modos. Vocês construíram o TRANSLTR. Têm a vossa fonte de informação instantânea. Podem ler *o que* quiserem, *quando* quiserem, sem perguntas. Ganharam.

— Não quererás dizer *ganhámos*? Tanto quanto sei, trabalhas para a NSA.

— Não por muito mais tempo — disse Hale, alegremente.

— Promessas.

— Estou a falar a sério. Um destes dias, salto daqui para fora.

— Vou ficar desolada.

Naquele instante, Susan deu por si a querer amaldiçoar Hale por tudo o que estava a correr mal. Queria amaldiçoá-lo pelo Fortaleza Digital, pelos problemas dela com David, pelo facto de estar ali e não nas Smokies... mas de nada disto ele tinha a culpa. O único pecado de Hale era ser insuportavelmente obnóxio. Tinha de superar aquilo. Cabia-lhe a ela, como chefe do departamento, a responsabilidade de manter a paz, de educar. Hale era jovem e ingénuo.

Susan olhou para ele. Era frustrante, pensou, o facto de Hale ter talento suficiente para ser um bom elemento da Cripto, mas continuar a não se aperceber da importância do trabalho que a NSA fazia.

— Greg — disse, numa voz calma e controlada —, hoje estou sob uma grande pressão. Incomoda-me ouvir-te falar da NSA como se fôssemos uma espécie de *voyeurs* tecnológicos. Esta organização foi criada com um único objectivo: proteger a segurança do país. O que pode obrigar-nos a, de vez em quando, sacudir algumas árvores e procurar as maçãs podres. Estou convencida de que a maior parte dos cidadãos não se importaria de sacrificar um pouco da sua privacidade a troco da garantia de que os maus da fita não possam agir à vontade.

Hale não disse nada.

— Mais cedo ou mais tarde — continuou Susan —, os cidadãos deste país têm de depositar a sua confiança em qualquer coisa. Há muito de bom lá fora... mas também há muito de mau à mistura. Alguém tem de ter acesso a tudo isso e separar o bom do mau. É esse o nosso trabalho. É esse o nosso dever. Quer gostes ou não, a fronteira que separa a democracia da anarquia é muito frágil. A NSA guarda essa fronteira.

Hale assentiu, pensativamente.

— *Quis custodiet ipsos custodes?*

Susan fez um ar intrigado.

— É latim — explicou Hale. — Das *Sátiras* de Juvenal. Significa: «Quem guardará os guardas?»

— Não estou a perceber — disse Susan. — «Quem guardará os guardas?»

— Isso mesmo. Se nós *somos* os guardas da sociedade, quem nos vigia a *nós* para garantir que não somos perigosos?

Susan abanou a cabeça, sem saber muito bem o que responder.

Hale sorriu.

— Era assim que Tankado acabava todas as cartas que me escrevia. Era a sua frase preferida.

CAPÍTULO TRINTA E DOIS

David Becker deteve-se no corredor, diante da *suite* 301. Sabia que, algures do outro lado daquela porta pesadamente ornamentada, estava o anel. *Uma questão de segurança nacional.*

Ouviu movimento dentro do quarto. Uma conversa quase inaudível. Bateu.

— *Ja?* — respondeu uma voz de homem, num alemão gutural.

Becker permaneceu calado.

— *Ja?*

A porta entreabriu-se e um rotundo rosto germânico olhou para ele. Becker sorriu delicadamente. Não sabia o nome do homem.

— *Deutscher, ja?* — perguntou. «Alemão, certo?»

O homem assentiu, inseguro.

— Posso falar consigo por um instante? — continuou Becker, num alemão perfeito.

O homem parecia embaraçado.

— *Was wollen Sie?* — «Que quer?»

Becker apercebeu-se de que devia ter ensaiado aquilo antes de ter batido precipitadamente à porta de um desconhecido. Procurou as palavras certas.

— Tem em seu poder uma coisa de que preciso.

Não eram, aparentemente, as palavras certas. O alemão semicerrou os olhos.

— *Ein ring* — disse Becker. — *Du hast einen Ring.* — «Tem um anel.»

— Vá-se embora — rosnou o alemão. Começou a fechar a porta. Sem pensar, Becker enfiou o pé na abertura, mantendo-a aberta. E arrependeu-se imediatamente.

O alemão abriu muito os olhos.

— *Was tust du?* — perguntou. «Que está a fazer?»

Becker soube que se tinha excedido. Olhou nervosamente para um e para o outro extremo do corredor. Já tinha sido expulso da clínica. O que menos queria era uma repetição da experiência.

— *Nimm deinen Fuß weg!* — berrou o alemão. «Tire daí o pé!»

Becker examinou os gordos dedos do homem, à procura de um anel. Nada. *Estou tão perto,* pensou.

— *Ein Ring!* — repetiu Becker, enquanto a porta se fechava com força.

David Becker ficou por um longo momento imóvel no luxuosamente mobilado corredor. Viu uma cópia de um Dali suspenso da parede, ali próximo.

— Muito adequado — resmungou. *Surrealismo. Estou encurralado num pesadelo absurdo.* Acordara naquela manhã na sua própria cama, mas, sem saber muito bem como, acabara em Espanha, a tentar entrar à força no quarto de hotel de um desconhecido em busca de um anel mágico.

A voz dura de Strathmore chamou-o de volta à realidade: *Tem de encontrar esse anel.*

Becker inspirou fundo e expulsou aquelas palavras da mente. Queria voltar para casa. Olhou uma vez mais para a porta da *suite* 301. O seu bilhete de regresso estava do outro lado: um anel de ouro. Tudo o que tinha de fazer era deitar-lhe a mão.

Expeliu o ar dos pulmões, cheio de determinação. Então, deu um passo em frente e voltou a bater à porta, com força. Desta vez, disposto a jogar duro.

O alemão abriu violentamente a porta, preparado para protestar, mas Becker não lhe deu tempo.

— *Polizei* — ladrou, mostrando num relance o seu cartão de membro do clube de *squash* do Maryland. E, no mesmo instante, empurrou a porta, entrou e acendeu as luzes.

Recuando a cambalear, o alemão encolheu-se.

— *Was machst...*

— Silêncio! — ordenou Becker, mudando para inglês. — Tem uma prostituta neste quarto? — Olhou indagadoramente em redor. Era luxuoso. Rosas, champanhe, uma enorme cama de dossel. Rocío não estava à vista. A porta da casa de banho estava fechada.

— *Prostituiert?* — O alemão olhou atrapalhadamente para a porta fechada da casa de banho. Era maior do que Becker imaginara. O peito peludo começava logo abaixo do triplo queixo e projectava-se para fora numa colossal barriga. O cinto do roupão de pano turco com o logótipo do Alfonso XIII mal conseguia dar-lhe a volta à cintura.

Becker cravou no gigante o seu olhar mais intimidante.

— Como se chama?

Uma expressão de pânico atravessou o gordo rosto do alemão.

— *Was willst du?* — «Que quer?»

— Pertenço à divisão de turismo da Guardia Civil, aqui em Sevilha. Tem uma prostituta neste quarto?

O alemão voltou a olhar para a porta da casa de banho. Hesitou.

— *Ja* — acabou por admitir.

— Sabe que a prostituição é ilegal em Espanha?

— *Nein* — mentiu o homem. — Não sabia. Vou mandá-la imediatamente embora.

— Receio que seja demasiado tarde para isso — disse Becker, num tom carregado de autoridade. Avançou descontraidamente pelo quarto. — Tenho uma proposta para si.

— *Eins Vorschlag?* — ofegou o alemão. «Uma proposta?»

— Sim. Posso levá-lo neste mesmo instante para a esquadra... — Becker fez uma pausa de efeito, esfregando os nós dos dedos.

— Ou...? — perguntou o alemão, com os olhos muito abertos de medo.

— Ou podemos chegar a um acordo.

— Que espécie de acordo? — O alemão já tinha ouvido histórias a respeito da corrupção na Guardia Civil.

— Tem uma coisa que eu quero — disse Becker.

— Sim, claro! — respondeu o alemão, forçando um sorriso. Dirigiu-se imediatamente à mesa-de-cabeceira e pegou na carteira. — Quanto?

Becker abriu a boca, num simulacro de indignação.

— Está a tentar subornar um agente da lei? — berrou.

— Não! Claro que não! Só pensei... — O gordo alemão voltou a pousar a carteira. — Eu... eu... — Estava completamente baralhado.

Deixou-se cair num canto da cama, a torcer as mãos. A cama gemeu sob o peso. — Peço desculpa.

Becker tirou uma rosa do vaso colocado em cima de uma mesa no centro do quarto e cheirou-a com um ar displicente antes de deixá-la cair no chão. Subitamente, voltou-se.

— O que sabe dizer-me a respeito do assassínio? — perguntou.

O alemão ficou branco como o lençol.

— *Mord?* Assassínio?

— Sim. O asiático, esta manhã, no parque. Foi um assassínio... *Ermordung*. — Becker adorava a palavra alemã para assassínio. *Ermordung*. Era tão arrepiante.

— *Ermordung?* Ele... ele foi...?

— Sim.

— Mas... mas isso é impossível. — O alemão parecia prestes a sufocar. — Eu estava lá. Foi um ataque cardíaco. Eu vi. Não havia sangue. Nem balas.

Becker abanou condescendentemente a cabeça.

— As coisas nem sempre são o que parecem.

O alemão ficou ainda mais branco.

Becker sorriu para dentro. A mentira servira o seu propósito. O pobre alemão transpirava copiosamente.

— O... o que é que quer? — gaguejou. — Não sei nada.

Becker pôs-se a caminhar de um lado para o outro.

— O homem assassinado tinha um anel de ouro. Preciso dele.

— N...não o tenho.

Becker suspirou e apontou para a porta da casa de banho.

— E a Rocío? A Dewdrop?

O alemão passou de branco a púrpura.

— Conhece a Dewdrop? — Limpou o suor da carnuda testa, encharcando a manga do roupão. Preparava-se para falar quando a porta da casa de banho se abriu.

Voltaram-se os dois.

Rocío Eva Granada estava no umbral. Uma visão. Longos e ondulados cabelos vermelhos, uma pele perfeita, profundos olhos castanhos, uma testa alta e lisa. Usava um roupão branco, de pano turco, igual ao do alemão, o cinto apertado com força à volta das ancas largas,

o decote entreaberto, a revelar o início dos seios. Avançou pelo quarto, uma imagem de autoconfiança.
— Posso ajudá-lo? — perguntou, num inglês gutural.
Becker olhou para a mulher espantosamente bela que tinha à sua frente e nem sequer pestanejou.
— Preciso do anel — disse, friamente.
— Quem é você? — perguntou ela.
Becker mudou para espanhol, com um marcado sotaque andaluz.
— Guardia Civil.
Rocío riu-se.
— Impossível — respondeu, também em espanhol.
Becker sentiu um nó apertar-lhe a garganta. Rocío era claramente um osso muito mais duro de roer do que o seu cliente.
— Impossível? — repetiu, conservando a calma. — Quer que a leve para a esquadra para o provar?
Rocío sorriu.
— Não vou embaraçá-lo aceitando a sua proposta. Agora diga-me, quem é você?
Becker manteve a sua história.
— Pertenço à Guardia Civil de Sevilha.
Rocío avançou para ele, ameaçadora.
— Conheço todos os oficiais da Guardia. São os meus melhores clientes.
Becker sentiu o olhar dela trespassá-lo. Fez um esforço para se recompor.
— Pertenço a uma força especial ligada ao turismo. Entregue-me o anel, ou terei de levá-la para a esquadra e...
— E o quê? — perguntou ela, arqueando uma sobrancelha, numa expressão de troça.
Becker calou-se. Estava completamente fora de pé. O tiro saíra-lhe pela culatra. *Por que é que ela não acredita?*
Rocío aproximou-se um pouco mais.
— Não sei quem é nem o que quer, mas se não sai imediatamente desta *suite*, chamo a segurança do hotel e a *verdadeira* Guardia prende-o por tentativa de fazer-se passar por um agente da lei.
Becker sabia que Strathmore o tiraria da cadeia numa questão de cinco minutos, mas, por outro lado, deixara muito claro que todo aquele

assunto devia ser tratado com a maior discrição. Deixar-se prender não fazia parte do plano.

Rocío detivera-se a poucos passos dele, a olhá-lo fixamente.

— *Okay*. — Becker suspirou, carregando a nota de derrota na voz. Abandonou o sotaque andaluz. — Não pertenço à Polícia de Sevilha. Uma organização governamental americana mandou-me recuperar o anel. É tudo o que lhe posso revelar. Estou autorizado a pagar por ele.

Seguiu-se um longo silêncio.

Rocío deixou a frase ficar em suspenso no ar alguns segundos antes de entreabrir os lábios num sorriso astuto.

— Bem, bem, não foi assim tão difícil, pois não? — Sentou-se numa cadeira e cruzou as pernas. — Quanto pode pagar?

Becker disfarçou um suspiro de alívio. Não perdeu tempo com rodeios.

— Posso pagar setecentas e cinquenta mil pesetas. Cinco mil dólares americanos. — Era metade do que tinha consigo, mas provavelmente dez vezes mais do que o anel valia.

Rocío arqueou as sobrancelhas.

— Isso é uma porção de dinheiro.

— Pois é. Fazemos negócio?

Rocío abanou a cabeça.

— Quem me dera poder dizer que sim.

— Um milhão de pesetas? — ofereceu Becker. — É tudo o que tenho.

— Ora, ora. — Rocío sorriu. — Vocês, os americanos, não sabem regatear. Não duraria um dia num dos nossos mercados.

— Em dinheiro, já — disse Becker, metendo a mão no bolso onde tinha o sobrescrito. *Só quero ir para casa.*

Rocío abanou a cabeça.

— Não posso.

— Porquê? — perguntou Becker, furioso.

— Já não tenho o anel — disse ela. — Já o vendi.

CAPÍTULO TRINTA E TRÊS

Tokugen Numataka olhava para a parede de vidro do gabinete e caminhava de um lado para o outro como um animal enjaulado. Não tivera ainda notícias do seu contacto, North Dakota. *Malditos americanos! Não têm a mais pequena noção da pontualidade!*

Teria tomado ele a iniciativa de ligar para North Dakota, mas não tinha o número de telefone do homem. Numataka detestava fazer negócio daquela maneira, com outra pessoa que não ele a controlar.

Logo no início, passara-lhe pela cabeça a ideia de que os telefonemas de North Dakota podiam ser um embuste — algum dos seus concorrentes japoneses a querer fazê-lo passar por parvo. Agora, as antigas dúvidas estavam de volta. Numataka decidiu que precisava de mais informação.

Saiu do escritório de rompante e virou à esquerda no corredor principal das instalações da empresa. Os empregados inclinaram-se reverentemente à sua passagem. Numataka não era tolo, sabia perfeitamente que não gostavam dele. A vénia era uma cortesia que os empregados japoneses faziam até ao mais implacável dos patrões.

Foi directo à central telefónica. Todas as chamadas eram processadas por uma única telefonista num terminal *Corenco 2000* com doze linhas. A telefonista estava ocupada, mas pôs-se de pé e fez uma vénia quando Numataka entrou.

— Sente-se! — ladrou ele.

A mulher obedeceu.

— Hoje, às dezasseis horas e quarenta e cinco, recebi uma chamada na minha linha particular. Sabe dizer-me de onde veio?

E vituperou-se a si mesmo por não ter feito aquilo mais cedo.

A telefonista engoliu nervosamente em seco.

— Não temos indicação da origem da chamada neste aparelho, senhor. Mas posso contactar a companhia. Estou certa de que poderão ajudar.

Numataka não tinha a mínima dúvida de que a companhia telefónica podia ajudar. Na era digital, a privacidade tornara-se uma coisa do passado; havia sempre registos de tudo e mais alguma coisa. As companhias telefónicas sabiam exactamente quem ligara para quem e durante quanto tempo tinham falado.

— Faça-o! — ordenou. — Comunique-me o que descobrir.

CAPÍTULO TRINTA E QUATRO

Susan estava sozinha no Módulo 3, à espera do seu *tracer*. Hale decidira ir até lá fora apanhar um pouco de ar — uma decisão pela qual ela ficara grata. Estranhamente, porém, a solidão proporcionou-lhe escasso consolo. Deu por si a debater-se com a recente descoberta de uma ligação entre Tankado e Hale.

— Quem guardará os guardas? — disse para os seus botões. *Quis custodiet ipsos custodes.* As palavras davam-lhe voltas na cabeça. Susan afastou-as com esforço.

Voltou os pensamentos para David, esperando que estivesse bem. Ainda tinha dificuldade em acreditar que ele fora para Espanha. Quanto mais cedo encontrassem a chave e acabassem com aquilo, melhor.

Tinha perdido a noção de há quanto tempo estava ali sentada à espera do *tracer*. Duas horas? Três? Olhou para a sala da Cripto, deserta, e desejou que o terminal desse sinal de vida. Mas havia apenas silêncio. O Sol daquele fim de Verão já se tinha posto. Lá em cima, as luzes fluorescentes acenderam-se automaticamente. Susan sentiu que o tempo estava a esgotar-se.

Olhou para o visor e franziu a testa.

— Vá lá — resmungou. — Já tiveste tempo mais do que suficiente. — Pegou no rato e procurou a janela de situação do *tracer*. — Há quanto tempo estás tu a correr, afinal?

A janela de situação abriu-se. Era um relógio digital, muito parecido com o do TRANSLTR; mostrava o tempo decorrido desde que o programa começara a correr. Susan olhou para o monitor, à espera de ver uma leitura de horas e minutos. Mas o que viu foi algo completamente diferente. O que viu gelou-lhe o sangue nas veias.

TRACER CANCELADO

— *Tracer* cancelado! — exclamou. — Porquê?
Num súbito pânico, fez passar rapidamente a programação pelo visor, à procura de qualquer instrução que pudesse ter ordenado o cancelamento do *tracer*. Mas a sua busca foi em vão. Aparentemente, o programa cancelara por sua própria iniciativa. Susan sabia que isto só podia significar uma coisa: o *tracer* desenvolvera um *bug*.

Susan considerava os *bugs* o elemento mais irritante da programação informática. Uma vez que os computadores seguiam uma ordem extremamente precisa de operações, o mínimo erro de programação podia ter consequências desastrosas. Simples erros de dactilografia — como, por exemplo, o programador digitar uma vírgula em vez de um ponto — podiam pôr de joelhos todo um sistema. Susan sempre achara que o termo *bug* tinha uma origem curiosa e até divertida:

Surgira com o primeiro computador do mundo — o *Mark 1* —, um labirinto de circuitos electromecânicos do tamanho de uma sala, construído, em 1944, num laboratório da Universidade de Harvard. Certo dia, surgiu um problema, e ninguém era capaz de localizar a causa. Ao cabo de horas a procurar, um assistente de laboratório descobriu finalmente a raiz do mal. Aparentemente, uma traça pousara numa das placas, provocando um curto-circuito. A partir desse momento, os erros informáticos tinham passado a ser conhecidos como *bugs*[*].

— Não tenho tempo para isto — praguejou Susan.

Descobrir um erro num programa era um processo que podia demorar dias. Era preciso verificar milhares de linhas de programação em busca de uma minúscula anomalia. Era quase como rever uma enciclopédia inteira à procura de um único erro tipográfico.

Susan sabia que só tinha uma opção: tornar a enviar o *tracer*. Também sabia que o mais certo era o *tracer* voltar a encontrar o mesmo erro e cancelar novamente. Limpar o programa exigiria tempo, tempo que ela e o comandante não tinham.

Porém, enquanto olhava para o visor, perguntando-se que espécie de erro poderia ter cometido, apercebeu-se de que havia qualquer coisa

---

[*] Os norte-americanos chamam «*bug*» a uma grande quantidade de coisas, mas sobretudo a qualquer espécie de insecto pequeno. (N.T.)

que não fazia sentido. Usara aquele mesmíssimo *tracer* um mês antes, sem qualquer espécie de problema. Por que haveria de desenvolver um erro assim de repente?

Foi então que algo que Strathmore dissera horas antes lhe ecoou na mente. *Tentei enviar uma cópia do teu* tracer, *mas devolvia-me dados que não faziam qualquer espécie de sentido.*

Susan voltou a ouvir as palavras. *Devolvia-me dados...*

Inclinou a cabeça para um lado. Seria possível? Os dados que devolvia?

Se Strathmore recebera dados do *tracer*, era porque ele estava obviamente a funcionar. Os dados não faziam sentido, deduziu, porque o comandante introduzira os comandos de pesquisa errados... mas o *tracer* funcionava.

Compreendeu imediatamente que havia uma outra explicação possível para o *tracer* ter cancelado. Os erros de programação não eram os únicos motivos que faziam um programa falhar. Por vezes, havia forças exteriores: picos de tensão, partículas de pó em placas de circuitos, cabos defeituosos. Só não pensara nisso porque o equipamento no Módulo 3 estava sempre tão bem afinado.

Levantou-se e atravessou rapidamente o módulo em direcção a uma estante cheia de manuais técnicos. Pegou num, entitulado *OP-SIS*, e começou a folheá-lo. Encontrou o que procurava, levou o manual para junto do terminal e digitou meia dúzia de instruções. Então esperou enquanto o computador passava em revista a lista de instruções executadas durante as últimas três horas. Esperava que a busca revelasse uma qualquer espécie de interrupção externa, talvez uma instrução de cancelar gerada por uma falha na fonte de abastecimento ou num *chip* defeituoso.

Instantes depois, o terminal emitiu um *bip*. Susan reteve a respiração e olhou para o visor.

CÓDIGO DE ERRO 22

Susan sentiu a esperança invadi-la. Eram boas notícias. O facto de a busca ter descoberto um código de erro significava que o *tracer* estava *okay*. Aparentemente, cancelara devido a uma anomalia externa que não era muito provável que se repetisse.

CÓDIGO DE ERRO 22. Susan rebuscou na memória, tentando recordar a que correspondia o código 22. As falhas do *hardware* eram tão raras no Módulo 3 que não conseguia lembrar-se dos códigos numéricos.

Folheou o manual *OP-SIS*, à procura da lista dos códigos de erro.

19: DETERIORAÇÃO DO DISCO
20: PICO DE CORRENTE
21: FALHA DO EQUIPAMENTO

Quando chegou ao número 22 deteve-se e ficou a olhar por um longo momento. Confusa, voltou a verificar o monitor.

CÓDIGO DE ERRO 22

Franziu a testa e voltou ao manual. O que estava ali escrito não fazia sentido. A descrição dizia simplesmente:

22: CANCELAMENTO MANUAL

CAPÍTULO TRINTA E CINCO

Becker ficou a olhar para Rocío, quase em estado de choque.
— *Vendeu* o anel?
Ela assentiu, com os longos e sedosos cabelos a ondularem-lhe à volta dos ombros.
— *Pero*... mas...
Rocío encolheu os ombros e disse, em espanhol:
— Uma rapariga, perto do parque.
Becker sentiu que as pernas lhe fraquejavam. *Isto não pode estar a acontecer!*
Rocío sorriu, embaraçada, e apontou para o alemão.
— *Él quería que lo guardará*. Ele queria que ficasse com o anel, mas eu disse que não. Tenho sangue de *Gitana*, sangue cigano. Nós, as *Gitanas*, além de sermos ruivas, somos muito supersticiosas. Um anel oferecido por um moribundo não é um bom sinal.
— Sabe quem é a rapariga? — perguntou Becker.
Rocío arqueou as sobrancelhas.
— *Vaya*! Quer mesmo aquele anel, não quer?
Becker assentiu vigorosamente.
— A quem o vendeu?
O enorme alemão continuava sentado na cama, mergulhado em extrema confusão. A sua noite romântica estava a ser arruinada por razões de que ele não fazia, aparentemente, a mais pequena ideia.
— *Was passiert?* — perguntou, nervoso. «Que se passa?»
Becker ignorou-o.
— Não cheguei verdadeiramente a vendê-lo — disse Rocío. — Tentei, mas ela era uma miúda e não tinha dinheiro. Acabei por lho oferecer. Se tivesse adivinhado a sua generosa oferta, tê-lo-ia guardado para si.

— Por que saíram do parque? — quis saber Becker. — Tinha morrido uma pessoa. Por que não esperaram pela Polícia? E por que não entregaram o anel às autoridades?

— Procuro muitas coisas, Señor Becker, mas *sarilhos* não é uma delas. Além disso, o velhote parecia ter a situação sob controlo.

— O canadiano?

— Sim. Chamou uma ambulância. Quanto a nós, resolvemos sair dali. Não vi qualquer motivo para me envolver a mim e ao meu cliente com a Polícia.

Becker assentiu, distraidamente. Ainda estava a tentar aceitar aquela cruel reviravolta da sorte. *Ofereceu o raio do anel!*

— Tentei ajudar o homem que estava a morrer — explicou Rocío.

— Mas ele não parecia querer ajuda. Começou a estender o anel para nós... só faltou enfiar-no-lo pela cara adentro. Tinha três dedos, todos retorcidos. Esticava-os para nós, como que a pedir que ficássemos com o anel. Eu não queria, mas ali o meu amigo acabou por lho tirar. E, então, o sujeito morreu.

— E vocês tentaram a ressuscitação cardiopulmonar? — alvitrou Becker.

— Não. Nem lhe tocámos. O meu amigo assustou-se. É grande, mas é um maricas. — Sorriu sedutoramente a Becker. — Não se preocupe, não fala uma palavra de espanhol.

Becker franziu a testa. Estava outra vez a pensar na contusão que vira no peito de Tankado.

— E os paramédicos?

— Não faço ideia. Como lhe disse, saímos dali antes de eles chegarem.

— Quer dizer, depois de terem *roubado* o anel.

Rocío lançou-lhe um olhar fulminante.

— Não roubámos o anel. O homem estava a morrer. As intenções dele eram claras. Concedemos-lhe o seu último desejo.

Becker suavizou a sua expressão. Rocío tinha razão; no lugar deles, teria provavelmente feito a mesma coisa.

— Mas então deu o anel a uma rapariga qualquer?

— Já lhe disse. Aquele anel estava a pôr-me nervosa. A rapariga usava montes de jóias. Pensei que talvez gostasse dele.

— E ela não achou estranho? Ter-lhe dado o anel, assim, sem mais nem menos?

— Não. Disse-lhe que o tinha encontrado no parque. Pensei que talvez ela se oferecesse para mo pagar, mas não o fez. Não me importei. Só queria livrar-me dele.

— Quando foi que lho deu?

Rocío encolheu os ombros.

— Esta tarde. Cerca de uma hora depois de ali o gordo mo ter dado.

Becker consultou o relógio: 23:48. A pista já tinha oito horas. *Que raio estou eu a fazer aqui? Era suposto estar nas Smokies.* Suspirou e fez a única pergunta de que conseguiu lembrar-se:

— Como era a rapariga?

— *Era un punqui* — respondeu Rocío.

Becker fez um ar confuso.

— *Un punqui?*

— *Sí. Punqui.*

— Uma *punk?*

— Isso, uma *punk* — disse Rocío num inglês arrevesado, e voltou de imediato ao espanhol. — *Mucha joyería*. Montes de jóias. Um brinco esquisito numa orelha. Uma caveira, pareceu-me.

— Há bandas *punk* em Sevilha?

Rocío sorriu.

— *Todo bajo el sol.* — «Tudo sob o sol». Era o lema do Gabinete de Turismo de Sevilha.

— Disse-lhe como se chamava?

— Não.

— Disse para onde ia?

— Não. Falava muito mal espanhol.

— Não era espanhola?

— Não. Era inglesa, acho. Tinha uns cabelos esquisitos... vermelhos, brancos e azuis.

Becker fez uma careta ao visualizar a bizarra imagem.

— Talvez fosse americana? — sugeriu.

— Não me parece — respondeu Rocío. — Usava uma *T-shirt* que parecia a bandeira inglesa.

Becker assentiu, meio aturdido.

— *Okay*. Cabelos vermelhos, brancos e azuis, uma *T-shirt* com a bandeira inglesa, um brinco em forma de caveira. Mais alguma coisa?

— Nada. Era apenas uma *punk* normal.

Uma punk normal? Becker vinha de um mundo de camisolas com emblemas de universidades e cortes de cabelo conservadores. Não conseguia sequer imaginar o que queria a mulher dizer com aquilo.

— Não se lembra de mais nada? — insistiu.

Rocío pensou por um instante.

— Não. Só isto.

Neste preciso instante, a cama rangeu um protesto. O cliente de Rocío acabava de mudar de posição, nervoso. Becker voltou-se para ele e falou num alemão fluente:

— *Noch etwas?* Mais alguma coisa? Qualquer coisa que me ajude a encontrar a *punk* que tem o anel?

Seguiu-se um longo silêncio. Foi como se o gigantesco alemão quisesse dizer qualquer coisa, mas não soubesse muito bem como. O lábio inferior do homem tremeu ligeiramente, houve uma pausa, e, então, ele falou. As quatro palavras que pronunciou eram definitivamente inglesas, mas quase irreconhecíveis sob o carregado sotaque alemão.

— *Fock off und die*.

Fuck off and die? Desaparece daqui e vai-te matar? Becker ficou de boca aberta, estupefacto.

— Desculpe?

— *Fock off und die* — repetiu o homem, batendo com a palma da mão esquerda no gordo antebraço direito, numa tosca imitação de um manguito.

Becker estava demasiado exausto para se sentir ofendido. *Fuck off and die? Que é feito do maricas?* Voltou-se para Rocío e falou em espanhol:

— Parece que já não sou bem-vindo.

Ela riu-se.

— Não se preocupe com ele. Está só um pouco frustrado. Já lhe dou o que ele quer.

E atirou os cabelos para trás, com um piscar de olho.

— Há mais alguma coisa? — perguntou Becker. — Qualquer coisa que possa ajudar-me?

Rocío abanou a cabeça.

— É só. Mas não vai conseguir encontrá-la. Sevilha é uma cidade grande... embora possa não parecer.

— Farei o que puder. — *É uma questão de segurança nacional.*

— Se não tiver sorte — disse Rocío, com o olho posto no grosso sobrescrito no bolso de Becker —, volte cá. O meu amigo estará com toda a certeza a dormir. Bata baixinho. Arranjo outro quarto para nós. Verá um lado de Espanha que nunca há-de esquecer. — E franziu provocantemente os lábios.

Becker forçou um sorriso delicado.

— Tenho de ir andando. — Pediu desculpa ao alemão por lhe ter interrompido a noite.

O gigante sorriu timidamente.

— *Keine Ursache.*

Becker encaminhou-se para a porta. *Nenhum problema? Que é feito de «Fock off und die»?*

CAPÍTULO TRINTA E SEIS

— Cancelamento manual? — Susan ficou a olhar para o visor, estupefacta.

Sabia que não tinha teclado qualquer comando de cancelamento manual — pelo menos intencionalmente. Perguntou a si mesma se teria digitado a sequência errada, por engano.

— Impossível — murmurou. Segundo a janela de diálogo, a instrução de cancelamento fora introduzida havia menos de vinte minutos. Susan sabia que a única coisa que teclara nos últimos vinte minutos fora o seu código de privacidade, antes de ter saído para ir falar com o comandante. Era absurdo pensar que o código de privacidade pudesse ter sido interpretado como uma instrução de cancelar.

Apesar de saber que era uma perda de tempo, chamou ao visor o registo do *ScreenLock* para verificar se o código de privacidade tinha sido correctamente introduzido. Tinha, claro.

— Então *onde* — perguntou, furiosa — foi ele buscar uma instrução de cancelamento *manual?*

Franziu a testa e fechou o *ScreenLock*. Inesperadamente, porém, na fracção de segundo que a janela demorou a desaparecer, houve qualquer coisa que lhe prendeu o olhar. Voltou a abrir a janela e estudou os dados. Não fazia sentido. Havia um comando de «trancar» antes de ela sair do Módulo 3, mas o momento do subsequente comando de «destrancar» não batia certo. As duas instruções tinham sido dadas com um minuto de diferença. Susan tinha a certeza de que estivera lá fora com o comandante muito mais do que um minuto.

Fez correr a página. O que viu, deixou-a estupefacta. Três minutos mais tarde, tinha sido introduzido um *segundo* conjunto de instruções trancar-destrancar. Segundo o registo, alguém abrira o terminal durante a sua ausência.

— Não é possível! — O único candidato era Greg Hale, e Susan estava absolutamente segura de nunca lhe ter dado o seu código privado. Seguindo o procedimento criptográfico adequado, escolhera o código ao acaso e nunca o anotara em parte alguma; a hipótese de Hale ter adivinhado um código alfanumérico de cinco caracteres estava fora de causa: era trinta e seis elevado à quinta potência, mais de sessenta milhões de possibilidades.

E no entanto, o registo do *ScreenLock* era claro como a água. Susan ficou a olhar para as linhas de instruções, espantada. Fosse como fosse, Hale conseguira aceder ao terminal dela, aproveitando a sua saída. E enviara ao *tracer* uma instrução de cancelamento manual.

As perguntas relacionadas com o *como* cederam o lugar às perguntas relacionadas com o *porquê*. Hale não tinha qualquer razão para querer entrar no terminal dela. Nem sequer sabia que estava a correr um *tracer*. E mesmo que soubesse, pensou Susan, por que haveria de objectar a que ela procurasse localizar um tipo chamado North Dakota?

As perguntas sem resposta pareciam multiplicar-se-lhe na cabeça.

— Primeiro o mais importante — disse em voz alta. Trataria de Hale mais tarde. Concentrando-se no problema que tinha entre mãos, voltou a carregar o *tracer* e premiu ENTER. O terminal emitiu um *bip*.

TRACER ENVIADO

Susan sabia que decorreriam horas até que o *tracer* enviasse qualquer informação. Amaldiçoou Hale, perguntando a si mesma como diabo conseguira ele o seu código privado e, mais do que isso, que interesse poderia ter no *tracer* dela.

Pôs-se de pé e dirigiu-se ao terminal de Hale. O visor estava escuro, mas percebeu, pelo ligeiro brilho à volta do contorno, que não estava trancado. Os criptógrafos raramente trancavam os respectivos terminais, excepto quando deixavam o Módulo 3, ao fim do dia. Em vez disso, limitavam-se a reduzir a luminosidade dos visores, um código de honra universalmente respeitado, indicativo de que ninguém devia mexer no terminal.

Susan estendeu as mãos para o teclado.

— Que se lixe o código — disse. — Que diabo andas tu a fazer?

Depois de ter lançado um rápido olhar à sala da Cripto, que continuava deserta, accionou o controlo de luminosidade. O visor iluminou-se, mas estava competamente vazio. Sem saber muito bem como proceder, chamou um motor de busca e teclou:

PROCURAR: *TRACER*

Era uma hipótese remota, mas se houvesse qualquer referência ao *tracer* dela no computador de Hale, aquela busca haveria de a descobrir. Talvez a esclarecesse acerca dos motivos que tinham levado Hale a cancelar manualmente o seu programa. Segundos depois, o visor anunciou:

NENHUM FICHEIRO ENCONTRADO

Susan ficou imóvel por um instante, sem saber o que andava a procurar. Tentou outra vez.

PROCURAR: «*SCREENLOCK*»

O visor mostrou um punhado de referências inócuas. Nenhuma indicação de que Hale tivesse qualquer cópia do código privado dela no seu computador.
Susan suspirou. *Vejamos que programas esteve ele a usar hoje.* Foi ao menu de «Aplicações Recentes» para descobrir o último programa utilizado. Fora o servidor de *e-mails*, Susan passou em revista o disco rígido até descobrir a pasta de *e-mails*, discretamente escondida dentro de outros directórios. Abriu a pasta e apareceram várias outras. Aparentemente, Hale tinha várias identidades e contas *e-mail*. Uma delas, notou com escassa surpresa, era anónima. Abriu a pasta, clicou uma das mensagens já antiga e leu-a.
Conteve imediatamente a respiração. A mensagem dizia:

PARA: NDAKOTA@ARA.ANON.ORG
DE: ET@DOSHISHA.EDU
GRANDES PROGRESSOS! FORTALEZA DIGITAL QUASE COMPLETO. ESTA COISA VAI FAZER A NSA FICAR DÉCADAS ATRÁS.

Tal como num sonho, Susan leu a mensagem uma e outra vez. Então, com as mãos a tremer, abriu outra.

PARA: NDAKOTA@ARA.ANON.ORG
DE: ET@DOSHISHA.EDU
TEXTO SIMPLES ROTATIVO FUNCIONA! O TRUQUE É USAR SEQUÊNCIAS DE MUTAÇÃO!

Era impensável, e, no entanto, ali estava. *E-mail* de Ensei Tankado. Tinha escrito a Greg Hale. Trabalhavam juntos. Susan ficou como que aturdida enquanto a impossível verdade a olhava do terminal.
Greg Hale é NDAKOTA?
Tinha os olhos presos ao visor. O cérebro dela procurava desesperadamente qualquer outra explicação, mas não havia nenhuma. Estava ali a prova, súbita e inquestionável: Tankado usara sequências de mutação para criar uma função de texto simples rotativo e Hale conspirara com ele para destruir a NSA.
— Não é... — gaguejou Susan — ... não é possível!
Como que a discordar, a voz de Hale soou-lhe aos ouvidos, vinda do passado: *O Tankado escreveu-me meia dúzia de vezes... Strathmore correu um risco ao contratar-me... Um dia salto daqui para fora.*
Mesmo assim, Susan não conseguia aceitar o que estava a ver. Sim, Greg Hale era desagradável e arrogante... mas não era um traidor. Sabia o que o Fortaleza Digital faria à NSA; não podia estar envolvido numa conjura para o divulgar!
E, no entanto, apercebeu-se, nada havia que o impedisse... nada excepto a honra e a decência. Pensou no algoritmo Skipjack. Já numa outra ocasião Greg Hale arruinara os planos da NSA. O que poderia impedi-lo de tentar outra vez?
— Mas o Tankado... — Susan estava intrigada. *Por que haveria alguém tão paranóico como Tankado de confiar em alguém tão pouco digno de confiança como Hale?*
Sabia que nada disso importava, agora. Tudo o que importava era falar com Strathmore. Por uma qualquer retorcida ironia do destino, o parceiro de Tankado estava ali mesmo, debaixo do nariz deles. Perguntou a si mesma se Hale já saberia que Ensei Tankado estava morto.

Começou a fechar rapidamente os ficheiros de *e-mail*, para deixar o terminal exactamente como o encontrara. Era imperioso que Hale de nada suspeitasse... por enquanto. Apercebeu-se, espantada, de que a chave do Fortaleza Digital estaria provavelmente escondida algures dentro daquele mesmíssimo computador.

Porém, quando fechava o último ficheiro, uma sombra passou no exterior do Módulo 3. Ergueu os olhos e viu Greg Hale aproximar-se. Uma descarga de adrenalina percorreu-lhe as veias. Hale estava quase à porta.

— Raios! — praguejou, medindo a distância até à sua cadeira. Teve noção de que nunca chegaria a tempo. Hale estava quase a entrar.

Olhou desesperadamente em redor, procurando opções. Atrás dela, as portas emitiam um estalido e depois fechavam-se. Susan sentiu-se dominada pelo instinto. Enterrando os sapatos na alcatifa, acelerou em rápidas e largas passadas em direcção à copa. No instante em que a porta começou a deslizar, deteve-se quase em derrapagem diante do frigorífico e abriu-o. Um jarro de vidro, na prateleira superior, oscilou perigosamente e acabou por recuperar o equilíbrio.

— Com fome? — perguntou Hale, entrando no Módulo 3 e avançando para ela. A voz soou calma e insinuante. — Partilhamos um pouco de tofu?

Susan expirou com força e voltou-se para ele.

— Não, obrigada. Acho que só quero... — As palavras prenderam--se-lhe na garganta. Ficou mortalmente pálida.

Hale estava a olhar para ela, intrigado.

— Que se passa?

Susan mordeu o lábio e fixou os olhos nos dele.

— Nada — conseguiu dizer. Mas era mentira. A poucos metros de distância, o terminal de Hale brilhava intensamente. Tinha-se esquecido de baixar a luminosidade.

CAPÍTULO TRINTA E SETE

De novo no átrio do Alfonso XIII, Becker dirigiu-se ao bar com passos cansados. O *barman*, que mais parecia um anão, pousou um guardanapo de papel à frente dele e perguntou:

— *¿Qué bebe usted?*

— Nada, obrigado — respondeu Becker. — Preciso de saber se há na cidade clubes de *punks*.

O *barman* olhou para ele com uma expressão surpreendida.

— Clubes? De *punks?*

— Sim. Há algum lugar onde costumem reunir-se?

— *No lo sé, señor*. Mas aqui com certeza que não é! — Sorriu. — Que tal uma bebida?

Becker sentiu vontade de o abanar. Nada estava a correr como ele tinha planeado.

— *¿Quiere algo?* — insistiu o *barman*. — *¿Fino? ¿Jerez?*

Acordes discretos de música clássica soavam em fundo. Os *Concertos de Brandeburgo*, pensou Becker. *Número quatro*. Ele e Susan tinham visto a Academy of St. Martin in the Fields interpretar os *Brandeburgueses* na universidade, um ano antes. A frescura do ar-condicionado recordou-lhe o calor que estava lá fora. Imaginou-se a deambular pelas abafadas ruas de Triana, cheias de drogados, à procura de uma jovem *punk* usando uma *T-shirt* com a bandeira inglesa estampada. Tornou a pensar em Susan.

— *Zumo de arándono* — ouviu-se a si mesmo dizer.

O *barman* pareceu ainda mais espantado.

— *¿Solo?* — O sumo de arando era uma bebida popular em Espanha, mas bebê-lo puro era algo de inaudito.

— *Sí* — disse Becker. — *Solo*.

— ¿*Echo un poco de Smirnoff?* — insistiu o *barman*. — Uma gota de *vodka?*

— *No, gracias.*

— *¿Gratis?* — ofereceu o homem. — Por conta da casa?

Com a cabeça a latejar, Becker imaginou as imundas ruas de Triana, o calor sufocante, a longa noite que tinha pela frente. *Que se dane,* pensou.

— *Sí, échame un poco de vodka.*

O *barman* pareceu muito mais aliviado e afastou-se para ir preparar a bebida.

Becker olhou em redor, para o ornamentado bar, e perguntou aos seus botões se estaria a sonhar. Qualquer coisa faria mais sentido do que a verdade. *Sou professor universitário,* pensou, *em missão secreta.*

O *barman* reapareceu e apresentou-lhe a bebida com um floreado.

— *A sua gusto, señor.* Arando com uma gota de *vodka*.

Becker agradeceu-lhe. Bebeu um pequeno golo e quase se engasgou. *Isto é uma gota?*

CAPÍTULO TRINTA E OITO

Greg Hale deteve-se a meio caminho da copa do Módulo 3 e olhou para Susan.

— Que se passa, Sue? Pareces doente?

Susan lutou contra o medo que nela crescia. A três metros de distância, o monitor de Hale continuava a resplandecer.

— Estou... estou bem — conseguiu dizer, com o coração a martelar-lhe o peito.

Hale estava a olhar para ela com uma expressão intrigada no rosto.

— Queres um copo de água?

Susan não conseguia responder. Amaldiçoou-se a si mesma. *Como pude esquecer-me de baixar o brilho do maldito monitor?* Sabia que no instante em que Hale suspeitasse de que ela lhe abrira o terminal, suspeitaria também de que conhecia a sua identidade como North Dakota. Receou que fosse capaz de fazer fosse o que fosse para impedir que aquela informação saísse do Módulo 3.

Considerou a hipótese de tentar uma corrida até à porta. Mas não chegou a ter oportunidade. De repente, ouviram pancadas na parede de vidro. Sobressaltaram-se os dois. Era Chartrukian. Estava outra vez a esmurrar o vidro, com os punhos suados. Parecia ter assistido ao Armagedão.

Hale franziu o sobrolho ao frenético técnico da Seg-Sis que estava lá fora e voltou-se novamente para Susan.

— Volto já. Bebe qualquer coisa. Estás muito pálida. — E, dando meia volta, saiu do módulo.

Susan controlou-se e avançou rapidamente para o terminal de Hale. Ajustou o controlo de luminosidade. O visor escureceu.

Tinha a cabeça a latejar. Voltou-se e observou a conversa que decorria na sala da Cripto. Parecia que afinal de contas Chartrukian não fora para casa. O jovem técnico estava em pânico, a despejar o saco diante de Greg Hale. Susan sabia que não fazia a mínima diferença. Hale já sabia tudo o que havia para saber.

Tenho de falar com Strathmore, pensou. *E depressa.*

CAPÍTULO TRINTA E NOVE

Suite 301. Rocío Eva Granada estava de pé, nua, diante do espelho da casa de banho. Chegara o momento que receara o dia inteiro. Deitado na cama, o alemão esperava. Era o homem mais corpulento com que alguma vez estivera.

Relutantemente, tirou um cubo de gelo do balde e passou-o pelos bicos dos seios. Que ficaram instantaneamente rijos. Era aquele o seu dom: fazer os homens sentirem-se desejados. Era o que os fazia voltar a procurá-la. Passou as mãos pelo corpo esbelto e bronzeado e esperou que resistisse mais quatro ou cinco anos, até ter juntado dinheiro suficiente para se retirar. O Señor Roldán ficava com a maior parte dos seus ganhos, mas Rocío sabia que, sem ele, estaria com o resto das prostitutas, a engatar bêbedos nas ruas de Triana. Aqueles homens, ao menos, tinham dinheiro. Nunca lhe batiam e eram fáceis de satisfazer. Enfiou o *negligée*, inspirou fundo e abriu a porta da casa de banho.

Quando Rocío entrou no quarto, os olhos do alemão esbugalharam-se. A rapariga vestia um *negligée* de renda preta. A pele dourada parecia brilhar à luz suave e os bicos dos seios estavam erectos por baixo do leve tecido.

— *Komm doch hierher* — disse ele, ansioso, despindo o roupão e deitando-se de costas.

Rocío forçou um sorriso e aproximou-se da cama. Baixou os olhos para o gigantesco alemão. E então sorriu, aliviada. O órgão entre as pernas dele era diminuto.

O alemão agarrou-a, impaciente, e arrancou-lhe o *negligée*. Os dedos sapudos apertaram-lhe cada centímetro do corpo. Ela caiu em cima dele e gemeu e contorceu-se num falso êxtase. Quando o homem a fez rolar e passou para cima, Rocío pensou que ia ficar esmagada.

Arquejou e sufocou contra o gordo pescoço dele. Pediu a Deus que fosse rápido.

— *Sí, Sí!* — arfou, cada vez que ele arremetia. Cravou-lhe as unhas nas costas, para o encorajar.

Pensamentos ao acaso passaram-lhe pela cabeça: rostos dos incontáveis homens que tinha satisfazido, tectos para que olhara durante horas, no escuro, sonhos de ter filhos...

Subitamente, sem aviso, o corpo do alemão arqueou-se, ficou rígido e, quase no mesmo instante, desmoronou-se em cima dela. *Só isto?* pensou Rocío, surpreendida e aliviada.

Tentou sair de baixo dele.

— Querido — murmurou roucamente —, deixa-me pôr por cima.

O homem, porém, não se mexeu.

Ela levantou as mãos e empurrou os ombros maciços.

— Querido... não... não consigo respirar! — Começava a sentir-se desmaiar. Sentia as costelas a estalar.

— *¡Despiértate!* — Os dedos dela começaram instintivamente a puxar-lhe os cabelos. *Acorda!*

Foi então que sentiu o líquido quente e pegajoso. Ensopava os cabelos do alemão, escorria para a cara dela, para a boca. Era salgado. Contorceu-se desesperadamente debaixo do corpo imóvel. Por cima dela, um estranho feixe de luz iluminava o rosto contorcido do alemão. O buraco de bala que tinha na testa estava a jorrar sangue, a sujá-la toda. Tentou gritar, mas não lhe restava ar nos pulmões. Num delírio, esticou uma mão enclavinhada para o feixe de luz que vinha da porta. Viu uma mão. Uma arma com silenciador. Um breve clarão. E depois nada.

CAPÍTULO QUARENTA

No exterior do Módulo 3, Chartrukian parecia desesperado. Tentava por todos os meios convencer Hale de que o *TRANSLTR* estava com problemas. Susan passou por eles apenas com uma ideia em mente: encontrar Strathmore.

O excitadíssimo técnico da Seg-Sis agarrou-a por um braço, travando-lhe o passo.

— Menina Fletcher! Temos um vírus! Tenho a certeza. Tem de...

Susan libertou-se da mão dele e fulminou-o com o olhar.

— Pensei que o comandante lhe tinha dito para ir para casa.

— Mas o monitor de contagem! Marca dezoito...

— O comandante Strathmore mandou-o ir para casa!

— QUE SE LIXE O STRATHMORE! — gritou Chartrukian, e as palavras ecoaram na cúpula.

— Sr. Chartrukian? — disse uma voz grave, vinda lá de cima.

Os três funcionários da Cripto imobilizaram-se.

Bem acima deles, Strathmore estava apoiado no corrimão, diante da porta do gabinete.

Por um instante, o único som que se ouviu na cúpula foi o zumbido irregular dos geradores, enterrados no subsolo. Susan tentou desesperadamente captar a atenção de Strathmore. *Comandante! Hale é North Dakota!*

Strathmore, no entanto, estava totalmente concentrado no jovem Seg-Sis. Desceu as escadas sem pestanejar, sem desviar por um instante sequer os olhos de Chartrukian. Atravessou toda a sala e deteve-se a quinze centímetros do trémulo técnico.

— *O que* foi que disse?

— Senhor — Chartrukian engasgou-se —, o *TRANSLTR* está com problemas.

— Comandante — interveio Susan —, se me permitir...

Strathmore calou-a com um gesto da mão. Continuava com os olhos cravados em Chartrukian.

— Temos um ficheiro infectado, senhor — disse Phil, atabalhoadamente. — Tenho a certeza!

O rosto de Strathmore adquiriu um tom vermelho-escuro.

— Sr. Chartrukian, já discutimos este ponto. *Não* há qualquer ficheiro a infectar o *TRANSLTR*!

— Há, sim, senhor! — gritou Chartrukian. — E se conseguir chegar à base de dados principal...

— Onde raio está o ficheiro infectado? — bramiu Strathmore. — Mostre-mo!

Chartrukian hesitou.

— Não posso.

— Claro que não pode! Não existe!

— Comandante, tenho... — começou Susan.

Mais uma vez, Strathmore silenciou-a com um gesto furioso.

Susan olhou nervosamente para Hale. Parecia muito contente consigo mesmo e descontraído. *Faz todo o sentido,* pensou ela. *Claro que Hale não pode estar preocupado com um vírus; sabe o que está verdadeiramente a acontecer dentro do* TRANSLTR.

Chartrukian insistia:

— O ficheiro infectado existe, senhor. Mas o Crivo não o detectou.

— Se o Crivo não o detectou, como raio sabe que o ficheiro existe?

Chartrukian pareceu subitamente mais confiante.

— Sequências de mutação. Fiz uma análise completa e a busca encontrou sequências de mutação!

Susan compreendia agora por que razão o Seg-Sis estava tão preocupado. *Sequências de mutação,* pensou. Sabia que as sequências de mutação eram sequências de programação que corrompiam os dados de maneiras extremamente complexas. Eram muito comuns nos vírus de computador, sobretudo nos vírus que alteravam grandes blocos de dados. É claro que também sabia, depois de ter lido os *e-mails* de Tankado, que as sequências de mutação que Chartrukian descobrira eram inofensivas: faziam simplesmente parte do Fortaleza Digital.

— Da primeira vez que vi as sequências — continuou o técnico — pensei que os filtros do Crivo tinham falhado. Mas então fiz alguns testes e descobri. — Calou-se, parecendo repentinamente pouco à vontade. — Descobri que alguém tinha contornado manualmente o Crivo.

A afirmação foi acolhida por um súbito silêncio. O rosto de Strathmore ficou de um púrpura ainda mais carregado. Não havia a mínima dúvida quanto a quem Chartrukian estava a acusar; o terminal de Strathmore era o único, em todo o Departamento da Cripto, autorizado a contornar os filtros do Crivo.

Quando Strathmore falou, a sua voz era como gelo.

— Sr. Chartrukian, não que isto lhe diga de modo algum respeito, mas fui eu que contornei o Crivo. — E continuou, com a irascibilidade a aproximar-se do ponto de ebulição: — Como já lhe disse, estou a correr um diagnóstico extremamente avançado. As sequências de mutação que encontrou no *TRANSLTR* fazem parte desse diagnóstico; estão lá porque *eu* as pus lá. O Crivo recusou deixar-me carregar o ficheiro, de modo que contornei os filtros. — O comandante semicerrou ainda mais os olhos fixos em Chartrukian. — Deseja saber mais alguma coisa antes de se ir embora?

Num relâmpago, Susan compreendeu tudo. Quando Strathmore descarregara da Internet o algoritmo cifrado do Fortaleza Digital, as sequências de mutação tinham activado os filtros do Crivo. Desesperado por saber se o Fortaleza Digital era ou não decifrável, Strathmore decidira contornar os filtros.

Em condições normais, contornar o Crivo era impensável. Naquela situação, porém, não havia qualquer perigo em enviar o Fortaleza Digital directamente para o *TRANSLTR*; o comandante sabia exactamente o que o ficheiro era e de onde tinha vindo.

— Com o devido respeito — insistiu Chartrukian —, nunca ouvi falar de um diagnóstico que use sequências...

— Comandante — interveio Susan, incapaz de esperar mais —, preciso mesmo de...

Desta vez, a palavra foi-lhe cortada pelo toque do telemóvel de Strathmore. O comandante pegou no aparelho.

— O que é? — ladrou, e então calou-se e escutou.

Por um instante, Susan esqueceu Hale. Pediu aos céus que fosse David. *Diga-me que ele está bem,* pensou. *Diga-me que encontrou o anel!* Mas Strathmore captou-lhe o olhar e franziu a testa. Não era David.

Susan sentiu que a respiração se lhe entrecortava. Tudo o que queria saber era se o homem que amava estava a salvo. Strathmore, bem o sabia, estava impaciente por outras razões; se David demorasse demasiado tempo, o comandante teria de enviar apoio: operacionais da NSA. Era uma jogada que tinha tentado evitar.

— Comandante — insistiu Chartrukian —, penso sinceramente que devíamos...

— Aguarde um instante — disse Strathmore, dirigindo-se ao seu interlocutor. Tapou o microfone do aparelho com uma mão e pousou um olhar gélido no jovem técnico. — Sr. Chartrukian, esta conversa terminou. Abandone a sala da Cripto. *Já*. É uma ordem!

Chartrukian ficou imóvel, aturdido.

— Mas, senhor, as sequências de mutação são...

— JÁ! — bramiu Strathmore.

Chartrukian ficou a olhar por um instante, incapaz de falar. Então, fez meia volta e afastou-se em direcção ao laboratório da Seg-Sis.

Strathmore voltou-se e olhou para Hale com uma expressão intrigada. Susan compreendeu o espanto do comandante. Hale mantivera-se silencioso... demasiado silencioso. Hale sabia muito bem que não havia qualquer diagnóstico que usasse sequências de mutação e muito menos um capaz de manter o *TRANSLTR* ocupado durante dezoito horas. E, apesar disto, não dissera uma palavra. Parecia indiferente a toda aquela agitação. Strathmore estava obviamente a perguntar-se porquê. Susan tinha a resposta.

— Comandante — disse, insistentemente —, posso falar con...

— Daqui a nada — interrompeu-a Strathmore, ainda a olhar interrogativamente para Hale. — Preciso de atender esta chamada.

Ditas essas palavras, girou sobre os calcanhares e dirigiu-se ao seu gabinete.

Susan abriu a boca, mas as palavras ficaram-lhe presas na ponta da língua. *Hale é North Dakota!* Ficou rígida, incapaz de respirar. Sentiu que Hale estava a olhar para ela. Voltou-se. Hale afastou-se para um lado e rodou graciosamente um braço na direcção da porta do Módulo 3.

— Depois de ti, Sue.

CAPÍTULO QUARENTA E UM

Uma criada de quarto jazia sem sentidos no chão de um armário de roupa, no terceiro andar do Alfonso XIII. O homem dos óculos de aros metálicos enfiava-lhe no bolso do avental a chave-mestra que de lá tinha tirado. Não a sentira gritar quando lhe batera, mas não tinha maneira de saber de certeza: era surdo desde os doze anos.

Levou a mão ao aparelho que trazia preso ao cinto com uma espécie de reverência; aquela máquina, oferta de um cliente, dera-lhe uma nova vida. Podia agora receber os seus contratos em qualquer parte do mundo. Todas as comunicações chegavam instantaneamente e eram indetectáveis.

Sentia-se exultante enquanto premia o interruptor. Os óculos iluminaram-se. Mais uma vez, começou a mexer os dedos, tocando as pontas numa determinada sequência. Como sempre, registara os nomes das suas vítimas — uma simples questão de revistar uma carteira ou uma mala de mão. As letras apareceram na lente, como fantasmas no ar.

SUJEITO: ROCÍO EVA GRANADA — ELIMINADA
SUJEITO: HANS HUBER — ELIMINADO

Três andares mais abaixo, David Becker pagava a conta e atravessava o átrio, levando na mão o copo ainda meio cheio. Dirigia-se à esplanada do hotel, em busca de um pouco de ar fresco. *Entrada por saída,* pensou. As coisas não tinham corrido exactamente como esperara. Tinha de tomar uma decisão. Deveria pura e simplesmente desistir e regressar ao aeroporto? *Uma questão de segurança nacional.* Praguejou entre dentes. Se assim era, por que raio tinham mandado um mestre-escola?

Afastou-se da vista do *barman* e despejou o resto da bebida num vaso de jasmins. A *vodka* fazia-o sentir-se um pouco zonzo. *És o bêbedo mais barato que conheço,* costumava Susan dizer-lhe. Depois de encher o pesado copo de vidro num dispensador de água, Becker bebeu um longo golo.

Espreguiçou-se um par de vezes, a tentar sacudir a ligeira névoa que parecia ter descido sobre si. Depois pousou o copo e tornou a atravessar o átrio.

As portas do elevador abriram-se quando ele ia a passar. Estava um homem lá dentro. Tudo o que Becker viu foi os óculos de grossos aros metálicos. O homem tinha levado um lenço ao nariz, como que para se assoar. Becker sorriu delicadamente e seguiu em frente... saindo para a sufocante noite sevilhana.

CAPÍTULO QUARENTA E DOIS

No interior do Módulo 3, Susan deu por si a andar freneticamente de um lado para o outro. Desejou ter desmascarado Hale quando tivera a oportunidade.

— A tensão mata, Sue — disse Hale, sentado diante do seu terminal. — Há alguma coisa que queiras desabafar?

Susan sentou-se, fazendo um esforço para se controlar. Pelos seus cálculos, Strathmore já devia ter largado o telefone e regressado ali para falar com ela, mas o comandante continuava invisível. Tentou manter a calma. Olhou para o visor do terminal. O *tracer* continuava a correr... pela segunda vez. Já não tinha qualquer importância. Susan sabia que morada ia remeter: GHALE@crypto.nsa.gov.

Olhou para cima, para o gabinete de Strathmore, e soube que não podia esperar mais. Era tempo de interromper aquele interminável telefonema. Pôs-se de pé e encaminhou-se para a porta.

Hale pareceu subitamente pouco à vontade, tendo, ao que parecia, reparado no estranho comportamento dela. Atravessou a sala com passos rápidos e chegou primeiro à porta. Cruzou os braços e impediu-lhe a saída.

— Diz-me o que se passa? — exigiu. — Passa-se aqui qualquer coisa, hoje. O que é?

— Deixa-me sair — pediu Susan o mais calmamente que pôde, detectando uma súbita nota de perigo.

— Vá lá — insistiu Hale. — Pouco faltou para Strathmore despedir Chartrukian só por ter feito o seu trabalho. Que se passa dentro do TRANSLTR? Não temos nenhum diagnóstico que demore dezoito horas a correr. Isso é treta, como tu muito bem sabes. Diz-me o que se passa?

Susan semicerrou os olhos. *Sabes muito bem o que se passa!*

— Sai da frente, Greg. Preciso de ir à casa de banho.

Hale sorriu. Esperou um longo momento antes de dar um passo para o lado.

— Desculpa, Sue. Estava só a meter-me contigo.

Susan passou por ele e saiu do Módulo 3. Ao passar pela parede de vidro, sentiu os olhos de Hale fixos nela, do outro lado.

Relutantemente, deu a volta em direcção às casas de banho. Ia ter de fazer um desvio antes de visitar o comandante. Era essencial que Hale não suspeitasse de nada.

CAPÍTULO QUARENTA E TRÊS

Com os seus garbosos quarenta e cinco anos, Chad Brinkerhoff era um homem bem relacionado, bem vestido e bem informado. O seu leve fato de Verão, tal como a pele bronzeada, não apresentava a mínima ruga ou sinal de uso. Os cabelos eram densos, louros-areia, e — mais importante do que tudo — todos dele. Os olhos eram de um azul-brilhante — subtilmente realçado pelo milagre das lentes de contacto coloridas.

Contemplou o gabinete apainelado a madeira à sua volta e soube que tinha subido o mais alto que lhe era possível subir na NSA. Estava no nono andar — Mahogany Row. Gabinete 9A197. A *suite* da direcção.

Naquela tarde de sábado, Mahogany Row estava praticamente deserta. Havia muito que os executivos que a povoavam durante o dia tinham partido, para se dedicarem aos passatempos e diversões, fossem eles quais fossem, com que os homens influentes ocupavam os seus ócios. Apesar de sempre ter sonhado com um «verdadeiro» cargo na agência, Brinkerhoff acabara como «assistente pessoal» — o beco sem saída oficial da competição política. O facto de trabalhar lado a lado com o homem mais poderoso do obscuro mundo da espionagem americana constituía fraco consolo. Brinkerhoff formara-se com distinção em duas universidades, Andover e Williams, e, no entanto, ali estava, um homem de meia-idade, sem qualquer verdadeiro poder — sem ter realmente uma palavra a dizer. Passava os dias a organizar a agenda de outra pessoa.

Havia, claro, vantagens inquestionáveis em ser o assistente pessoal do director: Brinkerhoff tinha um luxuoso gabinete na *suite* da direcção, pleno acesso a todos os departamentos da NSA e um certo nível de distinção decorrente das pessoas com quem convivia. Fazia recados para os mais altos escalões do poder. Lá bem no fundo, sabia que tinha nascido para ser um AP — suficientemente inteligente para tomar notas, suficientemente bem-parecido para aparecer em conferências de imprensa, suficientemente preguiçoso para se contentar com isto.

O meloso carrilhão do relógio que tinha em cima da consola da lareira assinalou o fim de mais um dia da sua patética existência. *Merda*, pensou. *Cinco da tarde, num sábado. Que raio estou eu a fazer aqui?*

— Chad?

Estava uma mulher à porta do gabinete. Brinkerhoff levantou a cabeça. Era Midge Milken, a analista de segurança interna de Fontaine. Tinha sessenta anos, era ligeiramente para o rechonchudo e, para grande espanto de Brinkerhoff, bastante atraente. Coquete impenitente e três vezes divorciada, Midge reinava nos seis gabinetes da *suite* da direcção com airosa autoridade. Era viva, intuitiva, trabalhava horas sem fim e dizia-se que sabia mais a respeito do funcionamento interno da NSA que o próprio Deus.

Raios, pensou Brinkerhoff, estudando a figura dela no elegante vestido de caxemira cinzenta. *Ou eu estou a ficar mais velho, ou a Midge está a parecer mais nova.*

— Relatórios semanais — disse ela com um sorriso, agitando um monte de papéis. — Tens de dar uma vista de olhos a isto.

— Daqui, parece-me tudo óptimo — respondeu ele.

— Sinceramente, Chad. — Midge soltou uma gargalhadinha. — Tenho idade para ser tua mãe.

Nem me lembres, pensou ele.

Midge entrou e aproximou-se da secretária.

— Vou sair, mas o director quer uma compilação de tudo isto pronta quando regressar da América do Sul. Na segunda-feira, logo de manhã. — Largou os papéis diante dele.

— O que sou eu, um guarda-livros?

— Não, querido, és um director de cruzeiros. Julguei que sabias.

— Então, o que é que tenho a ver com números?

Ela esgrouviou-lhe os cabelos.

— Querias mais responsabilidades, querido. Aqui as tens.

Brinkerhoff ergueu os olhos para ela, com um ar de cão abandonado.

— Midge... a minha vida não é nada.

Midge bateu com a ponta do dedo no monte de papéis.

— *Isto* é a tua vida, Chad Brinkerhoff. — Olhou para ele e a expressão suavizou-se-lhe. — Precisas de alguma coisa antes de me ir embora?

Ele lançou-lhe um olhar suplicante e rolou o pescoço dorido.

— Tenho os ombros tensos.

Midge não mordeu o isco.

— Toma uma aspirina.

Chad fez beicinho.

— Como é, não me fazes uma massagem?

Ela abanou a cabeça.

— Segundo a *Cosmopolitan*, dois terços das massagens acabam em sexo.

— As *nossas* nunca! — exclamou ele, num tom indignado

— Precisamente. — Midge piscou-lhe um olho. — É esse o problema.

— Midge...

— Até segunda, Chad — disse ela, e dirigiu-se para a porta.

— Vais-te embora?

— Sabes bem que não me importava de ficar — disse Midge, detendo-se no umbral —, mas ainda tenho *algum* orgulho. Não me vejo a fazer de outra... sobretudo em relação a uma adolescente.

— A minha mulher *não é* uma adolescente — protestou Brinkerhoff. — Só se porta como tal.

Midge contemplou-o com uma expressão de surpresa.

— Não estava a referir-me à tua mulher. — Pestanejou inocentemente. — Estava a falar da *Carmen*. — Disse o nome com um cerrado sotaque porto-riquenho.

A voz de Brinkerhoff soou muito menos segura:

— Quem?

— A Carmen! Dos serviços alimentares.

Brinkerhoff sentiu-se corar. Carmen Huerta. Vinte e sete anos. Doceira-chefe no restaurante da NSA. Brinkerhoff passara alguns bons — e, pensava ele, secretos — momentos com ela, na arrecadação.

Midge piscou-lhe maldosamente um olho.

— Não te esqueças, Chad... O Big Brother sabe tudo.

Big Brother? Brinkerhoff engoliu em seco, incrédulo. *O Big Brother também vigia as arrecadações?*

O Big Brother, ou apenas «Brother», como Midge com frequência se lhe referia, era um *Centrex 333* instalado num pequeno espaço, pouco mais que um cubículo, contíguo à sala central da *suite*. E era o centro da vida de Midge. Recebia dados de 148 câmaras de televisão em circuito fechado, 399 portas electrónicas, 377 escutas telefónicas e 212 microfones espalhados por todo o complexo da NSA.

Os directores da NSA tinham aprendido, da pior maneira, que 26 000 funcionários eram não só um valioso activo como também um enorme risco. Todas as quebras de segurança da história da NSA tinham partido do interior. O trabalho de Midge, como analista de segurança interna, era vigiar tudo o que se passava dentro das paredes da NSA... incluindo, aparentemente, a arrecadação do restaurante.

Brinkerhoff pôs-se de pé, pronto para se defender, mas Midge já estava de saída.

— Mãos *em cima* da secretária — disse, por cima do ombro. — Nada de maroteiras depois de eu ter saído. As paredes têm olhos.

Brinkerhoff tornou a sentar-se e ficou a ouvir o bater dos saltos dela a afastar-se pelo corredor. Sabia, pelo menos, que Midge nunca diria a ninguém. Também ela tinha as suas fraquezas. Também ela cometera algumas indiscrições... muitas envolvendo massagens nas costas com ele.

Pensou em Carmen. Imaginou o corpo macio e flexível, aquelas coxas morenas, o rádio que tinha sempre a tocar com o volume no máximo — escaldante *salsa* de San Juan. Sorriu. *Talvez passe por lá para comer qualquer coisa quando sair daqui.*

Pegou no primeiro relatório.

CRIPTO — PRODUÇÃO/DESPESAS

Sentiu-se imediatamente mais animado. Midge fora simpática. O relatório da Cripto era sempre canja. Teoricamente, era suposto compilar aquilo tudo, mas o único número que o director lhe pedia era o CMD — o custo médio por decifração. O CMD representava o cálculo de quanto custava cada código que o *TRANSLTR* decifrava. Desde que esse valor se situasse abaixo dos mil dólares/código, o director nem pestanejava. *Uma milena cada tirinho.* Brinkerhoff riu-se. *A massa dos nossos impostos a funcionar.*

Enquanto passava os olhos pelo documento, verificando os CMD diários, começaram a insinuar-se-lhe na cabeça imagens de Carmen Huerta a cobrir-se de mel e açúcar cristalizado. Trinta segundos mais tarde, tinha quase acabado. Os dados da Cripto eram impecáveis... como sempre.

Quando, porém, já ia pegar no relatório seguinte, houve qualquer coisa que lhe prendeu a atenção. Ao fundo da página, o último CMD era um disparate. O número era tão grande que passava para a coluna seguinte, baralhando tudo. Brinkerhoff ficou a olhar, em estado de choque.

999.999.999?, arquejou. *Um bilião de dólares?* As imagens de Carmen esfumaram-se. Um código de *um bilião de dólares?*

Ficou ali sentado por um minuto, paralisado. Então, numa explosão de pânico, correu para a porta.

— Midge! Volta aqui!

CAPÍTULO QUARENTA E QUATRO

No laboratório da Seg-Sis, Phil Chartrukian fumegava de raiva. As palavras de Strathmore ecoavam-lhe na cabeça: *Saia imediatamente! É uma ordem!* Deu um pontapé no cesto do lixo e praguejou furiosamente para as paredes do laboratório vazio.

— Diagnóstico, o tanas! Desde quando é que o director-adjunto contorna os filtros do Crivo!?

Os Seg-Sis eram bem pagos para proteger os sistemas informáticos da NSA, e Chartrukian aprendera que lhe eram exigidas apenas duas qualificações: ser inexcedivelmente brilhante e absolutamente paranóico.

Raios, praguejou, *isto não é paranóia. A porra do monitor de contagem indica dezoito horas!*

Era um vírus. Chartrukian sentia-o. Não tinha a mínima dúvida quanto ao que sucedera: Strathmore cometera um erro ao contornar os filtros do Crivo, e agora estava a tentar encobrir a merda que fizera com aquela história estapafúrdia de um diagnóstico.

Não estaria tão enervado se o único problema fosse o *TRANSLTR*. Mas não era. Não obstante o seu aspecto, o colosso decrifrador estava longe de ser uma ilha. Os criptógrafos podiam pensar que o Crivo fora construído com o objectivo único de proteger a sua obra-prima, mas os Seg-Sis sabiam a verdade. Os filtros do Crivo serviam um deus muito maior; a base de dados central da NSA.

A história por detrás da construção da base de dados sempre o fascinara. Apesar dos esforços do Departamento da Defesa, em finais dos anos 70, no sentido de manter a Internet como uma coutada exclusiva, tratava-se de uma ferramenta demasiado útil para não atrair a atenção do sector privado. A seu tempo, as universidades tinham conseguido entrar. Pouco depois, apareceram os servidores comerciais. As comportas abriram-se e o público entrara de rompante. No começo da década de 90, a outrora segura «Internet» do Governo tornara-se uma terra-de-ninguém de *e-mails* e ciberpornografia.

Na sequência de um certo número de infiltrações pouco publicitadas mas altamente prejudicias nos sistemas do *Office of Naval Intelligence*, tornou-se cada vez mais evidente que os segredos do Governo já não estavam a salvo nos computadores ligados à proliferante Internet. O presidente, em conjugação com o Departamento da Defesa, criara, através de um decreto confidencial, uma nova rede governamental totalmente segura para substituir a Internet e servir como elo de ligação entre as diversas organizações de espionagem americanas. Com o objectivo de impedir novas violações informáticas dos segredos de Estado, todos os dados mais sensíveis passaram a ser concentrados numa localização única e extremamente segura — a recém-construída base de dados da NSA — o Fort Knox dos serviços de informação dos Estados Unidos.

Literalmente, milhões das mais secretas fotografias, gravações, documentos e vídeos do país foram digitalizados e transferidos para aquele imenso depósito, e os respectivos originais destruídos. A base de dados estava protegida por uma tripla rede de fontes de energia alternativas e por um sistema de *backup* digital com dupla redundância. Estava, além disso, enterrada a setenta metros no subsolo, como protecção contra campos magnéticos e eventuais explosões. As actividades no interior da sala de controlo tinham a classificação de *Top Secret Umbra*... o mais alto nível de segurança.

Nunca os segredos do país tinham estado mais seguros. A inexpugnável base de dados passara a guardar os planos das armas mais modernas, as listas das testemunhas sob regime de protecção, os nomes de código dos agentes operacionais, análises pormenorizadas e propostas para operações clandestinas. O rol era interminável. Não tornaria a haver fugas de informação prejudiciais aos interesses dos Estados Unidos.

Como é evidente, os chefes da NSA sabiam que os dados armazenados só tinham valor na medida em que fossem acessíveis. O verdadeiro objectivo da base de dados não era manter a informação secreta longe do público, era torná-la acessível apenas às pessoas certas. Todos os dados armazenados tinham uma classificação de segurança e, dependendo do nível de secretismo, eram acessíveis aos funcionários do Governo numa base compartimentada. O comandante de um submarino podia contactar a base e consultar as mais recentes fotos de satélite dos portos russos, mas não teria acesso aos planos para uma missão antidroga na América do Sul. Os analistas da CIA teriam acessos aos processos de assassinos conhecidos, mas não aos códigos de lançamento exclusivos do presidente.

Os técnicos da Seg-Sis não tinham, evidentemente, acesso a nenhuma da informação guardada na base de dados, mas eram responsáveis pela sua segurança. Como todas as grandes bases de dados — das companhias de seguros às universidades — a da NSA estava sob ataque constante por parte de piratas informáticos que tentavam por todos os meios espreitar os segredos que escondia. Mas os programadores de segurança da NSA eram os melhores do mundo. Nunca ninguém chegara sequer perto de infiltrar a base de dados da NSA... e a NSA não tinha motivos para pensar que alguém o viesse algum dia a conseguir.

No laboratório da Seg-Sis, Chartrukian suava, sem saber se devia ou não ir-se embora. Problemas com o *TRANSLTR* significavam problemas com a base de dados. A despreocupação de Strathmore era extremamente perturbadora.

Toda a gente sabia que o *TRANSLTR* e a base de dados da NSA estavam inextricavelmente ligados. Cada novo código, uma vez decifrado, era enviado, ao longo de 450 metros de cabo de fibra óptica, para a base de dados da NSA, onde ficava guardado. O sacrossanto armazém de dados tinha apenas meia dúzia de pontos de entrada — e o *TRANSLTR* era um deles. Era suposto o Crivo ser um guardião inultrapassável. E Strathmore contornara-o.

Chartrukian ouvia o bater do seu próprio coração. *O TRANSLTR está emperrado há dezoito horas!* A ideia de um vírus informático a entrar no *TRANSLTR* e a correr à solta pelas profundezas da NSA era mais do que o jovem técnico conseguia aguentar.

— Tenho de comunicar isto — disse, em voz alta.

Numa situação como aquela, havia apenas uma pessoa com quem podia falar: o chefe da Seg-Sis, o irascível génio informático que criara o Crivo, uma montanha de homem com quase cento e oitenta quilos, alcunhado de Jabba. Era uma espécie de semideus na NSA — deambulava pelos corredores, apagando incêndios virtuais e vituperando a estupidez dos ineptos e dos ignorantes. Chartrukian sabia que mal Jabba soubesse que Strathmore contornara os filtros do Crivo, seria o inferno à solta. *Tanto pior,* pensou. *Tenho um trabalho para fazer.* Pegou no telefone e marcou o número do telemóvel de Jabba, acessível vinte e quatro horas por dia.

CAPÍTULO QUARENTA E CINCO

David Becker caminhava sem objectivo definido pela Avenida del Cid, tentando arrumar as ideias. Sombras esbatidas dançavam nas pedras do passeio, debaixo dos seus pés. Continuava a sentir os efeitos da *vodka*. Naquele momento, nada na sua vida parecia perfeitamente focado. Deixou os pensamentos derivarem para Susan, perguntando-se se ela já teria ouvido a mensagem que lhe deixara no atendedor automático.

Um pouco mais adiante, um autocarro deteve-se numa paragem. Becker olhou. A porta abriu-se, mas ninguém saiu. O motor a *diesel* rugiu num aumento de rotações, mas, quando o autocarro arrancou, três adolescentes saíram de um bar e correram atrás dele, a gritar e a agitar os braços. O autocarro desacelerou e os três adolescentes apressaram a corrida para o apanhar.

Trinta metros atrás deles, Becker olhava, na mais absoluta incredulidade. A visão focou-se-lhe repentinamente, mas sabia que o que estava a ver era impossível. Era uma possibilidade num milhão.

Estou com alucinações.

Quando, porém, as portas do autocarro se abriram e os garotos se agruparam para entrar, David teve a certeza. Viu-a, claramente iluminada pela luz do candeeiro de rua.

Os passageiros entraram, o motor do autocarro voltou a acelerar e, de repente, Becker deu por si a correr a toda a velocidade, com a bizarra imagem gravada na mente: lábios negros, olhos exageradamente pintados e aqueles cabelos... espetados em três bicos bem separados. Um vermelho. Outro branco. Outro azul.

Quando o autocarro voltou a arrancar, Becker correu atrás dele, no meio de uma nuvem de monóxido de carbono.

— *Espera!* — gritou, correndo o mais que podia.

As solas dos leves sapatos de couro mal tocavam o asfalto, mas, naquela noite, a agilidade de que tantas vezes dava provas nos *courts* de *squash* abandonara-o; sentia-se desequilibrado. Amaldiçoou o *barman* do Alfonso XIII.

O autocarro era um dos mais antigos da frota e, felizmente para Becker, tinha uma primeira arrastada e laboriosa. Becker sabia que precisava de o alcançar antes que o condutor engrenasse a segunda. Tentou acelerar a passada. Ao chegar à altura do pára-choques traseiro, desviou-se um pouco para a direita, correndo ao lado do veículo. Via a porta de trás que, tal como acontecia com todos os autocarros de Sevilha, estava aberta: ar-condicionado barato.

Fixou a mira na abertura e ignorou a sensação de ardor nas pernas. A meio metro de distância, à altura dos ombros dele, os dois grandes pneus zumbiam num registo mais agudo a cada segundo que passava. Estendeu a mão para a porta, falhou a pega e quase perdeu o equilíbrio. Forçou o andamento. Por baixo do autocarro, a caixa de velocidades deu um estalido quando o condutor pisou a embraiagem para engrenar a segunda.

Vai meter a segunda! Não vou conseguir!

Quando, porém, o prato da embraiagem desencostou para engatar uma velocidade mais elevada, o autocarro abrandou quase imperceptivelmente. Becker saltou. A caixa de velocidades engrenou no preciso instante em que os dedos dele se fechavam à volta da pega da porta. Becker sentiu que o sacão quase lhe deslocava o ombro quando o autocarro acelerou, catapultando-o para a plataforma.

Sentado no chão, do lado de dentro da porta do autocarro, David Becker via o asfalto da rua correr a escassos centímetros de distância. Estava agora totalmente sóbrio. Doíam-lhe as pernas e o ombro. Pôs-se de pé, a cambalear um pouco, equilibrou-se e passou para o interior escurecido. Na multidão de silhuetas, meia dúzia de bancos mais à frente, viu os três espigões de cabelo.

Vermelho, branco e azul! Consegui!

O cérebro encheu-se-lhe de imagens do anel, do *Learjet 60* que o esperava e, no final de tudo, Susan.

Quando chegou à altura do banco onde a rapariga se sentava, perguntando a si mesmo como abordar o assunto, o autocarro passou por um candeeiro de rua. A máscara *punk* foi fugazmente iluminada.

Becker ficou a olhar, horrorizado. A maquilhagem cobria em parte uma barba incipiente. Não era uma rapariga, era um rapaz. Usava um *piercing* de prata no lábio superior, um blusão de couro e não tinha camisa.

— Que porra é que *tu* queres? — perguntou uma voz rouca. O sotaque era de Nova Iorque.

Com a náusea desorientadora de uma queda livre em câmara lenta, Becker olhou para os passageiros que enchiam o autocarro e olhavam para ele. Eram todos *punks*. Pelo menos metade deles tinha cabelos vermelhos, brancos e azuis.

— *Siéntate!* — gritou o motorista.

Becker estava demasiado aturdido para ouvir.

— *Siéntate!* — repetiu o homem, mais alto.

Becker olhou vagamente para o rosto zangado reflectido no retrovisor. Mas tinha esperado demasiado tempo.

Furioso, o condutor travou a fundo. Becker sentiu o peso do corpo mudar. Tentou agarrar as costas de um banco, mas falhou. Por um instante, David Becker voou. E, logo a seguir, bateu no chão.

Na Avenida del Cid, uma figura destacou-se das sombras. O homem ajustou os óculos de aros metálicos e ficou a olhar para o autocarro que se afastava. David Becker tinha escapado, mas não seria por muito tempo. De todos os autocarros de Sevilha, o Sr. Becker acabava de apanhar o famoso número 27.

A carreira 27 tinha apenas um destino.

CAPÍTULO QUARENTA E SEIS

Phil Chartrukian bateu com o auscultador no descanso. A linha de Jabba estava ocupada; Jabba considerava a chamada-em-espera um truque abusivo inventado pela AT&T para aumentar os lucros estabelecendo todas as ligações; a simples frase «Estou a atender outra chamada, já lhe ligo» rendia às companhias telefónicas milhões de dólares anuais. A recusa de utilizar o sistema de chamada-em-espera era a sua maneira de protestar silenciosamente contra a exigência da NSA, que o obrigava a ter sempre consigo um telemóvel de emergência.

Chartrukian voltou-se e olhou para a deserta sala da Cripto. O zumbido dos geradores parecia-lhe mais alto. Sentia que o tempo estava a esgotar-se. Sabia que era suposto ir-se embora, mas, sobrepondo-se à zoada que vinha das profundezas do subsolo, a mantra da Seg-Sis começou a ecoar-lhe na cabeça: *Agir primeiro, explicar depois.*

No volátil mundo da segurança informática, escassos minutos significavam muitas vezes a diferença entre salvar ou perder um sistema. Raras vezes havia tempo para explicar um procedimento defensivo antes de o adoptar. Os salários dos Seg-Sis eram tão justificados pela competência técnica... como pelo instinto.

Agir primeiro, explicar depois. Chartrukian sabia o que tinha de fazer. E também sabia que, quando o pó assentasse, ou seria um herói da NSA, ou um técnico à procura de emprego.

O grande computador decifrador tinha um vírus — disso estava ele cem por cento seguro. Só havia uma linha de acção responsável: desligá-lo.

Chartrukian sabia que havia apenas duas maneiras de desligar o TRANSLTR. Uma era através do terminal pessoal do comandante, que se encontrava trancado à chave no gabinete dele — fora de questão. A outra era o interruptor manual localizado num dos subníveis por baixo do chão da Cripto.

Phil engoliu em seco. Detestava os subníveis. Só lá estivera uma vez, durante o treino. Era como uma coisa tirada de um filme de ficção científica, com os seus longos labirintos de passarelas metálicas, tubos de fréon e uma estonteante queda de 40 metros até aos geradores, lá em baixo...

Era o último lugar aonde lhe apetecia ir, e Strathmore era a última pessoa a quem queria desobedecer, mas o dever era o dever. *Amanhã hão-de agradecer-me,* disse a si mesmo, pedindo aos deuses que fosse verdade.

Chartrukian inspirou fundo e abriu o cacifo metálico reservado aos técnicos superiores da Seg-Sis. Numa prateleira cheia de peças de computadores soltas, escondida atrás de um concentrador de dados e de um verificador de LAN, estava uma caneca de alumínio como o logo da Stanford. Sem tocar no bordo, tirou lá de dentro uma chave *Medeco.*

— É espantoso — resmungou para consigo —, o que os funcionários da Segurança de Sistemas *não* sabem a respeito de segurança.

CAPÍTULO QUARENTA E SETE

— Um código de um bilião de dólares? — exclamou Midge, com um risinho trocista. — Essa é boa.
— Juro — disse ele.
Ela olhou-o de esguelha.
— É bom que isto não seja uma tramóia para me fazer saltar para fora deste vestido.
— Midge, eu nunca... — protestou ele, ofendido.
— Eu sei, Chad. Nem me lembres.
Trinta segundos mais tarde, Midge estava sentada na cadeira de Brinkerhoff a estudar o relatório da Cripto.
— Vês? — disse ele, debruçando-se sobre o ombro dela e apontando para o número em causa. — Este CMD? Mil milhões de dólares!
Midge riu-se.
— Parece um tudo-nada para o caro, não parece?
— É — rosnou ele. — Um tudo-nada.
— Deve ser um dividir-por-zero.
— Um quê?
— Um dividir-por-zero — disse ela, examinando os restantes valores. — O CMD é calculado como uma fracção... a despesa total dividida pelo número de decifrações.
— Claro. — Brinkerhoff assentiu com uma expressão neutra, esforçando-se por não espreitar para o decote dela.
— Quando o denominador é zero — explicou Midge —, o quociente chega ao infinito. Os computadores detestam infinitos, de modo que escrevem noves seguidos. — Apontou para outra coluna. — Estás a ver isto?
— Estou. — Brinkerhoff tornou a concentrar-se no papel.
— É a produção bruta de hoje. Repara no número de decifrações.

NÚMERO DE DECIFRAÇÕES = 0

Midge bateu com o dedo no número.
— Tal como eu suspeitava. Um dividir-por-zero.
Brinkerhoff arqueou as sobrancelhas.
— Então quer dizer que está tudo bem?
Ela encolheu os ombros.
— Quer apenas dizer que hoje não decifrámos nenhum código. O *TRANSLTR* deve estar a tirar uma folga.
— Uma folga? — Brinkerhoff fez um ar de dúvida. Trabalhava com o director havia tempo suficiente para saber que as «folgas» não faziam parte do seu *modus operandi* preferido, particularmente no que respeitava ao *TRANSLTR*. Fontaine pagara dois mil milhões de dólares pelo gigantesco decifrador e exigia receber o valor do seu investimento. Cada segundo que o *TRANSLTR* permanecia ocioso era dinheiro pela pia abaixo.
— Ah... Midge? — disse Brinkerhoff. — O *TRANSLTR* não faz folgas. Funciona noite e dia. Como muito bem sabes.
Mais uma vez, Midge encolheu os ombros.
— Talvez não tenha apetecido ao Strathmore ficar até mais tarde ontem à noite a preparar o trabalho do fim-de-semana. Provavelmente, sabia que o Fontaine estava fora e raspou-se cedo para ir à pesca.
— Vá lá, Midge. — Brinkerhoff lançou-lhe um olhar irritado. — Não sejas injusta.
Não era segredo para ninguém que Midge Milken não gostava de Trevor Strathmore. O comandante tentara uma manobra astuciosa ao reescrever o Skipjack, mas fora apanhado. Por muito boas que tivessem sido as intenções de Strathmore, a NSA pagara um preço elevado. A EFF ganhara força, Fontaine perdera credibilidade junto do Congresso, e, pior que tudo isso, a agência perdera muito do seu anonimato. De repente, havia donas de casa no Minnesota a queixarem-se no *American Online* e no *Prodigy* de que a NSA podia ler-lhes o *e-mail* — como se a NSA se interessasse um chavo por receitas secretas de conserva de inhame.

A argolada de Strathmore saíra cara à NSA, e Midge sentia-se responsável — não porque pudesse ter previsto a jogada do comandante, mas porque, em última análise, fora levada a cabo uma acção não autorizada nas costas do director Fontaine, umas costas que ela tinha a obrigação de proteger. A opção de não interferência de Fontaine tornava-o vulnerável e deixava Midge nervosa. Mas o director aprendera havia muito a delegar e deixar trabalhar quem sabia fazer o seu trabalho; era exactamente assim que lidava com Trevor Strathmore.

— Midge, sabes perfeitamente que Strathmore não anda a preguiçar — argumentou Brinkerhoff. — Gere o TRANSLTR com mão de ferro.

Midge assentiu. No fundo, sabia que acusar Strathmore de falta de diligência era absurdo. O comandante era das pessoas mais dedicadas que conhecia — dedicado até em excesso. Carregava os males do mundo como uma espécie de cruz pessoal. O Skipjack fora um plano seu — uma ousada tentativa de modificar o mundo. Infelizmente, e tal como tantas outras demandas divinas, a cruzada resultara em crucificação.

— *Okay* — admitiu —, estou a ser um pouco dura.

— Um pouco? — Brinkerhoff semicerrou os olhos. — Strathmore tem uma lista de espera com um quilómetro de comprimento. Não vai deixar o TRANSLTR ficar parado um fim-de-semana inteiro.

— Está bem, está bem. — Midge suspirou. — Não tenho razão. — Franziu a testa e perguntou a si mesma que diabo teria impedido o TRANSLTR de decifrar um só código que fosse durante todo o dia.

— Deixa-me verificar uma coisa — disse, e começou a folhear o relatório. Encontrou o que procurava e pôs-se a examinar os números. Instantes depois, anunciou: — Tens razão, Chad. O TRANSLTR tem estado a funcionar a todo o vapor. O gasto de consumíveis está até um pouco para o alto; estamos a mais de meio milhão de kilowatt-hora desde a meia-noite de ontem.

— Então, em que é que ficamos?
Midge estava confusa.
— Não tenho a certeza. É estranho.
— Queres rever os dados?
Midge lançou-lhe um olhar reprovador. Havia duas coisas a respeito de Midge Milken que nunca ninguém questionava. Uma era os dados que fornecia. Brinkerhoff esperou enquanto ela voltava a examinar os números.

— Hum — resmungou Midge, finalmente. — Os valores de ontem são normais: duzentos e trinta e sete códigos decifrados. CMD, oitocentos e setenta e quatro dólares. Tempo médio por código, pouco mais de seis minutos. Gasto de consumíveis, dentro da média. O último código entrou no *TRANSLTR*... — Calou-se.

— O que foi?

— É curioso. O último ficheiro lançado no registo de entradas começou a correr às vinte e três e trinta e sete.

— E então?

— Então, o *TRANSLTR* decifra um código de seis em seis minutos, mais coisa, menos coisa. O último ficheiro do dia corre habitualmente até perto da meia-noite. Não parece... — Midge tornou a calar-se repentinamente e, então, abriu a boca com um ar de espanto.

Brinkerhoff deu um salto.

— O que foi!?

Midge estava a olhar para a folha, incrédula.

— O tal ficheiro? O que entrou no *TRANSLTR* antes da meia-noite?

— Sim?

— Ainda não foi decifrado. A hora de entrada foi vinte e três e trinta e sete zero oito... mas não há indicação do tempo de decifração. — Folheou as páginas. — Nem ontem, *nem* hoje!

Brinkerhoff encolheu os ombros.

— Talvez estejam a correr um diagnóstico dos difíceis.

Midge abanou a cabeça.

— *Dezoito horas?* — Fez uma pausa. — É muito pouco provável. Além disso, o resgisto de entrada diz que é um ficheiro do exterior. O melhor é ligar para o Strathmore.

— Para casa? — Brinkerhoff engoliu em seco. — Num sábado à tarde?

— Não — disse Midge. — Se conheço o Strathmore, ele está em cima disto. Aposto que está cá. É só um palpite. — Os palpites de Midge eram a outra coisa que nunca ninguém questionava. — Anda — disse, pondo-se de pé. — Vamos ver se tenho razão.

Brinkerhoff seguiu-a até ao gabinete dela, onde Midge se sentou e começou a manipular os teclados do Big Brother com a perícia de um mestre organista.

Brinkerhoff olhou para a enorme quantidade de visores de vídeo que cobriam a parede inteira, todos eles ostentado, em imagem parada, o selo da NSA.

— Vais espiar a Cripto? — perguntou, nervoso.

— Não — respondeu Midge. — Quem me dera poder, mas a Cripto tem um estatuto especial. Não há lá câmaras. Nem som. Nada. Ordens do Strathmore. Tudo o que tenho são dados estatísticos e material básico relacionado com o TRANSLTR. E já é uma sorte. Strathmore queria isolamento total, mas Fontaine insistiu nos dados básicos.

Brinkerhoff parecia intrigado.

— Não há câmaras na Cripto?

— Porquê? — perguntou ela, sem desviar os olhos do monitor. — Tu e a Carmen andam à procura de um pouco mais de privacidade?

Brinkerhoff resmungou qualquer coisa ininteligível.

Midge premiu mais algumas teclas.

— Estou a chamar o registo do elevador do Strathmore. — Estudou o monitor por um instante e então bateu com os nós dos dedos no tampo da secretária. — Está lá — disse, num tom de certeza. — Está na Cripto neste preciso instante. Olha para isto. Por falar em fazer horas extraordinárias... entrou ontem de manhã, bem cedo, e o elevador não voltou a mexer-se desde então. Também não tenho registo de uso do cartão na porta principal. Portanto está lá, sem a mínima dúvida.

Brinkerhoff deixou escapar um pequeno suspiro de alívio.

— Então, se Strathmore está lá, isso significa que está tudo bem, certo?

Midge pensou por um instante.

— Talvez — decidiu, finalmente.

— Talvez?

— É melhor ligar para ele, para termos a certeza.

Brinkerhoff gemeu.

— Midge, ele é o director-adjunto. Estou certo de que tem tudo sob controlo. Não nos vamos deitar a adivinhar...

— Ah, vá lá, Chad... não sejas tão criança. Estamos apenas a fazer o nosso trabalho. Encontrámos uma incongruência nos dados e decidimos investigar. Além disso — acrescentou —, gosto de mostrar ao

Strathmore que o Big Brother está atento. Fá-lo pensar duas vezes antes que se ponha a inventar mais truques malucos para salvar o mundo.
— Midge pegou no telefone e começou a marcar.

Brinkerhoff parecia pouco à vontade.

— Achas mesmo que deves incomodá-lo?

— Não sou eu que vou incomodá-lo — disse Midge, atirando-lhe o auscultador para as mãos. — És *tu*.

CAPÍTULO QUARENTA E OITO

— O quê? — excamou Midge, incrédula. — Strathmore diz que os nossos dados estão errados?

Brinkerhoff assentiu e pousou o ascultador.

— Strahmore *negou* que o TRANSLTR está emperrado com um ficheiro há dezoito horas?

— Até foi bastante simpático. — Brinkerhoff sorriu, satisfeito consigo mesmo por ter sobrevivido ao telefonema. — Garantiu-me que o TRANSLTR está a funcionar perfeitamente. Disse-me que continua a decifrar um novo código de seis em seis minutos, como sempre. Agradeceu-me por lhe ter ligado.

— Está a mentir — declarou Midge. — Há dois anos que trabalho nas estatísticas da Cripto. Os meus números nunca estiveram errados.

— Há uma primeira vez para tudo — disse ele, descontraído.

Midge fulminou-o com o olhar.

— Verifico *sempre* os dados *duas vezes*!

— Bem, sabes o que se diz a respeito dos computadores. Quando se enganam, ao menos são consistentes.

Midge voltou-se para ele.

— Isto não tem graça, Chad. O DAO mentiu descaradamente ao gabinete do director. E eu quero saber porquê!

Subitamente, Brinkerhoff desejou não a ter chamado de volta. O telefonema para Strathmore fizera-a disparar. Desde aquela história do Skipjack, sempre que tinha a sensação de que estava a passar-se alguma coisa de suspeito, Midge fazia uma bizarra transição de coquete para fanática. E não havia maneira de a travar até que tudo ficasse esclarecido.

— Midge, *é* possível que os nossos dados estejam engatados — disse Brinkerhoff, firmemente. — Quer dizer, pensa bem... um ficheiro emperra o *TRANSLTR* durante dezoito horas? Nunca se ouviu semelhante coisa. Vai para casa. É tarde.

Ela lançou-lhe um olhar altivo e atirou o relatório para cima da mesa.

— Confio nestes dados. O instinto diz-me que estão certos.

Brinkerhoff franziu a testa. Já nem sequer o director questionava os instintos de Midge — ela tinha o estranho hábito de ter sempre razão.

— Alguma coisa se passa — declarou Midge. — E eu tenciono descobrir o que é.

CAPÍTULO QUARENTA E NOVE

Becker levantou-se com dificuldade do chão do autocarro e deixou-se cair num lugar desocupado.

— Essa foi boa, ó totó — troçou o rapazola dos três bicos. Becker semicerrou os olhos à luz crua da iluminação interior. Era o mesmo que tanto o fizera correr para apanhar o autocarro. Estudou sombriamente o mar de cabeleiras vermelhas, brancas e azuis.

— O que é que têm os vossos cabelos? — gemeu, apontando para os outros. — São todos...

— Vermelho, branco e azul? — ajudou o miúdo.

Becker assentiu, fazendo um esforço para não fixar a perfuração infectada que o rapaz tinha no lábio superior.

— Judas Taboo — disse o jovem, com toda a naturalidade.

Becker fez um ar de confusão.

O *punk* cuspiu para a coxia, claramente enojado pela ignorância do homem.

— Judas Taboo? O maior *punk* depois de Sid Vicious? Rebentou os miolos faz hoje um ano. No dia do seu próprio aniversário.

Becker assentiu vagamente. Via-se que não estava a perceber a ligação.

— O Taboo tinha os cabelos pintados assim no dia em que bazou. — O miúdo voltou a cuspir. — Hoje, não há fã que valha o seu peso em mijo que não tenha os cabelos pintados de vermelho, azul e branco.

Becker ficou calado durante um longo momento. Lentamente, como se tivesse sido atingido por um dardo tranquilizante, voltou-se para a frente.

Becker estudou o grupo que enchia o autocarro. Eram todos *punks*, do primeiro ao último. A maior parte estava a olhar para ele.

Hoje, todos os fãs têm o cabelo pintado de encarnado, azul e branco.

Ergueu o braço e puxou o cordão que accionava o sinal de paragem. Era tempo de sair dali. Voltou a puxar o cordão. Nada aconteceu. Puxou pela terceira vez, com mais força. Nada.

— Desligam o sinal na carreira vinte e sete. — O rapaz cuspiu novamente para o chão. — Para que a gente não lhes dê cabo dos cornos.

Becker voltou-se.

— Quer dizer que não posso sair?

O rapaz riu-se.

— Só no fim da viagem.

Passados cinco minutos, o autocarro seguia a boa velocidade por uma estrada rural espanhola sem iluminação. Becker voltou-se para o miúdo sentado atrás de si.

— Esta coisa nunca mais pára?

O rapaz assentiu.

— Mais uns quilómetros.

— Para onde vamos?

O rosto do rapaz rasgou-se num súbito sorriso.

— Quer dizer que não sabes?

Becker encolheu os ombros.

O rapaz pôs-se a rir histericamente.

— C'um caraças. Vais adorar.

CAPÍTULO CINQUENTA

A escassos metros de distância do casco do TRANSLTR, Phil Chartrukian pisava um conjunto de letras pintadas a branco no chão da sala da Cripto:

SUBNÍVEIS DO DEP. CRIPTO
SÓ PESSOAL AUTORIZADO

Chartrukian sabia que *não* fazia, definitivamente, parte do pessoal autorizado. Lançou um rápido olhar ao gabinete de Strathmore. As cortinas continuavam corridas. Tinha visto Susan Fletcher dirigir-se às casas de banho, de modo que não contava com problemas desse lado. O único obstáculo que restava era Hale. Olhou na direcção do Módulo 3, perguntando a si mesmo se o criptógrafo estaria a observá-lo.
— Que se lixe! — resmungou.
Por baixo dos pés dele, o contorno do alçapão era quase invisível. Pegou na chave que tinha tirado do laboratório da Seg-Sis.
Ajoelhou-se, inseriu a chave no chão e rodou-a. Do outro lado, o trinco fez um clique. Chartrukian desenroscou a grande lingueta circular exterior e libertou a porta. Espreitando uma última vez por cima do ombro, agachou-se e puxou. O painel era pequeno, noventa centímetros por noventa, mas era pesado. Quando finalmente se abriu, Phil caiu para trás.
Um jacto de ar quente atingiu-o na cara. Trazia consigo a seca mordedura do gás fréon. Nuvens de vapor evolaram-se da abertura, iluminadas pelas luzes vermelhas lá de baixo. O zumbido distante dos geradores tornou-se um rugido. Chartrukian pôs-se de pé e espreitou pela abertura. Parecia mais a porta do Inferno que a entrada de serviço de um computador. Uma estreita escada conduzia a uma plataforma

no subsolo. Para lá dela, havia mais escadas, mas tudo o que conseguia ver era os rodopiantes novelos de névoa avermelhada.

Greg Hale estava de pé junto à parede de vidro especial do Módulo 3. Viu Phil Chartrukian descer a escada que dava acesso aos subníveis. De onde estava, foi como se a cabeça do jovem técnico tivesse sido separada do tronco e jazesse pousada no chão da sala da Cripto. Então, também ela desapareceu no meio das volutas de vapor.

— Jogada arriscada — murmurou Hale. Sabia aonde Chartrukian se dirigia. Desligar manualmente o *TRANSLTR* era a única acção lógica para quem estava convencido de que o computador tinha um vírus. Infelizmente, era também uma maneira garantida de ter um enxame de Seg-Sis a invadir a sala da Cripto dentro de dez minutos. As acções de emergência faziam disparar sinais de alarme na central de comando. Uma investigação da Cripto pelos técnicos da Seg-Sis era algo que Hale não podia permitir. Saiu do Módulo 3 e dirigiu-se ao alçapão. Chartrukian tinha de ser travado.

CAPÍTULO CINQUENTA E UM

Jabba assemelhava-se a um gigantesco girino. A exemplo da personagem do cinema que lhe dera a alcunha, o homem era um esferóide completamente glabro. Qual guardião residente de todos os sistemas informáticos da NSA, Jabba andava de departamento em departamento, afinando, soldando e reafirmando o seu credo de que a prevenção era o melhor remédio. Nunca um computador da NSA fora infectado sob o reinado de Jabba; e ele estava firmemente decidido a certificar-se de que assim continuaria a ser.

A base principal de Jabba era um posto de trabalho sobrelevado com vista para a ultra-secreta base de dados subterrânea da NSA. Era ali que um vírus causaria mais estragos e era ali que ele passava a maior parte do seu tempo. De momento, porém, estava a tirar uma folga e a saborear *calzones pepperoni* no restaurante da NSA, aberto vinte e quatro horas por dia. Preparava-se para atacar o terceiro quando o telemóvel tocou.

— Sim — disse, tossindo enquanto engolia o que tinha na boca.

— Jabba — disse uma suave voz de mulher. — Fala a Midge.

— A Rainha dos Dados! — exclamou a montanhosa criatura, com um grande sorriso de satisfação. Sempre tivera um fraquinho por Midge Milken. Era esperta e era também a única mulher que Jabba conhecia que tinha uma atitude coquete para com ele. — Que diabo é feito de ti?

— Não tenho razões de queixa.

Jabba limpou a boca.

— Estás por cá?

— Estou.

— Não queres acompanhar-me num *calzone*?

— Adorava, Jabba, mas tenho de vigiar estas ancas.

— Palavra? — Jabba riu-se. — Importas-te que te faça companhia?
— Seu mau.
— Nem imaginas...
— Ainda bem que te apanhei — disse ela. — Preciso de um conselho.
Jabba bebeu um longo trago de *Dr Pepper*.
— Força.
— É capaz de não ser nada, mas os números da Cripto mostram uma coisa estranha. Talvez tu consigas perceber.
— O que é que tens? — Jabba bebeu novo golo.
— Tenho um relatório a dizer que o TRANSLTR anda às voltas com o mesmo ficheiro há dezoito horas e ainda não conseguiu abri-lo.
Jabba cuspiu um jacto de *Dr Pepper* para cima do *calzone*.
— Tens *o quê?*
— Alguma ideia?
Jabba limpou o *calzone* com o guardanapo.
— Que relatório é esse?
— Relatório de produção. Análise de custos e coisas assim. — Midge explicou rapidamente o que ela e Brinkerhoff tinham descoberto.
— Já falaram com Strathmore?
— Já. Diz que está tudo bem na Cripto. Diz que o TRANSLTR está a trabalhar a todo o vapor. Diz que os nossos números estão errados.
Jabba franziu a bulbosa testa.
— Então, qual é o problema? O voso relatório está engatado. — Midge não respondeu. E Jabba percebeu a dica. Voltou a franzir a testa. — Não acreditas que o relatório esteja engatado?
— Correcto.
— Portanto, achas que Strathmore está a mentir?
— Não é isso — disse Midge, diplomaticamente, sabendo que pisava terreno movediço. — É só que as minhas estatísticas nunca saíram erradas. Achei que seria melhor ter uma segunda opinião.
— Bem — respondeu Jabba —, detesto ter de ser eu a dar-te a novidade, mas os teus números estão furados.
— Achas que sim?
— Apostava o meu lugar. — Jabba deu uma dentada no empapado *calzone* e falou com a boca cheia. — O mais que um ficheiro durou

dentro do TRANSLTR foi três horas. Incluindo diagnósticos, buscas-limite e tudo o mais. A única coisa capaz de emperrá-lo durante dezoito horas teria de ser viral. Nada mais o conseguiria.

— Viral?

— Sim, uma espécie de ciclo redundante. Qualquer coisa que entrasse nos processadores, criasse um *loop* e basicamente entupisse a máquina.

— Bem — insinuou ela —, Strathmore está na Cripto há trinta e seis horas seguidas. Alguma hipótese de estar a combater um vírus?

Jabba riu-se.

— Strathmore está lá há trinta e seis horas? Pobre filho da mãe. Provavelmente, a mulher proibiu-o de entrar em casa. Ouvi dizer que se está a preparar para lhe pôr as malas à porta.

Midge pensou por um instante. Também ela ouvira aquele rumor. Perguntou-se se não estaria a ficar paranóica.

— Midge — ofegou Jabba, e bebeu mais um longo trago de *Dr. Pepper* —, se o brinquedo de Strathmore tivesse um vírus, ele ter-me-ia chamado. Strathmore é esperto, mas não sabe um corno a respeito de vírus. O TRANSLTR é tudo o que ele tem. Ao primeiro sinal de sarilhos, carregava no botão de alarme... e, cá por estas bandas, isso significa *eu*. — Chupou uma comprida tira de *mozzarella*. — Além disso, é completamente impossível o TRANSLTR ter um vírus. O Crivo é o melhor pacote de filtros que alguma vez escrevi. Não deixa passar nada.

Ao cabo de um longo silêncio, Midge suspirou.

— Mais alguma ideia?

— Sim. Os teus dados estão engatados.

— Já tinhas dito essa.

— Exactamente.

Ela franziu a testa.

— Não ouviste falar de nada? Absolutamente nada?

Jabba riu roucamente.

— Midge... escuta. O Skipjack já foi. Strathmore meteu a pata. Mas parte para outra... acabou-se. — Houve um longo silêncio na linha e Jabba percebeu que tinha ido demasiado longe. — Desculpa, Midge. Eu sei que levaste aquela história muito a sério. Strathmore fez mal. Eu sei o que pensas dele.

— Isto não tem nada a ver com o Skipjack — disse ela, firmemente.

Pois, está bem, pensou Jabba.

— Ouve, Midge. Não gosto nem desgosto de Strathmore. Quer dizer, o tipo é criptógrafo. Que são todos, basicamente, uns chatos egocêntricos. Precisam sempre dos dados para ontem. Cada raio de ficheiro é aquele que pode salvar o mundo.

— O que é que estás então a dizer?

Jabba suspirou.

— Estou a dizer que Strathmore é marado, como todos os outros. Mas também estou a dizer que gosta mais do *TRANSLTR* que da mulher. Se houvesse algum problema, tinha-me chamado.

Midge ficou calada por muito tempo. Finalmente, deixou escapar um relutante suspiro.

— Dizes estão que os meus dados estão engatados?

Jabba riu-se.

— Há aqui um eco?

Midge riu também.

— Escuta, Midge. Manda-me uma folha de obra. Passo por aí na segunda-feira e dou uma vista de olhos à tua máquina. Entretanto, sai-me daqui para fora. É sábado à noite. Vai dar uma queca ou coisa assim.

Ela suspirou.

— Eu bem tento, Jabba. Podes crer, bem tento.

CAPÍTULO CINQUENTA E DOIS

O Club Embrujo ficava situado nos subúrbios, no final da linha da carreira 27. Parecendo mais uma fortaleza que uma discoteca, era rodeado por todos os lados por um alto muro estucado onde tinham sido espetados cacos de garrafas de cerveja — um grosseiro sistema de segurança destinado a impedir que alguém entrasse ilegalmente sem deixar uma boa porção de carne na empresa.

Durante a viagem até ali, Becker resignara-se ao facto de ter falhado. Era tempo de telefonar a Strathmore para lhe dar as más notícias: a busca tinha fracassado. Fizera o melhor que pudera; agora chegara a altura de regressar casa.

Naquele momento, porém, ao ver a turba de clientes acotovelar-se à entrada do clube, não teve tanto a certeza de que a consciência lhe permitisse desistir da busca. Estava a olhar para a maior congregação de *punks* que alguma vez vira; havia cabelos pintados de vermelho, azul e branco por todo o lado.

Suspirou, considerando as suas opções. Passou os olhos pela multidão e encolheu os ombros. *Em que outro sítio poderia ela estar num sábado à noite?* Amaldiçoando a sua boa sorte, apeou-se do autocarro.

O acesso ao Club Embrujo era um estreito corredor de pedra. Mal entrou nele, Becker viu-se arrastado por um fluxo imparável de clientes ansiosos.

— Sai da frente, ó bichona! — Um rapaz que mais parecia uma pregadeira passou por ele, dando-lhe uma cotovelada nas costelas.

— Que bela gravata. — Alguém puxou com força pela gravata de Becker.

— Queres uma foda? — perguntou uma adolescente que parecia saída directamente de *A Noite dos Mortos-Vivos*.

A escuridão do corredor desembocou numa enorme sala de cimento que fedia a álcool e a odores corporais. O cenário era surrealista: uma funda caverna onde centenas de corpos se moviam em uníssono. Erguiam-se e baixavam-se, com as mãos firmemente coladas aos lados do corpo, a cabeça a oscilar como lâmpadas apagadas na ponta de espinhas rígidas. Almas enlouquecidas mergulhavam do alto de um palco e caíam num mar de membros humanos. Os corpos eram passados de mão em mão, como bolas de praia. No tecto, o pulsar das luzes estroboscópicas conferia a tudo aquilo o aspecto de um velho filme mudo.

Na parede mais distante, colunas do tamanho de pequenas carrinhas vibravam tão profundamente que nem mesmo os dançarinos mais dedicados conseguiam aproximar-se a menos de dez metros dos aturdidores *woofers*.

Becker tapou os ouvidos e examinou a multidão. Para onde quer que olhasse, só via cabeças pintadas de vermelho, branco e azul. Os corpos estavam tão apertados uns contra os outros que não conseguia distinguir o que vestiam. Mas não viu em parte alguma nada que se parecesse com uma bandeira britânica. Era claro que nunca conseguiria meter-se no meio da turba sem ser espezinhado. Alguém começou a vomitar, ali perto.

Que delícia! Becker gemeu baixo. Começou a deslocar-se ao longo da parede, pintada a *spray*.

A sala afunilava até se transformar num túnel de paredes espelhadas que abria para um pátio onde havia mesas e cadeiras. O pátio estava cheio de *punks*, mas, aos olhos de Becker, pareceu a entrada para o Shangri-La: o céu aberto por cima da cabeça e a música infernal abafada pela distância.

Avançou pelo meio da multidão, ignorando os olhares curiosos. Desapertou a gravata e deixou-se cair numa cadeira, na primeira mesa desocupada que encontrou. Pareceu-lhe que tinha decorrido uma vida inteira desde que Strathmore lhe telefonara naquela manhã.

Depois de ter transferido para o chão as garrafas de cerveja, pousou a cabeça nas mãos. *Só por uns instantes,* pensou.

A oito quilómetros dali, o homem dos óculos de aros metálicos, instalado no banco traseiro de um táxi *Fiat*, percorria a boa velocidade uma estrada rural.

— Embrujo — rosnou, recordando ao condutor o seu destino.

O condutor assentiu, observando o seu curioso passageiro pelo retrovisor.

— Embrujo — murmurou para si mesmo. — Loucura garantida todas as noites.

CAPÍTULO CINQUENTA E TRÊS

Tokugen Numataka estava estendido, nu, na mesa de massagens, no seu gabinete no último andar da torre. A massagista pessoal trabalhava nos músculos enodados junto à base do pescoço. Comprimia as palmas das mãos contras as bolsas de carne à volta das omoplatas, descendo lentamente em direcção à toalha que cobria os rins. As mãos desceram um pouco mais... por baixo da toalha. Numataka mal deu por isso. Os seus pensamentos andavam por longe. Estivera à espera de que o seu telefone privado tocasse. Mas não tocara.

Alguém bateu à porta.

— Entre — rosnou Numataka.

A massagista retirou rapidamente as mãos de baixo da toalha. A telefonista entrou e fez uma vénia.

— Honorável presidente?

— Fale.

A telefonista fez nova vénia.

— Falei com a companhia telefónica. A chamada original veio... dos Estados Unidos.

Numataka assentiu. Eram boas notícias. *A chamada veio dos Estados Unidos.* Sorriu. *Era genuína.*

— De onde, nos Estados Unidos? — perguntou.

— Ainda estão a tentar descobrir, senhor.

— Muito bem. Diga-me quando tiver mais alguma coisa.

A telefonista inclinou-se e saiu.

Numataka sentiu-se relaxar. Dos Estados Unidos. Boas notícias, sem dúvida.

CAPÍTULO CINQUENTA E QUATRO

Susan Fletcher andava de um lado para o outro, impaciente, na casa de banho da Cripto, contando lentamente até cinquenta. Tinha a cabeça a latejar. *Só mais um pouco,* disse para si mesma. *Hale é o North Dakota.*

Perguntou-se o que estaria Hale a planear. Iria divulgar a chave? Tornar-se-ia ganancioso e tentaria vender o algoritmo? Não conseguia esperar mais. Era tempo. Tinha de falar com Strathmore.

Cautelosamente, entreabriu a porta e espreitou para a parede do Módulo 3, no extremo oposto da sala da Cripto. Não tinha meio de saber se Hale estava ou não a vigiar. Ia ter de se deslocar rapidamente até ao gabinete do comandante. Mas não demasiado rapidamente, claro... não podia permitir que Hale suspeitasse de que o desmascarara. Preparava-se para abrir a porta quando ouviu qualquer coisa. Vozes. Vozes de homem.

As vozes vinham da grelha de ventilação perto do soalho. Susan largou a porta e aproximou-se. As palavras chegavam-lhe abafadas pelo zumbido monótono dos geradores, lá em baixo. A conversa parecia decorrer numa das passarelas inferiores. Uma das vozes era aguda, irritada. Phil Chartrukian?

— Não acredita em mim?

Seguiu-se o som de mais discussão.

— Temos um vírus!

Depois, a mesma voz gritou:

— Temos de chamar o Jabba!

Ruídos de luta.

— Largue-me!

O som que se seguiu foi quase inumano. Um longo uivo de horror, como um animal torturado à beira da morte. Susan ficou petrificada junto à grelha de ventilação. O ruído cessou tão bruscamente como tinha começado. Fez-se silêncio.

No instante seguinte, tal como numa cena coreografada para um filme de terror de baixo orçamento, as luzes da casa de banho diminuíram lentamente de intensidade. E então apagaram-se. Susan Fletcher deu por si envolta na mais opaca escuridão.

CAPÍTULO CINQUENTA E CINCO

— 'tás sentado no meu lugar, ó cara de cu!

Becker ergueu a cabeça das mãos. *Será que ninguém fala espanhol neste maldito país?*

Um jovem de pequena estatura, com a cara cheia de borbulhas e a cabeça rapada, fixava nele um olhar zangado. Tinha metade do couro cabeludo pintada de vermelho e a outra metade de púrpura. Parecia um ovo de Páscoa.

— Eu disse que 'tás sentado no meu lugar, ó cara de cu!

— Ouvi-te da primeira vez — respondeu Becker, pondo-se de pé. Não estava com disposição para lutas. Eram horas de ir.

— Onde é que puseste as minhas garrafas? — rosnou o rapaz. Tinha um alfinete-de-ama atravessado no nariz.

Becker apontou para as garrafas que pusera no chão.

— Estavam vazias.

— Eram a porra das *minhas* garrafas vazias!

— As minhas desculpas — disse Becker, e voltou-se para se ir embora.

O *punk* barrou-lhe a passagem.

— Volta a pô-las onde 'tavam!

Becker pestanejou, nada divertido.

— Estás a brincar, não estás? — Era trinta centímetros mais alto e vinte e cinco quilos mais pesado que o garoto.

— Ouve lá, 'tou com cara de quem 'tá a brincar?

Becker não disse nada.

— Volta a pô-las onde 'tavam! — gritou o rapaz.

Becker tentou contorná-lo, mas o *punk* voltou a impedir-lhe a passagem.

— Porra, já te disse pra as pores onde 'tavam!

Os *punks* pedrados das mesas mais próximas começavam a voltar-se para ver o que se passava.

— Olha que não queres fazer isto, miúdo — disse Becker, num tom muito calmo.

— 'tou-te a avisar! — ameaçou o rapaz. — Esta é a minha mesa! Venho cá todas as noites! Agora *volta a pôr as garrafas onde 'tavam*!

A paciência de Becker esgotou-se. Não era suposto estar nas Smokies com Susan? Que estava ele a fazer em Espanha, a discutir com um adolescente psicótico?

Sem aviso, agarrou o rapaz por baixo dos braços, ergueu-o no ar e sentou-o com força em cima da mesa.

— Ouve lá, meu ranhoso. Ou te calas neste instante ou arranco-te esse alfinete do nariz e fecho-te a boca com ele.

O rapaz pôs-se muito pálido.

Becker continuou a agarrá-lo por um instante e, então, largou-o. Sem tirar os olhos do assustado garoto, inclinou-se, pegou nas garrafas e voltou a pô-las em cima da mesa.

— Como é que se diz? — perguntou.

O miúdo estava sem fala.

— Não tens de quê — continuou Becker. *Este estafermo é um cartaz ambulante a favor do controlo de natalidade.*

— Vai para o inferno! — berrou o rapaz, agora consciente de que os seus pares se estavam a rir dele. — Cara de cu!

Becker não se mexeu. Acabava de recordar qualquer coisa que o rapaz dissera. *Venho cá todas as noites.* Talvez pudesse ajudá-lo.

— Desculpa — disse —, não percebi o teu nome.

— Two-Tone — sibilou o *punk*, como se estivesse a pronunciar uma sentença de morte.

— Two-Tone? Dois tons? — murmurou Becker. — Deixa-me adivinhar... por causa do cabelo?

— Boa, Sherlock.

— Um nome giro. Foste tu que o inventaste?

— Podes apostar — confirmou o rapaz, orgulhoso. — E vou *patenteá-lo*.

Becker franziu a testa.

— Queres dizer... *registá-lo como marca*?

O rapaz fez um ar confuso.

— No caso de um nome, deve-se fazer uma marca registada — explicou Becker. — Não uma patente.

— Seja lá o que for! — gritou o miúdo, exasperado.

Entretanto, o variegado público de miúdos meio bêbedos e drogados nas mesas próximas atingira um estado próximo da hilaridade frenética. Two-Tone desceu da mesa e lançou um olhar assassino a Becker.

— Que merda é que queres de mim?

Becker pensou por um instante. *O que quero é que laves a cabeça, deixes de dizer palavrões e arranjes um emprego.* Mas pensou que talvez fosse pedir demasiado num primeiro encontro.

— Preciso de informações — disse.

— Vai-te foder!

— Procuro uma pessoa.

— Não o vi.

Becker ignorou a resposta. Chamou uma empregada que passava com uma bandeja carregada de garrafas, comprou duas cervejas *Aguila* e entregou uma a Two-Tone. O rapaz pareceu chocado. Bebeu um golo de cerveja e olhou para ele, desconfiado.

— 'tás a tentar engatar-me, pá?

Becker sorriu.

— Procuro uma rapariga.

Two-Tone riu histericamente.

— Vestido dessa maneira, podes crer que não vais ter sorte nenhuma!

Becker franziu o sobrolho.

— Só quero falar com ela. Talvez tu possas ajudar-me a encontrá-la.

Two-Tone pousou a garrafa de cerveja.

— És da bófia?

Becker abanou a cabeça.

O rapaz semicerrou os olhos.

— Tens ar de chui.

— Miúdo, eu sou de Maryland. Se fosse um chui, estaria um pouco fora da minha jurisdição, não achas?

A pergunta pareceu deixar o rapaz engasgado.

— Chamo-me David Becker. — Becker sorriu e estendeu a mão por cima da mesa.

O rapaz encolheu-se, enojado.
— Tira lá a pata, paneleiro.
Becker retirou a mão.
— Eu ajudo-te — disse o *punk*, com um sorriso trocista —, mas vai custar-te.
Becker decidiu entrar no jogo.
— Quanto?
— Cem dólares.
Becker franziu a testa.
— Só tenho pesetas.
— Não importa. Cem pesetas, então.
Lidar com câmbios não era, obviamente, um dos pontos fortes de Two-Tone; cem pesetas correspondia aproximadamente a oitenta e sete cêntimos.
— Negócio fechado — disse Becker, batendo com a garrafa no tampo da mesa.
— Negócio fechado — disse o garoto, sorrindo pela primeira vez.
— *Okay* — continuou Becker, num tom conspirativo. — Acho que a rapariga que procuro é capaz de estar aqui. Tem cabelos vermelhos, brancos e azuis.
Two-Tone bufou desdenhosamente.
— É o aniversário de Judas Taboo. Toda a gente tem...
— Veste uma *T-shirt* com a bandeira inglesa e usa um brinco em forma de caveira.
Uma vaga expressão de reconhecimento perpassou pelo rosto de Two-Tone. Becker detectou-a e sentiu renascer a esperança. Mas, no instante seguinte, a expressão do rapaz endureceu. Bateu com a garrafa na mesa, estendeu a mão e agarrou o peitilho da camisa de Becker.
— É a miúda do Eduardo, meu cara de cu! Eu cá tinha muito cuidado, se fosse a ti! Se lhe tocas, ele mata-te!

CAPÍTULO CINQUENTA E SEIS

Midge Milken entrou, furiosa, na sala de reuniões, que ficava exactamente em frente do seu gabinete. Além da mesa de mogno com seis metros e meio de comprimento e o selo da NSA embutido no tampo numa ensambladura de cerejeira preta e carvalho, a sala de reuniões continha três aguarelas de Marion Pike, um feto de Boston envasado, um bar com tampo de mármore e, claro, o obrigatório refrigerador de água mineral *Sparkletts*. Midge encheu um copo, na esperança de que lhe acalmasse os nervos.

Enquanto beberricava o líquido, olhou pela a janela. O luar entrava através das barras da persiana e desenhava tiras de luz no tampo da mesa. Midge sempre achara que aquela sala daria um gabinete de direcção muito mais agradável do que aquele que Fontaine ocupava, na parte da frente do edifício. Em vez de dar para o parque de estacionamento da NSA, a sala de reuniões beneficiava de uma magnífica vista para o imponente conjunto de construções anexas... incluindo a cúpula da Cripto, uma ilha de alta tecnologia isolada no meio de hectare e meio de terreno cheio de árvores. Deliberadamente protegido por um biombo natural de áceres, o edifício da Cripto dificilmente se avistava da maior parte das janelas do complexo da NSA, mas a *suite* directiva tinha o privilégio de uma perspectiva sem obstáculos. Aos olhos de Midge, a sala de reuniões era o local perfeito para um rei contemplar os seus domínios. Sugerira mais de uma vez a Fontaine que mudasse para ali o seu gabinete, mas o director limitara-se a dizer: «Nas traseiras, não.» Fontaine não era homem para ser encontrado nas traseiras fosse do que fosse.

Midge afastou as persianas. Olhou para as colinas. Com um pesado suspiro, deixou os olhos derivarem para a cúpula da Cripto. Sentia-se sempre reconfortada pela visão do edifício: um farol brilhante, fosse a que horas fosse. Mas naquela noite, quando olhou, não houve conforto. Em lugar disso, deu por si a fixar o vazio. Colou a cara ao vidro, sentindo-se invadida por um pânico louco, infantil. Lá fora, havia apenas escuridão. A cúpula da Cripto tinha desaparecido.

CAPÍTULO CINQUENTA E SETE

As casas de banho da Cripto não tinham janelas e a escuridão era total. Susan ficou muito quieta por um instante, tentando orientar-se, vividamente consciente da crescente sensação de pânico que a invadia. O horrível grito que saíra da grelha de ventilação parecia pairar à sua volta. Apesar de todos os seus esforços para combater o medo, o terror apoderou-se dela e assumiu o controlo.

Num frenesi de movimentos involuntários, Susan deu por si a procurar às apalpadelas um caminho por entre as portas dos reservados e os lavatórios. Desorientada, rodava pela escuridão, com as mãos estendidas à frente do corpo, a tentar visualizar o espaço onde se encontrava. Derrubou um caixote do lixo e chocou contra uma parede de azulejos. Seguindo a parede com uma mão, avançou aos tropeções até à saída e procurou freneticamente o fecho da porta. Abriu-a com um sacão e saiu a cambalear para a sala da Cripto.

Aí, imobilizou-se pela segunda vez.

A sala da Cripto pareceu-lhe completamente diferente do que fora momentos antes. O *TRANSLTR* era uma silhueta cinzenta contra a luz crepuscular que entrava através da cúpula. Todas as luzes superiores estavam apagadas. Nem sequer os painéis das fechaduras electrónicas brilhavam.

À medida que os seus olhos se iam adaptando à escuridão, viu que a única luz vinha de um alçapão aberto no chão — um débil clarão avermelhado emitido pelas luzes de serviço lá em baixo. Avançou para lá. Havia um ligeiro cheiro a ozono no ar.

Quando chegou junto do alçapão, espreitou para a abertura. Os ventiladores de fréon continuavam a vomitar enovelados rolos de névoa para o ambiente avermelhado e, pelo zumbido mais agudo dos geradores, Susan soube que a Cripto estava a ser alimentada pela corrente

de emergência. Através da névoa, distinguiu a figura de Strathmore de pé na plataforma, lá em baixo. Estava debruçado por cima do corrimão, a olhar para as profundezas do poço do TRANSLTR.
— Comandante!
Não obteve resposta.
Susan foi devagar até à escada. O ar quente que vinha de baixo enfunou-lhe a saia. Os degraus estavam escorregadios, devido à condensação. Susan desceu até à plataforma metálica.
— Comandante!
Strathmore não se voltou. Continuava a olhar para baixo com uma expressão vazia de choque, como que em transe. Susan seguiu-lhe a direcção do olhar por cima do corrimão. De início, nada distinguiu, excepto fiapos de névoa. Então, repentinamente, viu. Uma figura. Seis pisos mais abaixo. Surgiu por um breve instante, entre as baforadas de vapor. Lá estava, outra vez. Um emaranhado de membros retorcidos. Trinta metros abaixo deles, Phil Chartrukian jazia tombado sobre as aguçadas pás da turbina do gerador princpal. O corpo estava escuro e queimado. A queda provocara um curto-circuito na principal fonte de energia da Cripto.

A imagem mais arrepiante não era, porém, a de Chartrukian, mas sim a de outra pessoa, outro corpo, na escada, a meio caminho do fundo, agachado, escondido nas sombras. Musculoso, grande, inconfundível. Era Greg Hale.

CAPÍTULO CINQUENTA E OITO

— A Megan é do meu amigo Eduardo! — gritou o *punk* a Becker. — Não te aproximes dela!

— Onde está ela? — O coração de Becker batia descompassadamente.

— Vai-te foder!

— É uma emergência! — Becker agarrou a manga do rapaz. — Ela tem um anel que me pertence. Estou disposto a pagar-lhe por ele. Muito!

Two-Tone calou-se de repente e pôs-se a rir histericamente.

— Estás a dizer que aquela merda daquela coisa de ouro feia como o caraças é tua?

Becker abriu muito os olhos.

— Viste-o?

Two-Tone assentiu, matreiro.

— Onde está?

— Não faço ideia. — Two-Tone riu-se. — A Megan andava a tentar pô-lo no prego.

— Estava a tentar *vendê-lo*?

— Não te preocupes, pá, não teve sorte nenhuma. Tens cá uma merda de um gosto em matéria de jóias.

— Tens a certeza de que ninguém o comprou?

— 'tás a reinar? Por quatrocentos dólares? Ofereci-lhe cinquenta, mas ela queria mais. Queria comprar um bilhete de avião. Sem data.

Becker sentiu o sangue fugir-lhe do rosto.

— Para onde?

— Para a merda do Connecticut — cuspiu Two-Tone.

— Connecticut?

— Merda, sim. Quer voltar para a mansão da Mamã e do Papá nos subúrbios. Detestou a família de acolhimento aqui em Espanha. Três irmãos sempre a tentarem saltar-lhe para a cueca. E não havia porra de água quente.

Becker sentiu um nó apertar-lhe a garganta.

— Quando é que ela parte?

Two-Tone olhou para ele.

— Parte? — riu-se. — Já partiu há muito. Foi para o aeroporto há horas. Não há melhor sítio pra vender o anel... turistas ricos, e essa merda. Disse que se punha na alheta logo que conseguisse a massa.

Uma onda de náusea encheu o estômago de Becker. *Isto é alguma piada de mau gosto, não é?* Ficou de pé, imóvel, por um longo instante.

— Qual é o apelido dela?

Two-Tone ponderou a pergunta e encolheu os ombros.

— Que voo vai apanhar?

— Disse qualquer coisa a respeito do Voo da Broca.

— O Voo da Broca?

— Sim. O voo nocturno do fim-de-semana: Sevilha-Madrid-La Guardia. É como lhe chamam. Os putos universitários escolhem-no porque é barato. Devem-se sentar nas traseiras a fumar charros.

Lindo. Becker gemeu e passou uma mão pelos cabelos.

— A que horas parte o voo?

— Às duas da madrugada, todos os sábados. A esta agora, já vai algures sobre o Atlântico.

Becker consultou o relógio. 01:45. Voltou-se para Two-Tone.

— Não disseste que o voo partia às duas da manhã?

O rapaz assentiu, com uma gargalhada.

— Parece que 'tás fodido, ó cota.

Becker apontou furiosamente para o relógio.

— Mas ainda falta um quarto para as duas!

Two-Tone olhou para o relógio, aparentemente confuso.

— Eh, pá! — riu-se. — Só costumo ficar assim banzado lá pràs quatro!

— Qual é a maneira mais rápida de chegar ao aeroporto?

— Há uma paragem de táxis mesmo em frente da porta.

Becker tirou uma nota de mil pesetas do bolso e enfiou-a na mão de Two-Tone.

— Eh, meu, obrigado — gritou o rapaz. — Se vires a Megan dá-lhe um beijo meu!

Becker, porém, já lá não estava.

Two-Tone suspirou e voltou a cambalear para a pista de dança. Estava demasiado bêbedo para reparar no homem com óculos de aros metálicos que o seguiu.

No parque de estacionamento, Becker olhou em redor, à procura de um táxi. Não havia nenhum. Correu para o corpulento porteiro:

— Táxi!

O homem abanou a cabeça.

— *Demasiado temprano.*

Demasiado cedo? Becker praguejou. *São duas da manhã!*

— *Pídame uno*!

O homem tirou um *walkie-talkie* do cinto. Disse algumas palavras e desligou.

— *Veinte minutos* — disse.

— Vinte minutos? — exclamou Becker. — *Y el autobus?*

O porteiro encolheu os ombros.

— Quarenta e cinco minutos.

Becker ergueu as mãos ao céu. *Perfeito!*

O som de um pequeno motor fê-lo voltar a cabeça. Parecia uma motosserra. Um rapaz corpulento e a sua parceira envolta em correntes entraram no parque de estacionamento montados numa velha *Vespa 250*. A saia da rapariga subira-lhe quase até às ancas, mas ela parecia não ter dado por isso. Becker correu para eles. *Não posso crer que estou a fazer isto,* pensou. *Odeio motas.*

— Pago-lhe dez mil pesetas para me levar ao aeroporto! — gritou ao condutor.

O rapaz ignorou-o e desligou o motor.

— Vinte mil! — ofegou Becker. — Preciso de chegar ao aeroporto.

O rapaz ergueu os olhos.

— *Scusi?*

Era italiano.

— *Aeropórto! Per favore. Sulla Vespa! Venti mille pesete.*

O italiano olhou para o delapidado veículo e riu-se.

— *Venti mille pesete? La Vespa?*

— *Cinquanta mille*! — ofereceu Becker. Eram cerca de quatrocentos dólares.

O italiano riu-se, com uma expressão de dúvida.

— *Dov'é la plata*? — «Onde está a massa?»

David tirou cinco notas de dez mil pesetas do bolso e estendeu-lhas. O italiano olhou para a *Vespa*, e depois para a namorada. A rapariga pegou no dinheiro e enfiou-o no decote.

— *Grazie!* — O italiano sorriu, atirou a Becker a chave da *Vespa*, pegou na mão da namorada e afastaram-se a correr e a rir em direcção ao clube.

— *Aspetta*! — gritou Becker. — Espera! Eu queria uma *boleia*!

CAPÍTULO CINQUENTA E NOVE

Susan agarrou a mão do comandante Strathmore, que a ajudou a subir da escada para o chão da sala da Cripto. A imagem do corpo desfeito de Phil Chartrukian caído na turbina do gerador ficara-lhe gravada a fogo na mente. A ideia de Hale escondido nas entranhas do TRANSLTR deixava-a tonta. A verdade era inescapável: Hale tinha empurrado Chartrukian.

Passou a cambalear pela sombra do TRANSLTR de regresso à porta principal da Cripto — a mesma porta por onde tinha entrado horas antes. Os murros frenéticos que desferiu no painel apagado não bastaram, naturalmente, para fazer mover o enorme círculo de metal maciço. Estava encurralada: a Cripto transformara-se numa prisão. A cúpula, pousada como um satélite a cem metros de distância da estrutura principal da NSA, tinha apenas um acesso: aquela porta. Uma vez que geravam a sua própria energia, provavelmente, o controlo central nem sequer sabia que estavam com problemas.

— O gerador principal estourou — disse Strathmore, aproximando-se dela. — Estamos ligados ao auxiliar.

O gerador de emergência da Cripto fora concebido de maneira que o TRANSLTR e os seus sistemas de arrefecimento tivessem precedência sobre tudo o mais, incluindo as luzes e as portas. Desse modo, uma falha de energia intempestiva não interromperia o TRANSLTR durante uma execução importante. Significava também que nunca a máquina teria de funcionar sem o seu sistema de arrefecimento por fréon; num espaço fechado e não refrigerado, o calor gerado por três milhões de processadores subiria até níveis perigosos — talvez ao ponto de derreter os *chips* de silicone e provocar uma fusão. Era um cenário que ninguém ousava sequer considerar.

Susan fez um esforço para se dominar. Os seus pensamentos estavam a ser consumidos por uma única imagem: a do técnico da Seg-Sis caído em cima da turbina do gerador. Voltou a premir furiosamente as teclas que deveriam accionar a porta. Mais uma vez, sem resultado.

— Cancele a análise! — exigiu. Ordenar ao TRANSLTR que deixasse de procurar a chave do Fortaleza Digital fecharia os seus circuitos e libertaria energia suficiente para pôr a porta a funcionar.

— Calma, Susan — disse Strathmore, pousando uma mão no ombro dela.

O contacto tranquilizador da mão do comandante arrancou Susan ao seu aturdimento. De súbito, recordou a razão por que fora procurá-lo. Voltou-se.

— Comandante! Greg Hale é North Dakota!

Houve um aparentemente infindável momento de silêncio na escuridão. Quando Strathmore falou, a voz dele pareceu mais confusa do que chocada.

— Que está a dizer?

— Hale... — murmurou Susan. — É ele o North Dakota.

Mais silêncio, enquanto Strathmore ponderava estas palavras.

— O *tracer*? — Parecia confuso. — Descobriu o Hale?

— O *tracer* não chegou a parte nenhuma. Hale cancelou-o.

Susan explicou então como Hale tinha travado o *tracer* e como ela encontrara mensagens de Tankado no *e-mail* dele. Seguiu-se outro longo momento de silêncio. Strathmore abanou a cabeça, incrédulo.

— *Greg Hale* não pode ser a apólice de seguro do Tankado! É absurdo! Tankado nunca confiaria nele.

— Comandante — disse ela —, Hale já nos afundou uma vez... o Skipjack. Tankado confiou nele, sim.

Strathmore parecia ter ficado sem palavras.

— Cancele a análise — pediu Susan. — Temos o North Dakota. Chame a Segurança. Vamos sair daqui.

Strathmore ergueu uma mão, pedindo um momento para pensar.

Susan olhou, nervosa, na direcção do alçapão. A abertura ficava escondida atrás do TRANSLTR, mas o clarão avermelhado derramava-se pelos azulejos negros como fogo sobre gelo.

Vamos, chame a Segurança, comandante! Cancele a análise! Tire-nos daqui!

Subitamente, Strathmore pareceu despertar.

— Venha comigo — disse, e avançou para o alçapão.
— Comandante! Hale é perigoso! Já...
Strathmore, porém, tinha desaparecido na escuridão. Susan apressou-se a seguir-lhe a silhueta. O comandante contornou o TRANSLTR e chegou à abertura no chão. Olhou para as brumosas profundezas do poço. Silenciosamente, varreu com o olhar o chão negro da Cripto. Então, inclinou-se para a frente e levantou a pesada porta, que rodou num arco baixo. Quando a largou, fechou-se com um estrondo ensurdecedor. A sala da Cripto voltou a ser uma gruta silenciosa e escura. Aparentemente, North Dakota estava encurralado.

Strathmore ajoelhou-se. Rodou a grande lingueta redonda, que encaixou no seu lugar. Os subníveis estavam selados.

Nem ele nem Susan ouviram o mínimo ruído de passos que se afastavam em direcção ao Módulo 3.

CAPÍTULO SESSENTA

Two-Tone meteu pelo corredor espelhado que ligava o pátio à pista de dança. Quando olhou para verificar a colocação do alfinete-de-ama que lhe atravessava o nariz, sentiu uma presença atrás de si. Começou a voltar-se, mas era demasiado tarde. Duas mãos duras como rochas empurraram-no contra o espelho.

— Eduardo? — perguntou Two-Tone, continuando a tentar voltar-se. — És tu, meu? — Sentiu uma mão tirar-lhe a carteira, enquanto a outra o mantinha firmemente seguro. — Eddie! Deixa-te de merdas! Andava um tipo a perguntar pela Megan.

A pressão nas costas dele não abrandou.

— Eh, Eddie, meu, pára lá com isso! — Mas quando Two-Tone olhou para o espelho, viu que a figura que o prendia não era o seu amigo.

Uma cara cheia de marcas de varíola e de cicatrizes. Dois olhos sem vida que, como carvões apagados, o olhavam por detrás de uns óculos de aros metálicos. O homem inclinou-se para a frente, colocando a boca muito perto do ouvido de Two-Tone. A voz soou estranha, estrangulada:

— *Adónde fué?* — «Aonde foi?». As palavras pareciam deformadas.

Two-Tone não se mexia, paralisado pelo medo.

— *Adónde fué?* — repetiu a voz. — *El americano.*

— Ao aeroporto. *Aeropuerto* — gaguejou Two-Tone.

— *Aeropuerto?* — repetiu o homem, cujos olhos negros observavam os lábios de Two-Tone no espelho.

O rapaz assentiu.

— *Tenía el anillo?* — «Tinha o anel?»

Aterrorizado, Two-Tone abanou a cabeça.

— Não.

— *Viste el anillo?* — perguntou a voz abafada.

Two-Tone fez sinal que sim, esperando que a verdade fosse recompensada. Não foi. Segundos mais tarde, deslizava para o chão, com o pescoço partido.

CAPÍTULO SESSENTA E UM

Jabba estava deitado de costas, com meio corpo enfiado na caixa desmantelada de um servidor central. Tinha uma fina lanterna eléctrica presa entre os dentes, um ferro de soldar na mão e um grande esquema de circuitos pousado no vasto ventre. Acabava de ligar uma série de novos atenuadores a uma placa defeituosa quando o telemóvel tocou.

— Merda! — praguejou, passando a mão pelo meio do emaranhado de cabos para pegar no aparelho. — Jabba.

— Jabba, é a Midge.

O rosto de Jabba iluminou-se.

— Duas vezes na mesma noite? As pessoas vão começar a falar.

— Há problema na Cripto. — A voz dela era tensa.

Jabba franziu a testa.

— Já falámos a esse respeito, lembras-te?

— É um problema de *corrente*.

— Não sou electricista. Liga para a Manutenção.

— A cúpula está às escuras.

— Estás a ver coisas. Vai para casa — aconselhou Jabba, e voltou de novo a sua atenção para o esquema.

— *Completamente às escuras!* — gritou ela.

Jabba suspirou e pousou a lanterna.

— Midge, em primeiro lugar, há lá um gerador de emergência. Nunca poderia ficar *completamente* às escuras. Em segundo lugar, o Strathmore tem, neste momento, uma vista da Cripto ligeiramente melhor do que a minha. Por que é que não lhe telefonas?

— Por que isto tem a ver com *ele*. Está a esconder qualquer coisa.

Jabba rolou os olhos nas órbitas.

— Midge, querida, estou embrulhado em cabos até ao pescoço. Se precisas de um par para esta noite, largo tudo. Caso contrário, liga para a Manutenção.

— Jabba, isto é *sério*. *Sinto-o*.

Sente-o? Era oficial, pensou Jabba, Midge estava com um dos seus *vaipes*.

— Se Strathmore não está preocupado, *eu* não estou preocupado.

— A Cripto está às escuras, raios!

— Talvez Strathmore tenha resolvido contemplar as estrelas.

— Jabba! Não estou a brincar!

— *Okay, okay* — resmungou ele, soerguendo-se apoiado num cotovelo. — Talvez um curto-circuito no gerador. Logo que acabar isto aqui, passo pela Cripto e...

— E a corrente auxiliar? — perguntou Midge. — Se um dos geradores pifou, por que é que não há corrente auxiliar?

— Não sei. Talvez Strathmore esteja a precisar dela para manter o TRANSLTR a funcionar.

— Nesse caso, por que é que não cancela? Talvez seja um vírus. Há bocado disseste qualquer coisa a respeito de um vírus.

— Raios, Midge! — explodiu Jabba. — Já te disse que *não* há vírus nenhum na Cripto! Deixa de ser tão assim tão *paranóica*!

Houve um longo silêncio do outro lado.

— Oh, merda, Midge, deixa-me explicar — pediu Jabba, de voz tensa. — Antes de mais nada, temos o Crivo... Nenhum vírus conseguiria passar por ele. Em segundo lugar, se há uma falha de corrente, tem a ver com o *hardware*... os vírus não cortam a corrente, atacam o *software* e os dados. Seja o que for que está a acontecer na Cripto, *não* é um vírus.

Silêncio.

— Midge? Estás aí?

A resposta de Midge foi gélida.

— Jabba, tenho um trabalho a fazer. E não espero que gritem comigo por estar a fazê-lo. Quando telefono a perguntar por que é que uma instalação que custou biliões de dólares está às escuras, espero uma resposta profissional.

— Sim, minha senhora.

— Basta um simples sim ou não. É possível que o problema na Cripto esteja relacionado com um vírus?

— Midge... já te disse...

— Sim ou não. O TRANSLTR pode ter um vírus?

Jabba suspirou.

— Não, Midge. É completamente impossível.
— Obrigada.
Jabba forçou uma gargalhada e tentou aliviar o ambiente.
— A menos que penses que o Strathmore escreveu um e contornou os meus filtros.
Fez-se um silêncio ainda mais pesado. Quando Midge falou, a voz dela soou estranhamente dura.
— Strathmore pode *contornar* o Crivo?
Jabba suspirou.
— Estava a *brincar*, Midge — disse. Mas sabia que era demasiado tarde.

CAPÍTULO SESSENTA E DOIS

O comandante e Susan continuavam junto do alçapão, a tentar decidir o que fazer a seguir.

— Temos o Phil Chartrukian morto lá em baixo — dizia Strathmore. — Se pedirmos ajuda, a Cripto transforma-se num circo.

— Que pretende então fazer? — perguntou Susan, que só queria sair dali para fora.

Strathmore pensou por um instante.

— Não me pergunte como — disse, olhando para o alçapão fechado —, mas parece que, inadvertidamente, localizámos e neutralizámos o misterioso North Dakota. — Abanou a cabeça, incrédulo. — Uma sorte dos diabos, se quer que lhe diga.— Continuava aturdido pela ideia de Hale estar ligado ao plano de Tankado. — O meu palpite é que Hale tem a chave escondida algures no terminal dele... talvez até tenha uma cópia em casa. Seja como for, está encurralado.

— Nesse caso, por que não chamar a Segurança e eles que o levem?

— Ainda não — respondeu Strathmore. — Se a Seg-Sis descobre os números estatísticos desta interminável pesquisa do *TRANSLTR*, temos toda uma nova série de problemas. Quero todos os vestígios do Fortaleza Digital apagados antes de abrirmos as portas.

Susan assentiu, relutante. Era um bom plano. Quando a Segurança caçasse finalmente Hale nos subníveis e o acusasse da morte de Chartrukian, o mais certo seria ele ameaçar revelar ao mundo a existência do Fortaleza Digital. Mas as provas podiam ser apagadas. E Strathmore podia fazer-se de novas. *Uma pesquisa interminável? Um algoritmo indecifrável? Mas isso é absurdo! Será que Hale nunca ouviu falar do Princípio de Bergofsky?*

— O que temos de fazer é o seguinte — Strathmore expôs friamente o seu plano: — Apagamos toda a correspondência de Hale com Tankado. Apagamos todos os registos da minha passagem à volta do Crivo, todas as análises do Chartrukian, os registos do monitor de contagem, tudo. O Fortaleza Digital desaparece. É como se nunca tivesse existido. Enterramos a chave de Hale e pedimos a Deus que David encontre a cópia do Tankado.

David, pensou Susan. Afastou-o, com um esforço, dos seus pensamentos. Precisava de concentrar-se no assunto que tinham entre mãos.

— Eu trato do laboratório da Seg-Sis — continuou Strathmore. — Valores do monitor de contagem, números de actividade de mutação, essa trapalhada toda. A Susan encarrega-se do Módulo 3. Apaga todo o *e-mail* do Hale. Todos os registos da correspondência dele com Tankado, tudo o que faça qualquer referência ao Fortaleza Digital.

— *Okay* — respondeu Susan, concentrada. — Apago o disco rígido todo. Reformato tudo.

— Não! — A reacção de Strathmore foi imediata. — Não faça isso! O mais certo é Hale ter uma cópia da chave lá escondida. Quero-a.

Susan ficou de boca aberta, chocada.

— Quer a chave? Pensei que a ideia era *destruir* ambas as chaves!

— E é. Mas eu quero uma cópia. Quero abrir esta maldita coisa e dar uma vista de olhos ao programa de Tankado.

Susan partilhava a curiosidade do comandante, mas o instinto dizia-lhe que abrir o algoritmo do Fortaleza Digital não era sensato, por muito interessante que pudesse ser. De momento, o mortífero programa estava trancado no seu cofre cifrado — totalmente inofensivo. Logo que fosse decifrado...

— Comandante, não seria melhor limitarmo-nos...

— Quero a chave — repetiu ele.

Susan tinha de admitir que, desde que ouvira falar do Fortaleza Digital, sentia uma certa curiosidade académica em saber como conseguira Tankado escrevê-lo. A sua simples existência contradizia as leis mais fundamentais da criptografia. Olhou para Strathmore.

— Apagará o algoritmo logo depois de o termos visto?

— Sem deixar rasto.

Susan franziu a testa. Sabia que encontrar a chave de Hale não aconteceria instantaneamente. Localizar uma chave aleatória num dos discos rígidos do Módulo 3 era assim qualquer coisa como tentar encontrar uma única meia num quarto do tamanho do Texas. Fazer uma busca por computador só resultava quando se sabia o que se estava a procurar; aquela chave era aleatória. Felizmente, no entanto, e porque a Cripto lidava com tanto material aleatório, ela e alguns outros tinham desenvolvido um complexo processo conhecido pelo nome de busca de não-conformidade. Essencialmente, o programa pedia ao computador que estudasse todas as sequências de caracteres inscritas no seu disco rígido, comparasse cada uma delas com um gigantesco dicionário e apontasse as que parecessem não fazer sentido ou ser aleatórias. Era um trabalho difícil, que exigia refinar constantemente os parâmetros, mas era possível.

Susan sabia que era ela a escolha lógica para encontrar a chave. Suspirou, esperando não vir a ter de se arrepender.

— Se tudo correr bem, demoro cerca de meia hora.

— Ao trabalho, então — disse Strathmore, pousando-lhe uma mão no ombro e guiando-a no meio da escuridão para a porta do Módulo 3.

Por cima deles, um céu cheio de estrelas espraiava-se de um extremo ao outro da cúpula. Susan perguntou a si mesma se, em Sevilha, David estaria a ver as mesmas estrelas.

Quando se aproximaram das pesadas portas de vidro do Módulo 3, Strathmore praguejou entre dentes. O painel estava apagado e as portas fechadas.

— Raios! Esqueci-me de que não há corrente.

Estudou as portas corrediças. Apoiou as palmas contra a placa de vidro e inclinou todo o peso do corpo para um lado, tentando fazê-la deslizar. Tinha as mãos suadas e escorregadias. Limpou-as às calças e voltou a tentar. Desta vez, a porta entreabriu-se ligeiramente.

Susan, sentindo progressos, pôs-se ao lado de Strathmore e empurraram os dois ao mesmo tempo. As portas deslizaram cerca de três centímetros. Aguentaram-nas assim por um instante, mas a pressão era demasiado forte. As portas voltaram a fechar-se.

— Espere um pouco — disse Susan, indo posicionar-se à frente de Strathmore. — *Okay*, tente agora.

Fizeram força. Mais uma vez, a porta abriu-se apenas cerca de três centímetros. Notava-se, através da fresta, uma débil luminosidade azulada no interior do Módulo 3; os terminais continuavam ligados. Eram considerados essenciais para o *TRANSLTR*, e, por isso, estavam a receber corrente do gerador auxiliar.

Susan firmou as biqueiras dos seus *Ferragamo* no chão e puxou com mais força. A porta começou a deslizar. Strathmore deslocou-se para conseguir um ângulo melhor. Centrando bem as palmas das mãos na metade esquerda da porta, empurrou para trás. Susan, na metade direita, empurrou na direcção oposta. Lenta e relutantemente, as duas metades começaram a afastar-se. Havia agora cerca de trinta centímetros a separá-las.

— Não largue — disse Strathmore, ofegante, enquanto empurravam ainda com mais força. — Só mais um pouco.

Susan enfiou o ombro na fresta. Voltou a empurrar, desta vez de um ângulo melhor. A porta resistiu.

Antes que Strathmore pudesse impedi-la, espremeu o esguio corpo pela abertura. Strathmore protestou, mas ela estava decidida. Queria sair da Cripto, e conhecia o comandante suficientemente bem para saber que não iria a parte nenhuma enquanto a chave de Hale não fosse encontrada.

Colocou-se no meio da abertura e empurrou com todas as suas forças. As portas pareciam exercer força deliberadamente na direcção contrária. De repente, as mãos de Susan escorregaram. As portas saltaram para ela. Strathmore tentou aguentá-las, mas era impossível. Uma fracção de segundo antes de as duas metades se fecharem, Susan passou para o outro lado e caiu no chão.

Strathmore forcejou por voltar a abrir uma pequena fresta. Encostou a cara à minúscula abertura.

— Credo, Susan... está bem?

Susan pôs-se de pé, sacudindo as roupas.

— Estou.

Olhou em redor. O Módulo 3 estava deserto, iluminado apenas pelos monitores dos computadores. As sombras azuladas conferiam ao local um ar fantasmagórico. Voltou-se para Strathmore, ainda agarrado à fresta. A cara dele parecia pálida e doentia, banhada em luz azul.

— Susan — disse ele —, dê-me vinte minutos para apagar os ficheiros na Seg-Sis. Quando todos os vestígios tiverem desaparecido, vou ao meu terminal e cancelo a pesquisa do *TRANSLTR*.

— É *bom* que o faça — respondeu Susan, a olhar para as pesadas portas de vidro. Sabia que enquanto o *TRANSLTR* estivesse a açambarcar toda a corrente do gerador de emergência, seria prisioneira do Módulo 3.

Strathmore largou as portas, que se fecharam com um estalido. Susan viu, através do vidro, o comandante afastar-se e desaparecer na escuridão da sala da Cripto.

CAPÍTULO SESSENTA E TRÊS

Montado na sua recém-adquirida *Vespa*, Becker subia laboriosamente a estrada de acesso ao Aeropuerto de Sevilla. Mantivera o acelerador a fundo o caminho todo. O relógio marcava duas da manhã, hora local.

Ao aproximar-se do terminal, encostou ao passeio e saltou da motocicleta com ela ainda em andamento. A *Vespa* bateu com um barulho de lata no lancil, engasgou-se e parou. Becker passou a correr pela porta giratória, com pernas que pareciam de borracha. *Nunca mais,* jurou a si mesmo.

O terminal, cruamente iluminado, tinha um ar estéril. Com excepção de um empregado de limpeza, que puxava o lustro aos azulejos do chão, estava totalmente deserto. Do outro lado do vestíbulo, uma funcionária encerrava o balcão da Iberia Airlines. Becker achou que era um mau sinal.

Correu para lá.

— *El vuelo a los Estados Unidos?*

A bonita andaluza do outro lado do balcão ergueu os olhos e sorriu simpaticamente.

— *Acaba de salir.* Perdeu-o por pouco. — As suas palavras ficaram a pairar no ar por um longo momento.

Perdi-o. Becker deixou descair os ombros.

— Havia lugares sem reserva neste voo?

— Imensos. — A funcionária voltou a sorrir. — Ia quase vazio. Mas o voo das oito da manhã também tem...

— Preciso de saber se uma amiga minha conseguiu embarcar. Tinha um bilhete sem reserva.

Ela franziu a testa.

— Lamento, senhor. Houve vários passageiros nessas condições, mas as nossas cláusulas de privacidade...

— É muito importante — insistiu Becker. — Só preciso de saber se embarcou, mais nada.

A mulher fez um aceno de compreensão.

— Zanga de namorados?

Becker pensou por um instante. E então esboçou um sorriso embaraçado.

— É assim *tão* óbvio?

A jovem piscou-lhe ao de leve o olho.

— Como se chama ela?

— Megan — respondeu Becker, tristemente.

Ela sorriu.

— A sua amiga tem um apelido?

Becker expirou lentamente. *Tem, mas eu não sei qual é!*

— Para dizer a verdade, é uma situação um tanto complicada. Disse que o avião ia quase vazio. Talvez pudesse...

— Sem um apelido, não posso...

— Diga-me — interompeu-a Becker. Acabava de ter uma ideia melhor. — Esteve de serviço a noite toda?

Ela assentiu.

— Das sete às sete.

— Então, talvez a tenha visto. É muito nova. Talvez quinze ou dezasseis? Tinha os cabelos... — Becker compreendeu o seu erro antes que as palavras acabassem de lhe sair dos lábios.

Os olhos da funcionária semicerraram-se.

— A sua namorada tem quinze anos?

— Não! — Becker engasgou-se. — Quer dizer... *Merda.* — Se pudesse ajudar-me. É muito importante.

— Lamento — disse a mulher, friamente.

— Não é nada do que parece. Se pudesse...

— Boa noite, senhor. — A mulher baixou uma grade metálica, encerrando o balcão, e desapareceu por uma porta.

Becker gemeu e olhou para o tecto. *Esperto, David. Muito esperto.* Estudou o átrio deserto. Nada. *A miúda deve ter vendido o anel e embarcado.* Dirigiu-se ao empregado da limpeza.

— *Has visto a uma niña?* — perguntou, elevando a voz para fazer-se ouvir acima do barulho do polidor.

O homem baixou a mão e desligou a máquina.

— Hã?

— *Una niña* — repetiu Becker. — *Pelo rojo, azul y blanco.* — «Cabelos vermelhos, azuis e brancos.»

O homem riu-se.

— *Qué fea*! — E, abanando a cabeça, voltou ao seu trabalho.

Becker ficou sozinho no meio da sala deserta do terminal, a perguntar-se o que fazer a seguir. A noite fora uma comédia de enganos. As palavras de Strathmore martelavam-lhe a cabeça: *Não ligue para mim enquanto não tiver o anel.* Sentiu-se invadir por um enorme cansaço. Se Megan tivesse vendido o anel e embarcado, não havia maneira de saber quem teria a chave naquele momento.

Fechou os olhos e tentou concentrar-se. *Qual é a minha próxima jogada?* Decidiu ponderar bem a questão. Antes de mais nada, tinha de fazer uma visita, havia muito protelada, a uma casa de banho.

CAPÍTULO SESSENTA E QUATRO

Susan estava sozinha na penumbra azulada do Módulo 3. A tarefa que tinha pela frente era simples: aceder ao terminal de Hale, localizar a chave e então apagar todas as comunicações entre ele e Tankado. Não podiam subsistir vestígios do Fortaleza Digital, fosse onde fosse.

Os receios que já antes sentira quanto a poupar a chave e decifrar o programa tornaram a assaltá-la. Não lhe agradava tentar a sorte; tinham sido afortunados, até ao momento. North Dakota surgira miraculosamente debaixo do nariz deles e fora encurralado. Restava apenas a questão de David; era preciso que ele localizasse a outra chave. Susan esperou que estivesse a fazer progressos.

Enquanto avançava para o interior da sala, tentou arrumar as ideias. Era estranho sentir-se tão pouco à vontade naquele ambiente familiar. Tudo no Módulo 3 parecia diferente na escuridão. Mas havia mais alguma coisa. Sentiu uma hesitação momentânea ao olhar para as portas bloqueadas. Não tinha maneira de sair dali. *Vinte minutos,* pensou.

Ao voltar-se para o terminal de Hale, notou um cheiro estranho, adocicado. Não era, definitivamente, um cheiro que pertencesse ali. Pensou que talvez o desionizador estivesse a funcionar mal. O cheiro era vagamente familiar e com ele veio um arrepio perturbador. Imaginou Hale encurralado na fumegante cela subterrânea. *Terá pegado fogo a qualquer coisa?* Olhou para as grelhas de ventilação e farejou o ar. Mas o cheiro parecia vir de muito mais perto.

Olhou para as portas de ripas da *kitchenette*. E, nesse instante, reconheceu o cheiro. Era *água-de-colónia... e suor.*

Encolheu-se instintivamente, não estando preparada para o que viu. Por entre as tabuinhas entrecruzadas da porta da *kitchenette*, dois olhos observavam-na fixamente. Tardou apenas um instante a compreender a horrível verdade. Greg Hale não estava encurralado nos subníveis da Cripto... estava ali, no Módulo 3! Conseguira sair antes de Strathmore fechar o alçapão. E tivera força suficiente para abrir as portas sozinho.

Susan ouvira certa vez dizer que o terror puro era paralisante. Sabia agora que se tratava de um mito. No mesmo instante em que o seu cérebro se apercebeu do que estava a acontecer, pôs-se em movimento, recuando aos tropeções com um único pensamento em mente: fugir.

O estrondo atrás dela foi imediato. Hale, que estivera silenciosamente sentado em cima do fogão, disparou as pernas para a frente, como dois aríetes. As portas saltaram dos gonzos. Hale projectou-se para a sala e correu atrás dela com passadas poderosas.

Susan derrubou um candeeiro, de passagem, na esperança de fazer Hale tropeçar. Sentiu-o saltar sem dificuldade por cima dele. Estava a ganhar-lhe terreno muito rapidamente.

Quando o braço direito dele lhe rodeou a cintura, por trás, foi como se tivesse chocado com uma barra de aço. Gemeu de dor. Os bíceps de Hale esmagavam-lhe a caixa torácica, quase a impedindo de respirar.

Debateu-se e começou a voltar-se, esbracejando loucamente. Por puro acaso, o cotovelo dela atingiu uma cartilagem. Hale largou-a e caiu de joelhos, levando ambas as mãos ao nariz.

— Filha da... — gritou, de fúria e de dor.

Susan correu para a placa de pressão da porta, murmurando uma fútil oração para que Strathmore restabelecesse a corrente naquele instante e as portas se abrissem. Em vez disso, deu por si a esmurrar o vidro.

Hale avançou para ela, a escorrer sangue do nariz. Num instante, as mãos dele tinham tornado a agarrá-la: uma firmemente fechada sobre o seio esquerdo dela, a outra pela cintura. Arrastou-a para longe da porta.

Susan gritou, a mão esticada numa tentativa inútil de detê-lo.

Hale continuou a puxá-la para trás, a fivela do cinto a cravar-se-lhe nas costas. Tinha uma força incrível. Arrastou-a pela alcatifa e os sapatos saltaram-lhe dos pés. Num único gesto fluido, Hale ergueu-a e deixou-a cair no chão, ao lado do terminal.

Subitamente, Susan estava estendida de costas, com as saias levantadas até ao meio das coxas. O botão superior da blusa soltara-se e o peito dela arfava, iluminado pelo palor azulado. Olhou para cima, aterrorizada, enquanto Hale a imobilizava, sentando-se em cima dela, com um joelho de cada lado. Não conseguiu decifrar a expressão nos olhos dele. Parecia medo. Ou seria fúria? Estavam cravados no corpo dela. Sentiu-se invadida por uma nova onda de pânico.

Hale continuava firmemente sentado em cima dela, a fixá-la com um olhar gelado. Passou-lhe subitamente pela cabeça tudo aquilo que aprendera a respeito de autodefesa. Tentou lutar, mas o corpo não respondeu. Estava entorpecida. Fechou os olhos.

Oh, meu Deus, não. Por favor!

CAPÍTULO SESSENTA E CINCO

No gabinete de Midge, Brinkerhoff andava nervosamente de um lado para o outro.
— *Ninguém* consegue contornar o Crivo. É impossível!
— Errado — replicou ela. — Acabo de falar com Jabba. Disse-me que instalou um interruptor com essa função no ano passado.
Brinkerhoff fez um ar de dúvida.
— Nunca ouvi nada a esse respeito.
— Ninguém ouviu. Altamente secreto.
— Midge — argumentou Brinkerhoff —, Jabba é maníaco no que respeita à segurança. Nunca instalaria um interruptor que permitisse...
— Strathmore obrigou-o a fazê-lo — interrompeu-o ela.
Brinkerhoff quase conseguia ouvir as engrenagens do cérebro dela a funcionar.
— Lembras-te do ano passado — perguntou Midge —, quando Strathmore estava a trabalhar naquele grupo terrorista anti-semita da Califórnia?
Brinkerhoff assentiu. Fora um dos maiores golpes de Strathmore no ano anterior. Ao usar o *TRANSLTR* para decifrar um código interceptado, descobrira uma conjura relacionada com um atentado bombista contra uma escola hebraica em Los Angeles. Decifrara a mensagem dos terroristas a uns escassos doze minutos da hora marcada para a explosão da bomba e, com dois ou três telefonemas, salvara a vida de trezentas crianças.
— Agora ouve esta — continuou Midge, baixando desnecessariamente a voz. — Disse-me o Jabba que Strathmore interceptou o código dos terroristas *seis horas* antes de a bomba explodir.
Brinkerhoff quase deixou cair o queixo.
— Mas... então por que foi que esperou...

— Porque não conseguia que o *TRANSLTR* aceitasse o ficheiro. Tentou várias vezes, mas o Crivo rejeitava-o. Estava cifrado com um novo algoritmo de chave-pública que os filtros ainda não conheciam. Jabba demorou quase seis horas a ajustá-los.

Brinkerhoff parecia aturdido.

— Strathmore ficou furioso. Obrigou Jabba a instalar um interruptor que lhe permitisse contornar o Crivo, para o caso de aquilo voltar a acontecer.

Brinkerhoff assobiou.

— Céus. Não fazia ideia. — Semicerrou os olhos. — O que estás tu a querer dizer-me?

— Penso que Strathmore voltou a usar o tal interruptor, hoje... para processar um ficheiro que o Crivo rejeitou.

— E então? É para isso mesmo que o interruptor serve, não é?

Midge abanou a cabeça.

— Não, se o ficheiro em questão tiver um vírus.

Brinkerhoff deu um salto.

— Um vírus? Quem disse alguma coisa a respeito de um vírus?

— É a única explicação — disse ela. — Jabba disse-me que um vírus seria a única coisa capaz de manter o *TRANSLTR* a trabalhar durante tanto tempo na mesma pesquisa, portanto...

— Espera aí! — Brinkerhoff fez-lhe o sinal de desconto de tempo. — Strathmore diz que está tudo bem!

— Está a mentir.

Brinkerhoff estava perdido.

— Estás a querer dizer-me que Strathmore deixou *deliberadamente* um vírus entrar no *TRANSLTR*?

— Não — replicou ela. — Não acredito que ele *soubesse* que era um vírus. Penso que foi enganado.

Brinkerhoff ficou sem palavras. Midge Milken estava definitivamente a perder o juízo.

— Explica muita coisa — insistiu ela. — Explica o que ele esteve a fazer a noite inteira.

— A instalar vírus no seu próprio computador?

— Não — disse ela, irritada. — A tentar encobrir a asneira! E agora não consegue parar o *TRANSLTR* e está usar a corrente de emergência porque o vírus bloqueou os processadores!

Brinkerhoff rolou os olhos nas órbitas. Midge já se passara noutras ocasiões, mas nunca daquela maneira. Tentou acalmá-la.

— Jabba não parece estar muito preocupado.

— Jabba é um tolo — sibilou ela.

Brinkerhoff ficou espantado. Nunca ninguém chamara tolo a Jabba; porco, talvez, mas tolo, nunca.

— Estás a pôr a tua intuição feminina acima do monte de diplomas do Jabba em programação anti-invasiva?

Ela lançou-lhe um olhar feroz.

Brinkerhoff ergueu ambas as mãos num gesto de rendição.

— Deixa lá. Retiro o que disse. — Não precisava que lhe recordassem a lendária capacidade de Midge para detectar desastres. — Midge, eu sei que detestas Strathmore, mas...

— Isto não tem nada a ver com Strathmore! — Midge tinha engatado a quinta. — A primeira coisa que temos de fazer é confirmar que ele contornou o Crivo. Depois, telefonamos ao director.

— Que bela ideia! — gemeu Brinkerhoff. — Ligo para Strathmore a pedir-lhe que nos envie uma declaração assinada.

— Não — respondeu ela, ignorando o sarcasmo. — Strathmore já nos mentiu hoje uma vez. — Ergueu os olhos, a sondar os dele. — Tens a chave do gabinete do director?

— Claro. Sou o AP dele.

— Preciso dela.

Brinkerhoff ficou a olhar, incrédulo.

— Midge, não posso deixar-te entrar no gabinete do Fontaine, de maneira nenhuma.

— Tens de deixar! — exigiu ela. Voltou-se e olhou para o teclado do Big Brother. — Vou pedir a lista de entradas no TRANSLTR. Se Strathmore contornou manualmente o Crivo, a acção ficou registada.

— O que é que isso tem a ver com o gabinete do Fontaine?

Ela fez rodar a cadeira e fuzilou-o com os olhos.

— A lista de entradas só sai na impressora dele. Sabes isso muito bem!

— Porque é *confidencial*, Midge!

— Trata-se de uma emergência. Preciso de ver essa lista.

Brinkerhoff pousou as mãos nos ombros dela.

— Midge, por favor, acalma-te. Sabes que não posso...

Ela bufou com força e voltou-se novamente para o teclado.
— Vou imprimir a lista de entradas. Depois entro no gabinete, pego nela e volto a sair. Agora, dá-me a chave.
— Midge...
Ela acabou de teclar e voltou-se outra vez para ele.
— Chad, a lista vai ser impressa dentro de trinta segundos. Fazemos assim. Tu dás-me a chave. Se Strathmore contornou o Crivo, chamamos a Segurança. Se eu estiver enganada, vou-me embora, e tu podes ir lambuzar de geleia a Carmen Huerta. — Fez um sorriso malicioso e estendeu a mão. — Estou à espera.

Brinkerhoff gemeu, mil vezes arrependido de tê-la chamado para ver o relatório da Cripto. Olhou para a mão estendida.
— Estás a falar de informação confidencial dentro do gabinete privado do director. Fazes alguma ideia do que pode acontecer-nos se formos apanhados?
— O director está na América do Sul.
— Lamento. Não posso. — Brinkerhoff cruzou os braços e encaminhou-se para a porta.

Midge ficou a vê-lo ir, com os olhos cinzentos a faiscar.
— Ah, podes, podes — murmurou. Voltou-se para o teclado e chamou ao visor a biblioteca de vídeos.

Há-de passar-lhe, pensou Brinkerhoff, enquanto se sentava à sua secretária e começava a examinar os outros relatórios. Não lhe podiam exigir que entregasse a chave do gabinete do director sempre que Midge entrava em paranóia.

Tinha começado a verificar as quebras do COMSEC quando os seus pensamentos foram interrompidos pelo som de vozes vindo de outra sala. Pousou os papéis e aproximou-se da porta.

O corredor estava às escuras... exceptuando uma faixa de luz acinzentada que saía pela porta entreaberta do gabinete de Midge. Escutou. As vozes continuaram. Pareciam excitadas.
— Midge?
Não obteve resposta.
Atravessou o corredor até ao gabinete dela. As vozes eram vagamente familiares. Empurrou a porta. O gabinete estava deserto. A ca-

deira de Midge estava vazia. O som vinha de cima. Brinkerhoff olhou para os monitores de vídeo e sentiu-se instantaneamente mal. Todos os doze visores mostravam as mesmas imagens, uma espécie de bailado perversamente coreografado. Brinkerhoff apoiou-se às costas da cadeira de Midge e ficou a olhar, horrorizado.

— Chad? — A voz soara atrás dele.

Rodou sobre os calcanhares, semicerrando os olhos no escuro. Midge estava no vestíbulo da *suite*, em frente das portas duplas do gabinete do director. Tinha a mão estendida, de palma para cima.

— A chave, Chad.

Brinkerhoff corou. Olhou de novo para os monitores. Tentou bloquear as imagens, mas era impossível. Estava por todo o lado, a gemer de prazer e a lamber sofregamente os seios pequenos e perfeitos, cobertos de mel, de Carmen Huerta.

CAPÍTULO SESSENTA E SEIS

Becker atravessou o vestíbulo do aeroporto em direcção às portas dos lavabos... e encontrou a que estava marcada com a indicação *CABALLEROS* bloqueada por um pilar amarelo e um carro cheio de detergentes e esfregonas. Olhou para a outra porta. *DAMAS*. Aproximou-se e bateu com os nós dos dedos.
— *Hola?* — chamou, entreabrindo pouco mais de um centímetro a porta da casa de banho das senhoras. — *Con permiso?*
Silêncio.
Entrou.
A casa de banho obedecia ao padrão institucional espanhol: quadrada, azulejos brancos, uma lâmpada fluorescente no tecto. Como sempre, havia apenas um reservado e um urinol. O facto de os urinóis nunca serem usados nas casas de banho das senhoras era irrelevante: colocá-los poupava ao construtor a despesa de montar um segundo reservado.
Becker espreitou lá para dentro, enojado. A casa de banho estava imunda. O lavatório entupido e cheio de água acastanhada. Havia toalhas de papel sujas espalhadas por todo o lado. O chão encharcado. O velho secador eléctrico suspenso da parede coberto de dedadas esverdeadas.
Deteve-se em frente do espelho e suspirou. Os olhos que habitualmente brilhavam com uma dura limpidez não pareciam tão límpidos naquela noite. *Há quanto tempo é que ando a correr de um lado para o outro?*, perguntou aos seus botões. Já nem sabia. Por uma questão de hábito profissional, ajustou o nó da gravata. Em seguida, voltou-se para o urinol.
Enquanto urinava, perguntou-se se Susan já estaria em casa. *Para onde poderia ela ter ido? Para o Stone Manor, sem mim?*

— Ei! — exclamou furiosamente uma voz feminina, nas costas dele. Becker deu um salto.

— Eu... eu... — gaguejou, correndo apressadamente o fecho das calças. — Peço desculpa... o...

Voltou-se para enfrentrar a rapariga que acabava de entrar. Era uma jovem sofisticada, que parecia directamente saída das páginas da revista *Seventeen*. Vestia umas calças de corte conservador e uma blusa branca, sem mangas. Segurava a pega de um saco de viagem *L.L. Bean*, vermelho. Tinha os cabelos louros impecavelmente arranjados.

— Peço desculpa — balbuciou Becker, apertando o cinto. — A casa de banho dos homens estava... de todos os modos ia já sair...

— Tarado de merda!

Becker deteve-se. A obscenidade parecia inadequada saída dos lábios dela — como água de esgoto a escorrer de um decantador polido. Mas, estudando-a melhor, viu que não era assim tão polida como de início pensara. Tinha os olhos turvos e raiados de sangue e um inchaço no braço esquerdo. Por baixo de uma mancha avermelhada na pele, a carne era azulada.

Credo, pensou Becker. *Drogas intravenosas. Quem diria?*

— Saia! — gritou ela. — Já!

Por um instante, Becker esqueceu o anel e a NSA, e tudo aquilo. O seu coração concentrou-se naquela jovem rapariga. Os pais tinham-na provavelmente mandado para ali com um programa de estudos e um cartão VISA, e ela acabara sozinha numa casa de banho, a meio da noite, a drogar-se.

— Está bem? — perguntou, recuando para a porta.

— Estou óptima — respondeu ela, altiva. — Pode ir!

Becker voltou-se para sair. Lançou um último olhar triste ao braço dela. *Não há nada que possas fazer, David. Deixa-a.*

— Já! — gritou ela.

Becker assentiu. Antes de sair, esboçou um sorriso de pena.

— Tenha cuidado — disse.

CAPÍTULO SESSENTA E SETE

— Susan? — ofegou Hale, com o rosto quase encostado ao dela.

Estava sentado, com uma perna de cada lado, todo o peso do corpo apoiado na bacia dela, o cóccix a magoar-lhe a púbis através do fino tecido da saia. Tinha sangue que pingava do nariz dele por todo o corpo. Susan sentiu um vómito no fundo da garganta. As mãos dele assentavam-lhe no peito.

Não sentiu nada. *Ele está a tocar-me?* Demorou um instante a compreender que Hale estava a abotoar-lhe o botão superior da blusa, a tapá-la.

— Susan — arquejou Hale, ofegante. — Tens de me ajudar a sair daqui.

Susan estava aturdida. Nada fazia sentido.

— Susan, tens de me ajudar! Strathmore matou Chartrukian! Eu vi!

Foram precisos alguns segundos para que ela registasse as palavras. *Strathmore matou Chartrukian?* Hale não fazia obviamente a mínima ideia de que Susan o vira nas escadas.

— Ele sabe que eu o vi! — continuou Hale. — Vai matar-me também!

Se não estivesse totalmente dominada pelo medo, Susan teria rido na cara dele. Reconheceu a mentalidade «dividir para reinar» do ex-fuzileiro. Inventa mentiras, atiça os teus inimigos uns contra os outros.

— É verdade! — gritou ele. — Temos de pedir ajuda! Penso que estamos ambos em perigo!

Susan não acreditou numa palavra do que ele disse.

As musculosas pernas de Hale começavam a sentir cãibras e ele soergueu-se um pouco para mudar de posição.

Quando Hale aliviou o peso, o sangue tornou a circular nas pernas de Susan. Antes que se apercebesse do que estava a acontecer um reflexo instintivo fê-la levantar o joelho esquerdo. Sentiu a rótula esmagar o saco mole de tecido entre as pernas dele.

Hale uivou de dor e ficou instantaneamente flácido. Rolou para um lado, agarrado aos testículos. Susan contorceu-se e conseguiu sair de debaixo dele. Cambaleou para a porta, sabendo que nunca conseguiria abri-la.

Numa decisão instantânea, colocou-se atrás da comprida mesa de reuniões e fincou os pés na alcatifa. Felizmente, a mesa tinha rodízios. Susan avançou com quanta força tinha para a parede de vidro, empurrando a mesa à sua frente. Os rodízios eram bons e a mesa deslizava bem. A meio do Módulo 3, Susan ia lançada em plena corrida.

A metro e meio da parede, deu um último empurrão e largou a mesa. Saltou para um lado e tapou os olhos. Com um arrepiante estalido, a parede explodiu numa chuva de vidros. Os sons da cúpula invadiram o Módulo 3 pela primeira vez desde a sua construção.

Susan olhou. Através da abertura eriçada de arestas cortantes, viu a mesa. Continuava a deslizar. Desenhou largos círculos pelo chão até acabar por desaparecer na escuridão.

Susan calçou apressadamente os maltratados *Ferragamo*, lançou um último olhar a Greg Hale, que continuava a torcer-se com dores, e correu por cima do mar de lascas de vidro para a sala da Cripto.

CAPÍTULO SESSENTA E OITO

— Então, custou alguma coisa? — perguntou Midge, com um risinho trocista, enquanto Brinkerhoff lhe entregava a chave do gabinete de Fontaine.

Brinkerhoff parecia esmagado.

— Apago-o antes de me ir embora — prometeu Midge. — A menos que tu e a tua mulher o queiram para a vossa colecção particular.

— Vai lá buscar o maldito papel! — rosnou ele. — E depois desaparece!

— *Sí, señor!* — respondeu Midge, com um cerrado sotaque porto-riquenho. Piscou-lhe um olho e dirigiu-se às portas duplas do gabinete do director.

O santuário privado de Leland Fontaine era completamente diferente do resto da *suite* da direcção. Não havia quadros, nem cadeirões estofados, nem plantas envasadas, nem relógios antigos. Era um espaço concebido com um único objectivo: a eficiência. A secretária de tampo de vidro e a cadeira de couro ficavam directamente à fente e de costas para a grande janela. Três arquivos metálicos num canto, junto de uma pequena mesa em cima da qual havia uma máquina de café eléctrica. A Lua erguia-se alto no céu por cima de Fort Meade, e a suave claridade que entrava pela janela realçava a sobriedade espartana do gabinete do director.

Que raio estou eu a fazer aqui dentro?, perguntou Brinkerhoff a si mesmo.

Midge foi direita à impressora e arrancou a lista de entradas no TRANSLTR. Semicerrou os olhos.

— Não consigo ler os números — queixou-se. — Acende as luzes.

— Lês *lá fora*. Agora anda.

No entanto, parecia que Midge se estava a divertir imenso. Brincou com Brinkerhoff, aproximando-se da janela e inclinando o papel para ver melhor.

— Midge...

Ela continuou a ler.

À porta, Brinkerhoff passava nervosamente o peso do corpo de um pé para o outro.

— Midge... vá lá. Estamos no gabinete privado do director.

— Está aqui algures — murmurou ela, estudando a lista. — Strathmore contornou o Crivo, tenho a certeza. — Chegou-se ainda mais para a janela.

Brinkerhoff começou a suar. Midge continuou a ler.

Passados alguns instantes, arquejou.

— Eu sabia! Strathmore fê-lo! Fê-lo mesmo! O grande idiota! — Levantou a folha de papel e agitou-a. — Contornou o Crivo! Olha para aqui!

Brinkerhoff ficou a olhar por um instante, aturdido, e então entrou a correr no gabinete. Juntou-se a Midge junto à janela. Ela apontou para o fim da lista.

Brinkerhoff leu, incrédulo.

— Mas que...?

O papel continha a lista dos últimos trinta e seis ficheiros que tinham entrado no TRANSLTR. Depois de cada ficheiro, havia um código de autorização de quatro dígitos aposto pelo Crivo. Um código que faltava no último ficheiro, à frente do qual estava apenas escrito: INTRODUÇÃO MANUAL.

Meu Deus, pensou Brinkerhoff. *A Midge volta a acertar em cheio!*

— Que idiota! — rosnou Midge, a fumegar. — Olha para isto! O Crivo recusou o ficheiro duas vezes! Sequências de mutação! E, mesmo *assim,* ele contornou os filtros! Que diabo se lhe terá metido na cabeça?

Brinkerhoff sentiu que os joelhos lhe fraquejavam. Perguntou-se por que raio haveria Midge de ter sempre razão. Nenhum dos dois reparou no reflexo que apareceu na janela ao lado dos deles. Uma figura maciça tinha-se detido à porta do gabinete.

— Céus! — Brinkerhoff quase se engasgou. — Achas que temos um vírus?

Midge suspirou.

— Não pode ser outra coisa.

— Pode ser qualquer coisa em que não tenham nada que meter o nariz — dissse uma voz profunda, atrás deles.

Midge bateu com a cabeça no vidro da janela. Brinkerhoff tropeçou na cadeira do director ao voltar-se para a voz. Reconheceu imediatamente a silhueta.

— Sr. Director! — ofegou. Avançou, de mão estendida. — Bem-vindo a casa.

O homem que estava à porta ignorou-o.

— Pen...pensei que... — gaguejou Brinkerhoff, encolhendo a mão. — Pensei que estava na América do Sul.

Leland Fontaine cravou no seu assistente pessoal dois olhos que pareciam balas.

— Sim... e agora voltei.

CAPÍTULO SESSENTA E NOVE

— Ei, *mister*!

Becker ia a atravessar a sala do aeroporto em direcção às cabinas telefónicas. Parou e voltou-se. Viu aproximar-se a rapariga que surpreendera na casa de banho. Fazia-lhe sinal para que esperasse.

— Espere!

Que quer ela agora? Becker gemeu. *Talvez acusar-me de invasão de privacidade.*

A rapariga avançava, a arrastar o saco de viagem pelo chão. Quando chegou junto dele, tinha um grande sorriso a animar-lhe o rosto.

— Desculpe ter gritado consigo lá dentro. É que me assustei.

— Não há problema — garantiu Becker, um tanto intrigado. — Eu é que estava no lugar errado.

— Isto vai parecer-lhe loucura — disse ela, piscando os olhos raiados de sangue —, mas por acaso não tem algum dinheiro que possa emprestar-me?

Becker ficou a olhar para ela, incrédulo.

— Dinheiro para quê? — perguntou.

Não vou financiar o teu vício, se é isso que estás a pedir.

— Estou a tentar regressar a casa — disse a loura. — Pode ajudar-me?

— Perdeu o voo?

Ela assentiu.

— Perdi o bilhete. Não me deixaram embarcar. Estes tipos das companhias aéreas conseguem ser tão chatos. Não tenho dinheiro para comprar outro.

— Onde estão os seus pais?

— Nos Estados Unidos.

— Consegue contactá-los?

— Não. Já tentei. Devem estar a passar o fim-de-semana no iate de um amigo qualquer.

Becker examinou as roupas de marca que a rapariga vestia.

— Não tem um cartão de crédito?

— Tenho, mas o meu pai cancelou-o. Acha que ando metida na droga.

— E *não* anda metida na droga? — perguntou Becker de chofre, a olhar para o braço inchado.

A rapariga enfrentou-o, indignada.

— Claro que não! — Bufou, com um ar de inocência ofendida, e ele teve subitamente a sensação de que estava a ser levado. — Vá lá — continuou ela. — Parece um tipo com massa. Não pode emprestar-me o dinheiro para voltar a casa? Eu depois pago-lhe.

Becker calculou que qualquer dinheiro que emprestasse àquela rapariga iria parar às mãos de um traficante de droga de Triana.

— Em primeiro lugar — disse —, não sou um tipo de massa... sou professor. Mas digo-lhe o que vou fazer... — *Vou pagar para ver, é o que vou fazer.* — Vou *pagar-lhe* um bilhete.

A loura olhou para ele, estupefacta.

— Palavra? Era capaz de fazer uma coisa dessas? — gaguejou, com os olhos muito abertos de esperança. — Paga-me um bilhete de regresso a casa? Ah, Deus, obrigada!

Becker ficou sem palavras. Aparentemente, avaliara mal a situação.

A rapariga lançou-lhe os braços ao pescoço.

— Foi uma merda de Verão! — Engasgou-se, quase à beira das lágrimas. — Ah, obrigada! Tenho de sair daqui!

Becker retribuiu o abraço, embaraçado. A rapariga largou-o, e ele tornou a olhar-lhe para o braço.

Ela seguiu a direcção do olhar.

— Feio, não é?

— Pensei que tinha dito que não andava metida em drogas.

A rapariga riu-se.

— É *Magic Marker!* Arranquei metade da pele a tentar esfregá-lo. A tinta esborratou.

Becker olhou com mais atenção. À luz fluorescente distinguiu, por baixo do inchaço avermelhado do braço da rapariga, os traços já quase apagados de letras: palavras escritas na pele.

— Mas... mas os seus olhos — disse Becker, sentindo-se estúpido.
— Estão avermelhados.

Ela voltou a rir.

— Estive a chorar. Já lhe disse, perdi o meu voo.

Becker tornou a olhar para as palavras escritas no braço.

Ela franziu a testa, embaraçada.

— Uuups, ainda se consegue ler, não é?

Becker inclinou-se mais. Conseguia ler, sem dúvida. A mensagem era claríssima. Enquanto lia as quatro esbatidas palavras, as últimas doze horas passaram-lhe velozmente diante dos olhos.

Viu-se de novo na *suite* 301 do Alfonso XIII. O obeso alemão a tocar no próprio braço e a dizer num inglês atamancado. *Fock off und die.*

— Sente-se bem? — perguntou a rapariga, ao vê-lo com aquele ar aturdido.

Becker não desviou os olhos do braço dela. Sentia-se zonzo. As quatro palavras escritas no braço da rapariga transmitiam uma mensagem muito simples: FUCK OFF AND DIE.

A loura olhou para o braço, envergonhada.

— Foi um amigo meu que escreveu isso... É uma parvoíce, não é?

Becker estava incapaz de falar. *Fock off und die.* Não queria acreditar. O alemão não estava a insultá-lo, estava a tentar ajudar. Ergueu o olhar para o rosto da rapariga. À luz fluorescente do terminal, notava-se claramente ligeiros vestígios de vermelho e azul nos cabelos louros.

— Por...por... — gaguejou, com os olhos postos nas orelhas não furadas. — Por acaso não usa brincos, pois não?

A rapariga parecia cada vez mais confusa. Tirou um minúsculo objecto do bolso e mostrou-lho. Becker ficou a olhar para o brinco em forma de caveira que ela tinha na mão.

— De mola?

— Caraças, sim — respondeu ela. — Tenho um medo que me pelo de agulhas.

CAPÍTULO SETENTA

Ao olhar para a rapariga na sala deserta do aeroporto, David Becker sentiu que as pernas lhe fraquejavam. A sua busca chegara ao fim. Megan lavara a cabeça e mudara de roupas — talvez na esperança de ter assim mais sorte na venda do anel —, mas não embarcara para Nova Iorque.

Fez um esforço para manter a calma. A louca viagem estava prestes a chegar ao fim. Examinou os dedos dela. Nenhum anel. Olhou para o saco de viagem. *Está ali,* pensou. *Tem de estar!*

Sorriu, quase incapaz de conter a excitação.

— Isto vai parecer loucura — disse —, mas julgo que tem uma coisa de que eu preciso.

— Sim? — Megan pareceu repentinamente insegura.

Becker levou a mão ao bolso.

— Terei, claro, muito prazer em pagar-lhe. — Baixou os olhos e começou a contar as notas que tinha no sobrescrito.

Megan arquejou, assustada, aparentemente interpretando mal as intenções dele. Lançou um olhar à porta giratória... medindo a distância. Cerca de cinquenta metros.

— Posso dar-lhe o suficiente para comprar o seu bilhete de regresso a casa se...

— Não diga mais — interrompeu-o Megan, com um sorriso forçado. — Acho que sei exactamente do que é que precisa. — Inclinou-se e pôs-se a remexer no saco de viagem.

Becker sentiu a esperança invadi-lo. *Tem-no!*, disse para consigo. *Tem o anel!* Não fazia ideia de como diabo soubera a rapariga o que ele queria, mas estava demasiado cansado para se preocupar com isso. De repente, estava perfeitamente descontraído. Imaginou-se a entregar o anel a um sorridente director-adjunto da NSA. Depois, ele e Susan deitar-se-iam na grande cama de dossel no Stone Manor e tentariam recuperar o tempo perdido.

Megan encontrou finalmente o que procurava: o seu *PepperGard*, uma alternativa ao *Mace*, sem efeitos nocivos para o ambiente, composto por uma potente mistura de pimenta de caiena e *chili*. Com um gesto rápido, voltou-se e disparou um jacto directamente para os olhos de Becker. Então, agarrou no saco e correu para a porta. Quando olhou para trás, David Becker estava caído no chão, agarrado à cara, a contorcer-se de dor.

CAPÍTULO SETENTA E UM

Tokugen Numataka acendeu o quarto charuto e continuou a andar de um lado para o outro. Pegou no telefone e ligou para a central.

— Alguma novidade sobre o tal número dos Estados Unidos? — perguntou, antes que a telefonista pudesse falar.

— Por enquanto nada, senhor. Está a demorar um pouco mais do que eu esperava... a chamada foi feita de um telemóvel.

Um telemóvel, pensou Numataka. *Era de esperar.* Felizmente para a economia japonesa, os americanos tinham um apetite insaciável, em se tratando de engenhocas electrónicas.

— O retransmissor — continuou a telefonista — está localizado na área-código duzentos e dois. Mas ainda não temos o número.

— Duzentos e dois? Onde fica isso? — *Onde se esconderá, na imensidão da América, esse misterioso North Dakota?*

— Algures perto de Washington, D.C., senhor.

Numataka arqueou as sobrancelhas.

— Ligue-me assim que tiver o número.

CAPÍTULO SETENTA E DOIS

Susan Fletcher avançou aos tropeções pela escura sala da Cripto em direcção à escada metálica que subia até ao gabinete de Strathmore. Era o mais longe possível de Hale no interior do complexo fechado.

Foi encontrar a porta aberta, a fechadura electrónica inutilizada pelo corte de corrente. Entrou de rompante.

— Comandante? — A única luz no interior do gabinete era a que os monitores do computador de Strathmore emitiam. — Comandante! — voltou a chamar. — *Comandante!*

Lembrou-se então de que o comandante estava no laboratório da Seg-Sis. Começou a andar às voltas pelo gabinete vazio, o pânico do que acabava de acontecer com Hale ainda a gelar-lhe o sangue. Tinha de sair dali. Com Fortaleza Digital ou sem Fortaleza Digital, chegara o momento de agir — cancelar a pesquisa do *TRANSLTR* e fugir. Olhou para os monitores iluminados e correu para a secretária. Puxou o teclado para si. *Cancelar TRANSLTR!* A tarefa era simples, agora que estava num terminal autorizado. Chamou a janela de diálogo necessária e teclou:

CANCELAR PESQUISA

Ficou com o dedo momentaneamente suspenso sobre a tecla *ENTER*.

— Susan! — gritou uma voz da porta. Voltou-se, assustada, receando que fosse Hale. Mas não era, era Strathmore, lívido e fantasmagórico naquela luminosidade electrónica. — Que diabo se passa?

— Comandante! — arquejou Susan. — Hale está no Módulo 3! Atacou-me!

— O quê? Impossível! Está trancado lá...

— Não, não está! Anda à solta! Temos de chamar a Segurança imediatamente! Vou interromper o TRANSLTR! — Susan estendeu a mão para o teclado.

— NÃO TOQUE NISSO! — Strathmore saltou para o terminal e afastou a mão de Susan com uma palmada.

Susan encolheu-se, aturdida. Olhou para o comandante e, pela segunda vez naquele dia, não o reconheceu. Sentiu-se repentinamente muito sozinha.

Strathmore viu o sangue na blusa dela e arrependeu-se nesse mesmo instante da sua explosão.

— Meu Deus, Susan, está bem?

Susan não respondeu.

Strathmore desejou não a ter assustado desnecessariamente. Tinha os nervos em franja. Estava a arriscar demasiado. Havia coisas na mente dele — coisas de que Susan Fletcher nem sequer suspeitava —, coisas que ele não lhe dissera e esperava nunca ter de vir a dizer-lhe.

— Desculpe — disse, gentilmente. — Conte-me o que aconteceu.

Ela voltou a cabeça.

— Não importa. O sangue não é meu. Só quero que me tire daqui.

— Está magoada? — Strathmore pousou a mão no ombro dela. Susan encolheu-se. Ele retirou a mão e desviou o olhar. Quando se voltou de novo para ela, Susan tinha os olhos fixos num ponto da parede atrás dele.

Ali, no meio da escuridão, um pequeno painel brilhava intensamente. Strathmore seguiu-lhe a direcção do olhar e franziu a testa. Tivera a esperança de que ela não reparasse. Aquele painel controlava o elevador privado. Ele e os seus importantes convidados usavam-no para entrar e sair da Cripto sem anunciar o facto ao resto do pessoal. O elevador descia quinze metros abaixo da cúpula da Cripto e então deslocava-se lateralmente outros cem metros, através de um túnel de betão reforçado, até aos níveis subterrâneos do complexo principal da NSA, a cuja central de energia estava ligado. Por isso continuava a funcionar, não obstante a falha de corrente na Cripto.

Strathmore sabia que o elevador funcionava. Mas nem mesmo enquanto via Susan esmurrar desesperadamente a porta principal, lá em baixo, mencionara o facto. Não podia deixá-la sair... por enquanto. Perguntou a si mesmo quanto mais teria de lhe dizer para fazer com que ela quisesse ficar.

Susan passou por ele e correu para a parede do fundo. Premiu furiosamente os botões iluminados.

— Por favor! — suplicou. Mas a porta não se abriu.

— Susan — disse Strathmore, em voz baixa. — É preciso uma *password* para abrir o elevador.

— Uma *password*? — repetiu ela, furiosa. Olhou para os controlos. Por baixo do painel principal havia um outro, mais pequeno, com botões minúsculos. Cada um deles correspondia a uma letra do alfabeto. Voltou-se para Strathmore. — Diga-me qual é! — exigiu.

Strathmore pensou por um instante e suspirou pesadamente.

— Susan, sente-se por um instante.

Susan olhou para ele, como se não quisesse acreditar no que ouvia.

— Sente-se — repetiu o comandante, num tom mais firme.

— Deixe-me sair! — gritou ela, lançando um olhar assustado à porta aberta do gabinete.

Strathmore estava a observá-la. Dirigiu-se calmamente à porta, saiu para o patamar e sondou a escuridão. Hale não estava à vista. Voltou a entrar e fechou a porta. Em seguida, entalou as costas de uma cadeira entre a maçaneta e o chão, para mantê-la fechada. Feito isto, foi até à secretária e tirou qualquer coisa de uma gaveta. À luz esbatida dos monitores, Susan viu o que ele tinha na mão. Pôs-se muito pálida. Era uma arma.

Strathmore arrastou duas cadeiras para o meio do gabinete, colocando-as de maneira a ficarem voltadas para a porta. Sentou-se numa delas. Ergueu a reluzente *Beretta* semi-automática e apontou-a para a porta. Passado um momento, pousou a arma no colo.

— Susan — disse, num tom solene —, estamos seguros aqui dentro. Temos de falar. Se Greg Hale entrar por aquela porta... — Deixou a frase em suspenso.

Susan estava sem palavras.

Strathmore olhou para ela e bateu ao de leve no assento da cadeira a seu lado.

— Susan, sente-se. Tenho uma coisa para lhe dizer. — Ela não se mexeu. — Quando acabar, dou-lhe a *password* do elevador. A Susan decidirá se quer ou não ir-se embora.

Seguiu-se um longo silêncio. Como que hipnotizada, Susan atravessou o gabinete e sentou-se ao lado do comandante.

— Susan — começou ele —, não fui totalmente franco consigo.

CAPÍTULO SETENTA E TRÊS

David Becker sentia-se como se alguém lhe tivesse borrifado a cara com aguarrás e em seguida acendido um fósforo. Rebolou no chão e viu, como que através de um túnel cheio de água, a rapariga a meio caminho da porta giratória. Corria com passadas curtas, assustadas, arrastando o saco de viagem pelas lajes do chão. Tentou pôr-se de pé, mas não conseguiu. Um fogo ardente cegava-o. *Não posso deixá-la fugir!*

Quis chamá-la, mas não tinha ar nos pulmões, apenas uma dor dilacerante.

— Não! — tossiu. O som mal lhe saiu dos lábios.

Sabia que mal ela passasse aquela porta, desapareceria para sempre. Tornou a tentar chamá-la, mas tinha a garganta em fogo.

A rapariga quase chegara à porta. Becker pôs-se de pé, a cambalear, com a boca muito aberta no esforço de levar ar aos pulmões. Tropeçou atrás dela. A rapariga enfiou-se no primeiro compartimento da porta giratória, arrastando o saco de viagem. Vinte metros mais atrás, David Becker cambaleava cegamente em direcção à porta.

— Espera! — arquejou ele. — *Espera!*

A rapariga empurrou furiosamente a porta, que começou a girar, mas depois encravou. Voltou-se, aterrorizada, e viu que o saco de viagem ficara preso na abertura. Pôs-se de joelhos e começou a puxar para o libertar.

Becker fixou os olhos enevoados na mancha de tecido vermelho que sobressaía da porta. Quando se precipitou para diante, a única coisa que viu foi aquele canto de saco a sobressair da abertura.

Quando tinha as mãos abertas a escassos centímetros de distância, o canto de saco desapareceu na abertura e a porta rodou. Becker fechou os dedos e agarrou apenas ar. A rapariga e o saco de viagem estavam lá fora, na rua.

— Megan! — uivou Becker ao bater no chão. Finas agulhas de dor cravaram-se-lhe na parte de trás dos olhos. Deixou de ver e uma nova onda de náusea subiu-lhe à garganta. Ouviu a sua própria voz ecoar na escuridão. *Megan!*

David Becker não soube quanto tempo ficou ali caído até começar a ouvir o zumbido das luzes fluorescentes do tecto. Tudo o mais era silêncio. E, através do silêncio, veio uma voz. Alguém o chamava. Tentou levantar a cabeça do chão. O mundo estava distorcido, aguado. *Outra vez a voz.* Semicerrou os olhos e viu uma figura, a vinte metros de distância.

— *Mister?*

Becker reconheceu a voz. Era a rapariga. Estava de pé junto a outra porta, um pouco mais afastada, a apertar o saco de viagem contra o peito. Parecia ainda mais assustada do que antes.

— *Mister?* — perguntou, com a voz a tremer. — Não lhe disse o meu nome. Como é que sabe o meu nome?

CAPÍTULO SETENTA E QUATRO

O director Leland Fontaine era, aos sessenta e três anos, uma montanha de homem, com um corte de cabelo estilo militar e uma postura rígida. Os olhos muito pretos pareciam carvão quando se irritava, ou seja, quase sempre. Subira a escada hierárquica da NSA graças a muito trabalho, bom planeamento e o mais do que merecido respeito dos seus predecessores. Era o primeiro director afro-americano da National Security Agency, mas nunca ninguém referia esse pormenor; as políticas de Fontaine não distinguiam cores, e o resto do pessoal seguia sensatamente o mesmo princípio.

Deixara Midge e Brinkerhoff ali especados enquanto seguia o ritual de preparar uma chávena de java guatemalteco. Em seguida, sentara-se à secretária, continuando os outros de pé, e interrogara-os como a dois alunos mal comportados chamados ao gabinete do director da escola.

Foi Midge quem falou — explicando a invulgar sequência de acontecimentos que conduzira à violação da santidade daquele gabinete.

— Um vírus? — perguntou Fontaine, friamente. — Estão os dois convencidos de que temos um vírus?

Brinkerhoff encolheu-se.

— Estamos — respondeu Midge.

— Porque Strathmore contornou o Crivo? — Fontaine olhou para a lista que tinha à frente, em cima da secretária.

— Sim — disse Midge. — E porque há um ficheiro que ainda não foi decifrado passadas mais de vinte horas!

Fontaine franziu o sobrolho.

— De acordo com os seus dados.

Midge ia protestar, mas travou a língua. Em vez disso, saltou à garganta:

— A Cripto está às escuras.

Fontaine ergueu os olhos, aparentemente surpreendido.

Midge confirmou, com um seco aceno de cabeça.

— Não têm corrente. Jabba pensa que talvez...

— Ligaram para Jabba?

— Sim, senhor, pensei...

Fontaine pôs-se de pé, furioso.

— Jabba? Por que diabo não ligaram para Strathmore?

— Ligámos! — defendeu-se Midge. — Ele disse que estava tudo bem.

Fontaine inclinou-se para a frente, com o peito a arfar.

— Nesse caso, não temos qualquer razão para duvidar dele. — O tom da voz indicava que a conversa chegara ao fim. Bebeu um golo de café. — Agora, se me dão licença, tenho trabalho para fazer.

Midge deixou cair o queixo, de espanto.

— Desculpe?

Brinkerhoff já ia a caminho da porta, mas Midge continuava como que colada ao chão.

— Eu disse boa noite, Sr.ª Milken — declarou Fontaine. — Pode sair.

— Mas... mas, Sr. Director — gaguejou ela. — Tenho de protestar. Penso...

— A *senhora* protesta? — perguntou o director. Pousou a chávena de café. — *Eu* é que protesto! Protesto contra a sua presença no meu gabinete. Protesto contra as suas insinuações de que o director-adjunto desta organização está a mentir. Protesto...

— Temos um vírus! Os meus instintos dizem-me...

— Bem, os seus instintos estão enganados, Sr.ª Milken! Desta vez, estão enganados!

Midge manteve-se firme.

— Mas, doutor, o comandante Strathmore contornou o Crivo!

Fontaine avançou para ela, quase incapaz de conter a fúria.

— Como tem todo o direito de fazer! A si pago-lhe para vigiar os analistas e os funcionários dos serviços... não para espiar o director-adjunto! Se não fosse ele, ainda estávamos a decifrar códigos com lápis e papel! Agora deixe-me em paz! — Voltou-se para Brinkerhoff, que estava junto à porta, pálido e trémulo. — Os dois!

— Com o devido respeito, senhor — insistiu Midge —, gostaria de recomendar o envio de uma equipa da Seg-Sis à cúpula da Cripto, só para ter a certeza...
— Não vamos fazer nada disso!
Depois de uma tensa pausa, Midge assentiu.
— Muito bem. Boa noite. — Voltou-se e saiu. Mas, quado passou por ele, Brinkerhoff viu-lhe nos olhos que não fazia a mínima tenção de deixar as coisas por ali... até que a sua intuição ficasse satisfeita.

Brinkerhoff olhou para a figura maciça do chefe, sentado com um ar soturno atrás da secretária. Aquele não era o director que conhecia. O director que conhecia era um maníaco do pormenor, das coisas muito certinhas. Alguém que encorajava sempre os seus colaboradores a esclarecerem quaisquer discrepâncias que surgissem no dia-a-dia, por pequenas que fossem. E ali estava ele, a ordenar-lhes que ignorassem toda uma série de coincidências muito bizarras.

O director estava evidentemente a esconder qualquer coisa, mas Brinkerhoff era pago para coadjuvar, não para questionar. Fontaine provara vezes sem conta que a sua principal preocupação era o bem de todos; se coadjuvá-lo naquele momento era fingir que não via, assim seria. Infelizmente, Midge era paga para questionar e Brinkerhoff receou que ela estivesse a preparar-se para ir até à cúpula da Cripto fazer precisamente isso.

São horas de preparar o curricula vitae, pensou Brinkerhoff, enquanto se dirigia para a porta.

— Chad! — ladrou Fontaine, nas costas dele. Também o director vira a expressão nos olhos de Midge. — Não a deixe sair desta *suite*.

Brinkerhoff assentiu e apressou-se a ir atrás de Midge.

Fontaine suspirou e descansou a cabeça nas mãos. Tinha uma expressão carregada nos olhos negros. Fora uma viagem de regresso longa e inesperada. O último mês tinha sido de grande expectativa para Leland Fontaine. Estavam, naquele preciso momento, a acontecer na NSA coisas que iam mudar o curso da História, e, ironicamente, o director Leland Fontaine só soubera delas por puro acaso.

Três meses antes, tivera a notícia de que a mulher do comandante Strathmore se preparava para deixá-lo. Ouvira também dizer que o comandante Strathmore andava a trabalhar uma quantidade absurda de horas e parecia à beira de ceder à pressão. Não obstante as suas diferenças de opinião em muitas questões, Fontaine sempre tivera o seu director-adjunto na mais alta estima; Strathmore era um homem brilhante, talvez o melhor que a NSA tinha. Por outro lado, desde o fiasco do Skipjack, andava submetido a uma tensão tremenda. O que constituía, para Fontaine, uma fonte de preocupação; o comandante controlava muita coisa na NSA... e Fontaine tinha uma agência para proteger.

Precisava de alguém que mantivesse debaixo de olho o periclitante Strathmore e se certificasse de que ele se encontrava a cem por cento. Mas não era uma tarefa fácil. Strathmore era um homem orgulhoso e poderoso; tinha de arranjar uma maneira de controlá-lo sem lhe minar a confiança ou a autoridade.

Decidira, por respeito para com Strathmore, encarregar-se ele próprio da missão. Mandara instalar um espião invisível no terminal de Strathmore na Cripto, um dispositivo que lhe vigiava o *e-mail*, a correspondência interdepartamental, as notas, tudo. Se Strathmore desse sinais de estar à beira de quebrar, Fontaine sabê-lo-ia com antecedência. Mas em lugar de indícios de quebra, descobrira os preparativos de um dos mais incríveis esquemas de espionagem que alguma vez se lhe deparara. Não admirava que Strathmore estivesse a dar o máximo; se conseguisse levar aquele plano por diante, compensaria cem vezes o fiasco Skipjack.

Fontaine concluíra que Strathmore estava óptimo, a trabalhar a cento e dez por cento — tão astuto, hábil e patriota como sempre. O melhor que podia fazer era manter-se afastado a ver o comandante operar a sua magia. Strathmore gizara um plano... e Fontaine não tinha a mínima intenção de o interromper.

CAPÍTULO SETENTA E CINCO

Strathmore tocou na *Beretta* que pousara no colo. Mesmo com a raiva a ferver-lhe no sangue, estava programado para pensar claramente. O facto de Greg Hale ter ousado pôr as mãos em Susan Fletcher deixava-o doente, mas saber que isso fora em parte culpa sua deixava-o ainda mais doente; a ida de Susan para o Módulo 3 fora ideia dele. Strathmore sabia que tinha de compartimentar as suas emoções — não podia permitir que afectassem, fosse de que maneira fosse, o modo como lidava com o problema chamado Fortaleza Digital. Era o director-ajunto da National Security Agency. E, naquele dia, o seu trabalho era mais crítico do que alguma vez fora.

Acalmou a respiração, com um esforço deliberado.

— Conseguiu apagar o *e-mail* dele? — perguntou, com uma voz que soou clara e eficiente.

— Não — respondeu ela, confusa.

— Tem a chave?

Susan abanou a cabeça.

Strathmore franziu a testa, mordendo o lábio. O cérebro dele funcionava a todo o vapor. Tinha um dilema. Podia, sem a mínima dificuldade, activar o elevador e Susan ir-se-ia embora. Mas precisava dela ali. Precisava da ajuda dela para descobrir a chave em poder de Hale. Ainda não lho dissera, mas encontrar aquela chave era muito mais do que uma simples questão de interesse académico: era uma necessidade absoluta. Provavelmente, poderia usar a busca de não-conformidade de Susan e descobrir a chave sozinho, mas já tivera problemas com o *tracer* dela e não estava disposto a correr o risco.

— Susan — suspirou, tomando uma decisão —, gostaria que me ajudasse a descobrir a chave do Hale.

— O quê? — Susan pôs-se de pé, os olhos muito abertos. Strathmore controlou o impulso de levantar-se também. Longos anos de prática tinham-lhe ensinado que, numa negociação, a posição de poder pertencia a quem permanecia sentado. Esperou que Susan voltasse a sentar-se. Ela não o fez.

— Susan, sente-se.

Susan ignorou-o.

— Sente-se! — Era uma ordem.

Ela continuou de pé.

— Comandante, se continua assim tão desejoso de ver o algoritmo de Tankado, procure-o sozinho. Eu quero sair desta história.

Strathmore deixou pender a cabeça e inspirou fundo. Era evidente que ela ia precisar de uma explicação. *Merece uma explicação,* pensou. Tomou uma decisão: Susan Fletcher ia ficar a saber tudo. Pediu aos céus para não estar a cometer um erro.

— Susan — começou —, não era suposto as coisas chegarem a este ponto. — Passou a mão pelos cabelos. — Há coisas que não lhe disse. Por vezes, uma pessoa na minha posição... — hesitou, como se estivesse a fazer uma confissão dolorosa. — Por vezes, uma pessoa na minha posição é obrigada a mentir àqueles de quem gosta. Hoje foi uma dessas ocasiões. — Olhou tristemente para ela. — O que lhe vou contar é algo que nunca planeei dizer... nem a si... nem a qualquer outra pessoa.

Susan sentiu um arrepio. O comandante tinha uma expressão mortalmente séria. Havia, com toda a evidência, aspectos do plano dele que ela ignorava. Sentou-se.

Seguiu-se uma longa pausa enquanto Strathmore olhava para o tecto, a ordenar os pensamentos.

— Susan — disse por fim, em voz baixa —, não tenho família. — Olhou-a nos olhos. — Não tenho um casamento digno desse nome. A minha vida tem sido o meu amor por este país. A minha vida tem sido o meu trabalho aqui, na NSA.

Susan escutava, em silêncio.

— Talvez tenha adivinhado — continuou ele — que eu planeava reformar-me em breve. Mas queria retirar-me com orgulho. Queria retirar-me sabendo que tinha feito realmente uma diferença.

— Mas é *claro* que fez a diferença — ouviu-se ela dizer. — Construiu o *TRANSLTR*.

Strathmore pareceu não a ter ouvido.

— Ao longo dos últimos anos, o nosso trabalho aqui na NSA tem-se tornado cada vez mais difícil. Enfrentámos inimigos que nunca esperei que viessem a desafiar-nos. Estou a falar dos nossos próprios cidadãos. Os advogados, os fanáticos dos direitos civis, a EFF... todos desempenharam o seu papel, mas é mais do que isso, são as *pessoas*. Perderam a fé. Tornaram-se paranóicas. De repente, vêem-nos *a nós* como o inimigo. Pessoas como a Susan e como eu, pessoas que levam verdadeiramente a peito os interesses do país, damos por nós a ter de lutar pelo direito de servir a pátria. Já não somos defensores da paz. Somos bisbilhoteiros, *voyeurs*, violadores dos direitos dos outros. — Strathmore exalou um fundo suspiro. — Infelizmente, há muita gente ingénua neste mundo, gente que nem sequer imagina os horrores que teria de enfrentar se nós não interviéssemos. Acredito sinceramente que é nosso dever salvar essas pessoas da sua própria ignorância.

Susan esperou que ele se explicasse.

O comandante olhou para o chão, com um ar cansado, e então ergueu a cabeça.

— Susan, ouça-me até ao fim — pediu, sorrindo-lhe ternamente. — Vai querer interromper-me, mas ouça-me até ao fim. Há já dois meses que ando a decifrar o *e-mail* do Tankado. Como pode calcular, fiquei chocado quando li a primeira mensagem dele para o North Dakota a respeito de um algoritmo indecifrável chamado Fortaleza Digital. Não acreditei que fosse possível. Mas, a cada nova mensagem que interceptava, Tankado parecia-me mais convincente. Quando li que tinha usado sequências de mutação para escrever uma cifra de chave rotativa, compreendi que ele estava anos-luz à nossa frente; era uma abordagem que nunca ninguém tinha sequer tentado.

— Por que *haveríamos* de tentar? — perguntou Susan. — Faz muito pouco sentido.

Strathmore pôs-se de pé e começou a andar de um lado para o outro, mantendo um olho na porta.

— Quando, há semanas, tive a notícia de que o Tankado ia pôr a leilão o Fortaleza Digital, convenci-me finalmente de que estava a falar a sério. Eu sabia que se ele vendesse o algoritmo a uma empresa de *software* japonesa seria o nosso fim, e, por isso, tentei pensar numa maneira de o travar. Pensei em mandar matá-lo, mas com tanta publicidade à volta do algoritmo e as recentes afirmações dele a respeito do TRANSLTR, seríamos os principais suspeitos. Foi então que compreendi. — Voltou-se para Susan. — Compreendi que *não* devíamos travar o Fortaleza Digital.

Susan olhava para ele, aparentemente perdida.

— De repente — continuou Strathmore —, vi o Fortaleza Digital como a oportunidade de uma vida. Compreendi que, com algumas modificações, o Fortaleza Digital podia trabalhar a nosso favor, em vez de contra nós.

Nunca Susan ouvira uma coisa tão absurda. O Fortaleza Digital era um algoritmo indecifrável; destruiria a NSA.

— Se pudéssemos introduzir uma ligeira modificação no algoritmo... — prosseguiu Strathmore — antes que ele fosse publicado... — Olhou para ela, com um brilho de astúcia nos olhos que durou apenas um instante.

Viu o espanto espelhar-se no rosto de Susan. Explicou excitadamente o seu plano.

— Se conseguisse a chave, podia abrir a nossa cópia do Fortaleza Digital e introduzir uma alteração.

— Uma porta das traseiras — disse Susan, esquecendo que o comandante lhe mentira. Sentiu uma vaga de excitação. — Como o Skipjack.

Strathmore assentiu.

— Poderíamos então substituir na Internet o ficheiro oferecido pelo Tankado pela nossa versão *alterada*. Sendo o Fortaleza Digital um algoritmo japonês, ninguém suspeitaria de que a NSA tivesse fosse o que fosse a ver com ele. Só precisávamos de fazer a troca.

Susan compreendeu que o plano era mais do que engenhoso. Era puro... Strathmore tencionava facilitar a publicação de um algoritmo que a NSA poderia decifrar!

— Pleno acesso — disse Strathmore. — O Fortaleza Digital tornar-se-ia o padrão de cifragem da noite para o dia.

— Da noite para o dia? — espantou-se Susan. — Como assim? Mesmo que o Fortaleza Digital se tornasse grátis para toda a gente em todo o lado, a maior parte dos utilizadores continuaria a usar os seus antigos algoritmos por uma questão de conveniência. Por que haveria de mudar para o Fortaleza Digital?

Strathmore sorriu.

— Simples. Temos uma fuga de informação. O mundo inteiro passa a saber da existência do TRANSLTR.

Susan quase deixou cair o queixo.

— Muito simplesmente, Susan, deixamos que a verdade chegue à rua. Dizemos ao mundo que a NSA tem um computador capaz de decifrar todos os algoritmos, excepto o Fortaleza Digital.

Susan estava estupefacta.

— E toda a gente corre a usar o Fortaleza Digital... pensando que não conseguimos decifrá-lo!

Strathmore assentiu.

— Exactamente. — Seguiu-se um longo silêncio. — Desculpe ter-lhe mentido. Tentar reescrever o Fortaleza Digital é uma jogada muito arriscada. Não a queria envolvida nisso.

— Eu... compreendo — respondeu ela lentamente, ainda abalada pelo brilho da ideia. — Não mente nada mal.

Strathmore riu.

— Anos de prática. Mentir era a única maneira de a manter fora do laço.

Susan assentiu.

— É um laço muito grande?

— Está a olhar para ele.

Susan sorriu pela primeira vez naquela última hora.

— Já receava que dissesse isso.

Ele encolheu os ombros.

— Logo que o Fortaleza Digital esteja instalado, informo o director.

Susan estava impressionada. O plano de Strathmore representava um golpe global de espionagem de uma magnitude nunca antes imaginada. E tentara levá-lo a cabo sozinho. E até era bem capaz de o conseguir. A chave estava lá em baixo, no Módulo 3. Tankado estava morto e o seu parceiro secreto tinha sido desmascarado.

Fez uma pausa.

Tankado morreu. Parecia muito conveniente. Pensou em todas as mentiras que Strathmore lhe tinha contado e sentiu um súbito arrepio. Olhou para o comandante, pouco à vontade.

— Mandou matar o Ensei Tankado?

Strathmore pareceu surpreendido. Abanou a cabeça.

— Claro que não. Não havia qualquer necessidade de o matar. Na verdade, preferia-o vivo. A morte dele pode lançar uma sombra de dúvida sobre o Fortaleza Digital. Queria que a troca se fizesse o mais suave e discretamente possível. O plano original era fazer a troca e deixar o Tankado vender a sua chave.

Susan tinha de admitir que fazia sentido. Tankado não teria motivos para pensar que o algoritmo na Internet não era o original. Ninguém podia aceder-lhe excepto ele próprio e North Dakota. A menos que Tankado se desse ao trabalho de verificar toda a programação uma vez publicada, nunca saberia da porta das traseiras. Dedicara tanto tempo e esforço ao Fortaleza Digital que o mais provável seria nunca mais querer tornar a vê-lo.

Susan deixou tudo aquilo assentar. De repente, compreendeu a exigência de privacidade do comandante. A tarefa que tinha entre mãos era demorada e difícil: introduzir uma porta das traseiras escondida num algoritmo complexo e fazer uma troca na Internet sem ser detectado. O segredo adquiria uma importância primordial. A mais pequena sugestão de que o Fortaleza Digital fora violado arruinaria todo o plano.

Só agora compreendia plenamente por que razão ele decidira deixar o TRANSLTR continuar a correr. *Se o Fortaleza Digital ia ser o novo bebé da NSA, Strathmore queria ter a certeza de que era realmente indecifrável!*

— Continua a querer sair? — perguntou ele.

Susan ergueu a cabeça. Fosse pelo que fosse, ali sentada no escuro com o grande Trevor Strathmore, sentiu que todos os seus medos se desvaneciam. Reescrever o Fortaleza Digital era uma oportunidade de fazer História — uma possibilidade de fazer um bem incrivelmente grande — e Strathmore precisava da ajuda dela. Forçou um sorriso relutante.

— Qual é a nossa próxima jogada?

Strathmore sorriu. Estendeu a mão e pousou-a no ombro dela.

— Obrigado — disse, e passou imediatamente ao assunto. — Vamos lá abaixo juntos. — Voltou a pegar na *Beretta*. — A Susan espiolha o terminal do Hale. Eu protejo-a.

Susan sentiu um arrepio à simples ideia de voltar lá abaixo.

— Não podemos esperar que o David regresse com a cópia do Tankado?

Strathmore abanou a cabeça.

— Quanto mais depressa fizermos a troca, melhor. Não temos qualquer garantia de que o David consiga encontrar a chave do Tankado. Se, por azar, a anel vai parar às mãos erradas, prefiro que já tenhamos feito a substituição do algoritmo. Deste modo, seja quem for que acabe por ficar com a chave, descarregará a *nossa* versão do algoritmo. — Pôs-se de pé, empunhando a arma. — Temos de encontrar a cópia do Hale.

Susan calou-se. O comandante tinha razão. Precisavam da chave de Hale. E precisavam dela imediatamente.

Quando se levantou da cadeira, tinha as pernas a tremer. Desejou ter atingido Hale com mais força. Olhou para a pistola na mão do comandante e sentiu-se repentinamente mal disposta.

— É mesmo capaz de dar um tiro no Hale?

— Não — respondeu Strathmore, dirigindo-se à porta. — Mas esperemos que *ele* não o saiba.

CAPÍTULO SETENTA E SEIS

No parque de estacionamento do aeroporto de Sevilha, um táxi estava parado com o motor a trabalhar e o taxímetro ligado. O passageiro de óculos de aros metálicos observava atentamente, através das paredes de vidro, o que se passava no bem iluminado terminal. Soube que chegara a tempo.

Viu a rapariga loura ajudar David Becker a sentar-se numa cadeira. Aparentemente, Becker estava com dores. *Ainda não sabe o que é a dor,* pensou o homem. A rapariga tirou um pequeno objecto do bolso e estendeu-lho. Becker pegou-lhe e examinou-o à luz. Em seguida, enfiou o objecto no dedo. Tirou um maço de notas do bolso do casaco e pagou à rapariga. Falaram durante mais alguns minutos e, então, a rapariga abraçou-o. Acenou, pôs o saco de viagem ao ombro e atravessou o vestíbulo do aeroporto.

Finalmente, pensou o homem no táxi. *Finalmente.*

CAPÍTULO SETENTA E SETE

Strathmore saiu para o patamar metálico de arma em riste. Susan seguiu-o de perto, perguntando a si mesma se Hale ainda estaria no Módulo 3.

A luz do monitor atrás deles projectava bizarras sombras dos seus corpos na plataforma gradeada. Susan chegou-se ainda mais para o comandante.

À medida que se afastavam da porta, a luz foi-se desvanecendo, e pouco depois encontravam-se envoltos em escuridão. A única luz na cúpula da Cripto era a das estrelas e a débil claridade que saía pela parede partida do Módulo 3.

Strathmore avançava com todo o cuidado, tenteando com a ponta do pé o início da escada metálica. Passando a *Beretta* para a mão esquerda, segurou-se ao corrimão com a direita. Calculou que provavelmente seria tão mau atirador com a esquerda como com a direita, e esta fazia-lhe falta para se apoiar. Cair daquelas escadas poderia deixar uma pessoa aleijada para o resto da vida, e os sonhos do comandante relativamente à reforma não envolviam uma cadeira de rodas.

Susan, cega pela escuridão da cúpula, descia com uma mão apoiada no ombro de Strathmore. Mesmo a uma distância de meio metro, não conseguia distinguir a silhueta do seu mentor. À medida que ia pisando cada degrau, procurava a extremidade com a ponta do pé.

Começou a arrepender-se de ter aceitado a ideia de arriscar uma visita ao Módulo 3 para conseguir a chave de Hale. Strathmore insistia em que Hale nunca teria coragem para os atacar, mas ela não tinha assim tanta certeza. Hale estava desesperado. Tinha apenas duas opções: fugir da cúpula da Cripto ou ir para a prisão.

Uma voz teimava em dizer-lhe ao ouvido que deviam esperar pelo telefonema de David e usar a chave *dele*, mas sabia que não havia qualquer garantia de que David a encontrasse. Perguntou-se por que estaria a demorar tanto tempo. Engoliu a sua apreensão e continuou a descer.

Strathmore movia-se sem fazer ruído. Não havia necessidade de avisar Hale de que iam a caminho. Ao aproximarem-se do fim da escada, o comandante começou a avançar ainda mais lentamente, procurando o último degrau. Quando o encontrou, o salto do sapato bateu numa dura laje negra. Susan sentiu o ombro dele pôr-se tenso. Tinham entrado na zona de perigo. Hale podia estar em qualquer lugar.

À distância, de momento escondido pelo *TRANSLTR*, ficava o objectivo de ambos: o Módulo 3. Susan pediu aos céus que Hale ainda lá estivesse, a contorcer-se no chão, a ganir de dor como o cão que era.

Strathmore largou o corrimão e voltou a passar a arma para a mão direita. Sem uma palavra, avançou na escuridão. Susan agarrou-lhe o ombro com mais força. Se o perdesse, a única maneira de voltar a encontrá-lo seria falar. Hale poderia ouvi-los. Enquanto se afastavam da segurança das escadas, Susan recordou o jogo da apanhada, a altas horas da noite, da sua infância: tinha saído do coito, estava a descoberto. Estava vulnerável.

O *TRANSLTR* era a única ilha no vasto mar negro. De poucos em poucos passos, Strathmore parava, de arma preparada, à escuta. O único som era a débil zoada que vinha lá de baixo. Susan queria puxá-lo para trás, de regresso à segurança, de volta ao coito. Parecia haver caras no negrume, em torno dela.

Quando estavam a meia distância do *TRANSLTR*, o silêncio da cúpula foi quebrado. Algures na escuridão, aparentemente mesmo por cima deles, um *bip* agudo rasgou a noite. Strathmore voltou-se de repente e Susan perdeu-o. Em pânico, esticou o braço para a frente, à procura. Mas o comandante tinha desaparecido. O espaço onde o ombro dele estivera era agora apenas ar. Susan cambaleou em frente, em direcção ao vazio.

Aquela espécie de apito intermitente agudo continuava. Estava mais próximo. Susan girou sobre si mesma, no escuro. Houve um restolhar de roupas e, repentinamente, o apito cessou. Susan imobilizou-se. Um instante mais tarde, como que saída de um dos seus piores pesadelos infantis, surgiu uma visão. Um rosto materializou-se directamente em frente dela. Era fantasmagórico e esverdeado. Era o rosto de um demónio, com sombras duras a projectarem-se para cima através de feições deformadas. Susan deu um salto para trás. Fez meia volta para fugir, mas aquilo agarrou-a por um braço.

— Não se mexa! — ordenou.

Por um instante, Susan julgou ter visto Hale naqueles olhos coruscantes. Mas a voz não era a de Hale. E o contacto da mão era demasiado suave. Era Strathmore. Iluminado de baixo por um objecto brilhante que acabava de tirar do bolso. Susan quase desfaleceu de alívio. Sentiu que recomeçava a respirar. O objecto na mão de Strathmore era um *LED* electrónico que emitia uma luz esverdeada.

— Raios! — praguejou o comandante, entredentes. — É o meu novo *pager*. — Ficou a olhar, com um ar irritado, para o aparelho. Esquecera-se de seleccionar o modo de silêncio. Ironicamente, fora a uma loja local de aparelhagem electrónica para comprar o *pager*. Pagara em dinheiro, para defender o anonimato. Ninguém melhor do que ele sabia com que atenção a NSA vigiava os seus, e as mensagens digitais recebidas e enviadas daquele *pager* eram algo que Strathmore queria definitivamente manter secreto.

Susan olhou em redor, sentindo-se pouco à vontade. Se Hale ainda não soubesse que iam a caminho, ficara agora a saber.

Strathmore premiu algumas teclas e leu a mensagem recebida. Gemeu baixinho. Mais más notícias de Espanha... não de David Becker, mas da *outra* pessoa que enviara a Sevilha.

A cinco mil quilómetros de distância, uma carrinha de vigilância electrónica percorria as escuras ruas de Sevilha. Fora requisitada pela NSA, sob uma classificação de segredo de nível «Umbra», a uma base militar em Rota. Os dois homens sentados no seu interior estavam tensos. Não era a primeira vez que recebiam ordens de emergência de Fort Meade, mas essas ordens não vinham geralmente tão de cima.

— Algum sinal do nosso homem? — perguntou, por cima do ombro, o agente que ia ao volante.

O parceiro dele nem por um segundo desviou os olhos do monitor da câmara vídeo grande angular do tejadilho.

— Não. Continua a guiar.

CAPÍTULO SETENTA E OITO

Debaixo da emaranhada massa de cabos, Jabba suava. Continuava deitado de costas, com uma fina lanterna apertada entre os dentes. Já se habituara a trabalhar até tarde aos fins-de-semana; na NSA, as horas de menor movimento eram com frequência as únicas em que podia fazer a manutenção do equipamento. Naquele momento, manobrava com extremo cuidado o ferro de soldar por entre o dédalo de fios; queimar qualquer deles seria um desastre.

Só mais uns centímetros, pensou. O trabalho estava a demorar muito mais do que esperara.

No preciso instante em que encostava a ponta do ferro ao último pedaço de solda, o telemóvel tocou, irritantemente. Jabba sobressaltou-se, a mão tremeu-lhe e uma gorda gota de chumbo derretido caiu-lhe no braço.

— Porra! — Largou o ferro de soldar e pouco faltou para engolir a lanterna. — Porra! Porra! Porra!

Esfregou furiosamente a gota de solda que já solidificava e se soltou, deixando uma bela queimadura. O *chip* que tentava soldar caiu e acertou-lhe na cabeça.

— Caraças!

O telemóvel voltou a tocar. Jabba ignorou-o.

— Midge! — rosnou, entredentes. *Raios te partam! Não há nenhum problema na Cripto!* O telemóvel continuava a tocar. Jabba voltou à tarefa de soldar o novo *chip*, mas o telemóvel não se calava. *Pelo amor de Deus, Midge! Desiste!*

O telemóvel tocou durante mais quinze segundos e, finalmente, parou. Jabba suspirou de alívio.

Sessenta segundos mais tarde, o intercomunicador do tecto crepitou.

— Chefe da Seg-Sis, é favor contactar a central para receber uma mensagem.

Jabba rolou os olhos na órbitas, incrédulo. *Aquela mulher nunca desiste, pois não?* Ignorou a chamada.

CAPÍTULO SETENTA E NOVE

Strathmore devolveu o *pager* ao bolso e tentou perscrutar a escuridão para os lados do Módulo 3.
Estendeu a mão para agarrar a de Susan.
— Vamos.
Os dedos dele não chegaram a encontrar os dela.
Ouviu-se um grunhido gutural vindo da escuridão. O vislumbre de uma silhueta enorme, um camião lançado a toda a velocidade e sem luzes. Passado um instante deu-se uma colisão e Strathmore foi projectado a deslizar pelas lajes do chão.
Era Hale. O *pager* tinha-os denunciado.
Susan ouviu a *Beretta* cair. Por uma fracção de segundos, ficou petrificada, sem saber se deveria fugir ou o que fazer. O instinto dizia-lhe que fugisse, mas não tinha o código do elevador. O coração dizia-lhe que ajudasse Strathmore, mas como? Quando rodou sobre os calcanhares, desesperada, estava à espera de ouvir os sons de uma luta de vida ou de morte vindos do chão, mas não ouviu coisa alguma. Reinava de súbito um silêncio absoluto, como se Hale tivesse atingido o comandante e voltado a desaparecer no escuro.
Susan esperou, de olhos muito abertos fixos no negrume, na esperança de que Strathmore não estivesse ferido. Ao cabo do que lhe pareceu uma eternidade, murmurou:
— Comandante?
Compreendeu o seu erro ainda a palavra não acabara de lhe sair dos lábios. Nesse mesmo instante, sentiu o cheiro de Hale atrás de si. Voltou-se, mas era demasiado tarde. Sem aviso, estava a debater-se, a

tentar respirar. Viu-se de novo numa situação que já conhecia, de cara esmagada contra o peito de Hale.

— Os tomates doem-me como o caraças! — ofegou ele, com a boca colada ao ouvido dela.

Os joelhos de Susan cederam. Lá em cima, a cúpula estrelada pôs-se a rodopiar.

CAPÍTULO OITENTA

Hale agarrou com força o pescoço de Susan e gritou para a escuridão:
— Comandante, tenho a sua querida. Quero sair daqui!
O silêncio foi a única resposta a esta exigência.
Hale apertou com mais força.
— Parto-lhe o pescoço!
Atrás deles, ouviu-se o ruído do cão de uma arma a engatilhar.
A voz de Strathmore soou calma.
— Largue-a!
Susan gemeu de dor.
— Comandante!
Hale voltou o corpo dela na direcção do som.
— Dispare e mata a sua preciosa Susan. Está disposto a correr esse risco?
Strathmore tornou a falar, desta vez mais perto.
— Largue-a!
— Nem pensar. Você mata-me.
— Não vou matar ninguém.
— Ah, sim? Vá dizer isso ao Chartrukian!
Strathmore aproximou-se ainda mais.
— Chartrukian está morto.
— A quem o diz. Foi você que o matou. Eu vi!
— Desista, Greg — disse Strathmore, calmamente.
Hale agarrou-se a Susan e murmurou-lhe ao ouvido:
— Strathmore empurrou Chartrukian... Juro!
— Ela não vai deixar-se levar por essa sua técnica de dividir para reinar. — Strathmore estava agora muito perto. — Largue-a!

— Charturkian era um miúdo, pelo amor de Deus! — sibilou Hale para a escuridão. — Por que foi que o matou? Para proteger o seu segredozinho?
— Que segredozinho é esse de que está a falar? — perguntou Strathmore, sem alterar o tom da voz.
— Sabe muito bem de que porra de segredo estou a falar! O Fortaleza Digital!
— Ah, bem — murmurou Strathmore num tom condescendente, a voz como um icebergue. — Então sempre sabe do Fortaleza Digital. Já começava a pensar que ia negar também isso.
— Vá-se foder!
— Ora aí está uma argumentação inteligente.
— Louco! — cuspiu Hale. — Para sua informação, o *TRANSLTR* está a sobreaquecer.
— A sério? — Strathmore riu-se. — Deixe-me adivinhar... O que devia fazer era abrir as portas e chamar a Seg-Sis?
— Exactamente — ripostou Hale. — Será um cretino se não o fizer!
Desta vez, Strathmore riu mais alto.
— É essa a sua grande jogada? O *TRANSLTR* está a sobreaquecer, de modo que o melhor é abrir as portas e sairmos daqui?
— É verdade, que raios! Estive lá em baixo! O gerador de emergência não está a puxar fréon suficiente!
— Obrigado pelo aviso. Mas o *TRANSLTR* tem um circuito de fecho automático; se estiver a sobreaquecer, o Fortaleza Digital cancela-se sozinho.
— Está louco! — troçou Hale. — Que me importa a mim que a porra do *TRANSLTR* rebente? O raio da máquina devia ser proibida, de qualquer maneira.
Strathmore suspirou.
— A psicologia infantil só resulta com crianças, Greg. Largue-a.
— Para que possa matar-me?
— Não quero matá-lo. Só quero a chave.
— Que chave?
Strathmore voltou a suspirar.
— A que o Tankado lhe enviou.
— Não faço a mínima ideia do que está a falar.

— Mentiroso! — conseguiu Susan gritar. — Vi os *e-mails* do Tankado no teu terminal!

Hale pôs-se rígido. Obrigou Susan a voltar-se para ele.

— Entraste no meu terminal?

— E tu cancelaste o meu *tracer*! — ripostou ela.

Hale sentiu o sangue subir-lhe à cabeça. Julgava ter disfarçado bem as pistas; não fazia ideia de que Susan sabia o que tinha feito. Não admirava que não acreditasse numa palavra do que ele dizia. Sentiu as paredes começarem a apertar-se à sua volta. Sabia que nunca conseguiria safar-se daquilo só com lábia... pelo menos, não a tempo.

— Strathmore matou Chartrukian! — murmurou ao ouvido dela, em desespero.

— Largue-a! — repetiu o comandante. — Ela não acredita em si.

— E como haveria de acreditar? — gritou Hale. — Seu filho da puta mentiroso! Fez-lhe uma lavagem ao cérebro! Só lhe conta aquilo que lhe convém! Ou ela sabe o que tenciona verdadeiramente fazer com o Fortaleza Digital?

— E o que é que eu tenciono fazer? — desafiou Strathmore.

Hale sabia que aquilo que se preparava para dizer seria o seu passaporte para a liberdade ou a sua sentença de morte. Inspirou fundo e resolveu arriscar tudo.

— Quer incluir uma porta das traseiras no Fortaleza Digital.

A única resposta que veio da escuridão foi um silêncio absoluto. Hale soube que tinha acertado em cheio.

Aparentemente, a imperturbável calma de Strathmore estava a ser posta à prova.

— Quem lhe disse isso? — perguntou por fim, a voz a endurecer nas arestas.

— Li — respondeu Hale, com um risinho satisfeito, tentando tirar proveito da mudança de ritmo. — Numa das suas anotações.

— Impossível. *Nunca* imprimo as minhas anotações.

— Eu sei. Li-o directamente do seu disco.

Strathmore pareceu duvidar.

— Entrou no meu gabinete?

— Não. Espiei-o a partir do Módulo 3. — Forçou uma gargalhada cheia de autoconfiança. Sabia que ia precisar de toda a habilidade negocial que aprendera nos *Marines* para sair dali com vida.

Strathmore continuou a aproximar-se, com a *Beretta* apontada para a escuridão.

— Como é que sabe da minha porta das traseiras?

— Já lhe disse. Entrei no seu disco.

— Impossível.

— Um dos problemas de contratar os melhores, comandante — disse Hale, com forçada ironia —, é que por vezes eles são melhores do que nós.

— Jovem — disse Strathmore, num tom carregado de fúria —, não sei onde foi buscar a informação, mas está a pisar terreno muito perigoso. Vai largar a menina Fletcher imediatamente, ou eu chamo a Segurança e você passa o resto dos seus dias na prisão.

— Não, não manda — replicou Hale, calmamente. — Chamar a Segurança estragaria os seus planos. — Hale fez uma pausa. — Mas deixe-me sair e nunca direi a ninguém uma palavra a respeito do Fortaleza Digital.

— Nem pensar — replicou Strathmore. — Quero a chave.

— Não tenho porra de chave nenhuma!

— Basta de mentiras! — gritou Strathmore. — Onde está ela?

Hale tornou a apertar o pescoço de Susan.

— Deixe-me sair ou ela morre!

Trevor Strathmore tinha participado ao longo da vida num número suficiente de negociações no limite para saber que Greg Hale estava num estado de espírito altamente perigoso. O jovem criptógrafo deixara-se encurralar, e um adverrsário encurralado era sempre o mais temível: desesperado e imprevisível. Sabia que a sua próxima jogada seria crítica. A vida de Susan dependeria dela... e o futuro do Fortaleza Digital também.

Sabia que a primeira coisa que tinha de fazer era aliviar a tensão. Ao cabo de um longo momento, suspirou, com relutância.

— *Okay*, Greg. Ganhou. Que quer que eu faça?

Silêncio. Hale parecia de repente não saber muito bem como lidar com o tom conciliador do comandante. Afrouxou um pouco a pressão no pescoço de Susan.

— B...bem — gaguejou, a voz subitamente trémula. — A primeira coisa que vai fazer é dar-me essa arma. Vão os dois comigo.

— Reféns? — Strathmore riu friamente. — Greg, vai ter de fazer melhor que isso. Há cerca de uma dúzia de guardas armados entre este lugar e o parque de estacionamento.

— Não sou parvo! — ripostou Hale. — Vou no seu elevador. A Susan vai comigo! *Você* fica!

— Detesto ter de lhe dizer isto — respondeu Strathmore —, mas o elevador não tem corrente.

— Tretas! — atirou-lhe Hale. — O elevador recebe energia do edifício principal. Estive a ver os esquemas!

— Já o tentámos — disse Susan meio engasgada, a tentar ajudar. — Não funciona.

— Vocês vêm os dois com tantas merdas que nem dá para acreditar! — Hale voltou a apertar o pescoço de Susan. — Se o elevador não funciona, desligo o TRANSLTR e volta logo a funcionar.

— É preciso uma *password* — insistiu Susan, num tom irritado.

— Grande coisa. — Hale riu-se. — Estou certo de que o comandante não se importa de a partilhar connosco. Pois não, comandante?

— Nem pense — sibilou Strathmore.

Hale perdeu a paciência.

— Ouça o que eu lhe vou dizer, meu velho... é assim! Deixa-me sair a mim e à Susan, e daqui a meia dúzia de horas eu liberto-a.

Strathmore sentiu que as apostas estavam a subir. Fora ele quem metera Susan naquilo, agora cabia-lhe a ele safá-la. Quando falou, a voz soou firme como uma rocha:

— E os meus planos relativamente ao Fortaleza Digital?

Hale riu-se.

— Pode escrever a sua porta das traseiras... não direi uma palavra. — Nesse ponto, a voz tornou-se-lhe ameaçadora. — Mas no dia em que desconfiar de que anda atrás de mim, vou ter com a imprensa e despejo a história toda. Digo-lhes que o Fortaleza Digital está viciado e afundo toda esta merda desta organização!

Strathmore considerou a proposta. Era limpa e simples. Susan vivia e o Fortaleza Digital ganhava uma porta das traseiras. Desde que não perseguisse Hale, a porta continuava aberta. Sabia que Hale não ia conseguir manter-se calado por muito tempo. Por outro lado... o que sabia a respeito daquele assunto era o seu único seguro de vida...

Talvez fosse esperto. Acontecesse o que acontecesse, Strathmore sabia que seria sempre possível eliminá-lo mais tarde, se necessário.

— Decida-se, meu velho! — insistiu Hale. — Vamos embora ou não?

Mantinha o braço apertado à volta do pescoço de Susan, como um torno.

Strathmore sabia que se pegasse no telefone e chamasse a Segurança naquele preciso instante, Susan viveria. Estaria disposto a apostar a própria vida. Via claramente a cena. A chamada apanharia Hale de surpresa. Entraria em pânico e, ao final, confrontado com um pequeno exército, ver-se-ia incapaz de agir. Ao cabo de um curto impasse, acabaria por ceder. *Mas se chamo a Segurança,* pensou, *o meu plano fica arruinado.*

Hale apertou-a com mais força. Susan gritou de dor.

— Como é que vai ser? — gritou Hale. — Mato-a?

Strathmore ponderou as suas opções. Se deixasse Hale levar Susan dali para fora, não teria qualquer garantia. Hale podia pegar no carro e afastar-se alguns quilómetros, parar num bosque. Teria uma arma... Sentiu o estômago contorcer-se. Não havia meio de saber o que poderia acontecer antes de a libertar... *se* a libertasse. *Tenho de chamar a Segurança,* decidiu. *Que outra coisa posso eu fazer?* Imaginou Hale no tribunal, a contar tudo a respeito do Fortaleza Digital. *O meu plano ficará arruinado. Tem de haver outra maneira.*

— Decida-se! — voltou Hale a gritar, arrastando Susan em direcção à escada.

Strathmore não o ouvia. Se salvar Susan significava arruinar o seu plano, então que assim fosse. Nada havia que valesse essa perda. Susan Fletcher era um preço que Trevor Strathmore se recusava a pagar.

Hale tinha um braço de Susan dobrado para trás das costas e o pescoço dela inclinado para um lado.

— Esta é a sua última oportunidade, velho! Dê-me a arma!

O cérebro de Strathmore continuava a funcionar a todo o vapor, à procura de uma alternativa. *Há sempre alternativas!* Finalmente falou, num tom de voz quase triste.

— Não, Greg, lamento. Não posso deixá-lo ir.

Hale engasgou-se, quase em estado de choque.

— O quê?

— Vou chamar a Segurança.
— Comandante, não! — arquejou Susan.
Hale aumentou a pressão do braço.
— Se chama a Segurança, ela morre!
Strathmore tirou o telemóvel do cinto e ligou-o.
— Está a fazer *bluff*, Greg.
— Jamais o fará! — gritou Greg. — Eu falo! Arruino o seu plano! Está a poucas horas de distância do seu sonho! Controlar toda a informação do mundo! Acabou-se o TRANSLTR! Acabaram-se os limites... informação completamente livre. É a oportunidade de uma vida! Não vai deixá-la escapar!

A voz de Strathmore foi como aço.
— Então veja só.
— Mas... mas e a Susan? — gaguejou Hale. — Se faz essa chamada, ela morre!

Strathmore manteve-se firme.
— É um risco que vou ter de correr.
— Conversa! Tem mais pica por ela do que pelo Fortaleza Digital! Conheço-o! Não vai arriscar uma coisa destas!

Susan ia iniciar uma réplica furiosa, mas Strathmore adiantou-se-lhe.
— Jovem! Você *não* me conhece! Para mim, correr riscos é uma forma de vida. Se quer jogar duro, vamos jogar! — Começou a premir teclas no telefone. — Avaliou-me mal, filho! Não permito que alguém ameace a vida dos meus funcionários e se fique a rir! — Levou o aparelho à boca e rosnou: — Central! Ligue-me para a Segurança!

Hale começou a torcer o pescoço de Susan.
— Eu... eu mato-a! Juro!
— Não vai fazer nada disso — afirmou Strathmore. — Matar a Susan só servirá para tornar tudo pi... — Interrompeu-se e apertou o telefone contra os lábios. — Segurança! Fala o comandante Trevor Strathmore. Temos uma situação com reféns na Cripto! Mandem alguns homens para aqui! Sim, *imediatamente,* que raios! Temos também uma falha no gerador. Quero que reencaminhem para aqui corrente de todas as fontes possíveis. Quero todos os sistemas a funcionar dentro de cinco minutos! Greg Hale matou um dos meus Seg-Sis. Fez refém a

minha chefe do Departamento da Cripto. Estão autorizados a usar gás lacrimogénio, se necessário! Se o Sr. Hale não cooperar, tenham atiradores a postos para o abater. Assumo toda a responsabilidade. Já!

Hale ficou imóvel, aparentemente paralisado pela incredulidade. Afrouxou a pressão no pescoço de Susan.

Strathmore desligou o telefone e prendeu-o no cinto.

— É você a jogar, Greg.

CAPÍTULO OITENTA E UM

David Becker deteve-se, de olhos lacrimejantes, diante de uma das cabinas telefónicas do terminal do aeroporto. Apesar do ardor no rosto e de uma vaga náusea, tinha a alma em festa. Acabara-se. De vez. Ia voltar a casa. O anel que tinha no dedo era o graal que demandava. Ergueu a mão para a luz e estudou o aro de ouro, semicerrando os olhos. Não conseguia focar a visão o suficiente para ler, mas a inscrição parecia não estar em inglês. O primeiro símbolo era um Q, ou um O, ou talvez um zero. Doíam-lhe demasiado os olhos para perceber. Examinou os primeiros caracteres. Não faziam sentido. *Isto é que é uma questão de segurança nacional?*

Entrou na cabina e ligou o número de Strathmore. Ainda antes de acabar de marcar o indicativo internacional, ouviu uma gravação. «Todos los circuitos están ocupados», dizia a voz. «Por favor, desligue e volte a tentar dentro de momentos.» Becker franziu o sobrolho e desligou. Tinha-se esquecido: conseguir uma ligação internacional a partir de Espanha era como a roléta, uma questão de oportunidade e de sorte. Teria de voltar a tentar passados alguns minutos.

Esforçou-se por ignorar o ardor da pimenta nos olhos. Megan tinha-lhe dito que esfregá-los só serviria para piorar as coisas; nem queria imaginar. Impaciente, voltou a tentar o telefone. Continuava a não haver linha. Não podia esperar mais. Tinha os olhos a arder, precisava de lavá-los com água. Strathmore ia ter de esperar mais um ou dois minutos. Meio cego, encaminhou-se para as casas de banho.

A imagem difusa do carrinho da limpeza continuava diante da casa de banho dos homens, de modo que Becker se voltou para a porta assinalada com a indicação DAMAS. Pareceu-lhe ouvir barulho lá dentro. Bateu.

— *Hola?*

Silêncio.

Provavelmente, a Megan, pensou. A rapariga ia ter cinco horas para matar antes do voo e dissera-lhe que ia esfregar o braço até conseguir limpá-lo.

— Megan? — chamou. Tornou a bater. Não houve resposta. — Empurrou ligeiramente a porta. — Está aí alguém? — Entrou. A casa de banho parecia deserta. Encolheu os ombros e dirigiu-se ao lavatório.

A bacia de cerâmica continuava imunda, mas a água estava fria. Becker sentiu os poros fecharem-se quando a chapinhou para os olhos. A dor aliviou um pouco e a névoa dissipou-se gradualmente. Becker examinou o seu reflexo no espelho. Parecia ter estado a chorar dias seguidos.

Secou a cara com a manga do casaco e, então, subitamente, ocorreu-lhe. Com toda aquela excitação, esquecera-se de onde estava. Estava no aeroporto! Algures lá fora, do outro lado da pista, num dos três hangares particulares do aeroporto de Sevilha, havia um *Learjet 60* à espera, pronto para levá-lo para casa. O piloto fora muito claro: *Tenho ordens para ficar aqui até que regresse.*

Custava acreditar, pensou, que, depois de tudo o que se passara, acabara por voltar ao lugar de onde tinha partido. *De que estou eu à espera?* Riu-se. *De certeza que o piloto pode contactar Strathmore via rádio!*

A rir para si mesmo, Becker olhou para o espelho e ajeitou o nó da gravata. Preparava-se para sair quando o reflexo de qualquer coisa atrás de si lhe prendeu o olhar. Voltou-se. Parecia ser um canto do saco de viagem da Megan, a sobressair por baixo da porta parcialmente aberta do reservado.

— Megan? — chamou. Não houve resposta. — *Megan?*

Aproximou-se. Bateu com força na parede lateral do reservado. Continuou a não obter resposta. Empurrou cuidadosamente a porta. Que se abriu sem oferecer resistência.

Becker reteve com um esforço um grito de horror. Megan estava sentada na sanita, os olhos revirados nas órbitas. Tinha, bem no meio da testa, um orifício negro de onde o sangue lhe escorria para o rosto.

— Oh, meu Deus! — exclamou Becker, chocado.

— *Está muerta!* — grasnou uma voz quase inumana atrás dele.

Era como um sonho. Becker voltou-se.

— *Señor Becker?* — perguntou a fantasmagórica voz.

Aturdido, Becker estudou o homem que entrara na casa de banho. Pareceu-lhe estranhamente familiar.

— *Soy Hulohot* — disse o assassino. As palavras, deformadas, pareciam sair-lhe das profundezas do estômago. Estendeu a mão. — *El anillo.*

Becker ficou a olhar para ele, confuso.

O homem meteu a mão no bolso e tirou de lá uma arma. Ergueu-a e apontou-a à cabeça de Becker.

— *El anillo.*

Num instante de perfeita clareza, Becker experimentou uma sensação que nunca conhecera. Como que comandados por uma espécie de instinto de sobrevivência subconsciente, todos os músculos do seu corpo se contraíram e distenderam ao mesmo tempo. Voou pelos ares quando o tiro partiu. Caiu em cima de Megan. A bala bateu na parede, atrás de si.

— *Mierda!* — praguejou Hulohot. No último instante possível, Becker conseguira desviar-se. O assassino avançou.

Becker saiu de cima do corpo sem vida da adolescente. Ouviu passos que se aproximavam. O som de uma respiração. O engatilhar de uma arma.

— *Adiós* — murmurou o homem, ao mesmo tempo que saltava para a frente como uma pantera, apontando a arma para o interior do reservado.

A arma disparou. Houve um lampejo de vermelho. Mas não era sangue. Era outra coisa. Um objecto parecera materializar-se, como que vindo de parte nenhuma, voando pelos ares e atingindo o assassino em pleno peito, fazendo-o disparar uma fracção de segundos demasiado cedo. Era o saco de viagem de Megan.

Becker projectou-se para fora do reservado. Cravou o ombro no peito do homem e empurrou-o contra o lavatório. Ouviu-se um estalo como que de ossos a partirem-se. O espelho estilhaçou-se. A arma caiu. Os dois homens rolaram pelo chão. Becker libertou-se do seu adversário e correu para a saída. Hulohot procurou freneticamente a arma, rodou sobre si mesmo e disparou. A bala atravessou a porta que se fechava.

A sala deserta do terminal do aeroporto estendia-se à frente de Becker como um deserto instransponível. Correu mais depressa do que alguma vez imaginara conseguir correr.

Quando chegou à porta giratória, ouviu um tiro. O painel de vidro à sua frente explodiu numa chuva de estilhaços. Becker empurrou com o ombro e a porta girou. Um instante mais tarde, saía aos tropeções para o parque de estacionamento.

Estava um táxi à espera.

— *Déjame entrar!* — gritou Becker, esmurrando a porta fechada.

O condutor recusou. O seu cliente, o homem dos óculos de aros metálicos, dissera-lhe que esperasse. Becker voltou-se e viu Hulohot atravessar a sala do terminal a correr, de arma na mão. E então viu a sua pequena *Vespa* caída junto ao passeio. *Sou um homem morto.*

Hulohot passou a porta giratória a tempo de ver Becker tentar, em vão, fazer a *Vespa* pegar. Sorriu e ergueu a arma.

O comando do ar! Becker procurou desesperadamente a pequena alavanca debaixo do depósito de gasolina. Voltou a pisar o pedal de arranque. O motor tossicou e morreu.

— *El anillo!* — A voz estava muito próxima.

Becker ergueu a cabeça. Viu o cano da arma. O tambor a rodar. Calcou com toda a força o pedal de arranque.

A bala de Hulohot falhou a cabeça de Becker por centímetros quando o pequeno motociclo saltou para a frente. Becker agarrou-se desesperadamente ao guiador, tentando manter o equilíbrio enquanto a *Vespa* descia aos saltos um declive relvado, contornava o edifício do terminal e entrava na pista.

Furioso, Hulohot correu para o táxi que esperava. Segundos mais tarde, o condutor jazia, aturdido, no passeio, a ver o seu táxi arrancar no meio de uma nuvem de pó.

CAPÍTULO OITENTA E DOIS

Quando se apercebeu plenamente das implicações do telefonema que o comandante Strathmore acabava de fazer, Hale sentiu-se invadir por uma onda de pânico. *A Segurança vem a caminho!* Susan começou a fugir-lhe. Mas Hale recompôs-se, agarrando-a pela cintura e puxando-a para trás.

— Larga-me! — gritou ela, e o grito ecoou pela cúpula.

O cérebro de Hale funcionava a toda a velocidade. O telefonema do comandante apanhara-o totalmente de surpresa. *Strathmore chamou a Segurança! Está a sacrificar os seus planos para o Fortaleza Digital!*

Nunca, nem num milhão de anos, Hale teria julgado Strathmore capaz de deixar o Fortaleza Digital escapar-se-lhe por entre os dedos. Aquela porta das traseiras era a oportunidade de uma vida.

À medida que o pânico se instalava, o cérebro pareceu começar a pregar-lhe partidas. Via o cano da *Beretta* de Strathmore para onde quer que olhasse. Começou a girar, mantendo Susan apertada contra si, tentando negar ao comandante a oportunidade de disparar. Impulsionado pelo medo, arrastou cegamente Susan em direcção às escadas. Dentro de cinco minutos, as luzes iriam acender-se e as portas abrir-se e os homens da Segurança entrariam de rompante.

— Estás a magoar-me! — protestou Susan, esforçando-se por respirar, levada aos tropeções pelas desesperadas piruetas de Hale.

Hale considerou a hipótese de a largar e de tentar chegar ao elevador de Strathmore, mas era suicídio. Não tinha a *password*. Além disso, uma vez fora da NSA sem um refém, não duraria muito tempo. Nem mesmo o seu *Lotus* conseguiria fugir a uma flotilha de helicópteros. *A Susan é a única coisa capaz de impedir o Strathmore de rebentar comigo!*

— Susan! — gritou, continuando a arrastá-la em direcção às escadas. — Vem comigo! Juro-te que não te faço mal!

Enquanto Susan se debatia, Hale apercebeu-se de que tinha novos problemas. Mesmo na hipótese improvável de conseguir abrir o elevador de Strathmore e levar Susan consigo, ela haveria com toda a certeza de continuar a tentar libertar-se. Sabia perfeitamente que o elevador do comandante fazia apenas uma paragem: a «auto-estrada subterrânea», o labirinto de túneis de acesso por onde os poderosos da NSA se deslocavam em segredo. Não tinha a mínima intenção de acabar perdido nos corredores subterrâneos do complexo com uma refém a debater-se-lhe nos braços. Era uma armadilha mortal. Mesmo que de lá saísse, não tinha qualquer arma. Como conseguiria atravessar com Susan o parque de estacionamento? Como conduziria?

Foi a voz de um dos seus antigos professores de estratégia militar que lhe deu a resposta:

Se forçares uma mão, disse a voz, *ela resisitirá. Mas se convenceres uma mente a pensar do modo que queres que pense, terás um aliado.*

— Susan — disse Hale —, Strathmore é um assassino! Se ficares aqui, corres perigo!

Susan pareceu não o ouvir. Hale sabia que era uma jogada absurda, de todos os modos; Strathmore nunca faria mal a Susan, e ela sabia-o.

Tentou perscrutar a escuridão, perguntando a si mesmo onde se teria o comandante escondido. Strathmore remetera-se a um súbito silêncio, o que o assustava ainda mais. Sentiu que o tempo estava a esgotar-se. Os homens da Segurança iam entrar ali de um momento para o outro.

Numa demonstração de força, enlaçou com os dois braços a cintura de Susan e começou a puxá-la escada acima. Ela enganchou os calcanhares no primeiro degrau e tentou resistir. Mas era inútil, ele era bem mais forte que ela.

Cuidadosamente, Hale retrocedia degrau a degrau, arrastando Susan consigo. Empurrá-la para cima teria sido mais fácil, mas o patamar diante da porta do gabinete estava iluminado pelo clarão dos monitores. Se Susan fosse à frente, Strathmore poderia atingi-lo pelas costas. Arrastando Susan atrás de si, mantinha um escudo humano entre si mesmo e a sala da Cripto.

A cerca de um terço da subida, detectou movimento na base das escadas. *Strathmore a tentar a sua jogada!*

— Nem sequer tente, comandante — sibilou. — Só vai conseguir matá-la.

Esperou. Mas havia apenas silêncio. Escutou com atenção. Nada. Não vinha qualquer ruído do início da escada. Estaria a imaginar coisas? Pouco importava. Strathmore nunca se arriscaria a disparar estando Susan de permeio.

Enquanto subia as escadas a recuar, mantendo Susan atrás de si, algo de inesperado aconteceu. Ouviu o som de uma pequena pancada no patamar, lá em cima. Deteve-se, com a adrenalina a correr-lhe pelas veias. Ter-se-ia Strathmore escapulido até lá acima? O instinto dizia-lhe que o comandante estava *ao fundo* da escada. Mas então, repentinamente, voltou a acontecer... desta vez mais forte. O som claro de um passo no patamar!

Aterrorizado, Hale compreendeu o seu erro. *Strathmore está no patamar, atrás de mim! Tem o espaço livre para me atingir nas costas!* Em desespero, voltou Susan para o lado de cima e começou a recuar escada abaixo.

Quando chegou ao fundo, olhou loucamente para o patamar e gritou:

— Desista, comandante! Desista, ou parto-lhe...

A coronha de uma *Beretta* silvou pelos ares junto à base da escada e foi embater violentamente na nuca de Hale.

Enquanto se desembaraçava do corpo que caía molemente, Susan voltou-se, confusa. Strathmore agarrou-a e puxou-a para si, embalando-a como se fosse uma criança.

— Chiu — murmurou, num tom tranquilizador. — Sou eu. Está tudo bem.

Susan estava a tremer.

— Comandante... — arquejou, desorientada. — Pensei... pensei que estava lá em cima... ouvi...

— Calma — murmurou ele. — Ouviste-me atirar os sapatos para o patamar.

Susan deu por si a rir e a chorar ao mesmo tempo. O comandante acabava de lhe salvar a vida. Ali, no meio da escuridão, teve uma avassaladora sensação de alívio. Mas não isenta de culpa; a Segurança ia a caminho. Fora uma tola por ter deixado Hale agarrá-la e servir-se dela contra Strathmore. Sabia que o comandante pagara um preço enorme para salvá-la.

— Peço desculpa — disse.
— Porquê?
— Os seus planos para o Fortaleza Digital... ficaram arruinados.
Strathmore abanou a cabeça.
— Nada disso.
— Mas... e os homens da Segurança? Vão chegar de um momento para o outro. Não vamos ter tempo de...
— A Segurança não vem aí, Susan. Temos todo o tempo do mundo.
Susan estava completamente baralhada. *Não vem?*
— Mas telefonou...
Strathmore riu-se.
— Não telefonei nada. Enganei-o com o truque mais velho do livro: fingi que telefonava.

CAPÍTULO OITENTA E TRÊS

A *Vespa* de Becker era, sem sombra de dúvida, o veículo mais pequeno que alguma vez correra pela pista do aeroporto de Sevilha. A sua velocidade máxima, uns estonteantes oitenta quilómetros por hora, em que o barulho que fazia mais parecia o de uma motosserra do que o de um motociclo, ficava mesmo assim, infelizmente, muito aquém da necessária para levantar voo.

Pelo retrovisor do lado direito, Becker viu, cerca de quatrocentos metros mais atrás, o táxi entrar na pista, que nenhuma luz iluminava, e começar imediatamente a ganhar terreno. Becker olhou em frente. Os contornos dos hangares privados recortavam-se contra o céu nocturno, oitocentos metros mais à frente. Perguntou-se se o táxi conseguiria alcançá-lo naquela distância. Sabia que Susan faria as contas em dois segundos e calcularia as probabilidades. Subitamente, sentiu um medo como nunca antes tinha conhecido.

Baixou a cabeça e rodou o acelerador até ao máximo do respectivo curso. A *Vespa* não dava mais. Calculou que o táxi que o perseguia devia ir quase a cento e cinquenta, praticamente o dobro da sua velocidade. Fixou os olhos nas três estruturas que se destacavam ao longe. *A do meio. É onde está o* Learjet. Ouviu uma detonação.

A bala bateu na pista, escassos metros atrás de si. Becker olhou por cima do ombro. O assassino debruçava-se da janela, a apontar. Becker guinou subitamente para a direita e o retrovisor do lado esquerdo saltou em estilhaços. Becker sentiu a força do impacte no guiador. Inclinou-se ainda mais para a frente. *Deus me ajude,* pensou. *Não vou conseguir!*

A pista à frente da *Vespa* estava a ficar cada vez mais clara. O táxi aproximava-se, com os faróis a projectarem sombras fantasmagóricas no asfalto. Novo tiro. A bala ricocheteou na traseira do motociclo.

Becker esforçou-se por impedi-lo de guinar para o lado. *Tenho de chegar ao hangar!* Perguntou-se se o piloto do *Learjet* estaria a vê-los aproximarem-se. *Terá uma arma? Abrirá a porta da cabina a tempo?* Mas, quando chegou ao espaço iluminado diante dos hangares abertos, apercebeu-se de que a pergunta era ociosa. Não havia qualquer *Learjet* à vista. Semicerrou os olhos, pedindo aos deuses que fosse apenas uma alucinação. Mas não era. O hangar estava vazio. *Oh, meu Deus! Onde está o avião?*

Enquanto os dois veículos entravam a toda a velocidade no hangar, Becker procurou desesperadamente uma via de fuga. Não havia nenhuma. A parede traseira do edifício, uma vasta extensão de chapa ondulada, não tinha quaisquer portas ou janelas. O táxi alcançou a *Vespa* e Becker, ao olhar para a esquerda, viu Hulohot erguer a arma.

Os reflexos assumiram o comando. Becker pisou o travão. A *Vespa* quase não abrandou naquele chão manchado de óleo, mas entrou numa longa derrapagem.

Ouviu, mesmo ao lado, um guincho ensurdecedor quando os travões do táxi bloquearam e os pneus carecas deslizaram na superfície escorregadia. O carro começou a rodopiar, no meio de uma nuvem de fumo, um metro à esquerda da *Vespa* que derrapava.

Agora, lado a lado, os dois veículos avançavam, descontrolados, direitos à parede traseira do hangar. Becker accionou desesperadamente o travão de pé e os de mão, mas não havia a mínima tracção; era como conduzir sobre gelo. À frente dele, a parede de chapa ondulada parecia crescer a uma velocidade estonteante. Enquanto o táxi continuava a rodopiar à sua esquerda, Becker, de frente para a parede, preparou-se para o impacto.

Ouviu-se um ensurdecedor estrondo de metal a bater contra metal. Mas não houve dor. Subitamente, Becker deu por si ao ar livre, ainda montado na *Vespa*, a correr aos solavancos por cima de um campo relvado. Era como se a parede traseira do hangar se tivesse dissolvido à sua frente. O táxi continuava ao lado dele, aos saltos pelo campo. Um enorme pedaço de chapa ondulada saltou da parte da frente do carro e passou-lhe a zunir por cima da cabeça.

Com o coração a bater loucamente, Becker acelerou a *Vespa* e desapareceu na noite.

CAPÍTULO OITENTA E QUATRO

Jabba deixou escapar um suspiro de satisfação ao terminar o último ponto de soldagem. Desligou o ferro, pousou a lanterna e deixou-se ficar estendido por um momento no escuro, debaixo da caixa do computador. Estava esgotado. Doía-lhe o pescoço. Aquele tipo de trabalho era sempre difícil, especialmente para um homem do tamanho dele.

E fazem-nos cada vez mais pequenos, pensou.

Quando fechou os olhos para um bem merecido momento de descontracção, alguém lá fora começou a puxar-lhe pelas botas.

— Jabba! Sai daí! — gritou uma voz de mulher.

A Midge! Encontrou-me. Jabba gemeu.

— Jabba! Sai daí!

Relutantemente, Jabba deslizou para fora.

— Pelo amor de Deus, Midge! Já te disse... — Mas não era Midge. Jabba olhou para cima, surpreendido. — Soshi?

Soshi Kuta era um fio eléctrico com quarenta e cinco quilos de peso. Era também a principal assistente do chefe da Seg-Sis, uma técnica brilhante saída do MIT. Trabalhava frequentemente até altas horas com o chefe e parecia ser o único membro do pessoal que não se deixava intimidar por ele. Naquele momento, lançou-lhe um olhar furioso e perguntou:

— Por que foi que não atendeste o telefone? Nem respondeste ao *pager*?

— Eras tu? — disse ele. — Pensei que fosse...

— Não importa. Passa-se qualquer coisa de estranho na base de dados principal.

Jabba consultou o relógio.

— Estranho? — Agora sim, começava a ficar preocupado. — Podes ser mais específica?

Dois minutos mais tarde, Jabba ia a correr pelo corredor principal em direcção à base de dados.

CAPÍTULO OITENTA E CINCO

Greg Hale jazia enrodilhado no chão do Módulo 3. Strathmore e Susan tinham-no arrastado pela Cripto até ali e tinham-lhe amarrado as mãos e os pés com cabos das impressoras *laser* do Módulo 3.

Susan ainda estava espantada com a astuciosa manobra do comandante. *Fingiu que telefonava!* Strathmore capturara Hale, salvara-a e conseguira arranjar tempo suficiente para reescrever o Fortaleza Digital.

Olhou, pouco à vontade, para o colega manietado. Hale respirava pesadamente. Strathmore estava sentado no sofá, com a *Beretta* pousada no colo. Susan voltou a concentrar a atenção no terminal de Hale e continuou a sua busca aleatória.

O quarto comando de pesquisa correu o seu curso sem produzir qualquer resultado.

— Ainda nada — suspirou. — Somos capazes de ter de esperar pelo David para ler a cópia do Tankado.

Strathmore lançou-lhe um olhar reprovador.

— Se o David falha e a cópia do Tankado cai nas mãos erradas...

Não foi preciso acabar. Susan compreendeu-o. Até que o ficheiro Fortaleza Digital que estava na Internet fosse substituído pela versão modificada de Strathmore, a chave de Tankado era perigosa.

— Depois de termos feito a troca — acrescentou Strathmore —, não quero saber de quantas cópias da chave andem por aí; quantas mais, melhor. — Fez-lhe sinal para que continuasse a procurar. — Mas até lá, jogamos contra o relógio.

Susan abriu a boca para responder, mas as suas palavras foram abafadas por um ruído ensurdecedor. O súbito uivo de um alarme vindo do subsolo rasgou o silêncio da cúpula da Cripto. Susan e Strathmore trocaram olhares sobressaltados.

— O que é *isto*? — gritou Susan, colocando a pergunta entre os gritos intermitentes do alarme.

— O *TRANSLTR*! — gritou Strathmore em resposta, parecendo alarmado. — Aqueceu demasiado! Talvez Hale tivesse razão a respeito de o gerador de emergência não puxar fréon suficiente.

— E o sistema de corte automático?

Strathmore pensou por um instante e então respondeu:

— Deve ter havido algures um curto-circuito. — O feixe amarelo de uma luz de aviso rotativa varria o chão da sala da Cripto, fazendo passar a intervalos regulares um clarão doentio pela cara dele.

— É melhor desligar! — gritou Susan.

Strathmore assentiu. Ninguém sabia o que aconteceria se três milhões de processadores sobreaquecessem e decidissem pegar fogo. Strathmore tinha de chegar ao terminal do seu gabinete e cancelar a decifração do Fortaleza Digital... sobretudo antes que alguém no exterior da Cripto se apercebesse do problema e decidisse enviar a cavalaria.

O comandante lançou um olhar a Hale, que continuava inconsciente. Pousou a *Beretta* na mesa, ao lado de Susan, e gritou para se fazer ouvir acima do uivo da sirene:

— Volto já!

Enquanto desaparecia através do buraco aberto na parede de vidro do Módulo 3, gritou por cima do ombro:

— E descubra-me essa chave!

Susan olhou para os resultados da sua improfícua busca e desejou que Strathmore se apressasse a desligar a máquina. O barulho e as luzes no interior da cúpula faziam lembrar o local de lançamento de um míssil.

No chão, Hale começou a mexer-se, estremecendo a cada grito da sirene. Susan surpreendeu-se a si mesma ao pegar na *Beretta*. Hale abriu os olhos e viu Susan Fletcher de pé, à sua frente, a apontar-lhe uma arma ao baixo-ventre.

— Onde está a chave? — perguntou Susan.

Hale estava a ter dificuldade em orientar-se.

— Que... que aconteceu?

— Foste apanhado, foi o que aconteceu. Agora, diz-me onde está a chave.

Hale tentou mexer os braços e apercebeu-se de que estava amarrado. O pânico reflectiu-se-lhe no rosto.

— Desamarra-me!

— Quero a chave — repetiu Susan.

— Não a tenho! Desamarra-me! — Tentou pôr-se de pé, mas mal conseguia rolar sobre si mesmo.

Susan gritou por entre os uivos da sirene:

— És o North Dakota e o Ensei Tankado deu-te uma cópia da chave. Preciso dela, imediatamente!

— Estás louca! — arquejou Hale. — Não sou o North Dakota! — Continuava a tentar libertar-se, sem êxito.

— Não me mintas! — gritou Susan, furiosa. — Por que raio é que todo o *e-mail* do North Dakota está no *teu* disco?

— Já te disse! — respondeu Hale. — Andei a espiar o Strathmore! O *e-mail* que está no meu disco foi copiado do *dele*. E-mail que a COMINT roubou ao Tankado!

— Tretas! Nunca conseguirias entrar no disco do comandante!

— Não estás a compreender! Já havia uma escuta na caixa-postal do Strathmore! — Hale disse isto aos sacões, nos intervalos entre os gritos da sirene. — Alguém a pôs lá. Julgo que foi o director Fontaine! Limitei-me a aproveitar a boleia! Tens de acreditar em mim! Foi assim que descobri este plano para reescrever o Fortaleza Digital! Tenho andado a lar os *brainstorms* do Strathmore!

Os *brainstorms*? Susan pensou um pouco. Strathmore tinha sem dúvida usado o *software* BrainStorm para delinear os seus planos relativamente ao Fortaleza Digital. Se alguém conseguira introduzir-se no terminal do comandante, encontrara disponível toda a informação...

— Reescrever o Fortaleza Digital é *errado*! — gritou Hale. — Sabes muito bem o que significa: acesso total da NSA! — As sirenes uivavam, afogando-lhe a voz, mas Hale estava possesso. — Achas que estás pronta para essa responsabilidade? Achas que *alguém* está? É preciso ser ceguinha! Dizes que o nosso Governo está empenhado em defender os verdadeiros interesses das pessoas? Óptimo! Mas que acontece se algum dia tivermos um Governo que *não* esteja empenhado em defender os verdadeiros interesses das pessoas? Esta tecnologia é *para sempre*!

Susan mal conseguia ouvi-lo. O nível de ruído no interior da cúpula da Cripto era ensurdecedor.

Hale tentava libertar-se. Olhou Susan bem no fundo dos olhos e continuou a gritar:

— Como raio é que os civis se defendem contra um Estado policial quando o tipo que manda tem acesso a *todas* as suas linhas de comunicação? Como é que planeiam uma revolta?

Susan já ouvira aquele argumento vezes sem conta. A questão dos «futuros governos» era uma das queixas típicas da EFF.

— Era *preciso* travar Strathmore! — gritava Hale, enquanto as sirenes uivavam.— E *eu* jurei que o faria. Foi o que estive aqui a fazer o dia todo... a espiar o disco dele, à espera de que fizesse a sua jogada para poder registar a alteração. Precisava de provas... provas de que ele tinha escrito uma porta das traseiras. Por isso copiei o *e-mail* dele para a minha conta. Prova que tem andado a vigiar o Fortaleza Digital. A minha intenção era contar tudo à imprensa.

Susan sentiu que o coração lhe falhava uma batida. Teria ouvido bem? De repente, aquilo soava-lhe muito a Greg Hale. Seria possível? Se soubesse dos planos de Strathmore de colocar na Internet uma versão viciada do Fortaleza Digital, seria mesmo dele esperar que o mundo inteiro estivesse a usar o programa para então largar a bomba... com provas a apoiar!

Imaginou os cabeçalhos: CRIPTÓGRAFO GREG HALE DESMASCARA PLANO SECRETO DOS EUA PARA CONTROLAR INFORMAÇÃO GLOBAL!

Uma repetição do Skipjack? Denunciar uma porta das traseiras da NSA pela segunda vez tornaria Greg Hale famoso para lá dos seus sonhos mais loucos. E também afundaria a NSA. Subitamente, Susan deu por si a perguntar-se se Hale estaria a dizer a verdade. *Não!*, decidiu. *Claro que não!*

Hale continuou a argumentar.

— Cancelei o teu *tracer* porque pensei que era a *mim* que procuravas. Pensei que desconfiasses de que Strathmore andava a ser espiado! Não queria que encontrasses a fuga e seguisses o rasto até mim!

Era plausível, mas pouco provável.

— Nesse caso, por que mataste Chartrukian? — perguntou.
— Não matei! — gritou Hale. — Foi Strathmore que o empurrou! Eu estava lá em baixo, vi tudo! Chartrukian preparava-se para chamar a Seg-Sis e arruinar os planos dele!

O tipo é bom, pensou Susan. *Tem resposta para tudo.*
— Solta-me! — pediu Hale. — Não fiz nada!
— Não *fizeste* nada? — gritou Susan, perguntando a si mesma por que estaria Strathmore a demorar tanto. — Tu e Tankado mantiveram a NSA como refém. Pelo menos, até o teres traído. Diz-me, Tankado morreu mesmo de um ataque cardíaco ou mandaste um dos teus cúmplices liquidá-lo?

— Estás tão cega! — berrou Hale. — Não vês que não tive nada a ver com isso! Solta-me! Antes que a Segurança chegue!

— A Segurança não vai chegar! — atirou-lhe ela, secamente.

Hale ficou mortalmente pálido.

— O quê?
— Strathmore só fingiu que estava a telefonar.

Ele abriu muito os olhos. Por um instante, pareceu paralisado. Então, começou a debater-se furiosamente.

— Strathmore vai matar-me! Tenho a certeza. Sei demasiado!
— Calma, Greg.

As sirenes uivavam.

— Mas eu estou inocente! — gritou Greg.
— Mentes! E eu tenho provas. — Susan começou a contornar o círculo de terminais. — Lembras-te do *tracer* que cancelaste? — perguntou, detendo-se diante do seu. — Voltei a lançá-lo. Vamos ver se já descobriu alguma coisa?

E de facto, no visor do terminal, um ícone intermitente avisava que o *tracer* enviara informação. Susan pegou no rato e abriu a mensagem. *Isto vai selar a sorte do Hale,* pensou. *É ele o North Dakota.* A janela abriu--se. É...

Interrompeu-se. A janela estava aberta e Susan olhava para ela, num silêncio aturdido. Tinha de haver um erro qualquer. O *tracer* apontava para outra pessoa... uma pessoa altamente improvável.

Recompôs-se e voltou a ler a mensagem que tinha diante dos olhos. Era a mesma informação que Strathmore dissera ter recebido quando ele próprio correra o *tracer*! Na altura, pensara que o comandante cometera qualquer erro, mas sabia que tinha configurado o seu *tracer* sem qualquer falha.

E, no entanto, a informação que aparecia no visor era impensável:

NDAKOTA = ET@DOSHISHA.EDU

— ET? — exclamou Susan, sentindo a cabeça às voltas. — Ensei Tankado é o North Dakota?

Era inconcebível. Se aquela informação estava correcta, Tankado e o seu misterioso parceiro eram a *mesma* pessoa. Susan sentiu-se subitamente incapaz de pensar. Só queria que as sirenes deixassem de uivar. *Por que é que Strathmore não desliga aquela maldita coisa?*

Hale contorcia-se no chão, esticando o pescoço para vê-la.

— O que é que diz? Conta-me!

Susan bloqueou Hale e o caos à sua volta. *Ensei Tankado é o North Dakota...*

Voltou a baralhar as peças, tentando fazê-las encaixar. Se Tankado era North Dakota, então, ele andara a enviar *e-mails* para *si mesmo*... o que significava que North Dakota não existia. O parceiro de Tankado era um embuste.

North Dakota é um fantasma, pensou. *Fumo e espelhos.*

A manobra era brilhante. Aparentemente, Strathmore estivera a assistir apenas a um dos lados de uma partida de ténis. Uma vez que a bola regressava sempre, assumira que havia alguém do outro lado da rede. Mas Tankado estivera a jogar contra uma parede. Andara a proclamar as virtudes do Fortaleza Digital em *e-mails* que enviara para si mesmo. Escrevia as mensagens, enviava-as para um *remailer* e, poucas horas mais tarde, o *remailer* tornava a enviá-las para si.

Agora, compreendeu Susan, era tudo tão óbvio. Tankado *quisera* que o comandante o espiasse... *quisera* que lhe lesse o *e-mail*. Ensei Tankado criara uma apólice de seguro imaginária sem ter de confiar fosse a quem fosse o segredo da sua chave. Logicamente, para tornar a sua farsa verosímil, usara uma caixa-postal secreta... secreta apenas o suficiente para dissipar quaisquer suspeitas de que tudo aquilo não passava de uma encenação. Tankado era o seu próprio parceiro. North Dakota não existia. Ensei Tankado era o único artista em palco.

O único artista em palco.

Um pensamento aterrador apoderou-se do cérebro de Susan. *Tankado pode ter usado a sua falsa correspondência para convencer Strathmore do que quer que fosse.*

Recordou a sua primeira reacção quando o comandante lhe falara de um algoritmo indecifrável. Jurara que era impossível. O terrível potencial da situação caiu-lhe no estômago como uma pedra. Que provas tinham eles de que Tankado criara de facto o Fortaleza Digital? Apenas uma porção de panegíricos no seu *e-mail*. E, claro, o TRANSLTR. O computador estava preso num *loop* sem saída havia mais de vinte horas. Susan sabia, no entanto, que havia outros programas capazes de manter o TRANSLTR ocupado durante todo esse tempo, programas muito mais fáceis de criar do que um algoritmo indecifrável.

Vírus.

Um arrepio gelado percorreu-lhe o corpo.

Mas como poderia um vírus entrar no TRANSLTR?

Como uma voz vinda do além-túmulo, Phil Chartrukian deu-lhe a resposta. *Strathmore contornou os filtros do Crivo!*

Num nauseante momento de revelação, Susan compreendeu a verdade. Strathmore descarregara da Net o ficheiro Fortaleza Digital, que Tankado publicara, e tentara enviá-lo para o *TRANSLTR*, para decifração. Mas o Crivo rejeitara-o, por conter perigosas sequências de mutação. Normalmente, Strathmore ficaria preocupado, mas tinha lido o *e-mail* de Tankado: *O truque é usar sequências de mutação!* Convencido de que não havia perigo, Strathmore contornara os filtros do Crivo e enviara o ficheiro directamente para o *TRANSLTR*.

Susan estava quase incapaz de falar.

— O Fortaleza Digital é um logro! — exclamou, enquanto as sirenes não paravam de uivar. Lentamente, debilmente, apoiou-se à mesa do terminal. Tankado fora pescar tolos... e a NSA mordera o isco.

Então, vindo lá de cima, chegou-lhe aos ouvidos um longo grito de angústia. Era Strathmore.

CAPÍTULO OITENTA E SEIS

Trevor Strathmore estava inclinado sobre o tampo da secretária quando Susan chegou, ofegante, à porta do gabinete. Tinha a cabeça baixa, o couro cabeludo suado a brilhar à luz do monitor. Lá em baixo, no subsolo, as sirenes não tinham ainda parado de uivar.

Susan correu para a secretária.

— Comandante?

Strathmore não se mexeu.

— Comandante! Temos de desligar o TRANSLTR. Temos um...

— Apanhou-nos — disse Strathmore, sem erguer o olhar. — Tankado enganou-nos a todos...

Susan compreendeu, pelo tom da voz, que ele sabia. Toda a propaganda que Tankado fizera à volta do algoritmo indecifrável... chegando ao ponto de leiloar a chave... não passara de uma representação, de uma charada. Tankado levara a NSA a espiolhar-lhe o *e-mail*, levara-os a acreditar que tinha um parceiro e levara-os a introduzir no TRANSLTR um ficheiro extremamente perigoso.

— As sequências de mutação... — começou Strathmore, mas a voz faltou-lhe.

— Eu sei.

O comandante ergueu lentamente a cabeça.

— O ficheiro que eu descarreguei da Internet... era...

Susan tentou manter a calma. Todas as peças do jogo tinham mudado. Nunca houvera qualquer algoritmo indecifrável... nunca houvera qualquer Fortaleza Digital. O ficheiro que Tankado publicara na Internet era um vírus cifrado, provavelmente fechado com um vulgar algoritmo de cifragem, um dos muitos existentes no mercado, suficientemente forte para impedir que qualquer computador fosse infectado... qualquer computador excepto o da NSA. O *TRANSLTR* quebrara o selo protector e libertara o vírus.

— As sequências de mutação — gemeu o comandante. — O Tankado disse que faziam apenas parte do algoritmo... — Voltou a deixar pender a cabeça para a secretária.

Susan compreendia a dor que o atormentava. Fora completamente apanhado. Tankado nunca tivera a intenção de deixar fosse quem fosse comprar o algoritmo. Não havia algoritmo nenhum. Tudo aquilo fora apenas uma charada. O Fortaleza Digital era um fantasma, uma farsa, um engodo lançado à NSA. Todos os movimentos de Strathmore tinham sido comandados por Tankado, nos bastidores, a puxar os cordelinhos.

— Contornei o Crivo — gemeu Strathmore.
— Não sabia.

O comandante deu um murro na secretária.

— Eu *devia* ter percebido! O endereço dele, pelo amor de Deus! NDAKOTA! Olhe bem para ele!
— O que é que tem?
— Estava a troçar de nós! É um maldito anagrama!

Susan ficou intrigada por um instante. *NDAKOTA é um anagrama?* Visualizou as letras e começou a deslocá-las mentalmente. *Ndakota... Kado-tan... Oktadan... Tandoka...* Sentiu os joelhos cederem. Strathmore tinha razão. Era claro como a água. Como era possível que não tivessem visto? North Dakota não era uma referência ao Estado americano... era Tankado a esfregar sal na ferida! Dera-se até ao luxo de enviar um aviso à NSA, uma indicação claríssima de que NDAKOTA era ele mesmo. As mesmas letras que formavam a palavra TANKADO. Mas os melhores decifradores do mundo não o tinham visto, tal como ele planeara.

— Tankado estava a troçar de nós — disse Strathmore.
— Tem de desligar o *TRANSLTR*.

Strathmore estava a olhar para a parede, com uma expressão vazia.

— Comandante, desligue-o! — insistiu Susan. — Só Deus sabe o que está a acontecer lá dentro!

— Já tentei — murmurou Strathmore, numa voz fraca como ela nunca lhe tinha ouvido.

— *Tentou?*

Strathmore rodou o monitor. O visor tingira-se de um estranho tom de castanho. Na parte inferior, a janela de diálogo mostrava numerosas tentativas de desligar o TRANSLTR, todas elas seguidas pela mesma resposta:

> LAMENTO. IMPOSSÍVEL CANCELAR.
> LAMENTO. IMPOSSÍVEL CANCELAR.
> LAMENTO. IMPOSSÍVEL CANCELAR.

Susan sentiu um arrepio. Impossível cancelar? *Mas porquê?* Receou já saber a resposta. *É então esta a vingança de Tankado? Destruir o TRANSLTR!* Durante anos, Ensei Tankado tentara alertar o mundo para a existência do TRANSLTR, mas ninguém acreditara nele. Por isso decidira destruir ele mesmo a grande besta. Lutara até à morte por aquilo em que acreditava: o direito do indivíduo à privacidade.

Lá em baixo, as sirenes uivavam.

— Temos de cortar a corrente! — exigiu Susan. — Imediatamente!

Susan sabia que, se se apressassem, poderiam salvar a grande máquina de processamento paralelo. Todos os computadores do mundo — desde o mais vulgar *PC* aos sistemas de controlo dos satélites da NASA — incluíam um dispositivo infalível para situações como aquela. Não era particularmente elegante, mas funcionava sempre. Chamava-se «puxar a ficha».

Se cortassem a corrente que ainda chegava à Cripto, obrigariam o TRANSLTR a desligar-se. Poderiam remover o vírus mais tarde. Seria uma simples questão de reformatar os discos rígidos. A reformatação apagaria totalmente a memória do computador — dados, programação, vírus, *tudo*. Na maior parte dos casos, reformatar significava perder milhares de ficheiros, por vezes, anos de trabalho. Mas o TRANSLTR era diferente. Podia ser reformatado praticamente sem risco de perdas. As máquinas de processamento paralelo eram concebidas para pensar, não para recordar. Não havia verdadeiramente nada armazenado dentro do TRANSLTR. Sempre que decifrava um código, enviava os resultados para a base de dados central da NSA, para...

Susan ficou de pedra. Num aterrador instante de compreensão, levou a mão à boca e abafou um grito.

— A base de dados central!

Strathmore tinha os olhos fixos na escuridão. Quando falou, foi como se a voz não lhe pertencesse. Aparentemente, já tinha chegado à mesma conclusão.

— Sim, Susan. A base de dados central...

Susan assentiu, aturdida. *Tankado usou o TRANSLTR para introduzir um vírus na nossa base de dados central.*

Strathmore fez um gesto cansado na direcção do monitor. Susan voltou a olhar para o visor que tinha à sua frente e viu a frase escrita por baixo da janela de diálogo:

REVELEM AO MUNDO A EXISTÊNCIA DO *TRANSLTR*
AGORA, SÓ A VERDADE VOS PODE SALVAR...

Susan sentiu-se gelar. A informação mais secreta do país estava armazenada na NSA: protocolos de comunicação militar, códigos de confirmação SIGNIT, as identidades de espiões estrangeiros, planos de novas armas, documentos digitalizados, acordos comerciais... a lista era infindável.

— Tankado não se atreveria! — declarou. — Destruir os registos confidenciais de um país? — Nem mesmo Ensei Tankado, queria ela acreditar, ousaria atacar a base de dados da NSA. Tornou a ler a mensagem:

AGORA, SÓ A VERDADE VOS PODE SALVAR...

— A verdade? — perguntou. — A verdade a respeito de quê?

Strathmore respirava pesadamente.

— Do *TRANSLTR* — disse, com voz rouca. — A verdade a respeito do *TRANSLTR*.

Susan assentiu. Fazia todo o sentido. Tankado estava a obrigar a NSA a revelar ao mundo a existência do *TRANSLTR*. Sempre era chantagem, ao fim e ao cabo. Estava a dizer à NSA que escolhesse: dizer a verdade a respeito do *TRANSLTR*, ou perder a sua base de dados.

Olhou, esmagada, para o texto que tinha diante dos olhos. Mesmo no fundo do visor, uma única linha piscava ameaçadoramente.

INTRODUZIR *PASSWORD*

Ao olhar para as palavras que pulsavam, Susan compreendeu... o vírus, a chave, o anel de Tankado, o engenhoso esquema de chantagem. A chave nada tinha a ver com a decifração do algoritmo; era um *antídoto*. A chave travava o vírus. Já tinha lido a respeito de vírus daquele tipo — programas mortíferos que traziam incluída a sua própria cura, uma chave que podia ser usada para desactivá-los. *Tankado nunca tencionou destruir a base de dados da NSA... Só queria que revelássemos a existência do* TRANSLTR! *Dar-nos-ia então a chave, para que pudéssemos travar o vírus!*

Era agora claro para ela que o plano de Tankado correra terrivelmente mal. Não contara com a possibilidade de morrer. Nos seus planos, Tankado via-se tranquilamente sentado num bar espanhol, a ouvir, na CNN, uma conferência de imprensa em que um porta-voz do Governo americano admitia que a NSA tinha ao seu serviço um supercomputador para decifrar códigos. Telefonaria então a Strathmore, revelar-lhe-ia a chave e salvaria a base de dados no último segundo. Depois de uma boa gargalhada, desapareceria das vistas do mundo, para sempre, um herói da EFF.

— Precisamos daquele anel! — exclamou Susan, batendo com o punho fechado no tampo da secretária. — É a *única* chave! Não há outra!

Não havia nenhum North Dakota, não havia nenhuma segunda chave, e mesmo que a NSA admitisse publicamente a existência do *TRANSLTR*, Tankado já lá não estaria para os salvar.

Strathmore permaneceu silencioso

A situação era mais séria do que Susan alguma vez imaginara. E o mais chocante de tudo era o facto de Tankado ter permitido que as coisas chegassem àquele ponto. Não podia deixar de saber o que aconteceria se a NSA não conseguisse o anel... e todavia, nos seus últimos segundos de vida, oferecera-o a um desconhecido. Tentara deliberadamente impedir que o obtivessem. Mas por outro lado, apercebeu-se Susan, que se poderia esperar que fizesse? Que tentasse fazer-lhes chegar o anel às mãos quando estava convencido de que fora a NSA que o assassinara?

Mesmo assim, não acreditava que Tankado tivesse permitido que aquilo acontecesse. Tankado era um pacifista. Não queria semear a destruição; tudo o que queria era corrigir um erro. Tinha tudo a ver com o *TRANSLTR*. Tinha tudo a ver com o direito de cada um aos seus segredos. Tinha a ver com fazer que o mundo soubesse que a NSA estava a escutar. Apagar a base de dados da NSA seria um acto de agressão que Susan não conseguia imaginar Ensei Tankado a praticar.

O uivo das sirenes arrastou-a de volta ao momento presente. Olhou para o debilitado comandante e soube o que ele estava a pensar. Não só os seus planos para introduzir uma porta das traseiras no Fortaleza Digital tinham fracassado como as suas acções tinham posto a NSA à beira daquilo que bem podia vir a ser o maior desastre de segurança da História dos Estados Unidos.

— Comandante, a culpa *não* é sua! — insistiu, por entre o estridor das sirenes. — Se Tankado não tivesse morrido, poderíamos negociar... teríamos alternativas!

O comandante Strathmore, porém, não a ouvia. A sua vida chegara ao fim. Passara trinta anos a servir o país. Era suposto aquele ser o seu momento de glória, a *pièce de résistance* — uma porta das traseiras no padrão de cifragem mundial. Em vez disso, tinha introduzido um vírus na base de dados central da National Security Agency. Não havia maneira de o travar... excepto cortar a corrente e apagar do primeiro ao último bilião de *bytes* de dados irrecuperáveis Só o anel podia salvá-los, e se David ainda o não tinha encontrado até àquele momento...

— Tenho de desligar o *TRANSLTR* — disse Susan, assumindo o controlo. — Vou lá abaixo, aos subníveis, desligar o disjuntor principal.

Strathmore voltou lentamente o rosto para ela. Era um homem desfeito.

— Eu trato disso — rouquejou, e pôs-se de pé, cambaleando enquanto tentava sair por detrás da secretária..

Susan empurrou-o de novo para a cadeira.

— Não. *Eu* vou — declarou, num tom que não deixava margem para discussão.

Strathmore tapou a cara com as mãos.

— Está bem. Último piso. Ao pé das bombas de fréon.

Susan rodou sobre os calcanhares e encaminhou-se para a porta. A meio caminho, voltou a cabeça e olhou para trás.

— Comandante — gritou —, isto ainda *não* acabou. Ainda não estamos derrotados. Se David encontrar o anel a tempo, podemos salvar a base de dados!

Strathmore não respondeu.

— Telefone para lá! — ordenou ela. — Avise-os a respeito do vírus! O senhor é o director-adjunto da NSA! É um sobrevivente!

Strathmore ergueu o olhar para ela em câmara lenta. Tal como um homem que tomasse a decisão de uma vida, assentiu tragicamente com a cabeça.

Determinada, Susan desapareceu na escuridão.

CAPÍTULO OITENTA E SETE

A *Vespa* entrou com um solavanco na faixa mais lenta da Carretera de Huelva. Apesar de ser quase madrugada, o tráfego era intenso — jovens sevilhanos de regresso a casa depois de uma noite de farra na praia. Uma carrinha cheia adolescentes tocou provocadoramente a buzina ao passar a toda a velocidade. A motorizada de Becker parecia um brinquedo, ali naquela via-rápida.

Quatrocentos metros mais atrás, entrou na estrada um táxi com a dianteira completamente desfeita, no meio de uma chuva de faíscas. Ao acelerar, bateu de lado num *Peugeot 504*, empurrando-o em derrapagem para o separador relvado.

Becker passou por um sinal rodoviário que anunciava: SEVILLA CENTRO — 2 KM. Sabia que se conseguisse chegar à baixa da cidade talvez tivesse uma hipótese. O velocímetro marcava sessenta quilómetros por hora. *Dois minutos para a saída.* Sabia que não ia ter todo esse tempo. Algures atrás dele, o táxi ganhava terreno. Becker olhou para as luzes de Sevilha, cada vez mais próximas, e pediu aos céus que o deixassem lá chegar vivo.

Estava apenas a meio caminho da saída quando ouviu atrás de si o som de metal a raspar e a bater. Inclinou-se para a frente, rodando o acelerador até ao limite. Houve uma detonação abafada e uma bala passou a zunir. Guinou à esquerda, passando de faixa para faixa por entre o tráfego na esperança de ganhar alguns segundos. Inútil. A rampa de saída estava ainda a trezentos metros de distância quando o motor do táxi rugiu uma meia dúzia de carros mais atrás. Soube que, dentro de segundos, seria morto a tiro ou atropelado. Procurou em frente uma qualquer escapatória possível, mas a estrada era limitada de ambos os lados por íngremes barreiras de saibro. Novo tiro. Becker tomou uma decisão.

Com borracha a fumegar e faíscas a saltar, guinou bruscamente à direita e saiu da estrada. Os pneus da *Vespa* bateram na base da barreira. Becker esforçou-se por manter o equilíbrio enquanto o motociclo, que derrapava loucamente de traseira projectando para trás uma nuvem de saibro, iniciou a subida da vertente. As rodas giravam a toda a velocidade, raspando a terra solta. O pequeno motor gemia pateticamente, como que num esforço desesperado. Becker continuava a acelerar ao máximo, esperando que aguentasse. Não se atreveu a olhar para trás. Sabia que, a qualquer momento, o táxi pararia com um guinchar de pneus e as balas começariam a voar.

Não houve balas.

A *Vespa* transpôs o topo da barreira e Becker viu-o: o Centro. As luzes da Baixa espraiavam-se à frente dele como um céu salpicado de estrelas. Acelerou por entre uns arbustos e saltou o lancil de um passeio. A *Vespa* pareceu-lhe subitamente mais rápida. A Avenida Luis Montoto parecia deslizar por baixo dos pneus. O estádio de futebol passou num relance, do lado esquerdo. Estava salvo.

Foi neste momento que voltou a ouvir o agora familiar raspar de metal no asfalto. Olhou para cima. Cem metros mais à frente, o táxi descia a rampa de saída. Entrou a derrapar na Luis Montoto e acelerou direito a ele.

Becker sabia que devia ter sentido uma onda de pânico. Mas não sentiu. Sabia exactamente para onde ia. Virou à esquerda, na Menendez Pelayo, e acelerou a fundo. A *Vespa* atravessou um pequeno parque e entrou na passagem calcetada da Mateus Gago — a estreita rua de sentido único que conduzia ao portal do Barrio Santa Cruz.

Só mais um bocadinho, pensou.

O táxi seguiu-o, agora muito perto. Passou atrás de Becker pela porta de Santa Cruz, arrancando o retrovisor lateral ao raspar pelo estreito arco. Becker soube que tinha ganhado. Santa Cruz era a parte mais antiga de Sevilha. Não havia ruas entre os edifícios, apenas labirintos de estreitas passagens construídas no tempo dos Romanos. Permitiam, quando muito, a passagem de dois peões ou de uma ou outra motocicleta. Becker lembrava-se de certa vez ter andado perdido durante horas naquelas apertadas cavernas.

Quando percorreu a toda a velocidade o troço final da Mateus Gago, a catedral gótica de Sevilha, construída no século XI, surgiu à sua frente como uma montanha. Logo ao lado, a torre da Giralda subia cento e vinte e seis metros em direcção ao céu que a aurora já pintava. Aquilo era Santa Cruz, onde se erguia a segunda maior catedral do mundo e onde viviam as mais antigas e mais piedosas famílias católicas de Sevilha.

Quando atravessava o largo de pedra, soou um último tiro, mas era demasiado tarde. Becker e a sua *Vespa* desapareceram numa minúscula passagem: a Callita de la Virgen.

CAPÍTULO OITENTA E OITO

O farol da *Vespa* projectava estranhas sombras nas paredes das estreitas passagens. Becker, em luta constante com a caixa de velocidades do pequeno veículo, acelerava por entre as casas caiadas, arrancando ao sono, mais cedo do que o costume, naquela manhã de domingo, os habitantes de Santa Cruz.

Tinham passado menos de trinta minutos desde que fugira do aeroporto. E não parara de correr desde então, sempre a debater-se com infindáveis perguntas: *Quem está a querer matar-me? Que tem este anel de tão especial? Onde se meteu o jacto da NSA?* Pensou em Megan, morta no reservado da casa de banho do aeroporto, e a náusea tornou a invadi-lo.

Tinha esperado poder atravessar o bairro a direito e sair do outro lado, mas Santa Cruz era um estonteante labirinto de vielas, cheio de falsas partidas e de becos sem saída. Não tardou a ficar completamente desorientado. Procurou a torre da Giralda, para lhe servir de ponto de referência, mas as paredes à sua volta eram tão altas que nada via, excepto uma estreita faixa de céu rosado muito lá em cima.

Pensou quem seria o homem dos óculos de aros metálicos; sabia que o seu atacante não tinha desistido. Estaria muito provavelmente naquele preciso instante a tentar persegui-lo a pé. Não era fácil manobrar a *Vespa* nas esquinas apertadas. O tossicar do motor ecoava pelas estreitas ruelas. Becker soube que era um alvo fácil no silêncio de Santa Cruz. Naquele momento, tudo o que tinha a seu favor era a velocidade. *Tenho de chegar ao outro lado!*

Ao cabo de uma série de voltas e contravoltas, deu por si na encruzilhada de três ruas chamada Esquina de los Reyes. E soube que estava em dificuldades: já por ali tinha passado. Enquanto, montado na *Vespa* parada e com um pé no chão, tentava decidir o que fazer a seguir, o motor tossicou uma última vez e calou-se. *VACIO*, indicava o mostrador do depósito. Como se a cena tivesse sido coreografada, surgiu uma sombra na viela à sua esquerda.

O cérebro humano é o computador mais rápido que existe. Numa fracção de segundos, o de Becker registou a forma dos óculos do homem, procurou na memória um equivalente, registou perigo e exigiu uma decisão. E teve-a. Becker largou a motocicleta inútil e fugiu a correr.

Infelizmente para ele, Hulohot estava agora em terreno firme e não aos solavancos dentro de um carro. Com toda a calma, o assassino ergueu a arma e disparou.

A bala atingiu Becker no flanco direito, no preciso instante em que dobrava a esquina para se pôr a salvo. Ainda deu três ou quatro passadas antes de perceber o que tinha acontecido. Primeiro, sentiu o puxão de um músculo, logo acima da anca. Depois, uma espécie de formigueiro e calor. Quando viu o sangue, soube. Não houve dor, não houve absolutamente dor nenhuma, apenas uma corrida louca pelo retorcido labirinto de Santa Cruz.

Hulohot correu atrás da sua presa. Sentira-se tentado a visar a cabeça, mas era um profissional; não gostava de correr riscos. Becker era um alvo em movimento e apontar à zona média do corpo permitia-lhe uma maior margem de erro, tanto vertical como horizontal. E fizera bem. Becker tinha mudado de direcção no último instante e, em vez de falhar a cabeça, Hulohot apanhara-o no flanco. Embora soubesse que a bala quase se limitara a passar de raspão e não causara quaisquer estragos permanentes, o tiro servira o seu propósito. Fora estabelecido contacto. A presa fora tocada pela morte. O jogo era agora completamente diferente.

Becker continuou a correr às cegas. A dobrar esquinas. A serpentear. A evitar as rectas. Os passos atrás de si pareciam implacáveis. O cérebro de Becker estava vazio. Vazio de tudo — onde estava, quem o perseguia —, restava apenas o instinto, a autopreservação, nenhuma dor, apenas medo e energia bruta.

Uma bala estilhaçou um azulejo atrás dele. Bateram-lhe no pescoço lascas de cerâmica. Correu aos tropeções para a esquerda, entrando noutra viela. Ouviu a sua própria voz a pedir socorro, mas, exceptuando o som dos passos em corrida e da respiração ofegante, o ar matinal permanecia mortalmente silencioso.

Sentia agora o flanco a arder. Receou estar a deixar um rasto de sangue nas alvas paredes caiadas. Procurava em todo o lado uma porta aberta, um portão aberto, uma fuga daqueles sufocantes desfiladeiros. Nada. A passagem estreitou-se.

— Socorro! — A voz dele quase não se ouvia. — Socorro!

As paredes apertavam-se de ambos os lados. A passagem encurvava. Procurou um cruzamento, uma intercepção, uma saída. A passagem estreitava. Portas fechadas. Mais estreita. Portões fechados. Os passos aproximavam-se. Estava num troço a direito. E, de repente, a rua começou a subir. Cada vez mais íngreme. Sentiu as pernas fraquejarem. Estava a abrandar.

E então aconteceu.

Como uma estrada a que tivesse faltado o financiamento, a viela acabou. Havia uma parede elevada, um banco de madeira e mais nada. Nenhum caminho de fuga. Becker olhou para o telhado da casa, três andares mais acima, e então fez meia volta e começou a descer a comprida viela, mas, mal tinha dado três passadas, deteve-se.

Ao fundo do íngreme declive tinha aparecido uma figura. O homem avançou na direcção dele com calma determinação. A arma que empunhava brilhava ao sol do começo da manhã.

Becker sentiu uma súbita lucidez enquanto recuava em direcção à parede. Repentinamente, teve consciência da dor no flanco. Tocou com os dedos no lugar onde lhe doía e baixou os olhos. Havia sangue a manchar-lhe a mão, a manchar-lhe o anel de Ensei Tankado. Sentiu uma tontura. Olhou para o aro gravado, confuso. Esquecera-se de que o tinha. Esquecera-se do que fora fazer a Sevilha. Olhou para a figura que se aproximava. Olhou para o anel. Fora por causa daquilo que Megan morrera? Era por causa daquilo que *ele* ia morrer?

A sombra avançava pela íngreme passagem. Becker viu paredes por todos os lados — um beco sem saída nas suas costas. Uma dúzia de portas fechadas entre si e o assassino, mas era demasiado tarde para gritar por socorro.

Apertou as costas contra a parede que lhe barrava a fuga. De repente, sentia toda a aspereza das pedras por baixo das solas dos sapatos, todos os altos do estuque da parede a que se encostava. A mente dele recuou no tempo até à infância, aos pais... a Susan.

Oh, meu Deus... Susan.

Pela primeira vez desde que era garoto, Becker rezou. Não pediu a Deus que o livrasse da morte; não acreditava em milagres. Em lugar disso, pediu que a mulher que deixava para trás encontrasse força, que soubesse, sem a mínima sombra de dúvida, que fora amada. Fechou os olhos. As recordações vieram como uma torrente. Não eram recordações de reuniões do departamento, de assuntos da universidade, das coisas que tinham constituído noventa por cento da sua vida. Eram recordações dela. Recordações simples: ensiná-la a usar os pauzinhos no restaurante chinês, velejar em Cape Cod. *Amo-te,* pensou. *Que o saibas... para sempre.*

Era como se tivesse sido despido de todas as defesas, de todas as fachadas, de todos os inseguros exageros da sua vida. Estava ali de pé, nu — carne e ossos perante Deus. *Sou um homem,* pensou. E num momento de ironia, pensou: *Um homem sem cera.* Ficou de pé, de olhos fechados, enquanto o homem dos óculos de aros metálicos se aproximava. Algures ali perto, um sino badalou. Becker esperou na escuridão pelo som que poria fim à sua vida.

CAPÍTULO OITENTA E NOVE

O sol matinal acabava de despontar acima dos telhados de Sevilha e inundava de luz os estreitos desfiladeiros lá em baixo. No alto da Giralda, os sinos chamaram os fiéis à primeira missa da manhã. Era o momento de que todos os habitantes tinham estado à espera. Por todo o lado no velho bairro, os portões abriram-se e as famílias encheram as vielas. Como sangue a correr pelas veias de Santa Cruz, encaminharam-se para o coração do seu *pueblo*, o cerne da sua história, para o seu Deus, o seu santuáruio, a sua catedral.

Algures na cabeça de Becker, um sino continuava a dobrar. *Estarei morto?* Quase relutantemente, abriu os olhos piscos para os primeiros raios de luz solar. Sabia exactamente onde estava. Olhou em redor, à procura do seu atacante. Mas o homem dos óculos de aros metálicos tinha desaparecido. Em vez dele, havia outros. Famílias espanholas, vestindo as suas melhores roupas, saindo dos portais das casas para as vielas, conversando, rindo.

Ao fundo da viela, oculto aos olhos de Becker, Hulohot praguejou de frustração. De início, houvera apenas um único casal a separá-lo da sua presa. Tivera a certeza de que se afastariam. Mas o repicar dos sinos continuara a ressoar na ruela, atraindo outros para fora. Um segundo casal, com filhos. Os casais cumprimentaram-se. Conversando, rindo, beijando-se três vezes nas faces. Aparecera outro grupo, e Hulohot deixara de ver a sua presa. Agora, a ferver de raiva, atravessava a multidão que crescia de instante para instante. Tinha de chegar até David Becker!

O assassino abriu caminho em direcção ao fim da rua. Viu-se momentaneamente perdido num mar de corpos — casacos e gravatas, vestidos negros, mantilhas de renda a cobrir cabeças inclinadas. Todos eles pareciam ignorar a sua presença; caminhavam despreocupadamente, todos de preto, misturando-se, avançando como um só, impedindo-lhe a passagem. Hulohot fendeu a maré humana, empurrando, acotovelando, e correu para a parede que fechava a viela, de arma em punho. E então soltou um grito abafado, inumano. David Becker tinha desaparecido.

Becker cambaleava e tropeçava no meio da multidão. *Vai para onde forem as pessoas,* pensou. *Elas sabem o caminho.* Virou à direita na intersecção e a viela tornou-se mais larga. Havia por todo o lado portões a abrir-se e pessoas a saírem para a rua. O badalar dos sinos ouvia-se agora mais alto.

O flanco ainda lhe ardia, mas sentiu que o sangue deixara de correr. Continuou a andar. Algures atrás dele, encurtando rapidamente a distância, vinha um homem com uma arma.

Passava de grupo para grupo, tentando misturar-se com as pessoas, tentando manter a cabeça baixa. Não faltava muito. Sentia-o. A multidão aumentara. Aquela rua era mais larga. Já não estavam num pequeno afluente, aquele era o rio principal. Ao dobrar uma esquina, surgiram-lhe repentinamente diante dos olhos: a catedral e a torre da Giralda.

O badalar dos sinos era ensurdecedor, naquele espaço fechado por altas paredes. A multidão convergia, atravessando a praça em direcção às portas escancaradas da catedral de Sevilha. Becker tentou escapar-se para a Mateus Gago, mas estava a ser arrastado pelo rio humano. Caminhava ombro a ombro, quase a pisar os calcanhares dos que o precediam, quase pisado pelos que vinham atrás. Os espanhóis sempre tinham tido uma ideia de proximidade diferente da do resto do mundo. Becker estava entalado entre duas mulheres corpulentas, ambas de olhos fechados, a deixar que a multidão as levasse. Murmuravam orações, apertando entre os dedos contas de rosário.

Quando a multidão estava quase a chegar à enorme estrutura de pedra, Becker tentou uma vez mais desviar-se para a esquerda, mas a corrente era agora mais forte. A antecipação, os empurrões, os olhos fechados, as orações murmuradas. Voltou-se de frente para a multidão, tentando abrir caminho em sentido contrário. Mas era impossível, era como nadar contra a corrente num rio com um quilómetro de profundidade. Voltou-se. Viu as portas da catedral à sua frente, como a escura entrada de uma qualquer diversão de feira na qual preferiria não entrar. David Becker apercebeu-se subitamente de que ia à igreja.

CAPÍTULO NOVENTA

Os alarmes da Cripto uivavam. Strathmore não fazia ideia de há quanto tempo Susan tinha saído. Estava sentado sozinho, na sombra, com o zumbido do TRANSLTR a gritar-lhe. *És um sobrevivente... és um sobrevivente...*

Sim, pensou. *Sou um sobrevivente. Mas a sobrevivência não é nada sem a honra. Prefiro morrer a viver à sombra da ignomínia.*

E era a ignomínia que o esperava. Ocultara informações ao director. Introduzira um vírus no computador mais seguro do país. Restavam-lhe poucas dúvidas de que seria sacrificado. As suas intenções tinham sido patrióticas, mas nada correra como ele planeara. Houvera morte e traição. Haveria julgamentos, acusações, escândalo público. Servira o país com honra e dignidade durante muitos anos. Não podia permitir que acabasse tudo assim.

Sou um sobrevivente, pensou.

És um mentiroso, responderam os seus próprios pensamentos.

Sim. *Era* um mentiroso. Havia pessoas a quem não dissera a verdade. Susan Fletcher era uma delas. Havia tantas coisas que não lhe dissera, coisas de que agora se envergonhava desesperadamente. Durante anos, ela fora a sua ilusão, a sua fantasia viva. Sonhava com ela à noite; chamava por ela no seu sono. Não conseguia evitá-lo. Susan era mais inteligente e mais bonita do que qualquer mulher que conseguisse imaginar. A mulher tentara ser paciente, mas quando por fim conhecera Susan, perdera imediatamente a esperança. Bev Strathmore nunca culpou o marido pelo que ele sentia. Tentara suportar a dor o mais que pudera, mas, recentemente, começara a ser demasiado. Dissera-lhe que o casamento deles tinha chegado ao fim; a sombra de outra mulher não era lugar onde quisesses passar o resto da sua vida.

A pouco e pouco, o uivo dos alarmes arrancou Strathmore ao torpor que o subjugava. As suas capacidades analíticas procuraram uma saída. O cérebro confirmou relutantemente aquilo que o coração já suspeitava. Só havia uma verdadeira saída, uma única solução.

Strathmore baixou os olhos para o teclado e começou a escrever. Não se deu ao trabalho de virar o monitor para poder ver o que escrevia. Os dedos compunham as palavras a um ritmo lento e determinado.

Queridos amigos, ponho hoje fim à minha vida...

Daquele modo, nunca ninguém saberia. Não haveria perguntas. Não haveria acusações. Ia contar ao mundo o que tinha acontecido. Muitos tinham morrido... mas havia ainda uma vida que era preciso roubar.

CAPÍTULO NOVENTA E UM

Dentro da catedral é sempre noite. O calor do dia transforma-se em frialdade húmida. Os ruídos lá de fora são silenciados pelas grossas paredes de granito. Nem mil candelabros conseguiriam iluminar a vasta escuridão que reina nas alturas. Há sombras por todo o lado. Só os vitrais, lá muito em cima, filtram a fealdade do mundo exterior em raios de vermelhos e azul-esbatidos.

A catedral de Sevilha, tal como todas as grandes catedrais europeias, tem a forma de uma cruz. O altar e o sacrário situam-se exactamente por baixo do lugar onde os dois ramos se intersectam, voltados para a nave principal. Os bancos genuflexórios de madeira preenchem o eixo vertical, uns impressionantes cem metros desde o altar até à base da cruz. À direita e à esquerda do altar, no transepto, há os confessionários, as urnas sagradas e mais bancos.

Becker deu por si entalado ao centro de um comprido banco de madeira, a meio caminho entre o altar e a entrada. Por cima dele, no estonteante espaço vazio, um turíbulo de prata do tamanho de um frigorífico traçava enormes arcos suspenso de uma corda esgaçada, deixando no ar um rasto de incenso. Os sinos da Giralda continuavam a tocar, fazendo vibrar as pedras com surdas ondas de choque. Becker baixou o olhar até à parede de talha dourada atrás do altar. Tinha muito que agradecer. Respirava. Estava vivo. Era um milagre.

Enquanto o sacerdote se preparava para iniciar o ofício, Becker examinou o flanco. Tinha uma mancha vermelha na camisa, mas já não sangrava. A ferida era pequena, mais um arranhão que uma perfuração. Tornou a enfiar a camisa no cós das calças e torceu o pescoço. Atrás dele, as portas fechavam-se. Sabia que se tivesse sido seguido, estava encurralado. A catedral de Sevilha tinha apenas uma entrada funcional, uma concepção popularizada nos tempos em que as igrejas serviam também como fortalezas, um refúgio seguro contra os ataques dos mouros. Com uma só entrada, havia apenas uma porta para barricar. Modernamente, a porta única desempenhava uma outra função: garantia que todos os turistas que entravam na catedral tinham comprado um bilhete.

As portas de talha dourada, com seis metros e sessenta de altura, fecharam-se com uma pancada definitiva. Becker estava trancado na casa de Deus. Fechou os olhos e encolheu-se no banco. Era a única pessoa ali dentro que não estava vestida de preto. Algures, umas vozes começaram a cantar.

Ao fundo da igreja, um homem caminhava devagar pela coxia lateral, mantendo-se na sombra. Entrara no último instante, antes de as portas se terem fechado. Sorriu para si mesmo. A caçada estava a tornar-se interessante. *Becker está aqui... sinto-o.* Avançava metodicamente, um banco de cada vez. Lá em cima, o turíbulo de prata continuava a descrever os seus longos e preguiçosos arcos. *Um óptimo lugar para morrer,* pensou Hulohot. *Espero ter a mesma sorte.*

Becker ajoelhou-se no frio chão da catedral e baixou a cabeça. O homem sentado ao lado dele lançou-lhe um olhar severo: aquilo era um comportamento nada ortodoxo na casa de Deus.

— *Enfermo* — desculpou-se Becker.

Sabia que tinha de permanecer escondido. Tinha visto num relance a figura familiar deslocar-se ao longo da coxia. *É ele! Está aqui!*

Receava ser, mesmo no meio de uma enorme congregação, um alvo fácil: o casaco de caqui era como um farol aceso naquele mar de negro. Ainda pensou em despi-lo, mas a camisa branca que usava por baixo seria ainda pior. Em vez disso, encolheu-se ainda mais.

O homem ao lado dele franziu a testa.

— *Turista* — resmoneou. E então perguntou, meio sarcasticamente: — *Llamo un médico?*

Becker olhou para o rosto cheio de verrugas do velho.

— *No, gracias. Estoy bien.*

A expressão do homem endureceu.

— *Pues siénta-te!*

Houve pedidos de silêncio sussurrados à volta deles, e o velho mordeu o lábio e calou-se, olhando em frente.

Becker fechou os olhos e encolheu-se ainda mais, perguntando a si mesmo quanto tempo duraria a cerimónia religiosa. O professor, que fora criado no protestantismo, sempre tivera a impressão de que os católicos eram demorados nas suas actividades. Pediu aos céus que fosse verdade. Logo que a missa terminasse, seria obrigado a pôr-se de pé para deixar sair os outros ocupantes do banco. Com um casaco de caqui, era um homem morto.

Sabia que, naquele momento, não tinha por onde escolher. Limitou-se a deixar-se ficar ali ajoelhado no chão gelado da imensa catedral. Passado algum tempo, o velho desinteressou-se dele. A congregação estava agora de pé, a cantar um hino. Becker manteve-se na mesma posição. Começava a ter cãibras nas pernas. Não havia espaço para as esticar. *Paciência,* pensou. *Paciência.* Fechou os olhos e inspirou fundo.

Pareceu-lhe que tinham decorrido apenas poucos minutos quando sentiu alguém dar-lhe um pontapé. O velho com a cara cheia de verrugas estava de pé, à direita dele, esperando impaciente para poder sair do banco.

Entrou em pânico. *Já se quer ir embora? Vou ter de me pôr de pé!* Fez sinal ao homem para que passasse por cima dele. O velho mal conseguia controlar a fúria. Agarrou as abas do casaco preto, puxou-as para baixo com força e voltou-se, mostrando uma fila inteira de pessoas à espera de poderem sair. Becker olhou para a esquerda e viu que a mulher que estivera ali sentada já lá não estava. Todo o banco desse lado estava vazio até à coxia central.

A missa não pode ter acabado já! É impossível! Ainda agora entrámos!

Quando, porém, viu o acólito de pé no extremo da enfiada de bancos e as pessoas que avançavam em duas filas indianas em direcção ao altar, compreendeu o que estava a acontecer.

A comunhão! É a primeira coisa que o raio dos espanhóis fazem!

CAPÍTULO NOVENTA E DOIS

Susan descia as escadas metálicas que davam acesso aos subníveis. Densos rolos de vapor enovelavam-se à volta da concha do TRANSLTR. As passarelas estavam húmidas de condensação. Quase caiu. Os sapatos de sola lisa escorregavam com facilidade. Perguntou a si mesma quanto mais tempo conseguiria o TRANSLTR sobreviver. As sirenes continuavam a lançar o seu aviso intermitente. As luzes de emergência giravam a intervalos de dois segundos. Três pisos mais abaixo, os geradores de reserva vibravam com um gemido cansado. Susan sabia que algures lá ao fundo, escondido na enevoada penumbra, havia um disjuntor. Sentiu que o tempo estava a esgotar-se.

Lá em cima, Strathmore empunhava a *Beretta*. Tornou a ler a nota que escrevera e pousou-a no chão da sala onde se encontrava. O que se preparava para fazer era um acto de cobardia, sem a mínima dúvida. *Sou um sobrevivente,* pensou. Pensou no vírus instalado na base de dados da NSA, pensou em David Becker em Espanha, pensou nos seus planos para introduzir uma porta das traseiras no Fortaleza Digital. Dissera tantas mentiras. Era culpado de tanta coisa. Sabia que aquela era a única maneira de evitar ter de responder pelo que fizera... a única maneira de evitar a vergonha. Cuidadosamente, apontou a arma. Então, fechou os olhos e apertou o gatilho.

Susan tinha descido apenas seis lanços de escada quando ouviu o som abafado do tiro. Distante, quase inaudível no meio do zumbido dos geradores. Nunca tinha ouvido tiros, a não ser na televisão, mas soube imediatamente o que era.

Imobilizou-se, o som a ressoar-lhe nos ouvidos. Numa onda de horror, temeu o pior. Pensou nos sonhos do comandante — a porta das traseiras no Fortaleza Digital, o golpe incrível que isso teria sido —, pensou no vírus na base de dados, no seu casamento destruído, no desanimado aceno de cabeça com que lhe respondera. Fez meia volta no patamar, agarrada ao corrimão. *Comandante! Não!*

Ficou momentaneamente petrificada, de cérebro vazio. O eco daquele tirou pareceu afogar o caos que a rodeava. A cabeça dizia-lhe que continuasse a descer, mas as pernas recusaram-se a fazê-lo. *Comandante!* No instante seguinte, estava a correr escadas acima, totalmente indiferente ao perigo que a rodeava.

Correu às cegas, escorregando no metal molhado. A humidade caía lá de cima como chuva. Quando chegou ao último lanço e começou a subir, foi empurrada para cima por um fortíssimo jacto de vapor que praticamente a projectou através do alçapão. Rolou pelo chão da sala de Cripto e sentiu a corrente de ar fresco. A blusa branca colava-se-lhe ao corpo, ensopada.

Estava escuro. Susan fez uma pausa, a tentar orientar-se. O som do tiro continuava a ecoar-lhe dentro da cabeça. Baforadas de vapor quente saíam pela abertura do alçapão como gases da cratera de um vulcão prestes a explodir.

Amaldiçoou-se por ter deixado a *Beretta* com Strathmore. Tinha-a deixado com ele, não tinha? Ou estaria no Módulo 3? Quando os seus olhos se adaptaram à obscuridade, olhou para o buraco aberto na parede de vidro. A luminosidade dos monitores era muito fraca, mas mesmo assim conseguia ver, à distância, Hale estendido, imóvel, no chão, onde o deixara. Não havia sinais de Strathmore. Aterrorizada pela perspectiva do que ia encontrar, voltou-se para o gabinete do comandante.

Quando já começava a avançar, porém, o cérebro alertou-a para uma anomalia que tinha visto sem a registar. Recuou alguns passos e voltou a olhar para o interior do Módulo 3. À débil luz, viu o braço de Hale. Já não estava colado ao corpo. Já não estava amarrado. Estava dobrado por cima da cabeça. Hale estava agora deitado de costas. Teria conseguido libertar-se? Nenhum movimento. Nenhum ruído.

Susan olhou para o gabinete de Strathmore, lá bem em cima na parede.

— Comandante?

Silêncio.

Hesitando, avançou para o Módulo 3. Havia um objecto na mão de Hale. Brilhava à luz dos monitores. Susan aproximou-se mais... e mais. De repente, viu o que Hale tinha na mão. Era a *Beretta*.

Engoliu em seco. Seguindo a curva do braço de Hale, os olhos dela chegaram ao rosto. O que viu era grotesco. Metade da cabeça de Hale estava encharcada em sangue. A mancha escura alastrara pela alcatifa.

Oh, meu Deus! Susan recuou um passo. Não fora o comandante que disparara o tiro que ouvira. Fora *Hale!*

Como que em transe, tornou a avançar para o Módulo 3. Aparentemente, Hale conseguira libertar-se. Os cabos da impressora estavam caídos num monte, ao lado do corpo. *Devo ter deixado a arma no sofá,* pensou. O sangue que escorria do buraco no crânio de Hale parecia negro, àquela luz azulada.

Viu um papel no chão. Aproximou-se, com passos incertos, e pegou nele. Era uma carta.

Queridos amigos, ponho hoje fim à minha vida como penitência pelos seguintes pecados...

Susan ficou a olhar, incrédula, para o papel que tinha na mão. Leu-o lentamente. Era uma lista de crimes, surrealista... absolutamente nada no género de Hale. Confessava tudo: ter descoberto que NDAKOTA era um embuste, ter contratado um mercenário para matar Ensei Tankado e apoderar-se do anel, ter empurrado Phil Chartrukian, ter planeado vender o Fortaleza Digital.

Chegou à última linha. Não estava preparada para o que leu. As palavras finais da carta foram como uma marretada na cabeça.

Mais do que tudo o resto, lamento sinceramente o que aconteceu a David Becker. Perdoem-me, deixei-me cegar pela ambição.

Enquanto tremia junto ao corpo de Greg Hale, ouviu o som de passos apressados que se aproximavam. Voltou-se, como que em câmara lenta.

Strathmore apareceu na abertura da parede partida, pálido e ofegante. Olhou para o corpo de Hale, com uma expressão chocada.

— Oh, meu Deus! — exclamou. — Que aconteceu?

CAPÍTULO NOVENTA E TRÊS

A comunhão.

Hulohot descobriu Becker imediatamente Era impossível não ver o casaco de caqui, sobretudo com a pequena mancha de sangue num dos lados. Naquele momento, deslocava-se ao longo da coxia central, no meio de um mar de negro. *Não deve saber que eu estou aqui.* Hulohot sorriu. *É um homem morto.*

Agitou os minúsculos contactos de metal nas pontas dos dedos, ansioso por dar as boas notícias ao seu cliente americano. *Em breve,* pensou. *Muito em breve.*

Tal como um predador à procura da melhor posição, recuou até ao fundo da igreja. Começou então a avançar... subindo a coxia central. Não estava com disposição para perseguir Becker pelo meio da multidão à saída da catedral. Tinha, graças a um feliz conjunto de circunstâncias, a sua presa encurralada. Só precisava agora de arranjar maneira de a eliminar discretamente. O silenciador que usava, o melhor que havia no mercado, não emitia mais do que um ligeiríssimo *«pop»*, praticamente inaudível. Seria perfeito.

Continuou a aproximar-se do casaco de caqui, indiferente aos murmúrios dos que ia ultrapassando. A congregação compreendia a pressa daquele homem em receber a bênção de Deus, mas havia mesmo assim estritas regras de protocolo: duas filas, uma pessoa de cada vez.

Hulohot seguiu em frente. Estava a aproximar-se rapidamente. Enfiou a mão no bolso do casaco, onde levava o revólver. Chegara o momento. David Becker fora excepcionalmente afortunado até à altura; não havia necessidade de continuar a tentar a sorte.

O homem do casaco de caqui estava apenas dez lugares à sua frente, de costas para ele, a cabeça baixa. Hulohot ensaiou mentalmente a cena. A imagem era clara: chegar atrás de Becker, manter a arma baixa e longe da vista, disparar dois tiros contra as costas de Becker, Becker a cair, ele a agarrá-lo e a ajudá-lo a sentar-se num banco, como um amigo prestimoso. Então, retrocederia rapidamente até ao fundo da igreja, como se fosse pedir ajuda. No meio da confusão, desapareceria antes que alguém percebesse o que se tinha passado.

Cinco pessoas. Quatro. Três.

Hulohot empunhou a arma dentro do bolso, sem a mostrar. Dispararia à altura da anca e para cima, apontando à coluna vertebral. Desse modo, a bala atingiria a espinha ou um pulmão, antes de encontrar o coração. E mesmo que falhasse o coração, Becker morreria de qualquer modo. Um pulmão perfurado era fatal. Talvez não em regiões medicamente mais avançadas do mundo, mas em *Espanha* era fatal.

Duas pessoas... uma. No instante seguinte, estava em posição. Tal como um bailarino a executar um movimento bem ensaiado, voltou-se para a direita. Pousou a mão esquerda no ombro do casaco de caqui, apontou a arma... e disparou. Dois «*pops*» abafados.

O homem ficou imediatamente rígido. Começou a cair. Hulohot segurou a sua vítima por baixo dos braços. Com um gesto rápido, deitou o corpo num dos bancos, antes que a mancha de sangue começasse a alastrar pelo tecido. As pessoas mais próximas voltaram-se. Hulohot não lhes prestou atenção. Mais um instante e teria desaparecido.

Tacteou os dedos inertes, à procura do anel. Nada. Voltou a procurar. Nenhum anel. Hulohot, furioso, voltou o rosto do morto para ele. O horror foi instantâneo. Aquele não era o rosto de David Becker.

Rafael de la Maza, um banqueiro dos arredores de Sevilha, tivera morte quase imediata. Ainda tinha na mão as cinquenta mil pesetas que o americano maluco lhe pagara por um vulgaríssimo casaco preto.

CAPÍTULO NOVENTA E QUATRO

Midge Milken deteve-se, a fumegar de raiva, junto do dispensador de água fresca próximo da entrada da sala de reuniões. *Que diabo está Fontaine a fazer?* Amarrotou o copo de papel e atirou-o para o caixote do lixo. *Passa-se qualquer coisa na Cripto! Sinto-o!* Sabia que só havia uma maneira de provar que tinha razão. Iria ela própria verificar... nem que tivesse de ir desencantar Jabba onde diabo ele se tivesse metido. Rodou sobre os calcanhares e dirigiu-se para a porta.

Brinkerhoff apareceu como que surgido do nada, bloqueando-lhe a passagem.

— Aonde vais?

— Para casa! — mentiu Midge.

Brinkerhoff recusou sair da frente dela.

Midge lançou-lhe um olhar assassino.

— Foi Fontaine que te disse para não me deixares sair?

Brinkerhoff desviou o olhar.

— Chad, estou a dizer-te, passa-se alguma coisa na Cripto... alguma coisa em grande. Não sei por que é que Fontaine se está a fazer de parvo, mas há problemas com o *TRANSLTR*. Há qualquer coisa que não está mesmo nada bem!

— Midge — disse ele, apaziguador, passando por ela para se dirigir à janela da sala de reuniões, cujas cortinas estavam fechadas —, vamos deixar que seja o director a tratar deste assunto.

A expressão de Midge endureceu.

— Fazes ideia do que acontece ao *TRANSLTR* se o sistema de arrefecimento falhar?

Brinkerhoff encolheu os ombros e aproximou-se da janela.

— A corrente já deve ter sido restabelecida. — Abriu as cortinas e olhou.

— Continua tudo apagado? — perguntou Midge.

Brinkerhoff não respondeu. Estava petrificado. A cena por baixo da cúpula da Cripto era inimaginável. Toda a redoma de vidro estava cheia de luzes que rodopiavam e faiscavam e de novelos de vapor. Brinkerhoff deixou pender molemente a cabeça contra o vidro da janela. Então, num frenesi de pânico, saiu a correr.

— Sr. Director! *Sr. Director!*

CAPÍTULO NOVENTA E CINCO

O sangue de Cristo... a taça da salvação...
Havia pessoas reunidas à volta do corpo estendido no banco. Lá em cima, o turíbulo descrevia os seus pacíficos arcos. Hulohot rodava loucamente sobre si mesmo na coxia central, perscrutando todos os recantos da igreja. *Tem de estar aqui!* Voltou-se novamente para o altar.
Trinta filas de bancos mais à frente, a sagrada comunhão prosseguia, imperturbada. O padre Gustaphes Herrera, o acólito principal, que transportava o cálice, olhou curiosamente para a contida agitação que se notava junto de um dos bancos centrais; não estava preocupado. Por vezes, alguns dos paroquianos mais velhos eram subjugados pelo Espírito Santo e desmaiavam. Quase sempre, bastava um pouco de ar fresco para os reanimar.
Entretanto, Hulohot continuava a procurar. Becker não estava à vista. Havia cerca de cem pessoas ajoelhadas em fila diante do altar, a receber a comunhão. Hulohot perguntou a si mesmo se Becker seria uma delas. Examinou as costas voltadas para si. Estava preparado para disparar de uma distância de quinze metros e fugir.

El cuerpo de Jesus, el pan del cielo.
O jovem padre que dava a comunhão a Becker lançou-lhe um olhar de reprovação. Compreendia a ânsia do desconhecido por receber a comunhão, mas isso não era desculpa para passar à frente.
Becker inclinou a cabeça e mastigou a hóstia o melhor que pôde. Sentiu que se passava qualquer coisa atrás de si, alguma espécie de agitação. Pensou no homem a quem comprara o casaco e esperou que tivesse dado ouvidos ao aviso para não vestir o dele. Começou a voltar a cabeça para ver, mas receou encontrar o rosto com os óculos de aros

metálicos a olhar para si. Encolheu-se, na esperança de que o casaco preto escondesse as calças de caqui. Não escondia.

O cálice aproximava-se rapidamente, vindo do lado direito. As pessoas já bebiam o vinho, benziam-se, punham-se de pé para se retirarem. *Mais devagar!* Becker não tinha pressa de deixar o altar. Mas com duas mil pessoas à espera de comungar e apenas oito padres para fazer o serviço, era considerado de mau gosto demorar-se a saborear o vinho.

O cálice estava um passo à direita de Becker quando Hulohot viu as calças de caqui.

— *Estás ya muerto* — sibilou entredentes. Avançou pela coxia central. A altura para subtilezas já fora. Dois tiros nas costas, agarrar o anel e fugir. A maior praça de táxis de Sevilha ficava a meio quarteirão de distância, na Mateus Gago. Tirou a arma do bolso.

Adiós, Señor Becker...

La sangre de Cristo, la copa de la salvación.
O cheiro espesso do vinho tinto encheu as narinas de Becker quando o padre Herrera baixou o cálice de prata. *Um pouco cedo para beber,* pensou Becker, enquanto se inclinava para a frente. Mas quando o refulgente cálice desceu abaixo do nível dos olhos, houve uma mancha de movimento. Uma figura, que se aproximava a correr, os contornos deformados pela curvatura da taça.

Becker viu um brilho metálico, uma arma empunhada. Instantaneamente, inconscientemente, como um *sprinter* a arrancar dos blocos de partida ao som do tiro, Becker saltou para a frente. O padre caiu para trás, horrorizado, enquanto o cálice voava pelos ares e uma mancha vermelha de vinho alastrava pelo mármore branco. Padres e acólitos fugiram, assustados, quando Becker mergulhou para o outro lado da balaustrada. Um silenciador cuspiu um único tiro. Becker caiu com força e a bala arrancou lascas ao mármore do chão muito perto dele. No instante seguinte, descia de um salto os três degraus de granito até ao *valle,* a estreita passagem por onde os padres entravam, permitindo-lhes subir até ao altar como que por graça divina.

Ao fundo dos degraus, tropeçou e caiu. Deu por si a deslizar, descontrolado, pela superfície de pedra polida. Uma adaga de dor trespassou-lhe as entranhas quando caiu de lado. Um momento mais tarde, tinha passado uma porta tapada por um cortinado e descia um lanço de degraus de madeira.

Dor. Becker atravessava a correr um vestiário. Estava escuro. Ouviu gritos vindos do altar. Passos pesados que o perseguiam. Empurrou umas portas duplas e entrou numa espécie de gabinete. Escuro, decorado com ricos tapetes orientais e móveis de mogno. Viu, na parede mais distante, um crucifixo em tamanho real. Deteve-se, a cambalear. Beco sem saída. Estava na extremidade superior da cruz. Ouvia Hulohot aproximar-se rapidamente. Olhou para o crucifixo e amaldiçoou a sua má-sorte.

— *Maldição!* — gritou.

Repentinamente, ouviu o som de vidro partido à sua esquerda. Voltou-se para aquele lado. Um homem vestido de vermelho arquejou e olhou para ele, horrorizado. Com o ar de um gato apanhado a comer o canário, o santo homem limpou a boca e baixou os olhos para a garrafa de vinho consagrado estilhaçada a seus pés.

— *Salida!* — exigiu Becker. *Tenho de sair daqui!*

O cardeal Guerra reagiu por instinto. Um demónio acabava de entrar no seu gabinete a pedir aos gritos que o deixassem sair da casa de Deus. Guerra acederia àquele pedido... sem demora. O demónio aparecera num momento particularmente inoportuno.

Pálido, apontou para uma cortina na parede à sua esquerda. Escondida atrás da cortina havia uma porta. Mandara-a instalar três anos antes. Dava directamente para o pátio. O cardeal fartara-se de sair da igreja pela porta da frente, como um vulgar pecador.

CAPÍTULO NOVENTA E SEIS

Susan estava sentada muito encolhida, encharcada e a tremer, no sofá do Módulo 3. Strathmore despiu o casaco e envolveu-lhe os ombros com ele. O corpo de Hale jazia a poucos metros de distância. As sirenes uivavam. Tal como gelo a derreter num lago gelado, o casco do TRANSLTR emitiu um seco estalido.

— Vou lá abaixo desligar a corrente — disse Strathmore, pousando uma mão tranquilizadora no ombro dela. — Volto já.

Com uma expressão ausente, Susan ficou a vê-lo correr em direcção ao alçapão. Já não era o homem catatónico que vira dez minutos antes. O comandante Trevor Strathmore estava de volta: lógico, controlado, a fazer o que fosse preciso para resolver a situação.

As últimas palavras da nota de Hale corriam-lhe pela cabeça como um comboio descontrolado: *Mais do que tudo o resto, lamento sinceramente o que aconteceu a David Becker. Perdoem-me, deixei-me cegar pela ambição.*

O pesadelo de Susan Fletcher acabava de ser confirmado. David estava em perigo... ou pior. Talvez já fosse demasiado tarde. *Lamento sinceramente o que aconteceu a David Becker.*

Olhou para a nota. Hale não a tinha sequer assinado. Limitara-se a teclar o nome no fim da mensagem: *Greg Hale*. Despejara o saco, premira PRINT e dera um tiro na cabeça. Assim, sem mais. Hale jurara que nunca havia de voltar para a prisão; cumprira a sua palavra: escolhera a morte.

— David... — soluçou ela. *David!*

Nesse mesmo instante, três metros abaixo do chão da sala da Cripto, o comandante Strathmore chegava ao primeiro patamar. Fora um dia de fiascos. Aquilo que começara por ser uma missão patriótica acabara por escapar totalmente ao seu controlo. Fora forçado a tomar decisões impossíveis, a cometer actos horríveis... actos de que nunca se julgara capaz.

Era uma solução! Era o raio da única *solução!*

Havia o dever a ter em conta: pátria e honra. Strathmore sabia que ainda havia tempo. Podia desligar o TRANSLTR. Podia usar o anel para salvar a mais valiosa base de dados do país. *Sim,* pensou, *ainda há tempo.*

Contemplou o caos que o rodeava. Os aspersores do tecto estavam a funcionar. O TRANSLTR gemia. As sirenes uivavam. As luzes rotativas pareciam helicópteros a fazer uma aproximação no meio de um denso nevoeiro. Não conseguia afastar da cabeça a imagem de Greg Hale — o jovem criptógrafo a olhar para ele, a expressão de súplica, e, então, o tiro. A morte de Hale fora pela pátria... pela honra. A NSA não resistiria a um novo escândalo. Strathmore precisava de um bode-expiatório. Além disso, Greg Hale era um desastre à espera de acontecer.

O comandante Trevor Strathmore foi arrancado a estes sombrios pensamentos pelo toque de chamada do telemóvel, quase inaudível, no meio do uivar das sirenes e o silvo dos jactos de vapor. Tirou o aparelho do cinto sem interromper a descida.

— Diga.

— Onde está a minha chave? — perguntou uma voz familiar.

— Quem fala? — gritou Strathmore, acima da balbúrdia.

— Numataka! — gritou em resposta a voz furiosa. — Prometeu-me uma chave!

Strathmore continuou a descer.

— Quero o Fortaleza Digital! — sibilou Numataka.

— O Fortaleza Digital *não* existe.

— O quê?

— Não existe qualquer algoritmo indecifrável!

— Claro que existe! Vi-o na Internet! Há dias que a minha gente anda a tentar decifrá-lo!

— É um vírus cifrado, seu idiota... e teve muita sorte em não conseguir abri-lo!

— Mas...
— Acabou-se o negócio! — gritou Strathmore. — Não sou o North Dakota. North Dakota também não existe! Esqueça que falámos a respeito do assunto! — Cortou a ligação, desligou o toque de chamada e voltou a prender o aparelho ao cinto. Não haveria mais interrupções.

A dezanove mil quilómetros de distância, Tokugen Numataka olhava, aturdido, para a parede de vidro do gabinete, com o charuto *Umami* a pender-lhe molemente dos lábios. O negócio da sua vida acabava de se desfazer em fumo diante dos seus olhos.

Strathmore continuava a descer. *Acabou-se o negócio.* A Numatech Corp. nunca teria o algoritmo indecifrável... e a NSA nunca teria a sua porta das traseiras. Strathmore planeara demoradamente o seu sonho. Tinha escolhido a Numatech com todo o cuidado. Era uma empresa financeiramente poderosa, uma vencedora provável do leilão da chave. Ninguém estranharia se, no fim, aparecesse com ela. Tal como convinha, seria difícil encontrar outra empresa menos suspeita de um eventual conluio com o Governo dos Estados Unidos. Tokugen Numataka era um homem do Japão antigo: antes a morte que a desonra. Odiava os americanos. Odiava a comida americana, odiava os costumes americanos e, mais do que tudo, odiava a hegemonia americana no mercado mundial de *software*.

A visão de Strathmore fora ousada: um padrão de cifragem mundial com uma porta das traseiras aberta para a NSA. Ansiara partilhar esse sonho com Susan, concretizá-lo tendo-a a seu lado, mas sempre soubera que não seria possível. Mesmo que a morte de Ensei Tankado salvasse milhares de vidas no futuro, Susan nunca teria concordado; era uma pacifista. *Também eu sou um pacifista,* pensou Strathmore. *Só que não posso dar-me ao luxo de agir como tal.*
Nunca houvera, no seu espírito, a mínima dúvida sobre quem mataria Tankado. Tankado estava em Espanha... e Espanha significava

Hulohot. Com quarenta e dois anos, o mercenário português era um dos profissionais preferidos do comandante. Havia anos que trabalhava para a NSA. Nascido e criado em Lisboa, Hulohot trabalhara para a NSA um pouco por toda a Europa. E nunca ninguém conseguira relacionar as suas acções com Fort Meade. O único senão era o facto de Hulohot ser surdo, o que impossibilitava as comunicações telefónicas. Até que, meses antes, Strathmore arranjara maneira de lhe fazer chegar às mãos o mais recente brinquedo da NSA: o computador *Monocle*. Comprara para si um *SkyPager* e programara-o para a mesma frequência. Desde então, as suas comunicações com Hulohot tinham passado a ser não só instantâneas como também perfeitamente seguras.

A primeira mensagem que Strathmore enviara a Hulohot deixava pouca margem para dúvidas. Já tinham, aliás, discutido o assunto. Matar Ensei Tankado. Obter a chave.

Strathmore nunca perguntava como fazia Hulohot os seus truques de magia, bastava-lhe saber que os fazia. E assim aconteceu mais uma vez. Ensei Tankado estava morto e as autoridades estavam convencidas de que se tratara de um ataque cardíaco. Uma proeza digna de figurar nos livros... excepto num pormenor. Hulohot escolhera mal o local. Aparentemente, a morte de Tankado num lugar público era uma parte necessária da ilusão. Mas, e sem que fosse possível prevê-lo, o público aparecera demasiado cedo. Hulohot fora forçado a esconder-se antes de poder revistar o corpo em busca da chave. Quando o pó assentara, o cadáver de Tankado estava depositado na morgue de Sevilha.

Strathmore ficara furioso. Era a primeira vez que Hulohot falhava uma missão... e escolhera a pior altura para o fazer. Obter a chave de Tankado era essencial, mas o comandante sabia que mandar um assassino surdo à morgue de Sevilha seria uma missão suicida. Ponderara então as suas outras opções. E um segundo plano começara a ganhar forma. Subitamente, vira uma possibilidade de ganhar em duas frentes... a possibilidade de realizar dois sonhos em vez de um. Às seis e meia dessa manhã, telefonara a David Becker.

CAPÍTULO NOVENTA E SETE

Fontaine irrompeu na sala de reuniões a toda a velocidade, com Midge e Brinkerhoff colados aos calcanhares.
— Veja! — engasgou-se Midge, apontando freneticamente para a janela.
Fontaine olhou para as luzes que faiscavam no interior da cúpula da Cripto. Abriu muito os olhos. Aquilo não fazia definitivamente parte do plano.
— Parece um raio de uma discoteca! — murmurou Brinkerhoff.
Fontaine continuava a olhar, a tentar perceber o que se passava. Nunca, nos poucos anos desde que se tornara operacional, o TRANSLTR fizera uma coisa daquelas. *Está a sobreaquecer,* pensou. Perguntou a si mesmo por que raio não o teria Strathmore desligado. Demorou apenas um segundo a tomar uma decisão.
Levantou o auscultador de um dos telefones da rede interna que havia em cima da mesa de reuniões e marcou o número da Cripto. O aparelho emitiu um *bip* contínuo, como se a extensão estivesse desligada.
Fontaine bateu com o auscultador.
— Maldição!
Pegou imediatamente noutro telefone e marcou o número do telemóvel privado de Strathmore. Desta vez, ouviu o sinal de chamada.
Seis toques.
Brinkerhoff e Midge viram-no andar de um lado para o outro até onde o fio do telefone lhe permitia, como um tigre preso por uma corrente. Ao cabo de um longo minuto, o director estava vermelho de raiva.
Voltou a bater com o auscultador.
— Incrível! — bramiu. — A Cripto à beira de explodir e Strathmore não atende o maldito telefone!

CAPÍTULO NOVENTA E OITO

Hulohot saiu disparado do gabinete do cardeal Guerra para a luz ofuscante do sol da manhã. Protegeu os olhos com a mão em pala e praguejou. Estava num pequeno pátio no exterior da catedral, limitado de um lado por uma elevada parede de pedra, a face ocidental da Giralda, e dos outros dois por gradeamentos de ferro forjado. O portão estava aberto. Para lá do portão, a praça. Deserta. À distância, avistavam-se as paredes caiadas de Santa Cruz. Era impossível Becker ter chegado tão longe, tão depressa. Hulohot voltou-se e examinou o pátio. *Está aqui! Tem de estar!*

O pátio, conhecido como Jardin de los Naranjos, era famoso em Sevilha pelas suas vinte laranjeiras em flor. Afirmavam os sevilhanos que fora aquele o lugar de origem da marmelada inglesa. Um comerciante inglês do século XVIII comprara três dúzias de cestas de laranjas à igreja de Sevilha e levara-as para Londres, onde descobrira que os frutos eram tão amargos que não se podiam comer. Tentara fazer geleia com as cascas e acabara por ter de acrescentar quilos de açúcar para torná-la comestível. Assim nascera a marmelada de laranja.

Hulohot avançou por entre as árvores, de arma em riste. Eram árvores antigas, de copas altas. Mesmo os ramos mais baixos ficavam fora do alcance e os troncos finos não ofereciam qualquer cobertura. Hulohot depressa se apercebeu de que o pátio estava deserto. Olhou para cima. A Giralda.

O acesso à escada em espiral da torre estava vedado por uma corda e um pequeno painel de madeira. A corda pendia de um dos lados, imóvel. Hulohot subiu com os olhos os cento e vinte e seis metros do antigo edifício e soube imediatamente que a ideia era ridícula. Nunca Becker teria sido tão estúpido. A única escada terminava num cubículo quadrado de pedra. Havia estreitas aberturas rasgadas na grossa parede, mas nenhuma maneira de sair dali.

David Becker subiu o último dos íngremes degraus e entrou, ofegante, num pequeno cubículo de pedra. À sua volta havia altas paredes, com estreitas frestas. Nenhuma saída.
 A sorte não lhe fizera favores naquela manhã. Ao sair da catedral para o pátio, o casaco prendera-se-lhe no umbral da porta. O tecido travara-o em plena corrida e puxara-o com força para a esquerda antes de se rasgar. E Becker vira-se repentinamente a cambalear desequilibrado sob a luz ofuscante do sol. Quando erguera os olhos, estava a avançar direito a uma escada. Saltara por cima da corda e começara a subir. Quando se apercebera de aonde a escada o conduzia, era já demasiado tarde.
 Agora, estava fechado numa minúscula cela, a tentar recuperar o fôlego. Ardia-lhe a parte lateral do corpo. Estreitas fitas de sol matinal entravam pelas aberturas na parede. Espreitou para fora. O homem dos óculos de aros metálicos estava lá em baixo, de costas para ele, a olhar para a praça. Becker mudou de posição, para ver melhor.
 Atravessa a praça, murmurou.

A sombra da Giralda estendia-se pela praça como uma gigantesca árvore tombada. Hulohot olhou para ela. Na extremidade mais afastada, três riscas de luz desenhavam rectângulos alongados nas pedras lá em baixo. Um desses rectângulos acabava de ser tapado por uma sombra. Sem olhar sequer para cima, Hulohot rodou sobre os calcanhares e correu para a porta da torre.

CAPÍTULO NOVENTA E NOVE

Fontaine bateu com o punho cerrado na palma da outra mão. Continuava a andar de um lado para o outro, na sala de reuniões, olhando, de cada vez que passava pela janela, para as luzes que enchiam a cúpula da Cripto.
— Desliguem-no, raios! Desliguem-no!
Midge apareceu à porta, agitando um papel.
— Strathmore não consegue desligá-lo!
— O quê? — exclamaram Fontaine e Brinkerhoff, em uníssono.
— Já tentou! — Midge mostrou o relatório. — Quatro vezes! O TRANSLTR está trancado numa espécie de *loop* sem saída!
Fontaine rodou e olhou de novo pela janela.
— Meu Deus!
Um dos telefones da mesa de reuniões tocou estridentemente. Fontaine ergueu os braços ao céu.
— Tem de ser o Strathmore! Já não era sem tempo!
Brinkerhoff pegou no auscultador.
— Gabinete do director.
Fontaine estendeu a mão.
Brinkerhoff, com um ar embaraçado, olhou para Midge.
— É Jabba — disse. — Quer falar *contigo*.
Fontaine voltou os olhos para Midge, que já estava a atravessar a sala. Ao chegar junto da mesa, activou o sistema de mãos-livres.
— Diz, Jabba.
A voz metálica de Jabba ribombou na sala.
— Midge, estou na base de dados central. Estão a acontecer umas coisas estranhas aqui em baixo. Será que...

— Raios, Jabba! — explodiu Midge. — É o que estou a tentar dizer-te há meia hora!

— Pode não ser nada — continuou Jabba —, mas...

— Pára com isso! Claro que *é* qualquer coisa! Seja o que for que está a acontecer aí em baixo, leva-o a sério, *muito* a sério. Os meus dados não estão furados... Nunca estiveram e nunca estarão! — Ia desligar, mas acrescentou: — Ah... e, Jabba? Só para que não haja surpresas... Strathmore contornou o Crivo.

CAPÍTULO CEM

Hulohot subia os degraus da Giralda a três e três. A única luz na estreita passagem vinha das pequenas janelas sem vidros abertas a cada volta completa. *Está encurralado. David Becker vai morrer!* Hulohot continuava a subir. Mantinha-se colado à parede exterior, para o caso de Becker tentar atacá-lo de cima. Os candelabros de ferro colocados em cada patamar dariam uma boa arma, se Becker tentasse defender-se. A posição de Hulohot, na parte exterior do círculo, dava-lhe uma ângulo de visão mais amplo e permitir-lhe-ia avistá-lo a tempo. O revólver que empunhava tinha um alcance consideravelmente maior do que um candelabro com metro e meio de altura.

Hulohot avançava rápida mas cautelosamente. A escada era íngreme; já ali tinham morrido turistas. Aquilo não era a América: não havia sinais a alertar para o perigo, nem corrimãos, nem cartazes a declinar qualquer responsabilidade por possíveis acidentes. Aquilo era a Espanha. Se alguém fosse estúpido ao ponto de cair, o problema era dele e não de quem construíra a escada.

Hulohot deteve-se junto de uma das estreitas janelas e olhou para fora. Estava, naquele momento, na face norte da torre e, calculou, a cerca de meio caminho do topo.

Avistou finalmente a abertura para a plataforma-miradouro do outro lado da curva seguinte. A escada estava deserta. David Becker preferira não o enfrentar. Apercebeu-se de que talvez nem sequer o tivesse visto entrar na torre. O que significava que o elemento surpresa estaria também do seu lado... não que precisasse dele. Detinha todas as cartas. Até o traçado da torre jogava a seu favor; a escada desembocava na plataforma-miradouro no canto sudoeste: teria uma linha de fogo desimpedida para todos os recantos do cubículo, sem que David Becker pudesse surpreendê-lo pelas costas. Além disso, estaria a mover-se da escuridão para a luz. *Uma caixa de morte,* pensou.

Mediu a distância até à porta. Sete passos. Ensaiou mentalmente o ataque. Se se mantivesse do lado direito ao aproximar-se da abertura, poderia ver o canto esquerdo da plataforma antes de lá chegar. Se Becker lá estivesse, Hulohot dispararia. Se não, deslocar-se-ia para o lado oposto, de onde veria o canto direito, o único outro lugar onde Becker poderia estar. Sorriu.

SUJEITO: DAVID BECKER — ELIMINADO

Chegara o momento. Verificou a arma.

Com um forte impulso, correu para cima. A plataforma surgiu à vista. O canto esquerdo estava deserto. Tal como tinha ensaiado, Hulohot deslocou-se para o lado oposto e irrompeu na plataforma voltado para o lado direito. Disparou para o canto. A bala ricocheteou na parede nua, quase o atingindo. Hulohot rodou rapidamente sobre os calcanhares e soltou um grito abafado. Não estava ali ninguém. David Becker tinha desaparecido.

Três lanços de escada mais abaixo, suspenso noventa metros acima do Jardin de los Naranjos, David Becker pendurava-se do exterior da Giralda como se estivesse a fazer elevações no parapeito de uma janela. Enquanto Hulohot subia a escada a correr, Becker descera três lanços e suspendera-se do lado de fora de uma das aberturas. E mesmo a tempo. O assassino passara a centímetros dele, demasiado apressado para reparar nos dedos esbranquiçados agarrados ao peitoril.

Pendurado da janela, Becker agradecera a Deus o facto de a prática do *squash* envolver vinte minutos diários de musculação com o objectivo de desenvolver bíceps capazes de lhe proporcionar um serviço imparável. Infelizmente, mau-grado a sua força de braços, estava a ter dificuldade em voltar a içar-se. Ardiam-lhe os ombros. Era como se estivessem a rasgar-lhe o lado direito do corpo. A pedra em bruto do peitoril oferecia escasso apoio, magoando-lhe os dedos como cacos de vidro.

Becker sabia que lhe restavam poucos segundos antes que o assassino voltasse a descer a escada. E, vindo de cima, não poderia deixar de ver os dedos dele agarrados ao peitoril.

Fechou os olhos e contraiu os músculos. Sabia que só por milagre escaparia com vida. Estava a ficar sem força nos dedos. Olhou para baixo, para lá das pernas que oscilavam. A queda até às laranjeiras, no pátio equivalia ao comprimento de um campo de futebol. Morte certa. A dor no lado direito do corpo estava a tornar-se mais forte. Ouviu passos lá em cima. Passos pesados, rápidos, a correr escada abaixo. Fechou os olhos. Era agora ou nunca. Cerrou os dentes e fez força. A pedra áspera rasgou-lhe a pele dos pulsos quando se içou. Os passos aproximavam-se. Agarrou a esquina interior da abertura, a tentar melhorar o ponto de apoio. Agitou as pernas. Sentia-as como se fossem de chumbo, como se alguém lhe tivesse amarrado uma corda aos pés e estivesse a puxá-lo para baixo. Lutou. Conseguiu apoiar-se nos cotovelos. Estava agora em plena vista, com a cabeça meio enfiada pela abertura, como um homem na guilhotina. Voltou a agitar as pernas, contorcendo-se para o interior da janela. Estava a meio caminho, com o tronco a pender para o lado da escada. Os passos soavam agora muito perto. Becker agarrou os lados da abertura com as mãos e, com um único movimento, projectou-se para dentro. Caiu desamparado nos degraus.

Hulohot sentiu o corpo de Becker bater nas pedras logo abaixo do sítio onde se encontrava. Saltou em frente, de arma levantada. Viu uma janela. *É agora!* Chegou-se à parede exterior e apontou para baixo. As pernas de Becker desapareceram para lá da curva. Hulohot disparou, de raiva e frustração. A bala bateu na parede e ricocheteou escadas abaixo.

Enquanto saltava os degraus atrás da sua presa, Hulohot mantinha-se o mais possível junto à parede exterior, para dispor do maior ângulo de tiro possível. À medida que a escada se desenrolava diante dele, parecia que Becker estava sempre cento e oitenta graus à sua frente, sempre fora da vista. Becker descia colado à parede interior, encurtando o ângulo e saltando quatro ou cinco degraus de cada vez. Hulohot ganhava terreno. Bastava-lhe um tiro. Sabia que mesmo que

Becker conseguisse chegar ao fundo da escada, não teria para onde fugir; poderia abatê-lo pelas costas quando fosse a atravessar o pátio. A desesperada corrida para baixo prosseguiu.

Hulohot chegou-se para o lado de dentro, mais rápido. Sentiu que estava a ganhar terreno. Via a sombra de Becker cada vez que passavam por uma abertura. Para baixo. Para baixo. Em espiral. Becker parecia estar sempre logo a seguir à curva. Hulohot mantinha um olho na sombra e o outro nos degraus.

De súbito, pareceu-lhe que a sombra de Becker tinha tropeçado, guinava inesperadamente à esquerda e, então, dando a impressão de voltar-se em pleno ar, voltava ao centro da escada. Saltou em frente. *Apanhei-te!*

Nas escadas à frente dele houve um relampejar de aço. Cortou o ar do outro lado da curva. Saltou para a frente como o bote de um espadachim, à altura dos tornozelos. Hulohot tentou fugir para a esquerda, mas era demasiado tarde. O objecto estava entre os seus tornozelos. O pé que ia iniciar um novo passo avançou e bateu-lhe com toda a força. Hulohot estendeu os braços para cima, à procura de apoio, mas encontrou apenas o vazio. De repente, estava no ar, a rodopiar sobre si mesmo. Ao cair, passou por cima de David Becker, deitado de bruços no chão, os braços esticados para a frente. O candelabro que estivera a segurar estava agora emaranhado nas pernas de Hulohot, que continuava a rodopiar e a cair.

Hulohot chocou contra a parede exterior antes de bater nos degraus. Quando finalmente encontrou o chão, ia a rebolar. O revólver saltou-lhe da mão, deslizou pela pedra e deteve-se contra a parede. O corpo continuou a cair, às cambalhotas. Fez cinco voltas completas de trezentos e sessenta graus antes de parar. Mais doze degraus e teria caído no pátio.

CAPÍTULO CENTO E UM

David Becker nunca tinha pegado numa arma, mas empunhava uma naquele momento. O corpo de Hulohot jazia, contorcido e imóvel, na escuridão da escada da Giralda. Becker encostou o cano do revólver à têmpora do assassino e ajoelhou-se cautelosamente. O mínimo movimento e dispararia. Mas não houve qualquer movimento. Hulohot estava morto.

Becker largou a arma e caiu sentado nos degraus. Pela primeira vez havia séculos, sentiu as lágrimas subirem-lhe aos olhos. Conteve-as com um esforço. Sabia que haveria tempo para emoções mais tarde; agora, era tempo de regressar a casa. Tentou pôr-se de pé, mas estava demasiado cansado para se mexer. Deixou-se ficar sentado, mais algum tempo, no degrau de pedra.

Observou, com uma expressão ausente, o corpo caído à sua frente. Os olhos do assassino começavam a ficar vítreos, fixos em parte nenhuma. Como por milagre, os óculos permaneciam intactos. Eram uns óculos estranhos, pensou, com um fio que descia da ponta da haste esquerda até uma pequena caixa rectangular presa ao cinto. Estava demasiado exausto para sentir curiosidade.

Ali sentado nos degraus da escada, sozinho, a tentar pôr ordem nos pensamentos, olhou para o anel que tinha no dedo. A vista aclarara-se-lhe um pouco, e pôde finalmente ler a inscrição. Tal como já suspeitava, não estava em inglês. Olhou para as palavras gravadas por um longo momento e franziu a testa. *Matar por isto?*

O sol da manhã brilhava, ofuscante, quando Becker saiu finalmente da Giralda para o pátio. A dor no lado direito do corpo quase desaparecera e a visão estava a voltar ao normal. Deteve-se por um instante, meio aturdido, a saborear a fragrância das laranjeiras. Então, com passos lentos, começou a atravessar o pátio.

No instante em que Becker se afastava da torre, uma carrinha parou junto ao passeio, ali perto. Dois homens saltaram para a rua. Ambos jovens, vestindo camuflados. Avançaram para Becker com a precisão rígida de duas máquinas bem afinadas.

— David Becker? — perguntou um deles.

Becker deteve-se, surpreendido por aqueles dois homens saberem o seu nome.

— Quem... quem são vocês?

— Venha connosco, por favor. Imediatamente.

Havia algo de irreal naquele encontro, algo que fez os nervos de Becker começarem a vibrar novamente. Deu por si a afastar-se deles.

O mais baixo lançou-lhe um olhar gelado.

— Por aqui, Dr. Becker. *Já!*

Becker voltou-se para fugir. Mas só conseguiu dar um passo. Um dos homens empunhou uma arma. Ouviu-se um tiro.

Uma dor lancinante explodiu no peito de Becker, subiu-lhe até ao crânio. Os membros puseram-se-lhe rígidos e Becker caiu. Um instante mais tarde, havia apenas escuridão.

CAPÍTULO CENTO E DOIS

Strathmore desceu o último degrau da escada metálica e chegou ao fundo, agora coberto por dois centímetros e meio de água, da vasta gruta subterreânea que alojava o bojo do TRANSLTR. O gigantesco computador tremia. Grandes gotas de água caíam, como chuva, através da rodopiante bruma. As sirenes de alarme soavam como trovões.

O comandante olhou para os geradores principais. Phil Chartrukian estava ali, os seus restos calcinados espalhados por cima das pás de uma das turbinas de arrefecimento. A cena parecia tirada de uma qualquer encenação perversa do Dia das Bruxas.

Apesar de lamentar a morte do homem, Strathmore não duvidava por um instante sequer de que se tratara de uma «baixa necessária». Phil Chartrukian não lhe deixara alternativa. Quando o jovem técnico da Seg-Sis aparecera a correr vindo das profundezas, a gritar qualquer coisa a respeito de um vírus, Strathmore esperara por ele num dos patamares e tentara chamá-lo à razão. Chartrukian estava, porém, incapaz de ouvir argumentos. *Temos um vírus. Vou chamar o Jabba!* Quando tentara passar, o comandante impedira-o. O patamar era estreito. Tinham lutado. O corrimão era baixo. Era irónico, pensou Strathmore, o facto de Chartrukian ter razão a respeito do vírus desde o princípio.

A queda do homem fora arrepiante: um curto uivo de terror e depois silêncio. Mas nem de longe tão arrepiante como aquilo que o comandante Strathmore vira a seguir. Greg Hale a olhar para si, lá de baixo, do meio das sombras, com uma expressão do mais puro horror estampada no rosto. Fora então que Strathmore soubera que Greg Hale teria de morrer.

O TRANSLTR fez um estalido e o comandante voltou a concentrar a sua atenção na tarefa que o levara até ali: desligar a corrente. O disjuntor ficava do outro lado das bombas de fréon, à esquerda do corpo. Via-o claramente. Tudo o que tinha de fazer era baixar uma alavanca e a corrente que ainda restava na sala da Cripto desapareceria. Então, passados alguns segundos, poderia voltar a ligar os geradores principais; todas as portas e funções ficariam novamente operacionais; o fréon voltaria a circular, o *TRANSLTR* seria salvo.

Ao avançar para o disjuntor, chapinhando na água que cobria o chão, Strathmore apercebeu-se, porém, de que havia ainda um último obstáculo: o corpo de Chartrukian continuava caído em cima de uma das turbinas de arrefecimento. Desligar e voltar a ligar os geradores principais só serviria para provocar novo corte de corrente. Era preciso remover o cadáver.

Strathmore olhou para os grotescos despojos e avançou para eles. Esticando o braço, agarrou um pulso. A carne parecia esferovite. O calor fritara os tecidos. Não havia, no corpo inteiro, um pouco de humidade que fosse. O comandante fechou os olhos, agarrou o pulso com mais força e puxou. O corpo deslocou-se cerca de cinco centímetros. Strathmore voltou a puxar. O corpo deslizou um pouco mais. O comandante fincou bem os pés e puxou com toda a sua força. De repente, estava a cair para trás. Bateu violentamente com as costas numa caixa de derivação. Enquanto se esforçava por sentar-se no chão coberto de água, olhou, horrorizado, para o objecto que tinha na mão. Era o antebraço de Chartrukian. Tinha-se partido pelo cotovelo.

Lá em cima, Susan continuava à espera. Estava sentada no sofá do Módulo 3, com Hale estendido aos pés, sentindo-se paralisada. Não conseguia imaginar o que poderia estar a fazer o comandante demorar tanto tempo. Os minutos passaram. Tentou afastar David dos pensamentos, mas era inútil. A cada uivo das sirenes, as palavras de Hale ecoavam-lhe na cabeça. *Lamento sinceramente o que aconteceu a David Becker.* Pensou que ia enlouquecer.

Preparava-se para saltar do sofá e correr para fora quando finalmente aconteceu. Strathmore tinha accionado o disjuntor e cortado a corrente.

O silêncio que engolfou a cúpula da Cripto foi instantâneo. Os uivos das sirenes calaram-se a meio e os monitores apagaram-se. O corpo de Greg Hale desapareceu na escuridão e Susan puxou instintivamente as pernas para cima do sofá. Apertou com mais força o casaco de Strathmore à volta dos ombros.

Trevas.

Silêncio.

Nunca ouvira um silêncio tão absoluto na cúpula da Cripto. Havia sempre a zoada dos geradores. Agora, porém, não havia nada. Apenas a grande besta a ofegar, a suspirar de alívio. A estalar, a silvar, a arrefecer lentamente.

Susan fechou os olhos e rezou por David. Foi uma oração simples: que Deus protegesse o homem que amava.

Não sendo uma pessoa religiosa, Susan não estava à espera de receber uma resposta à sua prece. Mas quando sentiu uma súbita vibração contra o peito, endireitou-se bruscamente. Levou as mãos enclavinhadas ao coração. Demorou apenas um instante a compreender. A vibração que sentia não era a mão de Deus... vinha do bolso do casaco do comandante. Strathmore deixara o *pager* em modo de chamada silenciosa. Alguém estava a enviar-lhe uma mensagem.

Seis pisos mais abaixo, Strathmore continuava junto do disjuntor. Os subníveis da Cripto estavam agora mergulhados numa escuridão mais profunda que a mais negra das noites. Deixou-se ficar ali por um instante, a saborear o negrume. A água continuava a cair lá de cima. Era uma tempestade nocturna. Inclinou a cabeça para trás e deixou as gotas pesadas e mornas lavarem-lhe a culpa. *Sou um sobrevivente.* Ajoelhou-se no chão e lavou das mãos os restos de carne de Chartrukian.

Os seus sonhos para o Fortaleza Digital tinham fracassado. Aceitava o facto. Susan era agora a única coisa que importava. Pela primeira vez em décadas, compreendeu que a vida era mais que pátria e honra. *Sacrifiquei os meus melhores anos à pátria e à honra. Mas... e o amor?* Privara-se desse tesouro durante demasiado tempo. *E para quê?* Para ver um jovem professor qualquer roubar-lhe o seu sonho? Fora ele que criara Susan. Protegera-a. *Merecera-a.* E, agora, finalmente, ia tê-la. Susan procuraria refúgio nos braços dele, quando não houvesse mais ninguém para quem se voltar. Iria ter com ele indefesa, ferida pela perda, e, dessa vez, ele mostrar-lhe-ia que o amor cura todas as chagas.

Honra. Pátria. Amor. David Becker ia morrer por todas estas coisas.

CAPÍTULO CENTO E TRÊS

O comandante Strathmore saiu pela abertura do alçapão como Lázaro erguendo-se de entre os mortos. Apesar das roupas encharcadas, caminhava com passos ligeiros. Avançou para o Módulo 3... para Susan. Para o seu futuro.

A cúpula da Cripto estava novamente cheia de luz. O fréon circulava pelas entranhas do escaldante *TRANSLTR* como sangue oxigenado. Strathmore sabia que o fluido refrigerador demoraria alguns minutos a chegar a fundo da máquina e impedir os processores inferiores de se incendiarem, mas tinha a certeza de ter agido a tempo. Exalava vitória, sem suspeitar sequer da verdade... que era já demasiado tarde.

Sou um sobrevivente, pensou. Ignorando o buraco aberto na parede do Módulo 3, avançou direito às portas electrónicas, que se abriram com um silvo. Strathmore entrou.

Susan estava de pé à frente dele, com os cabelos molhados e embrulhada no casaco. Parecia uma caloira apanhada de surpresa por uma chuvada. E ele era um finalista que lhe tinha emprestado a camisola para se proteger. Pela primeira vez em anos, sentiu-se jovem. O seu sonho estava a tornar-se realidade.

Ao aproximar-se, porém, sentiu que estava a olhar para os olhos de uma mulher que não reconhecia. Pareciam feitos de gelo. A suavidade desvanecera-se. Susan Fletcher estava de pé, rígida, como uma estátua inamovível. O único movimento perceptível eram as lágrimas que lhe tremeluziam nos olhos.

— Susan?

Uma única lágrima rolou pela face trémula.

— Que se passa? — perguntou ele.

A mancha de sangue debaixo da cabeça de Hale espalhara-se pela alcatifa como um derrame de petróleo. Strathmore olhou para o corpo, pouco à vontade, e depois de novo para Susan. *Será possível que ela saiba?* Não. Strathmore sabia que tinha cuidado de todos os pormenores.

— Susan? — repetiu, avançando para ela. — Que se passa?

Susan não se mexeu.

— Está preocupada com David?

O lábio superior dela tremeu muito ao de leve.

Strathmore avançou mais um passo. Ia estender a mão para lhe tocar, mas hesitou. O som do nome de David tinha aparentemente feito estalar o dique da dor. Muito devagar, ao princípio... um frémito, um tremor. E, então, uma vaga imparável de desgosto pareceu percorrer o corpo dela. Quase incapaz de controlar a tremura dos lábios, Susan abriu a boca para falar. Não saiu qualquer som.

Sem desviar os olhos gelados que fixara nos de Strathmore, tirou a mão do bolso do casaco. Segurava um objecto. Estendeu-o, a tremer.

Strathmore estava meio à espera de olhar para baixo e ver a *Beretta* apontada ao seu ventre, mas a arma continuava no chão, presa entre os dedos de Hale. O objecto que Susan segurava era mais pequeno. Strathmore olhou para ele e, no instante seguinte, compreendeu.

Ali, diante dos seus olhos, a realidade distorceu-se e o tempo abrandou até quase parar. Strathmore ouvia o bater do seu próprio coração. O homem que enfrentara e vencera gigantes durante tantos anos viu-se derrotado num instante. Abatido pelo amor... pela sua própria loucura. Num simples gesto de cavalheirismo, oferecera o casaco a Susan. E, com ele, o *SkyPager*.

Foi a vez de Strathmore ficar rígido. A mão de Susan tremia. O *pager* caiu junto aos pés de Hale. Com uma expressão de espanto e de incredulidade pela confiança traída, Susan Fletcher passou por ele a correr e saiu do Módulo 3.

O comandante deixou-a ir. Como que em câmara lenta, inclinou-se e apanhou o *pager*. Não havia novas mensagens, Susan lera-as todas. Strathmore percorreu desesperadamente a lista.

SUJEITO: ENSEI TANKADO — ELIMINADO
SUJEITO: PIERRE CLOUCHARDE — ELIMINADO
SUJEITO: HANS HUBER — ELIMINADO
SUJEITO: ROCÍO EVA GRANADA — ELIMINADO

A lista continuava. Strathmore sentiu-se invadir por uma onda de horror. *Eu posso explicar! Ela vai compreender! Honra! Pátria!* Havia, porém, uma mensagem que ele ainda não tinha visto... uma mensagem que nunca conseguiria explicar. Com as mãos a tremer, leu a última transmissão.

SUJEITO: DAVID BECKER — ELIMINADO

Strathmore deixou pender a cabeça. O seu sonho estava desfeito.

CAPÍTULO CENTO E QUATRO

Susan saiu a cambalear do Módulo 3.

SUJEITO: DAVID BECKER — ELIMINADO

Como que num sonho, dirigiu-se à porta principal da cúpula da Cripto. A voz de Hale ecoava-lhe na cabeça. *Susan Strathmore vai matar-me! Susan, o comandante está apaixonado por ti!*
Chegou à grande porta circular e premiu furiosamente a sequência de teclas. A porta não se moveu. Voltou a tentar, mas a enorme placa de metal recusou rodar. Susan deixou escapar um grito abafado. Aparentemente, o corte de corrente apagara os códigos de abertura. Estava encurralada.
Sem aviso, dois braços enlaçaram-na pelas costas, prendendo-lhe o corpo semientorpecido. O toque era ao mesmo tempo familiar e repelente. Faltava-lhe a força bruta de Greg Hale, mas tinha uma espécie de brutalidade desesperada, uma determinação íntima, dura como aço.
Susan voltou a cabeça. O homem que a prendia parecia desolado, assustado. Era um rosto que nunca tinha visto.
— Susan — suplicou Strathmore, continuando a apertá-la. — Posso explicar tudo.
Ela tentou libertar-se.
O comandante não afrouxou a pressão dos braços.
Susan quis gritar, mas não tinha voz. Quis fugir, mas as mãos fortes prenderam-na, puxando-a para trás.
— Amo-a. — A voz era um murmúrio. — Sempre a amei.
Susan sentiu o estômago revolver-se-lhe.
— Fique comigo.

A mente de Susan encheu-se de imagens horripilantes: os olhos verdes de David a fecharem-se lentamente pela última vez; o corpo de Greg Hale a derramar sangue na alcatifa; Phil Chartrukian queimado e esfacelado em cima da turbina dos geradores.

— A dor há-de passar — disse a voz. — Há-de voltar a amar.

Susan não ouvia.

— Fique comigo — pediu a voz. — Eu hei-de sarar-lhe as feridas.

Ela debateu-se, impotente.

— Fi-lo por nós. Fomos feitos um para o outro. Susan, eu amo-a.

— As palavras atropelavam-se, como se tivessem esperado uma década para serem ditas. — Amo-a! *Amo-a!*

Nesse instante, a trinta metros de distância, como que numa contestação da atroz confissão de Strathmore, o TRANSLTR emitiu um silvo selvagem, implacável. O som era inteiramente novo: um fervilhar distante, ameaçador, que parecia crescer como uma serpente nas profundezas do silo. O fréon, tudo o indicava, não chegara a tempo ao seu destino.

O comandante largou Susan e voltou-se para o computador de dois biliões de dólares. Tinha os olhos muito abertos de horror.

— Não! — Levou as mãos à cabeça. — Não!

O foguetão com seis pisos de altura começou a tremer. Strathmore avançou um passo cambaleante na direcção da máquina que rugia. Então, caiu de joelhos, um pecador perante um deus furioso. O gesto foi inútil. Na base do silo, os processadores de titânio-estrôncio tinham-se incendiado.

CAPÍTULO CENTO E CINCO

Uma bola de fogo a projectar-se para cima através de três milhões de *chips* de silicone faz um som único. O estralejar de uma floresta em chamas, o uivo de um tornado, o jacto silvante de um géiser... todos encurralados no interior de uma concha reverberante. Era o bafo do Diabo a correr por uma caverna selada, à procura de uma saída. Strathmore estava de joelhos, petrificado pelo ruído aterrador que subia na direcção deles. O computador mais caro do mundo estava prestes a transformar-se num vulcão com seis andares de altura.

Como que em câmara lenta, Strathmore voltou-se para Susan, paralisada junto à porta da cúpula. Olhou para o rosto dela, riscado pelas lágrimas. Parecia brilhar à luz fluorescente. *É um anjo,* pensou. Procurou o paraíso nos olhos dela, mas viu apenas morte. A morte da confiança. O amor e a honra tinham desaparecido. A fantasia que o ajudara a viver todos aqueles anos estava morta. Nunca teria Susan Fletcher. Nunca! O súbito vazio que se apoderou dele foi esmagador.

Susan olhava vagamente para o *TRANSLTR*. Sabia que, encurralada dentro do casco de cerâmica, a bola de fogo corria para eles. Sentia-a subir cada vez mais depressa, alimentando-se do oxigénio libertado pelos *chips* que ardiam. Dentro de momentos, a cúpula da Cripto seria um inferno de chamas.

O cérebro dizia-lhe que fugisse, mas o peso morto de David prendia-a ali. Pareceu-lhe ouvir uma voz chamá-la, dizer-lhe que fugisse, mas não tinha para onde ir. A cúpula da Cripto era um túmulo selado. Não tinha importância; a ideia da morte não a assustava. A morte poria fim à dor. Iria para junto de David.

O chão começou a tremer, como se, debaixo dele, um monstro marinho furioso subisse das profundezas. Julgou ouvir a voz de David a gritar-lhe: *Foge, Susan! Foge!*

Strathmore, cujo rosto era uma recordação distante, estava a avançar para ela. Os frios olhos cinzentos pareciam desprovidos de vida. O patriota que vivera no espírito dela como um herói tinha morrido... como assassino. De repente, os braços dele estavam de novo a enlaçá--la, a apertá-la, desesperados. Strathmore beijou-a nas faces.

— Perdoe-me — suplicou. Susan tentou empurrá-lo, mas ele não a largou.

O *TRANSLTR* começou a vibrar como um míssil a preparar-se para o lançamento. O chão da cúpula tremia violentamente. Strathmore apertou-a com mais força.

— Abrace-me, Susan. Preciso de si.

Uma violenta onda de fúria encheu os membros dela. *Amo-te! Foge!* Numa súbita explosão de energia, Susan libertou-se. O rugido do *TRANSLTR* tornou-se ensurdecedor. O fogo estava no topo do silo. O *TRANSLTR* gemeu, a rebentar pelas costuras.

A voz de David pareceu dar-lhe força, guiá-la. Correu em direcção à escada metálica que dava acesso ao gabinete de Strathmore. Atrás dela, o *TRANSLTR* rugiu ensurdecedoramente.

Quando o último dos *chips* de silicone se desintegrou, um tremendo jorro de ar escaldante rebentou a parte superior do silo, projectando lascas de cerâmica a dez metros de altura. No mesmo instante, o ar rico em oxigénio da cúpula precipitou-se para preencher o vácuo.

Susan chegou ao último patamar e agarrou-se com força ao corrimão quando a furiosa rajada de vento lhe fustigou o corpo, fazendo-a rodar a tempo de ver lá muito em baixo, junto à base do *TRANSLTR*, o director-adjunto de operações olhar para ela. Apesar da tempestade que rugia à volta, havia paz nos olhos dele. Abriu os lábios e formou uma derradeira palavra:

— Susan.

O ar que entrou no *TRANSLTR* incendiou-se instantaneamente. Num relâmpago ofuscante, o comandante Trevor Strathmore passou de homem a silhueta e de silhueta a lenda.

Quando a onda de choque atingiu Susan, atirou-a cinco metros para trás, para dentro do gabinete de Strathmore. A única coisa que lhe ficou na memória foi o calor escaldante.

CAPÍTULO CENTO E SEIS

Da janela da sala de reuniões do director, bem acima da cúpula da Cripto, três pessoas olhavam, petrificadas pelo espanto. A explosão abalara todo o complexo da NSA. Leland Fontaine, Chad Brinkerhoff e Midge Milken contemplavam, num horrorizado silêncio, a cena dantesca.

Vinte metros mais abaixo, a cúpula da Cripto ardia. A redoma de policarbonato permanecia intacta, mas, por baixo da concha transparente, havia um inferno de chamas. Grandes rolos de espesso fumo negro enovelavam-se, como nevoeiro.

Continuaram os três a olhar, sem dizer uma palavra. O espectáculo tinha uma espécie de grandiosidade horrível.

Fontaine permaneceu assim por um longo momento. Quando finalmente falou, a voz foi fraca, mas firme:

— Midge, manda uma equipa lá para baixo... imediatamente.

Do outro lado da *suite*, o telefone do director começou a tocar. Era Jabba.

CAPÍTULO CENTO E SETE

Susan não fazia ideia de quanto tempo tinha decorrido. Um ardor na garganta fê-la recuperar os sentidos. Desorientada, estudou o lugar onde se encontrava. Estava estendida numa alcatifa, atrás de uma secretária. A única luz na sala era um estranho tremular cor de laranja. O ar cheirava a plástico queimado. O sítio onde estava não era verdadeiramente uma sala; era uma concha devastada. As cortinas ardiam e as paredes de *plexiglas* começavam a derreter.

Então, recordou tudo.

David.

Pôs-se de pé, com uma vaga de pânico a subir-lhe no peito. O ar tinha um sabor cáustico, que lhe queimava a garganta. Cambaleou para a porta, à procura de uma saída. Quando ia passar o umbral, ficou com o pé suspenso sobre um abismo; agarrou-se à moldura mesmo a tempo. A escada tinha desaparecido, fora transformada numa massa retorcida de metal fumegante, quinze metros mais abaixo. Susan examinou, horrorizada, a sala da Cripto. Era um mar de chamas. Os restos derretidos de três milhões de *chips* de silicone tinham jorrado do TRANSLTR como lava de um vulcão. Nuvens de fumo denso e acre revoluteavan num movimento ascendente. Susan reconheceu o cheiro. Fumo de silicone. Mortalmente venenoso.

Recuou para o interior do gabinete de Strathmore, sentindo-se desfalecer. Ardia-lhe a garganta. Todo o espaço à sua volta estava cheio de uma luz terrível. A Cripto estava a morrer. *E eu também,* pensou.

Por um instante, considerou a única saída possível: o elevador de Strathmore. Mas sabia que era inútil; nunca o sistema electrónico teria sobrevivido à explosão.

Ao avançar por entre o fumo cada vez mais denso, porém, recordou as palavras de Hale. *O elevador recebe energia do edifício principal. Estive a ver os esquemas!* Susan sabia que era verdade. Sabia também que todo o poço estava protegido por betão reforçado.

As nuvens de fumo revoluteavam à volta dela. Avançou aos tropeções até ao elevador. Mas, quando lá chegou, viu que o botão de chamada estava apagado. Martelou inutilmente o painel e, então, caiu de joelhos e começou a esmurrar a porta.

Parou quase no mesmo instante. Estava a ouvir um zumbido do outro lado daquelas portas. Sobressaltada, ergueu os olhos. A cabina parecia estar ali mesmo! Tornou a premir o botão. E tornou a ouvir o zumbido.

Subitamente, percebeu.

O botão de chamada não estava apagado... estava apenas coberto por uma camada de fuligem negra. Brilhava agora debilmente, por baixo das esborratadas dedadas que lá deixara.

Há corrente!

Começou a carregar no botão, com um súbito renovar de esperança. E, de cada vez que carregava, havia um motor que funcionava. Ouvia o zumbido da ventoinha de ventilação da cabina. *A cabina está aqui! Por que é que as malditas portas não se abrem?*

Viu, através do fumo, o pequeno painel secundário: botões com letras, de A a Z. No meio do desespero que a avassalava, lembrou-se. A *password*.

O fumo começava a entrar através das janelas derretidas. Voltou a esmurrar as portas do elevador. Que recusaram abrir-se. *A* password*!*, pensou. *Strathmore nunca chegou a dizer-me qual era a* password*!* O fumo de silicone invadia o gabinete. Sentindo-se sufocar, Susan deixou-se cair contra as portas de metal, derrotada. A ventoinha de ventilação funcionava a uns escassos centímetros de distância. Ficou ali tombada, aturdida, a tentar respirar.

Fechou os olhos, mas, mais uma vez, a voz de David acordou-a. *Foge, Susan! Abre a porta! Foge!* Abriu os olhos, à espera de ver a cara dele, aqueles atrevidos olhos verdes, aquele sorriso brincalhão. Mas o que viu foi as letras de A a Z. *A* password... Susan olhou para as letras. Já mal conseguia focar a vista. No LED, por baixo do painel, cinco espaços vazios aguardavam. *Uma* password *com cinco letras,* pensou. Calculou instantaneamente as probabilidades: 26^5 — 11 881 376 escolhas possíveis. A uma tentativa por segundo, demoraria dezanove semanas.

Estendida, a sufocar, por baixo do painel do elevador, Susan ouviu a voz patética do comandante. Estava outra vez a chamá-la. *Amo-a, Susan! Sempre a amei! Susan! Susan! Susan...*
Susan sabia que ele estava morto e, no entanto, a voz não se calava. Repetia incansavelmente o nome dela.
Susan... Susan...
Então, num instante de arrepiante clarividência, Susan soube.
A tremer, ergueu a mão para o painel e digitou a *password*.
S...U...S...A...N
No mesmo instante, as portas deslizaram para o lado.

CAPÍTULO CENTO E OITO

O elevador desceu velozmente. Susan respirava a grandes haustos, enchendo os pulmões de ar fresco. Entontecida, apoiou-se à parede enquanto a cabina abrandava e acabava por parar. Instantes depois, houve um engatar de engrenagens e o carro recomeçou a deslocar-se, desta vez na horizontal. Susan sentiu-o acelerar, correndo em direcção ao complexo principal da NSA. Finalmente, deteve-se e as portas abriram-se.

Susan Fletcher saiu a cambalear e a tossir para um escuro corredor de cimento. Deu por si num túnel estreito e de tecto baixo. Uma dupla linha amarela estendia-se à sua frente, desaparecendo num vazio escuro.

A Auto-Estrada Subterrânea...

Começou a avançar pelo túnel, utilizando a parede como guia. Atrás dela, as portas do elevador fecharam-se. Mais uma vez, Susan Fletcher viu-se rodeada de trevas.

Silêncio.

Nada excepto um ligeiro zumbido nas paredes.

Um zumbido que ia aumentando de volume.

Subitamente, foi como se a aurora estivesse a despontar. A escuridão dissolveu-se num cinzento-esbatido. As paredes do túnel começaram a ganhar forma. De repente, surgiu à vista um pequeno veículo, dobrando uma curva, cegando-a com o seu farol. Susan encostou-se à parede, protegendo os olhos. Houve uma rajada de vento e o transporte passou.

Instantes mais tarde, o estridente chiar de borracha a raspar no cimento rasgou o silêncio. O zumbido voltou a aproximar-se, desta vez em marcha-atrás. Segundos depois, o veículo deteve-se junto dela.

— Menina Fletcher! — exclamou uma voz, estupefacta.

Susan olhou para a figura vagamente familiar sentada atrás do volante do carrinho eléctrico.

— Credo! — ofegou o homem. — Está bem? Julgávamos que tinha morrido!

Susan continuava a olhar para ele, sem o reconhecer.

— Chad Brinkerhoff — disse o homem, observando atentamente a aturdida chefe do Departamento de Criptografia. — AP do director.

O mais que Susan conseguiu foi um atabalhoado murmúrio:

— O *TRANSLTR*...

Brinkerhoff assentiu.

— Esqueça. Suba!

O feixe do farol do carro eléctrico varria as paredes de cimento.

— Há um vírus na base de dados principal — disse Brinkerhoff.

— Eu sei — ouviu-se Susan murmurar.

— Precisamos que nos ajude.

Susan estava a esforçar-se por conter as lágrimas.

— Strathmore...

— Nós sabemos — disse Brinkerhoff. — Contornou o Crivo.

— Sim... e... — As palavras prenderam-se-lhe na garganta. *Matou David!*

Brinkerhoff deu-lhe uma palmadinha no ombro.

— Estamos quase a chegar, menina Fletcher. Aguente só um pouco mais.

O veloz carro eléctrico contornou uma curva e travou em derrapagem. De um dos lados, entroncando perpendicularmente no túnel, havia um corredor, debilmente iluminado por luzes vermelhas embutidas no chão.

— Venha — convidou Brinkerhoff, ajudando-a a apear-se.

Guiou-a para o corredor. Susan deixou-se levar, como que numa névoa. O corredor, de paredes forradas a azulejo, descia num íngreme declive. Susan agarrou-se ao corrimão e seguiu Brinkerhoff. O ar tornou-se mais fresco. Continuaram a descer.

À medida que se internavam nas profundezas da terra, o túnel ia-se estreitando. De algures atrás deles chegou-lhes o eco de passos fortes, determinados. O som tornou-se mais forte. Brinkerhoff e Susan detiveram-se e voltaram-se.

Um negro gigantesco avançava para eles. Susan nunca o tinha visto. Enquanto se aproximava, o homem cravou nela um olhar penetrante.

— Quem é? — perguntou.

— Susan Fletcher — respondeu Brinkerhoff.

O gigante arqueou as sobrancelhas. Mesmo encharcada e coberta de fuligem, Susan Fletcher era mais bonita do que imaginara.

— E o comandante?

Brinkerhoff abanou a cabeça.

O homem nada disse. Fixou o olhar na distância, por um instante. Então, voltou-se para Susan.

— Leland Fontaine — disse, estendendo-lhe a mão. — Folgo em ver que está bem

Susan ficou a olhar para ele. Sempre soubera que um dia haveria de conhecer o director, mas não fora aquele o tipo de apresentação que imaginara.

— Venha, menina Fletcher — disse Fontaine, começando a andar. — Vamos precisar de toda a ajuda que conseguirmos.

Banhada por um clarão avermelhado, no fundo do túnel, uma parede de aço barrava-lhes a passagem. Fontaine aproximou-se e teclou o código de entrada numa caixa de cifragem recolhida. Em seguida, colocou a mão direita em cima de um pequeno painel de vidro. Acendeu-se uma luz estroboscópica. Instantes depois, a maciça parede deslizou para a esquerda, com um rugido.

Só havia na NSA uma câmara mais sagrada ainda que a Cripto e Susan Fletcher teve a premonição de que estava prestes a entrar nela.

CAPÍTULO CENTO E NOVE

O centro de comando da base de dados principal da NSA fazia lembrar, em escala reduzida, um centro de controlo de missão da NASA. Uma dúzia de terminais de computador alinhava-se diante do enorme visor de vídeo, que, com nove metros por doze, cobria por completo a parede mais distante. Nesse visor, passavam números e diagramas em rápida sucessão, aparecendo e desaparecendo como se alguém estivesse a fazer *zapping* com o controlo remoto de um televisor. Um punhado de técnicos corria freneticamente de terminal em terminal, examinando longas tiras de papel saídas das impressoras e gritando ordens. Era o caos.

Susan estudou a deslumbrante instalação. Recordava-se vagamente de que tinham sido removidas duzentas e cinquenta toneladas métricas de terra para a criar. A câmara situava-se 34 metros abaixo do nível do solo, totalmente imune a bombas de fluxo ou a explosões nucleares.

Diante de um posto de trabalho sobrelevado, ao centro da sala, estava sentado Jabba. Gritava ordens do alto da sua plataforma, como um rei aos respectivos súbditos. No visor do terminal directamente em frente dele estava escrita uma mensagem. Uma mensagem que Susan conhecia bem. Dizia, em letras garrafais ominosamente suspensas sobre a cabeça do chefe da divisão da Seg-Sis:

AGORA, SÓ A VERDADE VOS PODE SALVAR...
INTRODUZIR *PASSWORD* _____

Como que encurralada num qualquer sonho surrealista, Susan seguiu Fontaine até à plataforma. O mundo dela era uma mancha confusa que passava em câmara lenta.

Jabba viu-os entrar e voltou-se como um touro enraivecido.

— Construí o Crivo por uma razão!
— O Crivo deixou de existir — respondeu Fontaine, calmamente.
— Não está a dar-me novidade nenhuma — disparou Jabba. — A onda de choque fez-me cair de cu! Onde está Strathmore?
— O comandante Strathmore morreu.
— É o que se chama uma porra de justiça poética.
— Calma, Jabba — ordenou o director. — Ponha-nos a par. Qual é a perigosidade deste vírus?

Jabba ficou a olhar para o director por um longo momento, e, então, sem aviso, largou a rir.

— Um *vírus*? — A áspera gargalhada ecoou pela câmara subterrânea. — Acha que é disso que se trata?

Fontaine manteve a calma. A insolência de Jabba era totalmente despropositada, mas o director sabia que não eram aqueles o lugar nem o momento para lidar com o assunto. Ali em baixo, Jabba mandava mais do que o próprio Deus. Os problemas dos computadores tinham uma maneira muito sua de ignorar a cadeia de comando.

— Não é um *vírus*? — perguntou Brinkerhoff, num tom de esperança.

Jabba bufou depreciativamente.

— Os *vírus* têm comandos de replicação, meu menino. *Esta coisa não os tem!*

Susan como que pairava por ali, incapaz de se concentrar.

— Que está então a acontecer? — exigiu Fontaine saber. — Pensei que tínhamos um vírus.

Jabba inspirou longa e fundamente e baixou o tom da voz.

— Os vírus... — disse, limpando o suor do rosto. — Os vírus reproduzem-se. Criam clones. São vaidosos e estúpidos... egomaníacos binários. Produzem filhos mais depressa que os coelhos. E é essa a fraqueza deles... Pode-se fazê-los desaparecer levando-os a uma espécie de equivalente informática da reprodução endogâmica, quando se sabe o que se está a fazer. Infelizmente, este programa não tem ego, não quer reproduzir-se. É lúcido e concentrado. Na realidade, uma vez cumprida a sua missão aqui, cometerá muito provavelmente suicídio digital. — Jabba ergueu reverentemente os braços para a confusão projectada no visor gigante. — Senhoras e senhores — suspirou, apresento-lhes o *kamikaze* dos invasores informáticos... o verme.

— *Verme?* — gemeu Brinkerhoff. Parecia-lhe um termo demasiado mundano para descrever um tão insidioso intruso.

— Verme — disse Jabba. — Nada de estruturas complexas, apenas instinto... comer, cagar, rastejar. É isso. Simplicidade. Simplicidade mortífera. Faz o que foi programado para fazer e desaparece.

Fontaine olhou duramente para Jabba.

— E o que está este verme programado para fazer? — perguntou.

— Não faço a mínima ideia — respondeu Jabba. — Neste momento, está a espalhar-se e a agarrar-se a toda a nossa informação confidencial. Depois disso, pode fazer seja o que for. Pode decidir apagar todos os nossos ficheiros ou pode simplesmente decidir imprimir rostos sorridentes em certas transcrições da Casa Branca.

A voz de Fontaine manteve-se fria e controlada.

— Consegue travá-lo?

Jabba soltou um longo suspiro e voltou-se para o visor.

— Não sei. Tudo depende de até que ponto o autor está chateado connosco. — Apontou para a mensagem na parede. — Alguém quer dizer-me que diabo significa *aquilo*?

AGORA, SÓ A VERDADE VOS PODE SALVAR...
INTRODUZIR *PASSWORD* _____

Jabba ficou à espera de uma resposta, mas não a obteve.

— Parece que anda alguém a querer lixar-nos, Sr. Director. Chantagem. Isto é a nota de resgate mais descarada que alguma vez vi.

A voz de Susan foi um murmúrio, vazio e oco.

— É... Ensei Tankado.

Jabba voltou-se para ela. Ficou a olhar por um instante, de olhos esbugalhados.

— *Tankado?*

Susan assentiu, debilmente.

— Queria a nossa confissão... a respeito do TRANSLTR... mas custou-lhe a...

— Confissão? — interrompeu-a Brinkerhoff, com um ar aturdido. — Tankado quer que confessemos que temos o TRANSLTR? Diria que é um pouco tarde para *isso!*

Susan abriu a boca para falar, mas Jabba adiantou-se-lhe.

— Parece que Tankado tem um código de cancelamento — disse, olhando para a mensagem escrita no visor.

Todas as cabeças se voltaram para ele.

— Um código de cancelamento? — perguntou Brinkerhoff.

Jabba assentiu.

— Sim. Uma chave que faz parar o verme. Dito por palavras simples, se admitirmos que temos o TRANSLTR, Tankado dá-nos um código de cancelamento. Introduzimo-lo e salvamos a base de dados. Bem-vindos à extorsão digital.

Fontaine permaneceu firme como uma rocha, inabalável.

— Quanto tempo nos resta?

— Cerca de uma hora — respondeu Jabba. — Dá à justa para convocar uma conferência de imprensa e despejar o saco.

— Recomendação — exigiu Fontaine. — Que propõe que façamos?

— Uma recomendação? — exclamou Jabba, incrédulo. — Quer uma recomendação! Eu dou-lhe uma recomendação! Deixamo-nos de merdas, é o que fazemos!

— Calma — avisou Fontaine.

— Sr. Director — atirou-lhe Jabba. — Neste preciso instante, Ensei Tankado é o *dono* desta base de dados! Dê-lhe o que ele quer, seja o que for. Se o que ele quer é que o mundo saiba da existência do TRANSLTR, chame a CNN e baixe as cuecas. Seja como for, o TRANSLTR já não é mais do que um buraco no chão... que raio de diferença lhe faz a *si*?

Fez-se silêncio. Fontaine poderia estar a considerar as suas alternativas. Susan começou a falar, mas, mais uma vez, Jabba adiantou-se-lhe:

— De que raio está à espera! Ligue para Tankado! Diga-lhe que aceita! Precisamos do código de cancelamento ou esta chafarica vai toda pelo cano abaixo!

Ninguém se mexeu.

— Estão todos doidos? — gritou Jabba. — Ligue para Tankado! Diga-lhe que ganhou! Consiga-me esse código de cancelamento! JÁ! — Jabba pegou no seu próprio telemóvel e ligou-o. — Deixe! Dê-me o número! Eu mesmo falo com esse sacaninha!

— Não se dê ao incómodo — disse Susan, num murmúrio. — Tankado está morto.

Passado um instante de confusa estupefacção, as implicações do que ela acabava de dizer atingiram Jabba como uma bala no estômago. O enorme chefe da Seg-Sis pareceu prestes a desmoronar-se.

— *Morto?* Mas então... isso significa... não podemos...

— Significa que vamos precisar de um novo plano — disse Fontaine, secamente.

Os olhos de Jabba estavam ainda vidrados pelo choque quando alguém ao fundo da sala começou a gritar como um louco.

— Jabba! Jabba!

Era Soshi Kuta, a técnica principal. Vinha a correr na direcção da plataforma, arrastando atrás de si uma comprida tira de papel de impressora. Parecia aterrorizada.

— Jabba! — ofegou. — O verme... acabo de descobrir o que está programado para fazer! — Soshi enfiou o papel nas mãos de Jabba. — Tirei isto da pesquisa de actividade do sistema! Isolámos os comandos *executar* do verme... olha para a programação! Vê o que ele está a planear fazer!

Aturdido, Jabba olhou para o papel. E agarrou-se ao corrimão, para não cair.

— Oh, meu Deus! — exclamou. — Tankado... *grande filho da mãe!*

CAPÍTULO CENTO E DEZ

Jabba estava a olhar com uma expressão vazia para o *print* que Soshi acabava de lhe entregar. Pálido, limpou a testa com a manga.

— Não nos resta alternativa. Temos de cortar a corrente na base de dados.

— Inaceitável — respondeu Fontaine. — Os resultados seriam devastadores.

Jabba sabia que o director tinha razão. Havia mais de três mil conecções RDIS ligadas à base de dados da NSA de todos os recantos do mundo. Todos os dias, comandantes militares acediam a fotos de satélite em tempo real de movimentações inimigas. Os engenheiros da Lockheed armazenavam projectos segmentados de novos tipos de armamento. Os operacionais em missão recebiam instruções actualizadas. A base de dados da NSA era a espinha dorsal de milhares de operações do Governo norte-americano. Encerrá-la sem aviso prévio podia provocar *blackouts* de informação letais em inúmeras partes do globo.

— Estou ciente das implicações, senhor — disse Jabba —, mas não temos alternativa.

— Explique-se — ordenou Fontaine. Lançou um rápido olhar a Susan, que estava de pé junto dele. Parecia bem longe dali.

Jabba inspirou fundo e voltou a limpar a testa. Pela expressão no seu rosto, ficou claro para todos os presentes na plataforma que não iam gostar do que se preparava para dizer.

— Este verme — começou — não é um vulgar ciclo degenerativo. É um ciclo *selectivo*. Por outras palavras, é um verme com *gosto*.

Brinkerhoff abriu a boca para falar, mas Fontaine calou-o com um gesto.

— A maior parte das aplicações destrutivas limita-se a apagar completamente uma base de dados — continuou Jabba —, mas este é mais complexo. Apaga apenas os ficheiros que se enquadram em determinados parâmetros.

— Está a dizer que não vai atacar *toda* a base de dados? — perguntou Brinkerhoff, novamente esperançado. — Isso é *bom*, não é?

— Não! — explodiu Jabba. — É mau! É mau como a merda!

— Calma! — tornou Fontaine a avisar. — De que parâmetros anda este verme à procura? Militares? Operações clandestinas?

Jabba abanou a cabeça. Olhou para Susan, que continuava a parecer distante, e depois enfrentou o olhar do director.

— Como bem sabe, Sr. Director, qualquer pessoa que queira ligar-se a esta base de dados do exterior tem de passar por uma série de portas de segurança antes de ser admitido.

Fontaine assentiu. As hierarquias de acesso à base de dados tinham sido brilhantemente concebidas; as pessoas ou entidades autorizadas podiam ligar via Internet e World Wide Web. Dependendo das respectivas sequências de autorização, era-lhes permitido o acesso às respectivas zonas compartimentadas.

— Uma vez que estamos ligados à Internet global — explicou Jabba —, os *hackers*, os Governos estrangeiros e os tubarões da EFF rondam esta base de dados vinte e quatro horas por dia, à procura de uma entrada.

— Sim — disse Fontaine —, e, vinte e quatro horas por dia, os nossos filtros de segurança mantêm-nos à distância. Aonde está a querer chegar?

Jabba voltou a olhar para o papel.

— O alvo do verme do Tankado não são os nossos *dados*. — Tossicou para aclarar a garganta. — São os *filtros de segurança*.

Fontaine empalideceu. Aparentemente, tinha compreendido as implicações: aquele verme ia atacar os filtros que mantinham a base de dados da NSA confidencial. Sem eles, toda a informação armazenada se tornaria imediatamente acessível a qualquer pessoa, em qualquer parte do mundo.

— Temos de a desligar — repetiu Jabba. — Dentro de uma hora, qualquer miúdo da terceira classe com um *modem* vai ter acesso aos maiores segredos dos Estados Unidos.

Fontaine ficou um longo momento sem dizer uma palavra.
Jabba esperou, impaciente, e, finalmente, voltou-se para Soshi.
— Soshi! RV! JÁ!
Soshi afastou-se a correr.
Jabba recorria com muita frequência à RV. Na maior parte dos círculos informáticos, RV significava «realidade virtual», mas, na NSA, tinha um significado diferente: *rep-vis* — representação visual. Num mundo cheio de técnicos e de políticos, todos eles com um nível de compreensão técnica diferente, a representação gráfica era, muitas vezes, a única maneira de explicar uma situação; um simples gráfico com uma linha a pique provocava regra geral uma reacção mais intensa do que volumes de inspiradas explicações. Jabba sabia que uma RV acerca da crise que os afligia tornaria perfeita e instantaneamente claro o que queria dizer.
— RV! — gritou Soshi, de um terminal situado no fundo da sala.
Surgiu na parede diante deles um diagrama gerado por computador. Susan olhou com um ar ausente, abstraída da loucura que a rodeava. Todos os presentes seguiram a direcção do olhar de Jabba.
O diagrama no visor fazia lembrar um alvo. No centro, havia um círculo vermelho, assinalado com a palavra DADOS. À volta do centro havia cinco círculos concêntricos, de larguras e cores diferentes. O mais exterior era pouco nítido, quase transparente.
— Temos cinco níveis de protecção — explicou Jabba. — Um *Bastion Host* primário[*], dois conjuntos de filtros FTPNT[**] e X-onze[***], um túnel bloqueador e, finalmente, uma janela de autorização PEM[****] copiada do projecto Truffle. O escudo exterior, que está a desaparecer, representa o *Bastion Host* que está a ser atacado. Dentro de uma hora, o mesmo terá acontecido a todos os outros filtros. Quando isso acontecer, o mundo terá uma porta aberta. Toda a informação da NSA cairá, até ao último *byte*, no domínio público.
Fontaine estudou a RV, com os olhos a faiscar.
Brinkerhoff deixou escapar um gemido.

---

[*] Num sistema ligado à rede global, é o único computador a que é possível ligar do exterior, estando encarregado de triar os acessos. (N.E.)

[**] File Transfer Protocol — Protocolo de Transferência de Ficheiros. (N.E.)

[***] Mais correctamente, X11. Trata-se de um sistema que fornece protocolo e ferramentas para a construção de uma interface gráfica (N.E.)

[****] Privacy-Enhanced Electronic Mail — Correio Electrónico com Privacidade Reforçada.(N.E.)

— Este verme pode expor a nossa base de dados aos olhos do mundo?
— Uma brincadeira de crianças para Tankado — respondeu Jabba.
— O Crivo era a nossa grande defesa. Strathmore rebentou com ela.
— É um acto de guerra — sussurrou Fontaine, num tom cortante.
Jabba abanou a cabeça.
— Duvido que Tankado tencionasse deixar que as coisas chegassem tão longe. Calculo que contava estar por cá para o impedir.
Fontaine olhou para o visor e viu a primeira das cinco barreiras desaparecer completamente.
— O *Bastion Host* foi-se! — gritou um técnico, do fundo da sala.
— Segundo escudo sob ataque!
— Temos de começar a desligar! — exortou Jabba. — Pelo aspecto da RV, temos cerca de quarenta e cinco minutos. Desligar a base de dados é um processo complexo.
Era verdade. A base de dados da NSA fora construída de maneira a garantir que nunca ficaria sem energia — acidentalmente ou se atacada. Diversos sistemas de segurança para linhas eléctricas e telefónicas estavam guardados em caixas de aço reforçado enterradas bem fundo no subsolo, e, além do abastecimento de energia a partir do interior do complexo, havia vários sistemas de apoio ligados às redes públicas. Desligar a corrente envolvia uma complexa série de confirmações e protocolos — era algo consideravelmente mais complexo do que o lançamento de um míssil nuclear a partir de um submarino.
— Temos tempo — continuou Jabba —, se nos apressarmos. O corte manual deverá demorar cerca de trinta minutos.
Fontaine continuava a olhar para a RV, aparentemente a considerar as suas opções.
— Director! — explodiu Jabba. — Quando estas barreiras caírem, todos os utilizadores do planeta disporão de uma autorização de segurança máxima! E estou a falar do escalão *mais elevado*! Registos de operações clandestinas! Agentes no estrangeiro! Nomes e localizações de todos os envolvidos em programas federais de protecção de testemunhas! Confirmação dos códigos de lançamento! Temos de desligar! Agora!

— Tem de haver outra maneira — disse Fontaine, aparentemente não convencido.

— Sim, há! — explodiu Jabba. — O código de cancelamento! Mas acontece que o único tipo que sabia qual é está morto!

— E a força bruta? — sugeriu Brinkerhoff. — Não podemos descobrir o código?

Jabba ergueu os braços ao céu.

— Pelo amor de Deus! Os códigos de cancelamento são como as chaves de cifra... aleatórios! Impossíveis de calcular. Se acha que é capaz de teclar seiscentos triliões de possibilidades nos próximos quarenta e cinco minutos, faça o favor!

— O código de cancelamento está em Espanha — disse Susan, debilmente.

Todos os que estavam na plataforma se voltaram para ela. Era a primeira coisa que dizia havia um longo tempo.

Susan ergueu a cabeça, com os olhos húmidos.

— Tankado ofereceu-o antes de morrer.

Continuaram a olhar para ela, com expressões confusas.

— A chave... — Susan estremeceu. — O comandante Strathmore mandou alguém buscá-la.

— E? — perguntou Jabba. — O homem do Strathmore encontrou-a?

Susan tentou contê-las, mas as lágrimas começaram a cair.

— Sim — murmurou. — Penso que sim.

CAPÍTULO CENTO E ONZE

Um grito estridente ecoou pela sala:
— *Tubarões!*
Era Soshi.
Jabba voltou-se para a RV. Tinham aparecido duas finas linhas paralelas no exterior dos círculos concêntricos. Pareciam espermatozóides a tentar penetrar um óvulo renitente.
— Há sangue na água, minha gente! — Jabba voltou-se de novo para o director. — Preciso de uma decisão. Ou começamos já a fechar, ou não vamos ter tempo. Mal estes dois intrusos virem que o *Bastion Host* caiu, lançam o grito de batalha.
Fontaine não respondeu, absorto nos seus pensamentos. A notícia da existência de uma chave em Espanha parecia-lhe promissora. Olhou para Susan, que se tinha retirado para o fundo da sala e parecia encontrar-se num mundo só seu, caída numa cadeira, com a cara escondida entre as mãos. Fontaine não sabia o que provocara aquela reacção, mas, fosse o que fosse, naquele momento não tinha tempo para lidar com o assunto.
— Preciso de uma decisão! — exigiu Jabba. — Agora!
Fontaine olhou para ele.
— *Okay,* vai ter uma — disse, calmamente. — Não fechamos. Vamos esperar.
Jabba quase deixou cair o queixo.
— *O quê?* Mas isso é...
— Um jogo — interrompeu-o Fontaine. — Um jogo que talvez consigamos ganhar. — Tirou o telemóvel do cinto de Jabba e marcou um número. Midge — disse. — Fala Leland Fontaine. Ouça com atenção...

CAPÍTULO CENTO E DOZE

— É bom que saiba o que raio está a fazer, director! — rosnou Jabba. — Estamos muito perto de perder a possibilidade de fechar.

Fontaine não respondeu.

Nesse instante, a porta nas traseiras da sala de controlo abriu-se e Midge entrou a correr. Chegou à plataforma a ofegar.

— Sr. Director! A central está a passá-la neste preciso instante!

Fontaine voltou-se, expectante, para o grande visor na parede fronteira. Quinze segundos depois, surgiu uma imagem, de início enevoada e imprecisa, mas que foi pouco a pouco ganhando definição. Era uma transmissão digital em *QuickTime* — apenas cinco videogramas por segundo. Mostrava dois homens. Um deles era pálido, de cabelos cortados muito curtos. O outro era louro, o tipo perfeito do «*all-American boy*». Estavam sentados de frente para a câmara, como dois jornalistas de televisão à espera de ir para o ar.

— Que raio é isto? — perguntou Jabba.

— Sente-se e cale-se! — ordenou Fontaine.

Os dois homens pareciam estar no interior de uma espécie de carrinha. Havia cabos electrónicos por todo o lado. A ligação áudio crepitou. Subitamente, houve um som de fundo.

— Recepção áudio — anunciou um técnico atrás deles. — Cinco segundos para a bidireccional.

— Quem são eles? — perguntou Brinkerhoff, pouco à vontade.

— O olho no céu — respondeu Fontaine, olhando para os dois homens que enviara para Espanha. Fora uma precaução necessária. Acreditara em quase todos os pontos do plano de Strathmore — a lamentável mas necessária eliminação de Ensei Tankado, reescrever o

Fortaleza Digital — era tudo sólido. Mas havia algo que o preocupava: o recurso a Hulohot. Hulohot era hábil, mas era um mercenário. Poder-se-ia confiar nele? Não iria usar a chave em proveito próprio? Queria Hulohot vigiado, não fosse o diabo tecê-las, e tomara as medidas apropriadas.

CAPÍTULO CENTO E TREZE

— Negativo! — gritava para a câmara o homem do cabelo à escovinha. — Temos ordens! Fazemos os nossos relatórios ao director Leland Fontaine e a mais ninguém!
Fontaine parecia moderadamente divertido.
— Não sabem quem eu sou, pois não?
— Nem nos interessa, pois não? — replicou furiosamente o louro.
— Deixem-me explicar — pediu Fontaine. — Deixem-me explicar-lhes uma coisa desde já.
Segundos mais tarde, os dois homens, muito vermelhos, contavam tudo ao director da National Security Agency.
— S...senhor. Director! — gaguejou o louro. — Sou o agente Coliander. Este aqui ao meu lado é o agente Smith.
— Óptimo — disse Fontaine. — Informem-nos.

Ao fundo da sala, Susan Fletcher continuava sentada, a tentar lutar contra a esmagadora solidão que pesava sobre si de todos os lados. De olhos fechados, com os ouvidos a zumbir, chorava. Tinha o corpo entorpecido. A algazarra que reinava na sala de controlo transformou-se num murmúrio abafado.
O grupo reunido na plataforma ouvia, inquieto, o agente Smith fazer o seu relatório.
— De acordo com as suas ordens, Sr. Director — começou Smith —, estamos aqui em Sevilha há dois dias, a seguir o Sr. Ensei Tankado.
— Fale-me da eliminação — interrompeu-o Fontaine, impaciente.
Smith assentiu.
— Observámos do interior da carrinha, a uma distância aproximada de cinquenta metros. A execução foi perfeita. Hulohot era ob-

viamente um profissional. Mas logo a seguir, as coisas começaram a correr mal. Apareceram pessoas, o Hulohot não conseguiu apoderar-se do objecto.

Fontaine assentiu com a cabeça. Os dois agentes tinham-no contactado na América do Sul com a notícia de que algo falhara. Por isso, interrompera a viagem.

Coliander tomou a palavra.

— Continuámos colados ao Hulohot, tal como nos foi ordenado. Mas ele não chegou a dirigir-se à morgue. Em vez disso, pôs-se a seguir um outro sujeito. Com aspecto de privado. Fato e gravata.

— Privado? — murmurou Fontaine. Parecia uma jogada característica de Strathmore... mantendo sensatamente a NSA à margem.

— Os filtros FTP estão a falhar! — anunciou um dos técnicos.

— Precisamos do objecto — disse Fontaine. — Onde está o Hulohot neste momento?

Smith olhou por cima do ombro.

— Bem... está aqui connosco, senhor.

Fontaine suspirou.

— Onde? — Aquela era a melhor notícia que tivera em todo o dia.

Smith estendeu a mão para a objectiva e fez um ajustamento. A câmara varreu o interior da carinha e mostrou dois corpos flacidamente encostados às portas traseiras. Estavam ambos imóveis. Um era um homem grande, com uns óculos de aros metálicos, um pouco torcidos. O outro era jovem, de cabelos negros e com uma mancha de sangue na camisa.

— O Hulohot é o da esquerda — informou Smith.

— Está morto? — perguntou Fontaine.

— Sim, senhor.

Fontaine sabia que haveria tempo para explicações mais tarde. Lançou um olhar aos escudos, cada vez mais finos.

— Agente Smith — disse, lenta e claramente. — O objecto. Preciso dele.

Smith fez um ar embaraçado.

— Senhor, ainda não fazemos a mínima ideia do que possa ser o objecto. Estamos numa situação de carência de informação.

CAPÍTULO CENTO E CATORZE

— Então, procurem outra vez! — ordenou Fontaine.

O director ficou a ver as figuras desfocadas dos dois agentes revistarem os dois corpos inertes, caídos ao fundo da carrinha, em busca de uma lista de algarismos e letras aleatórias.

Jabba estava lívido.

— Oh, meu Deus, não a encontram. Estamos mortos!

— Perdemos os filtros FTP! — gritou uma voz. — Terceiro escudo sob ataque!

Seguiu-se uma nova revoada de actividade.

No visor frontal, o agente do corte à escovinha abriu os braços, num gesto de impotência.

— Senhor, a chave não está aqui. Revistámos ambos os homens. Bolsos. Roupas. Carteiras. Nada. Hulohot usava um computador *Monocle*. Também o verificámos. Não transmitiu nada nem remotamente parecido com caracteres aleatórios... apenas uma lista de execuções.

— Maldição! — gritou Fontaine, perdendo repentinamente a calma. — Tem de estar aí. Continuem a procurar!

Jabba tinha aparentemente visto o suficiente. Fontaine jogara... e perdera. Resolveu assumir o comando. O gigantesco chefe da Seg-Sis desceu do seu púlpito como uma tempestade do alto de uma montanha. Passou pelo meio do seu exército de programadores, a gritar ordens.

— Aceder aos sistemas auxiliares! Iniciar a operação de encerramento! Já!

— Não vamos conseguir! — gritou Soshi. — Precisamos de pelo menos meia hora! Quando conseguirmos fechar, será demasiado tarde!

Jabba abriu a boca para responder, mas foi impedido por um grito de dor vindo do fundo da sala.

Todas as cabeças se voltaram. Como uma aparição, Susan Fletcher ergueu-se da cadeira onde estivera encolhida. Estava muito branca, de olhos fixos na imagem do corpo imóvel e ensanguentado de David Becker, caído no chão da carrinha.

— Mataram-no! — gritou. — *Mataram-no!* — Cambaleou na direcção da imagem, de braços estendidos. — David...

Todos olharam, confusos. Susan avançava, ainda a gritar, sem desviar os olhos da imagem do corpo de David.

— David — arquejou. — Oh, David... como puderam...

Fontaine parecia completamente perdido.

— Conhece aquele homem?

Susan passou a cambalear pela plataforma. Deteve-se a poucos passos do enorme visor e olhou para cima, tresloucada e aturdida, a repetir o nome do homem que amava.

CAPÍTULO CENTO E QUINZE

O vazio na mente de David Becker era absoluto. *Estou morto.* E, no entanto, havia um som. Uma voz distante...

— David.

Sentia um ardor terrível debaixo do braço. Tinha fogo a correr-lhe pelas veias. *O meu corpo não me pertence.* E no entanto havia uma voz a chamar por ele. Era fraca, longínqua. Mas era parte dele. Havia também outras vozes... desconhecidas, sem importância. A chamar. Esforçou-se por bloqueá-las. Só uma voz importava. Uma voz que ora aumentava, ora esmorecia.

— David... desculpa...

Havia uma luz salpicada de manchas. Fraca, ao princípio. Uma simples nesga de cinzento. A crescer. Becker tentou mexer-se. Dor. Tentou falar. Silêncio. A voz continuava a chamá-lo.

Estava alguém junto dele, a levantá-lo. Avançou para a voz. Ou estava a ser transportado? A voz chamava. Olhou vagamente para a imagem iluminada. Via-a num pequeno monitor. Era uma mulher a olhar para ele de um outro mundo. *Estará a ver-me morrer?*

— David...

A voz era familiar. Era um anjo. Tinha vindo buscá-lo. O anjo falou.

— David, amo-te.

E, subitamente, ele soube.

Susan estendeu as mãos para o visor, a chorar, a rir, perdida numa torrente de emoções. Limpou resolutamente as lágrimas.

— David... pensei...

O agente Smith ajudou David Becker a sentar-se em frente do monitor.

— Ainda está um bocadinho tonto. Dê-lhe um segundo.

— M...mas — Susan estava a gaguejar. — Vi uma transmissão. Dizia... Smith assentiu com a cabeça.

— Também a vimos. Hulohot vendeu a pele do lobo antes de o matar.

— Mas o sangue...

— Ferida superficial — respondeu Smith. — Pusemos-lhe um penso.

Susan estava incapaz de falar.

— Atingimo-lo com a nova *J23* — interveio o agente Coliander, em *off*. — Uma arma de atordoamento de acção prolongada. Provavelmente, doeu como o diabo, mas ao menos tirámo-lo da rua.

— Não se preocupe, minha senhora — acrescentou Smith. — Ele vai ficar bem.

David Becker olhava para o monitor à sua frente. Sentia-se desorientado, zonzo. A imagem mostrava uma sala... uma sala onde reinava o caos. Susan estava lá. De pé, num espaço vazio, a olhar para ele.

A chorar e a rir.

— David. Graças a Deus! Pensei que te tinha perdido!

Becker esfregou as têmporas. Moveu-se diante do monitor e chegou o microfone mais para junto da boca.

— Susan?

Susan olhou para cima, estonteada. O rosto de David enchia toda a parede à sua frente. A voz dele ribombou.

— Susan, preciso de te perguntar uma coisa. — A ressonância e o volume da voz de Becker pareceram suspender momentaneamente a acção na sala de controlo. Todos os que ali estavam interromperam o que estavam a fazer e olharam.

— Susan Fletcher — ecoou a voz —, casas comigo?

Um silêncio enorme invadiu a sala. Caiu uma prancheta ao chão, juntamente com uma caneca cheia de lápis e esferográficas. Ninguém se deu ao trabalho de as apanhar. Ouvia-se apenas o leve zumbido das ventoinhas dos terminais e o som da respiração de David Becker.

— D...David — gaguejou Susan, inconsciente das trinta e sete pessoas que esperavam atrás dela, numa paralisada expectativa. — Já me tinhas perguntado, lembras-te? Há cinco meses. Eu disse que sim.

— Eu sei. — David sorriu. — Mas desta vez... — estendeu a mão esquerda para a câmara, mostrando o aro de ouro no quarto dedo — ...desta vez tenho um anel.

CAPÍTULO CENTO E DEZASSEIS

— Leia-a, Dr. Becker — ordenou Fontaine.
Jabba estava sentado diante do seu terminal, a transpirar profusamente e de mãos suspensas sobre o teclado.
— Sim — resmoneou —, leia a maldita inscrição!
Susan Fletcher estava com eles, zonza e aturdida. Todos os presentes na sala tinham interrompido o que estavam a fazer e olhavam para o gigantesco rosto de David Becker projectado no visor. David rodou o anel no dedo e estudou a inscrição.
— E leia *com cuidado*! — ordenou Jabba. — Um erro, e estamos *lixados*!
Fontaine olhou-o duramente. Se havia coisa que o director da NSA conhecia bem eram situações de pressão; criar tensões adicionais nunca era uma atitude sensata.
— Descontraia-se, Dr. Becker. Se houver algum engano, reintroduziremos o código até termos a certeza de que está correcto.
— Mau conselho, Dr. Becker — contrariou Jabba. — É melhor acertar logo à primeira. Os códigos de cancelamento têm geralmente uma cláusula de penalização... para evitar cálculos por tentativa-e-erro. Uma entrada falsa e, provavelmente, o processo acelera. *Duas* entradas incorrectas e ficamos definitivamente de fora. *Game over*.
O director franziu a testa e voltou-se de novo para o visor.
— Dr. Becker? Aparentemente, estava enganado. Leia com cuidado. Leia com *extremo* cuidado.
Becker assentiu e estudou o anel por um instante. Então, muito calmamente, começou a recitar a inscrição:
— Q... U... I... S... espaço... C...
Jabba e Susan interromperam-no ao mesmo tempo.
— *Espaço?* — Jabba parou de teclar. — Há um *espaço?*

Becker encolheu os ombros, verificando o anel.

— Sim. Há montes deles.

— Há alguma coisa que me esteja a escapar? — perguntou Fontaine. — De que é que estamos à espera?

— É que... é que... — disse Susan, aparentemente confusa.

— Concordo — declarou Jabba. — É estranho. As *passwords* nunca incluem espaços.

Brinkerhoff engoliu em seco.

— Nesse caso, o que está a dizer...

— Está a dizer — interveio Susan —, que o que aqui temos pode não ser um código de cancelamento.

— Claro que é um código de cancelamento! — gritou Brinkerhoff. — Que outra coisa poderia ser? Se não fosse, porque quereria o Tankado livrar-se dele? Quem raio manda gravar letras ao acaso num anel?

Fontaine silenciou o seu assistente pessoal com um olhar fulminante.

— Hã... malta? — interveio Becker, parecendo relutante em envolver-se. — Ouço-os falar de letras ao acaso. Acho que devo avisá-los de que o que está gravado neste anel... *não são* letras ao acaso.

— O quê? — exclamaram ao mesmo tempo todos os presentes na plataforma.

Becker parecia pouco à vontade.

— Lamento muito, mas trata-se inquestionavelmente de palavras. Admito que estão gravadas muito em cima umas das outras; à primeira vista, parecem letras ao acaso mas, olhando com mais atenção, vê-se que a inscrição está... bem... em latim.

Jabba abriu muito a boca.

— Está a gozar comigo!

Becker abanou a cabeça.

— Não. Diz: *Quis custodiet ipsos custodes*. O que se traduz aproximadamente por...

— Quem guardará os guardas! — interveio Susan, terminando a frase.

— Susan! — espantou-se Becker. — Não sabia que...

— É uma citação das *Sátiras* de Juvenal! — exclamou ela. — Quem guardará os guardas? Quem guardará a NSA enquanto nós guardamos o mundo? Era a frase preferida de Tankado!

— Então? — perguntou Midge. — É ou não é a chave?

— *Tem de ser* a chave! — declarou Brinkerhoff.

Fontaine manteve-se silencioso, aparentemente a processar a informação.

— Não sei se é a chave — disse Jabba. — Parece-me improvável que Tankado usasse uma construção não aleatória.

— Eliminem os espaços — gritou Brinkerhoff — e escrevam o raio do código!

Fontaine voltou-se para Susan.

— Qual é a *sua* opinião, menina Fletcher?

Ela pensou por um instante. Não saberia dizer porquê, mas sentia que havia ali qualquer coisa que não batia certo. Conhecera Tankado suficientemente bem para saber que ele apreciava acima de tudo a simplicidade. As suas provas e programação eram sempre cristalinas e absolutas. O facto de ser preciso abolir os espaços parecia-lhe estranho. Era um pequeno pormenor, mas era uma falha, não era perfeitamente *limpo*... não era essa a estocada final que esperava de Ensei Tankado.

— Não — disse, finalmente —, não me parece que seja a chave.

Fontaine inspirou fundo, os olhos negros a sondarem os dela.

— Menina Fletcher, a seu ver, se não é esta a chave, por que tentou Ensei Tankado desembaraçar-se dela? Se sabia que o tínhamos assassinado... não acha que havia de querer castigar-nos fazendo desaparecer o anel?

Foi neste instante que uma nova voz se intrometeu no diálogo.

— Hã... Sr. Director?

Todos os olhos se voltaram para o visor. Era o agente Coliander, de Sevilha. Estava debruçado por cima do ombro de Becker, a falar para o microfone.

— Vale o que vale, mas não estou certo de que o Sr. Tankado *soubesse* que estava a ser assassinado.

— Como? — perguntou Fontaine.

— Hulohot era um profissional, senhor. Nós assistimos à execução... estávamos a cinquenta metros de distância. Todos os indícios sugerem que o Sr. Tankado não sabia.

— Indícios? — exclamou Brinkerhoff. — *Que* indícios? Tankado ofereceu o anel. É prova mais do que suficiente!

— Agente Coliander — disse Fontaine, ignorando o comentário —, o que o leva a pensar que Ensei Tankado não teve consciência de que estava a ser assassinado?

Coliander tossiu para aclarar a garganta.

— Hulohot matou-o com uma BTN... uma bala traumática não-invasiva. É uma cápsula de borracha que se espalha depois de atingir o peito. Silenciosa. Muito limpa. O Sr. Tankado terá sentido apenas uma pancada seca antes de entrar em paragem cardíaca.

— Uma bala traumática — murmurou Becker. — Explica a contusão.

— É duvidoso — acrescentou Coliander — que o Sr. Tankado tenha associado a sensação a um atirador.

— E no entanto — argumentou Fontaine —, ofereceu o anel.

— É verdade, senhor. Mas não tentou localizar o atacante. A vítima tenta *sempre* localizar o atacante quando é abatida a tiro. É instintivo.

Fontaine parecia intrigado.

— Está a dizer que Tankado não procurou Hulohot?

— Não, senhor. Tenho a acção registada em filme, se desejar...

— O filtro X-onze foi à vida! — gritou um técnico. — O verme está a meio caminho!

— Deixem lá o filme — disse Brinkerhoff. — Introduzam o raio do código e acabemos com isto!

Jabba suspirou, subitamente no lugar do calmo.

— Sr. Director, se introduzirmos o código errado...

— Sim — interrompeu-o Susan —, se Tankado não suspeitou de que fomos nós que o matámos, temos algumas perguntas a exigir resposta.

— De quanto tempo dispomos, Jabba? — perguntou Fontaine.

Jabba olhou para a RV.

— Cerca de vinte minutos. Sugiro que os usemos sabiamente.

Fontaine ficou silencioso por um longo instante. Por fim, disse:

— Muito bem. Passem o filme.

CAPÍTULO CENTO E DEZASSETE

— Transmissão vídeo dentro de dez segundos — anunciou a voz do agente Coliander. — Vamos eliminar imagens alternadas, bem como o som... o tempo de passagem será o mais próximo possível do tempo real.

Todos na sala estavam silenciosos, a olhar, à espera. Jabba premiu algumas teclas e reorganizou o visor. A mensagem de Tankado apareceu no canto inferior esquerdo.

AGORA, SÓ A VERDADE VOS PODE SALVAR

No lado direito da parede havia agora uma vista estática do interior da carrinha, com Becker e os dois agentes juntos à volta da câmara. No centro, apareceu um quadrado difuso, que se dissolveu numa imagem a preto e branco de um parque.

— A transmitir — anunciou a voz do agente Coliander.

A gravação em vídeo fazia lembrar um filme antigo. Os movimentos eram rígidos e sacudidos — uma consequência da eliminação de imagens, processo que reduzia a metade a informação transmitida e permitia uma transmissão mais rápida.

O enquadramento mostrava um vasto espaço limitado num dos extremos por uma fachada semicircular: o Ayuntamiento de Sevilha. Havia árvores em primeiro plano. O parque estava deserto.

— Os X-onze foram-se! — gritou um técnico. — Este menino está cheio de fome!

* * *

Smith começou a narrar. O comentário tinha o tom neutro de um operacional endurecido pela experiência.

— Isto foi filmado da carrinha — disse —, a cerca de cinquenta metros do local da execução. O alvo aproxima-se, vindo da direita. O Hulohot está entre as árvores, do lado esquerdo.

— Estamos com um problema de tempo — pressionou Fontaine.

— Vamos ao que interessa.

Coliander ajustou alguns botões e a gravação começou a passar mais depressa.

Todos os presentes na plataforma viram, cheios de expectativa, o antigo colega, Ensei Tankado, entrar no enquadramento. O ritmo acelerado da passagem da gravação fazia a cena parecer cómica. Tankado avançava pelo parque com passos sacudidos, aparentemente a apreciar a vista. Protegeu os olhos com a mão em pala e observou os pináculos da grande fachada.

— É agora — avisou Smith. — Hulohot era um profissional. Aproveitou a primeira oportunidade.

Smith tinha razão. Houve um clarão entre as árvores, do lado esquerdo do visor. No instante seguinte, Tankado levou as mãos ao peito. Cambaleou momentaneamente. A câmara fez um *zoom*, aproximando o plano, perdendo e recuperando o foco.

Enquanto as imagens se sucediam a alta velocidade, Coliander retomou friamente a narração.

— Como vêem, o alvo entra imediatamente em paragem cardíaca.

Susan sentiu-se mal ao ver aquelas imagens. Tankado agarrado ao peito com as mãos deformadas, uma expressão de confuso terror no rosto.

— Notarão — continuou Coliander — que tem os olhos voltados para baixo, para si mesmo. Nem uma única vez olha em redor.

— E isso é importante? — O tom de Jabba situou-se entre a pergunta e a afirmação.

— Muito — respondeu Coliander. — Se Tankado suspeitasse de um ataque, teria instintivamente procurado o agressor. Mas, como vêem, não o faz.

No visor, Tankado caiu de joelhos, ainda com as mãos enclavinhadas no peito. Não ergueu os olhos uma única vez. Era um homem sozinho, a morrer de uma morte privada e natural.

— É estranho — comentou Coliander. — As balas traumáticas raramente matam tão depressa. Por vezes, quando o alvo é suficientemente grande, nem chegam a conseguir matar.

— Problemas cardíacos — disse Fontaine, secamente.

Coliander arqueou as sobrancelhas, impressionado.

— Nesse caso, foi uma excelente escolha de arma.

Susan viu Tankado cair para o lado e, em seguida, rolar até ficar deitado de costas, a olhar para cima, agarrado ao peito. De súbito, a câmara rodou na direcção das árvores. Apareceu um homem. Usava óculos de aros metálicos e transportava uma pasta de documentos preta, maior do que as normais. Enquanto se aproximava do corpo estrebuchante de Tankado, começou a bater com os dedos uma estranha e silenciosa dança num mecanismo que tinha preso à mão.

— Está a operar o *Monocle* — explicou Smith. — A enviar a mensagem de que o alvo foi eliminado. — Voltou-se para Becker e acrescentou, com uma pequena gargalhada: — Parece que Hulohot tinha o mau hábito de comunicar as suas execuções antes de as vítimas terem efectivamente expirado.

Smith acelerou um pouco mais a gravação e a câmara seguiu Hulohot enquanto este se aproximava da sua vítima. De súbito, um homem já de idade saiu de um pátio próximo, correu para Tankado e ajoelhou-se junto dele. Hulohot abrandou o passo. Um momento mais tarde, apareceram duas outras pessoas: um homem obeso e uma mulher de cabelos ruivos. Também eles se abeiraram de Tankado.

— Escolha infeliz do local — observou Coliander. — Hulohot julgava ter o alvo isolado.

No visor, Hulohot observou a cena por instantes e em seguida voltou a desaparecer entre as árvores, aparentemente para esperar.

— É aqui que o Tankado oferece o anel — interveio Smith. — No primeiro visionamento, não tínhamos reparado.

Susan olhou para as imagens chocantes que passavam no visor. Tankado arquejava, aparentemente a tentar dizer qualquer coisa às pessoas que o rodeavam. Então, desesperado, esticou a mão esquerda para cima, quase atingindo o velhote na cara. Manteve a mão estendida diante dos olhos do homem. A objectiva fez um grande plano dos três dedos deformados de Tankado, e num deles, claramente visível à luz do dia, estava o anel de ouro. Tankado voltou a esticar a mão. O velho recuou. Tankado voltou-se então para a mulher. Esticou os três dedos directamente para a cara dela, como que a suplicar-lhe que compreendesse. O anel brilhava ao sol. A mulher desviou o olhar. Tankado, a sufocar, incapaz de fazer um som, voltou-se para o homem gordo e tentou uma última vez.

De repente, o homem mais idoso pôs-se de pé e afastou-se a correr, presumivelmente para ir pedir ajuda. Tankado parecia cada vez mais fraco, mas continuava a manter a mão esticada para a cara do gordo. O desconhecido agarrou-lhe o pulso, sustentando-lho. Tankado pareceu olhar para os seus próprios dedos, para o anel, e depois para os olhos do homem. Numa última súplica antes de morrer, Ensei Tankado fez um quase imperceptível aceno de cabeça, como que a dizer *sim*.

E então o seu corpo ficou flácido.

— Meu Deus! — gemeu Jabba.

De repente, a câmara rodou para o lugar onde Hulohot estivera escondido. O assassino tinha desaparecido. Apareceu uma moto da Polícia a descer a Avenida Firelli. A câmara voltou a focar o corpo de Tankado. A mulher ajoelhada ao lado dele tinha aparentemente ouvido a sirene; olhou em redor, nervosa, e começou a puxar pelo seu obeso companheiro, a pedir-lhe que saíssem dali. Afastaram-se os dois, apressados.

A objectiva focou as mãos de Tankado, cruzadas sobre o peito sem vida. O anel já lá não estava.

CAPÍTULO CENTO E DEZOITO

— Está provado — disse Fontaine, decididamente. — Tankado desembaraçou-se do anel. Queria-o o mais longe de si possível... para que nunca conseguíssemos encontrá-lo.

— Mas, Sr. Director — objectou Susan —, não faz sentido. Se Tankado não sabia que tinha sido assassinado, *por que* havia de querer fazer desaparecer o código de cancelamento?

— Concordo — disse Jabba. — O miúdo era um rebelde, mas um rebelde com consciência. Obrigar-nos a admitir a existência do TRANSLTR é uma coisa; revelar a nossa base de dados confidencial é outra muito diferente.

Fontaine olhou para ele, incrédulo.

— Acha que Tankado *queria* travar este verme? Acredita que os seus últimos pensamentos, ao morrer, foram para a pobre NSA?

— Túnel bloqueador a desaparecer! — gritou um técnico. — Vulnerabilidade total dentro de quinze minutos, no máximo!

— Vou dizer-lhe uma coisa — declarou o director. — Dentro de quinze minutos, todos os países do terceiro mundo deste planeta vão ficar a saber como construir um míssil intercontinental. Se alguém nesta sala acha que tem um melhor candidato a código de cancelamento, faça o favor de dizer. Sou todo ouvidos. — O director esperou. Ninguém disse nada. Fontaine olhou para Jabba. — Por alguma razão Tankado se desembaraçou daquele anel, Jabba. Se foi para o esconder ou se pensou que o gordo ia correr para uma cabina telefónica e ligar para nós para nos transmitir a informação, não sei, nem quero saber. Tomei uma decisão. Vamos introduzir essa frase. Agora.

Jabba inspirou fundo. Sabia que Fontaine tinha razão... não havia nenhuma outra alternativa. O tempo estava a fugir-lhes. Sentou-se à frente do terminal.

— *Okay*... vamos a isso. — Chegou-se para mais perto do teclado.
— Dr. Becker? A inscrição, por favor. Lenta e claramente.

David Becker leu a inscrição e Jabba teclou-a. Quando acabaram, verificaram a ortografia e eliminaram os espaços. No painel central do grande visor, perto do topo, estava escrito:

QUISCUSTODIETIPSOSCUSTODES

— Não gosto disto — murmurou Susan. — Não é limpo.
Jabba hesitou, com o dedo a pairar por cima da tecla *ENTER*.
— Faça-o! — ordenou Fontaine.
Jabba premiu a tecla. Segundos mais tarde, todos os presentes na sala ficaram a saber que tinha sido um erro.

CAPÍTULO CENTO E DEZANOVE

— Está a acelerar! — gritou Soshi, do fundo da sala. — É o código errado!

Fez-se um silêncio horrorizado.

No visor, tinha aparecido uma mensagem de erro:

ENTRADA ILEGAL. CAMPO NUMÉRICO APENAS

— Raios partam! — gritou Jabba. — *Só* numérico! Andamos à procura de um estupor de um número! Estamos fodidos! Esse anel é uma merda!

— Verme ao dobro da velocidade! — gritou Soshi. — Penalização!

No visor central, por baixo da mensagem de erro, a RV mostrava uma imagem assustadora. Quando a terceira barreira caiu, as cerca de meia dúzia de linhas pretas que representavam os *hackers* atacantes saltaram para a frente, avançando implacavelmente em direcção ao núcleo. A cada instante que passava surgia uma nova linha. E logo a seguir outra.

— Estão a aumentar! — gritou Soshi.

— Confirmadas ligações internacionais! — anunciou outro técnico.

— Já espalharam palavra!

Susan desviou o olhar das barreiras que caíam e voltou-se para o visor lateral. A gravação do assassínio de Ensei Tankado continuava a passar, numa repetição sem fim. Voltou a ver Tankado levar as mãos ao peito, cair e, com uma expressão de pânico desesperado, tentar oferecer o anel a um grupo de espantados turistas. *Não faz sentido,* pensou. *Se ele não sabia que o tínhamos assassinado...* Não conseguia pensar. Era demasiado tarde. *Estamos a deixar escapar qualquer coisa.*

Na RV, o número de atacantes lançados ao assalto tinha duplicado nos últimos minutos. A partir daquele momento, ia crescer exponencialmente. Os piratas informáticos, tal como as hienas, formavam uma grande família, sempre dispostos a apontar uns aos outros uma nova carcaça.

Leland Fontaine tinha aparentemente visto o suficiente.

— Desliguem-no — disse. — Desliguem essa maldita coisa.

Jabba manteve o olhar fixo em frente, como o comandante de um navio a afundar-se.

— Demasiado tarde. Vamos para o fundo.

CAPÍTULO CENTO E VINTE

O gordíssimo chefe da Seg-Sis estava de pé, petrificado, com as mãos pousadas no alto da cabeça, uma imagem de incredulidade. Mesmo que ordenasse o corte de corrente naquele instante, seria já uns bons vinte minutos demasiado tarde. Os tubarões munidos de *modems* de alta velocidade conseguiriam descarregar quantidades impressionantes de informação confidencial nesse espaço de tempo.

Foi Soshi, que corria para a plataforma com um novo *print* na mão, que o arrancou a este pesadelo.

— Encontrei mais uma coisa! — disse ela, excitada. — Órfãos na fonte. Grupos alfa! Por todo o lado!

Jabba não pareceu impressionado.

— Andamos à procura de um numérico, raios! Não de alfas! O código de cancelamento é um *número*!

— Mas temos órfãos! Tankado era demasiado bom para deixar órfãos... especialmente tantos!

O termo «órfãos» referia-se a linhas de programação excedentárias, sem qualquer utilidade para o objectivo do programa. Não alimentavam coisa alguma, não se referiam a coisa alguma, não conduziam a parte alguma e eram geralmente eliminadas durante o processo final de limpeza e compilação.

Jabba pegou na tira de papel e estudou-a.

Fontaine permanecia em silêncio.

Susan espreitou por cima do ombro de Jabba.

— Estamos a ser atacados por um *esboço* do verme de Tankado?

— Tosco ou não — retorquiu Jabba —, está a lixar-nos!

— Não engulo essa — argumentou Susan. — Tankado era um perfeccionista. Sabe-o muito bem. Nunca deixaria lixo num programa seu.

— Há montes deles! — exclamou Soshi, arrancando o papel da mão de Jabba e mostrando-o a Susan. — Veja!

Susan assentiu. Efectivamente, a intervalos de cerca de vinte linhas de programação, apareciam grupos flutuantes de quatro letras. Susan estudou-os.

```
PFEE
SESN
RETM
```

— Grupos alfa de quatro *bits* — murmurou, intrigada. — Não fazem definitivamente parte da programação.

— Esqueça — rosnou Jabba. — Está a querer agarrar-se a palhas.

— Talvez não — respondeu Susan. — Há muitas cifras que usam grupos de quatro *bits*. Isto pode ser um código.

— Pois — resmungou Jabba. — Diz: Ah, ah! Estão fodidos! — Olhou para a RV. — Dentro de cerca de nove minutos.

Susan ignorou-o e voltou-se para Soshi.

— Quantos órfãos há?

Soshi encolheu os ombros. Assenhoreou-se do terminal de Jabba e teclou todos os grupos. Quando acabou, afastou-se do terminal. A sala em peso olhou para o visor.

```
PFEE SESN RETM MFHA IRWE OOIG MEEN NRMA
ENET SHAS DCNS IIAA IEER BRNK FBLE LODI
```

Susan era a única que estava a sorrir.

— Tem um ar muito familiar — disse. — Blocos de quatro... como a *Enigma*.

O director assentiu. A *Enigma* era a máquina de cifrar mais famosa da História. Construída pelos alemães durante a Segunda Guerra Mundial, pesava doze toneladas e cifrava em blocos de quatro letras...

— Óptimo — resmungou. — Por acaso, não tem nenhuma aí à mão, pois não?

— Não é isso que importa! — respondeu Susan, parecendo voltar repentinamente à vida. — O que importa é que se trata de um código. Tankado deixou-nos uma pista! Está a provocar-nos, a desafiar-nos a descobrir a chave a tempo. Está a deixar indícios que criam em nós a ilusão de os conseguirmos alcançar.

— Absurdo! — declarou Jabba. — Tankado deixou-nos uma única saída. Revelar a existência do TRANSLTR. Só isso. Era a nossa saída. Lixámo-la.

— Tenho de concordar com ele — disse Fontaine. — Duvido que o Tankado corresse o risco de permitir que nos safássemos dando-nos pistas para descobrir o código de cancelamento.

Susan assentiu vagamente, mas recordou como Tankado lhes tinha dado NDAKOTA. Estava a olhar para as letras, a perguntar a si mesma se ele estaria a jogar mais um dos seus jogos.

— Metade do túnel-bloqueador já se foi! — alertou um técnico.

Na RV, a massa de linhas negras concentrava-se ameaçadoramente à volta dos dois escudos restantes.

De Sevilha, David estivera a acompanhar em silêncio o drama que se desenrolava no visor diante deles.

— Susan? — chamou. — Tive uma ideia. O que aí tens é um texto em dezasseis grupos de quatro?

— Oh, pelo amor de Deus! — resmungou Jabba, entredentes. — Agora toda a gente quer brincar?

Susan ignorou-o e contou os grupos.

— Sim, dezasseis.

— Elimina os espaços — disse David, firmemente.

— David — respondeu Susan, ligeiramente embaraçada. — Penso que não estás a compreender. Os grupos de quatro são...

— Elimina os espaços — repetiu ele.

Susan hesitou um instante e então fez um sinal de assentimento a Soshi, que eliminou rapidamente os espaços. O resultado não foi muito mais esclarecedor.

PFEESESNRETMMFHAIRWEOOIGMEENNRM
AENETSHASDCNSIIAAIEERBRNKFBLELODI

Jabba explodiu.

— BASTA! Acabou-se a brincadeira! Esta coisa está lançada! Restam-nos oito minutos! Andamos à procura de um *número*, não de um monte de letras meio cozinhadas!

— Quatro vezes dezasseis — disse David, calmamente. — Faz as contas, Susan.

Susan olhou para a imagem dele no visor. *Faz as contas? Ele é péssimo a matemática!* Sabia que David era capaz de decorar conjugações verbais e vocabulário como uma máquina *Xerox*, mas matemática?...

— Tabuada de multiplicar — disse Becker.

Tabuada de multiplicar? Susan não compreendia. *De que está ele a falar?*

— Quatro vezes dezasseis — repetiu o professor. — Tive de decorar a tabuada no quarto ano.

Susan visualizou a vulgar tabuada de multiplicar do ensino primário. *Quatro vezes dezasseis.*

— Sessenta e quatro — disse, sem compreender. — E então?

David inclinou-se para a câmara. O rosto dele encheu o enquadramento.

— Sessenta e quatro letras...

Susan assentiu.

— Sim, mas são... — Calou-se.

— Sessenta e quatro letras — repetiu David.

Susan abriu muito a boca.

— Oh, meu Deus! David, és um génio!

CAPÍTULO CENTO E VINTE E UM

— S*ete minutos!* — gritou um técnico.
— Oito filas de oito! — gritou Susan, excitada.
Soshi teclou. Fontaine observava, silencioso. O penúltimo escudo estava a ficar cada vez mais fino.
— Sessenta e quatro letras! — Susan estava no comando. — É um quadrado perfeito!
— Quadrado perfeito? — perguntou Jabba. — E *então?*
Dez segundos depois, Soshi tinha realinhado no visor as sessenta e quatro letras aparentemente aleatórias. Estavam agora em oito filas de oito. Jabba estudou-as e ergueu as mãos ao céu, desesperado. A nova disposição não era mais reveladora do que a original.

P	F	E	E	S	E	S	N
R	E	T	M	P	F	H	A
I	R	W	E	O	O	I	G
M	E	E	N	N	R	M	A
E	N	E	T	S	H	A	S
D	C	N	S	I	I	A	A
I	E	E	R	B	R	N	K
F	B	L	E	L	O	D	I

— Claro como a merda! — rosnou.
— Menina Fletcher, explique-se — exigiu Fontaine. Todos os olhos se voltaram para Susan.
Susan estava a olhar para o bloco de texto. A pouco e pouco, começou a assentir e, então, o rosto abriu-se-lhe num grande sorriso.
— Macacos me mordam, David!

Os ocupantes da plataforma trocaram olhares confusos.

David piscou o olho à minúscula imagem de Susan no monitor à sua frente.

— Sessenta e quatro letras. Júlio César volta a atacar.

Midge parecia perdida.

— De que é que estão a falar?

— Da caixa de César. — Susan sorriu — Leiam de cima para baixo. Tankado está a enviar-nos uma mensagem.

CAPÍTULO CENTO E VINTE E DOIS

— *Seis minutos!* — avisou um técnico.
Susan gritava ordens:
— Rearranjar de cima para baixo. A leitura faz-se na vertical, não na horizontal!
Soshi percorria furiosamente as colunas, reescrevendo o texto.
— Júlio César usava este processo para enviar mensagens em código — explicou Susan. — A contagem de letras era sempre um quadrado perfeito!
— Pronto! — gritou Soshi.
Todos olharam para o novo texto que apareceu, numa única linha, no visor.
— Continua a ser lixo! — troçou Jabba, furioso. — Olhem para aquilo! São pedaços totalmente aleatórios de... — As palavras prenderam-se-lhe na garganta. Os olhos tornaram-se-lhe do tamanho de pratos. — Oh... meu...
Também Fontaine tinha visto. Arqueou uma sobrancelha, obviamente impressionado.
— Eh, pá! — murmuraram Midge e Brinkerhoff em uníssono.
As sessenta e quatro letras diziam o seguinte:

PRIMEDIFFERENCEBETWEENELEMENTSRESPONSIBLE
FORHIROSHIMAANDNAGASAKI

— Incluam os espaços — ordenou Susan. — Temos uma charada para resolver*.

---

* A frase, que não é evidentemente possível transpor para português sem lhe desvirtuar o duplo sentido, significa, numa primeira leitura: PRINCIPAL DIFERENÇA ENTRE OS ELEMENTOS RESPONSÁVEIS POR HIROXIMA E NAGASÁQUI. (N.T.)

CAPÍTULO CENTO E VINTE E TRÊS

Um técnico perfeitamente lívido correu para a plataforma.
— O túnel bloqueador está prestes a cair!
Jabba voltou-se para a RV. Os atacantes avançavam, a um cabelo de assaltarem a quinta e última barreira. Para a base de dados, o tempo estava a chegar ao fim.

Susan isolou-se do caos que a rodeava. Leu uma e outra vez a estranha mensagem de Tankado.

```
PRIME DIFFERENCE BETWEEN ELEMENTS
RESPONSIBLE FOR HIROSHIMA AND NAGASAKI
```

— Nem sequer é uma pergunta! — gritou Brinkerhoff. — Como é que se pode dar-lhe uma resposta?
— Precisamos de um número — lembrou Jabba. — O código de cancelamento é *numérico*.
— Silêncio — ordenou Fontaine, num tom calmo. Voltou-se e dirigiu-se a Susan. — Menina Fletcher, trouxe-nos até aqui. Preciso do seu melhor palpite.

Susan inspirou fundo.
— O campo de entrada do código de cancelamento *só* aceita números. O meu palpite é que a frase constitui uma pista para se chegar ao número correcto. O texto fala de Hiroxima e Nagasáqui... as duas cidades que foram atingidas por bombas atómicas. Talvez o código de cancelamento esteja relacionado com o número de vítimas, os estragos calculados em dólares... — Fez uma curta pausa, voltando a ler a frase. — A palavra «diferença» parece ser importante. A principal *diferença*

entre Nagasáqui e Hiroxima. Aparentemente, Tankado pensava que alguma coisa distinguia os dois acontecimentos.

A expressão de Fontaine não se alterou. E, no entanto, a esperança desvanecia-se rapidamente. Se Susan tinha razão, ia ser preciso analisar, comparar e traduzir numa espécie de número mágico as circunstâncias políticas que tinham rodeado as duas explosões mais devastadoras da História... tudo isto nos cinco minutos seguintes.

CAPÍTULO CENTO E VINTE E QUATRO

— *Último escudo sob ataque!*

Na RV, a programação de autorização PEM começava a ser consumida. Uma mancha de linhas negras envolvia o último escudo protector, começando a abrir caminho em direcção ao núcleo.

Os *hackers* atacavam agora de todos os recantos do mundo, duplicando de número quase de minuto para minuto. Muito em breve, qualquer pessoa com um computador — espiões, radicais, terroristas —, teria acesso a toda a informação mais secreta do Governo norte-americano.

Enquanto os técnicos tentavam em vão cortar a corrente, o grupo reunido na plataforma estudava a mensagem. Até David e os dois agentes da NSA, na sua carrinha, em Espanha, tentavam decifrar o código.

```
PRIME DIFFERENCE BETWEEN ELEMENTS
RESPONSIBLE FOR HIROSHIMA AND NAGASAKI
```

— Os elementos responsáveis por Hiroxima e Nagasáqui... — murmurou Soshi, a pensar em voz alta. — Pearl Harbor? A recusa de Hirohito em...

— Precisamos de um *número* — repetiu Jabba —, não de teorias políticas. Estamos a falar de *matemática*... não de História!

Soshi calou-se.

— E que tal a potência das duas bombas? — sugeriu Brinkerhoff. — Número de baixas. Valor dos estragos causados?

— Estamos à procura de um número *exacto* — recordou Susan. — As estimativas do número de mortos e do valor dos danos variam muito. — Olhou mais uma vez para a mensagem. — Os elementos responsáveis...

A cinco mil quilómetros de distância, David Becker abriu muito os olhos.

— Elementos! — exclamou. — Estamos a falar de matemática, não de História!

Todas as cabeças se voltaram para a imagem no visor.

— Tankado está a fazer jogos de palavras! — continuou David. — A palavra «elementos» tem múltiplos significados!

— Desembuche, Dr. Becker! — disse Fontaine, secamente.

— Ele está a falar de elementos *químicos*... não de elementos socio-políticos.

Estas palavras foram acolhidas por expressões confusas.

— Elementos! — insistiu Becker. — A Tabela periódica! Elementos *químicos*! Nenhum de vocês viu o filme *Sombras no Futuro*... a respeito do Projecto Manhattan? As duas bombas atómicas eram diferentes. Usavam combustíveis diferentes... *elementos* diferentes!

Soshi bateu palmas.

— Sim! Ele tem razão! Li qualquer coisa a esse respeito! As duas bombas usavam combustíveis diferentes! Uma usou urânio e a outra plutónio! Dois elementos *diferentes*!

Fez-se silêncio na sala.

— Urânio e plutónio! — exclamou Jabba, subitamente esperançado. — A pista pede a *diferença* entre os dois elementos! — Voltou-se para o seu exército de colaboradores. — A diferença entre urânio e plutónio! Quem sabe qual é?

Expressões fechadas a toda a volta.

— Vamos! — gritou Jabba. — Nenhum de vocês andou na universidade? Um qualquer! Preciso de saber a diferença entre urânio e plutónio!

Nenhuma resposta.

Susan voltou-se para Soshi.

— Preciso de aceder à Web. Temos aqui algum motor de busca?

Soshi assentiu.

— O melhor da Netscape.

Susan pegou-lhe na mão.

— Venha. Vamos surfar.

CAPÍTULO CENTO E VINTE E CINCO

— Quanto tempo? — perguntou Jabba, do alto da plataforma.
Não houve resposta dos técnicos reunidos no fundo da sala. Estavam todos com os olhos fixos na RV. O último escudo começava a ficar perigosamente fino.
Ali próximo, Susan e Soshi examinavam os resultados da sua busca na Web.
— Outlaw Labs? — perguntou Susan. — Quem são eles?
Soshi encolheu os ombros.
— Quer que abra?
— Pode apostar que sim — respondeu Susan. — Seiscentas e quarenta e sete referências a urânio, plutónio e bombas atómicas. Parece ser a nossa melhor aposta.
Susan abriu o *link*. A primeira coisa que surgiu foi um aviso:

A informação contida neste ficheiro destina-se exclusivamente a uso académico. Qualquer leigo que tente construir qualquer dos engenhos aqui descritos corre o risco de envenenamento por radiação e/ou explosão do próprio.

— Explosão do próprio? — exclamou Soshi. — Céus!
— Procurem — ladrou Fontaine, por cima do ombro. — Vejamos o que aí temos.
Soshi percorreu o documento. Passou por uma receita de nitrato de ureia, um explosivo dez vezes mais potente do que a dinamite. A informação desenrolava-se como se o objectivo fosse fazer bolinhos de manteiga.
— Plutónio e urânio — disse Jabba. — Concentremo-nos.

— Volte para trás — pediu Susan. — O documento é demasiado grande. Procure o índice.

Soshi retrocedeu até o encontrar.

I. Mecanismo de uma bomba atómica
   A) Altímetro
   B) Detonador de pressão atmosférica
   C) Ogivas detonantes
   D) Cargas explosivas
   E) Deflector de neutrões
   F) Urânio & Plutónio
   G) Escudo de chumbo
   H) Detonadores

II. Fissão nuclear/Fusão nuclear
   A) Fissão (Bomba A) & Fusão (Bomba H)
   B) U-235, U-238 e Plutónio

III. História das armas atómicas
   A) Desenvolvimento (Projecto Manhattan)
   B) Detonação
   1) Hiroxima
   2) Nagasáqui
   3) Subprodutos das detonações atómicas
   4) Zonas de impacto

— Secção dois! — gritou Susan. — Urânio e Plutónio! Vá!

Todos aguardaram enquanto Soshi procurava a secção pretendida.

— Cá está — disse. — Aguentem um pouco. — Passou rapidamente os olhos pelos dados. — Há aqui montes de informação. Um mapa inteiro. Como é que sabemos qual é a diferença de que andamos à procura? Um ocorre na natureza, outro é produzido artificialmente. O plutónio foi descoberto por...

— Um *número* — insistiu Jabba. — Precisamos de um *número*.

Susan voltou a ler a mensagem de Tankado. *A principal diferença estre os elementos... a diferença entre... precisamos de um número...*

— Esperem! — disse. — A palavra «diferença» tem vários significados. Precisamos de um número... portanto, estamos a falar de *mate-*

mática. É outro dos jogos de palavras do Tankado... «diferença» significa *subtracção*.

— Isso mesmo! — concordou Becker, do visor. — Talvez os elementos tenham números diferentes de protões, ou coisa assim. Se subtrairmos...

— Ele tem razão! — exclamou Jabba, voltando-se para Soshi. — Há *números* nesse mapa? Quantidade de protões? Meias-vidas? Qualquer coisa que possamos subtrair?

— *Três minutos!* — gritou um técnico.

— Talvez massas supercríticas? — sugeriu Soshi. — Diz aqui que a massa supercrítica do plutónio é de trinta e cinco libras vírgula dois.

— Sim! — disse Jabba. — Verifica o urânio! Qual é a massa supercrítica do urânio?

Soshi procurou.

— Hum... cento e dez libras.

— Cento e dez? — Jabba pareceu cheio de uma renovada esperança. — Quanto dá cento e dez menos trinca e cinco vírgula dois?

— Setenta e quatro vírgula oito — respondeu Susan, instantaneamente. — Mas não me parece...

— Saia da frente! — ordenou Jabba, avançando para o terminal. — Tem de ser o código de cancelamento! A diferença entre as massas críticas! Setenta e quatro ponto oito!

— Espere! — pediu Susan, espreitando por cima do ombro de Soshi. — Há muito mais. Pesos atómicos. Contagem de neutrões. Técnicas de extração. — Percorreu o mapa. — O urânio divide-se em bário e crípton; o plutónio, numa coisa diferente. O urânio tem noventa e dois protões e cento e quarenta e seis neutrões, mas...

— Precisamos da diferença mais *óbvia* — interveio Midge. — A pista diz «a principal diferença entre os elementos».

— Deus do céu! — praguejou Jabba. — Como é que vamos saber o que é que Tankado considerava ser a principal diferença?

— Para ser exacto — interrompeu Becker, de Sevilha —, a palavra usada é *prime*, que não significa necessariamente principal.

A palavra como que atingiu Susan no meios dos olhos.

— *Prime!* Primo! — Voltou-se para Jabba. — O código de cancelamento é um número *primo*! Pense bem, faz todo o sentido!

Jabba soube instantaneamente que ela tinha razão. Ensei Tankado tinha construído a sua carreira com base nos números primos. Os números primos eram elementos fundamentais de todos os algoritmos de cifragem — eram valores únicos apenas divisíveis por si próprios e pela unidade. Os números primos funcionavam bem na escrita de códigos porque os computadores não conseguiam calculá-los usando o sistema típico de decomposição.

— Sim! É perfeito! — exclamou Soshi. — Os números primos são um elemento essencial da cultura japonesa! O *Haiku* usa números primos. *Três* linhas e métricas de *cinco, sete, cinco* sílabas. Tudo números primos! Os templos de Quioto...

— Basta! — gritou Jabba. — Mesmo que o código de cancelamento seja um número primo, o que é que isso adianta? As possibilidades são infinitas!

Susan soube que Jabba tinha razão. Uma vez que a linha numérica é infinita, era sempre possível procurar um pouco mais longe e encontrar outro número primo. Entre zero e um milhão, havia mais de setenta mil. Tudo dependia do tamanho do número primo que Tankado decidira usar. Quanto maior fosse, mais difícil seria de calcular.

— Há-de ser enorme — gemeu Jabba. — Seja qual for o número primo que o Tankado escolheu, é com certeza um monstro.

— *Dois minutos!* — gritou uma voz, do fundo da sala.

Jabba olhou para a RV, derrotado. O último escudo começava a desmoronar-se. Os técnicos corriam de um lado para o outro.

Alguma coisa disse a Susan que estavam perto.

— Somos capazes de fazer isto! — declarou, assumindo o controlo. — De todas as diferenças entre o urânio e o plutónio, aposto que só uma pode ser representada por um número primo! É a nossa última pista. O número que procuramos é um primo!

Jabba olhou para o mapa urânio/plutónio que aparecia no visor e ergueu os braços, desesperado.

— Deve haver aí uma centena de entradas! Nunca conseguiremos subtraí-las todas à procura de números primos.

— Muitas das entradas não são numéricas — encorajou Susan. — Podemos ignorá-las. O urânio é natural, o plutónio fabricado. O urânio usa um detonador de impacto, o plutónio usa implosão. Não são números, portanto, não nos interessam!

— Façam-no! — ordenou Fontaine. Na RV, o último escudo tinha a espessura de uma casca de ovo.

Jabba limpou a testa.

— Muito bem, cá vamos. Comecem a subtrair. Eu fico com o terço superior, a Susan fica com o centro. Os outros dividem o resto entre si. Procuramos uma diferença que seja um número primo.

Segundos depois, tornou-se evidente que nunca conseguiriam. Os números eram enormes e, em muitos casos, as unidades não eram as mesmas.

— Estamos a misturar alhos com bugalhos! — exclamou Jabba.

— Temos raios gama contra impulsos electromagnéticos. Fissionável contra não fissionável. Uns são inteiros, outros são percentagens. É uma salganhada!

— Tem de estar aqui — disse Susan, firmemente. — Temos de pensar. Há uma diferença qualquer entre plutónio e urânio que nos está a escapar! Qualquer coisa simples!

— Hã... malta? — Era Soshi. Tinha aberto uma segunda janela e estava a examinar o resto do documento dos Outlaw Labs.

— O que é? — perguntou Fontaine. — Encontrou alguma coisa?

— Hum, acho que sim. — Soshi parecia insegura. — Lembram-se de eu ter dito que a bomba de Nagasáqui era de plutónio?

— Sim — responderam todos, em uníssono.

— Bem... — Soshi inspirou fundo. — Parece que me enganei.

— O quê? — Jabba quase sufocou. — Temos andado à procura da resposta errada?

Soshi apontou para o visor. Juntaram-se todos e leram o texto:

...a crença comum, mas errónea, de que a bomba de Nagasáqui era de plutónio. Na realidade, utilizava urânio, como a sua irmã de Hiroxima.

— Mas... — Susan estava ofegante. — Se ambos os elementos eram urânio, como é que vamos descobrir a diferença entre os dois?

— Talvez Tankado estivesse enganado — arriscou Fontaine. — Talvez não soubesse que as duas bombas eram iguais.

— Não. — Susan suspirou. — Era aleijado por causa daquelas bombas. Sabia tudo o que havia a saber.

CAPÍTULO CENTO E VINTE E SEIS

— *Um minuto!*
Jabba olhou para a RV.
— A autorização PEM está a ir-se. A ultima linha de defesa. E há uma multidão à porta.
— Concentrem-se! — ordenou Fontaine.
Soshi, sentada diante do *browser*, lia em voz alta:
— ... A bomba de Nagasáqui não usava plutónio, mas sim um isótopo de urânio duzentos e trinta e oito saturado de neutrões artificialmente produzido.
— Raios! — praguejou Brinkerhoff. — Ambas as bombas usavam urânio. O elemento responsável por Hiroxima e Nagasáqui foi nos dois casos urânio. Não *há* diferença!
— Estamos feitos — gemeu Midge.
— Esperem — pediu Susan. — Volte a ler essa última parte!
Soshi repetiu o texto:
— ... Um isótopo de urânio duzentos e trinta e oito saturado de neutrões artificialmente produzido.
— Duzentos e trinta e oito! — exclamou Susan. — Não lemos agora mesmo qualquer coisa a dizer que a bomba de Hiroxima usava um outro tipo de isótopo de urânio?
Olharam uns para os outros, confusos.
Soshi voltou freneticamente atrás e encontrou o texto.
— *Sim!* Diz aqui que a bomba de Hiroxima usava um isótopo de urânio diferente!
Midge abriu muito a boca, espantada.
— Eram ambos urânio... mas de tipos diferentes!
— Ambos urânio? — Jabba abriu caminho à força e aproximou-se do terminal. — Temos alhos e alhos! Perfeito!

— Em que é que os dois isótopos diferem? — perguntou Jabba. — Tem de ser uma coisa básica.

Soshi percorreu o documento.

— Espere... estou à procura... *okay*...

— *Quarenta e cinco segundos!* — gritou uma voz.

Susan ergueu os olhos. O derradeiro escudo era agora quase invisível.

— Cá está! — exclamou Soshi.

— Lê! — Jabba estava a suar. — Qual é a diferença? Tem de haver uma diferença entre os dois!

— Sim! — Soshi apontou para o monitor. — Vejam!

Todos leram o texto:

> *...as duas bombas utilizavam combustíveis diferentes... características químicas precisamente idênticas. Nenhuma extracção química vulgar consegue separar os dois isótopos. São, com excepção de diferenças mínimas no peso, perfeitamente iguais.*

— Peso atómico! — gritou Jabba, excitadamente. — É isso! A única diferença está nos *pesos*! É essa a chave! Dá-me os pesos! Vamos subtraí-los!

— Só um instante — pediu Soshi, continuando a percorrer o documento. — Quase lá! *Sim!*

Olharam todos para o texto:

> *...pequeníssimas diferenças de peso...*
> *...difusão gasosa para os separar....*
> *...$10,032498 \times 10^{134}$ contra $19,39484 \times 10^{23}$.***

— Aí estão eles! — gritou Jabba. — É isso! São os pesos!

— *Trinta segundos!*

— Façam a subtracção! — murmurou Fontaine. — Rápido.

Jabba pegou na calculadora e começou a introduzir números.

— O que é o asterisco? — perguntou Susan. — Há um asterisco a seguir aos números!

Jabba ignorou-a. Estava a martelar furiosamente as teclas da calculadora.

— Cuidado! — avisou Soshi. — Precisamos de um número *exacto*.
— O asterisco — insistiu Susan. — Há uma nota.
Soshi procurou o final do parágrafo.
Susan leu a nota. Empalideceu.
— Oh... Deus!
Jabba ergueu a cabeça.
— O que foi?
Inclinaram-se todos para a frente e ouviu-se um suspiro colectivo de desânimo. A pequena nota dizia:

** 12% de margem de erro. Os valores publicados variam de laboratório para laboratório.

CAPÍTULO CENTO E VINTE E SETE

Fez-se um súbito e reverente silêncio entre o grupo reunido na plataforma. Como se estivessem a assistir a um eclipse, ou a uma erupção vulcânica... uma incrível cadeia de acontecimentos sobre os quais não tinham qualquer controlo. O tempo pareceu parar.

— Estamos a perdê-la! — gritou um técnico. — Ligações estabelecidas! Todas as linhas!

No extremo esquerdo do visor, David e os agentes Smith e Coliander olhavam para a câmara com expressões vazias. Na RV, a última barreira não passava de uma fina película completamente cercada pela massa negra dos milhares de linhas à espera de estabelecer a ligação. Do lado direito, estava Tankado. As sacudidas imagens dos seus últimos momentos passavam numa repetição sem fim. A expressão de desespero... os dedos esticados para a frente, o anel a brilhar ao sol.

Susan estava a ver as imagens. Olhou para os olhos de Tankado, que lhe pareceram cheios de remorso. *Ele nunca quis que isto chegasse a este ponto,* disse para si mesma. *Queria salvar-nos.* E no entanto, uma e outra vez, Tankado estendia os dedos, quase a espetar o anel nos olhos das pessoas. Estava a tentar falar, mas não conseguia. Limitava-se a esticar os dedos para a frente.

Em Sevilha, Becker continuava a dar voltas ao problema.

— O que disseram eles que eram aqueles dois isótopos? — murmurou para si mesmo. — U duzentos e trinta e oito e U...? — Suspirou. Não importava. Era professor de línguas, não um físico.

— Linhas de entrada a prepararem-se para autenticação!

— Céus! — bramiu Jabba, louco de frustração. — Em que é que o raio dos isótopos *diferem*? Ninguém sabe dizer em que porra é que são diferentes? — Não houve resposta. Uma sala cheia de técnicos contemplava, impotente, a RV. — Por que é que nunca se consegue encontrar uma merda de um físico nuclear quando se precisa dele?

Susan olhava para as imagens do *QuickTime* que continuavam a passar no visor. Sabia que estava tudo acabado. Como que em câmara lenta, viu Tankado morrer uma e outra vez. Estava a tentar falar, engasgando-se com as suas próprias palavras, estendendo a mão deformada... a tentar comunicar qualquer coisa. *Estava a tentar salvar a base de dados,* pensou Susan. *Mas, agora, nunca saberemos como.*
— *Visitas à porta!*
Jabba olhou para o visor!
— Lá vamos nós! — murmurou, com o suor a escorrer-lhe pela cara abaixo.

No centro do visor, o último fiapo da última barreira estava prestes a desaparecer. Uma massa de linhas negras rodeava o núcleo, opaca, a pulsar. Midge desviou os olhos. Fontaine mantinha-se rígido, a olhar em frente. Brinkerhoff parecia à beira de vomitar.
— *Dez segundos!*
Susan não tirava os olhos da imagem de Tankado. O desespero. O remorso. A mão estendida, o anel a brilhar, os dedos deformados apontados para rostos estranhos. *Está a dizer-lhes qualquer coisa! O quê?*
No lado esquerdo do visor, David parecia absorto em pensamentos.
— Diferença — repetia para si mesmo. — Diferença entre U duzentos e trinta e oito e U duzentos e trinta e cinco. Tem de ser uma coisa simples.

Um técnico iniciou a contagem decrescente:
— *Cinco! Quatro! Três!*
A palavra chegou a Espanha num décimo de segundo. *Três... três... três. 238 menos 235! A diferença é três!* Em câmara lenta, estendeu a mão para o microfone...

Nesse preciso instante, Susan estava a olhar para a mão estendida de Tankado. Subitamente, viu para lá do anel... para lá do ouro gravado, viu a carne... os dedos. *Três* dedos. Não era o anel. Era a carne. Tankado não estava a dizer-lhes, estava a mostrar-lhes. Estava a desvendar o seu segredo, a revelar o código de cancelamento... a suplicar que alguém compreendesse... que o seu segredo chegasse à NSA a tempo.

— Três — murmurou Susan, aturdida.
— *Três!* — gritou Becker, de Espanha.
No meio do caos, porém, ninguém pareceu ouvir.
— *Estamos acabados!* — gritou um técnico.
A RV começou a faiscar loucamente quando o núcleo sucumbiu ao dilúvio. Começaram a uivar sirenes.
— *Saída de dados!*
— *Ligações de alta velocidade em todos os sectores!*
Susan moveu-se como que num sonho. Voltou-se para o teclado de Jabba. Quando rodou, os olhos prenderam-se-lhe no noivo. Mais uma vez, a voz de David Becker explodiu na sala.
— *Três! A diferença entre duzentos e trinta e oito e duzentos e trinta e cinco é três!*
Todas as cabeças se voltaram para cima.
— *Três!* — gritou Susan, acima da horrível cacofonia de vozes e sirenes. Estava a apontar para o visor. Todos os olhos viram o que apontava, a mão esticada de Tankado, três dedos que se agitavam desesperadamente sob o sol de Sevilha.
Jabba ficou rígido.
— Oh, meu Deus!
Subitamente, compreendia que o génio aleijado estivera a dizer-lhes a resposta desde o início.
— Três é um número primo! — gritou Soshi. — Três é um número primo!
Fontaine parecia aturdido.
— Poderá ser assim tão simples?
— *Saída de dados!* — gritou um técnico. — *Está a ir rapidamente!*
Todos os que estavam na plataforma saltaram para o terminal ao mesmo tempo... uma floresta de mãos estendidas. Mas, através da confusão, foi o dedo de Susan que acertou no alvo. Teclou o número 3. Todas as cabeças se voltaram para o visor. Por cima do caos, dizia simplesmente:

INTRODUZIR *PASSWORD?* 3

— Sim! — gritou Fontaine. — Já!

Susan conteve a respiração e premiu *ENTER*. O computador emitiu um *bip*.

Ninguém se mexeu.

Três angustiantes segundos mais tarde, nada tinha acontecido.

As sirenes continuavam a uivar. Cinco segundos. Seis segundos.

— *Saída de dados!*

— *Nenhuma alteração!*

De súbito, Midge pôs-se a apontar como uma louca para o topo do visor.

— Olhem!

Acabava de aparecer uma mensagem.

CÓDIGO DE CANCELAMENTO CONFIRMADO

— Accionar os *firewalls*! — gritou Jabba.

Soshi estava, no entanto, um passo à frente dele: já tinha enviado a ordem.

— *Saída de dados interrompida!* — gritou um técnico.

— *Ligações cortadas!*

Na RV, o primeiro dos *firewalls* começou a reaparecer. As linhas negras que atacavam o núcleo foram imediatamente cortadas.

— A reinstalar! — gritou Jabba. — O raio da coisa está a reinstalar!

Houve um momento de indecisa incredulidade, como se, de um momento para o outro, tudo pudesse voltar a desmoronar-se. Mas então o segundo *firewall* começou a reaparecer... e depois o terceiro. Momentos mais tarde, o conjunto completo de escudos estava nos respectivos lugares. A base de dados estava salva.

A sala explodiu. Foi o pandemónio. Os técnicos abraçavam-se, atirando para o ar folhas de impressora num atitude de celebração. Brinkerhoff agarrou Midge e não a largou. Soshi desfez-se em lágrimas.

— Jabba — perguntou Fontaine —, conseguiram muita coisa?

— Muito pouco — respondeu Jabba, estudando o monitor. — Muito pouco. E nada completo.

Fontaine assentiu lentamente, com um sorriso difícil a formar-se-lhe no canto da boca. Olhou em redor, à procura de Susan Fletcher, mas já ela se afastava em direcção à parede do fundo, onde o rosto de David Becker enchia o visor.

— David?
— Olá, princesa. — David sorriu.
— Vem para casa — disse ela. — Vem para casa, já.
— Encontramo-nos no Stone Manor?
Ela assentiu, as lágrimas a correrem livremente.
— Combinado.
— Agente Smith — chamou Fontaine.
Smith apareceu no visor, atrás de Becker.
— Sim, senhor?
— Parece que o Dr. Becker tem um encontro marcado. Tome providências para que regresse a casa imediatamente.
Smith assentiu.
— O nosso jacto está em Málaga. — Deu uma palmada nas costas de Becker. — Prepare-se para um tratamento VIP. Já voou num *Learjet 60*?
Becker riu-se.
— Desde ontem, não.

CAPÍTULO CENTO E VINTE E OITO

Quando Susan acordou, o sol brilhava. A luz suave, filtrada pelas cortinas, derramava-se pelo edredão da cama. Estendeu a mão, à procura de David. *Estarei a sonhar?* O seu corpo permaneceu imóvel, exausto, ainda aturdido da noite anterior.

— David?

Não houve resposta. Abriu os olhos, sentindo a pele ainda a vibrar. O lençol ao lado dela estava frio. David tinha desaparecido.

Estou a sonhar. Sentou-se na cama. O quarto era do mais puro vitoriano, todo ele rendas e antiguidades. A melhor *suite* do Stone Manor. O pequeno saco de viagem que arranjara à pressa continuava no chão, onde o deixara... e a *lingerie* que despira continuava em cima da cadeira *Queen Anne*, ao lado da cama.

Teria David realmente chegado? Lembrava-se... o corpo dele contra o dela, ele a acordá-la com doces beijos. Teria sonhado tudo aquilo? Voltou-se para a mesa-de-cabeceira. Havia uma garrafa de champanhe, vazia, duas taças... e uma nota.

Esfregou os olhos, para expulsar o sono, enrolou o edredão à volta do corpo nu e leu a mensagem.

Querida Susan,
  Amo-te.
  Sem cera, David.

Sorriu e apertou a nota contra o peito. Era David, sim. *Sem cera...* o único código que ela nunca conseguira decifrar.

Deu-se um movimento no canto do quarto e ela ergueu os olhos. Sentado num confortável sofá, a saborear o calor do sol matinal, envolto num grosso roupão de quarto, David Becker contemplava-a tranquilamente. Ela estendeu as mãos, a chamá-lo.

— Sem cera? — murmurou, enlaçando-lhe o pescoço.

— Sem cera — confirmou ele, e sorriu.

Ela beijou-o apaixonadamente.

— Diz-me o que significa.

— Nem penses — riu-se. — Um casal precisa de ter os seus segredos... mantém as coisas interessantes.

Ela sorriu maliciosamente.

— Mais interessantes do que ontem à noite e nunca mais vou conseguir voltar a andar.

David abraçou-a. Sentia-se como se não tivesse peso. Quase morrera no dia anterior e, no entanto, ali estava, mais vivo do que alguma vez estivera em toda a sua vida.

Susan estava deitada, com a cabeça apoiada no peito dele, a sentir o bater do coração. Nem queria crer que pensara tê-lo perdido para sempre.

— David — suspirou, olhando para a nota em cima da mesa-de-cabeceira. — Diz-me o que quer dizer «sem cera». Sabes bem que detesto códigos que não consiga decifrar.

David permaneceu silencioso.

— Diz-me — amuou ela. — Ou nunca mais me deito contigo.

— Mentirosa.

Susan bateu-lhe com uma almofada.

— Diz-me! Imediatamente!

David sabia, porém, que nunca lhe diria. O segredo por detrás de «sem cera» era demasiado doce. As suas origens eram antigas. Durante a Renascença, os escultores espanhóis que cometiam erros ao esculpir o precioso, e caro, mármore disfarçavam frequentemente o resultado desses erros com cera. Uma estátua sem defeitos, que não precisasse de remendos, era exaltada como sendo uma «escultura *sin cera*», «sem cera». A expressão acabara por se aplicar a tudo o que fosse honesto e verdadeiro. A palavra «sincero» evoluíra a partir do espanhol «sin cera». O código secreto de David não era grande mistério: limitava-se a rematar as suas cartas com «sinceramente». Fosse lá pelo que fosse, suspeitava de que Susan não ia achar muita graça.

— Vais gostar de saber — disse, tentando mudar de assunto —, que durante o voo para cá, telefonei ao reitor da universidade.

Susan ergueu a cabeça, esperançada.

— Diz-me que renunciaste à direcção do departamento.

David assentiu.

— No próximo semestre, estou de volta às aulas.

Susan suspirou de alívio.

— De onde nunca devias ter saído.

David sorriu, suavemente.

— Sim. Acho que Espanha me recordou o que é verdadeiramente importante.

— Voltas então ao duro trabalho de destroçar os corações de jovens universitárias? — Susan beijou-o na face. — Bem, pelo menos vais ter tempo para me ajudar a rever o meu manuscrito.

— Manuscrito?

— Sim. Decidi publicar.

— Publicar? — David parecia cada vez mais confuso. — Publicar *o quê?*

— Umas ideias que tenho a respeito de protocolos de filtro e resíduos quadráticos.

— Vai ser um autêntico *best-seller* — gemeu ele.

Ela riu-se.

— Nem tu imaginas.

David procurou no bolso do roupão e tirou de lá um pequeno objecto.

— Fecha os olhos. Tenho uma coisa para ti.

Susan fechou os olhos.

— Deixa-me adivinhar: um bonito anel de ouro cheio de palavras em latim?

— Não. — David riu-se. — Pedi ao Fontaine que o devolvesse ao espólio de Ensei Tankado. — Pegou na mão de Susan e enfiou-lhe qualquer coisa no dedo.

— Mentiroso. — Susan riu-se, abrindo os olhos. — Eu sabia...

Calou-se, surpreendida. O anel que tinha no dedo não era o de Tankado. Era de platina, com um refulgente solitário de diamante.

Ofegou, surpreendida.

David olhou-a nos olhos.

— Casas comigo?

Susan sentiu a respiração prender-se-lhe na garganta. Olhou para ele e depois outra vez para o anel. Subitamente, tinha os olhos húmidos.

— Oh, David... nem sei o que dizer.

— Diz que sim.

Susan voltou a cabeça e não disse palavra.

David esperou.

— Susan Fletcher. Amo-te. Casa comigo.

Susan ergueu a cabeça. Os olhos encheram-se-lhe de lágrimas.

— Lamento tanto, David — murmurou. — Não... não posso.

David teve um sobressalto de choque. Sondou-lhe os olhos, à procura do brilho de brincadeira que se habituara a esperar dela. Não estava lá.

— S...Susan — gaguejou. — Não... não compreendo.

— Não posso — repetiu ela. — Não posso casar contigo. — Voltou-lhe as costas. Os ombros dela começaram a tremer. Escondeu o rosto nas mãos.

David estava estupefacto.

— Mas... Susan... pensava... — Agarrou-lhe os ombros que tremiam e obrigou-a a voltar-se para ele. Foi então que compreendeu. Susan Fletcher não estava a chorar; estava histérica de riso.

— Não caso contigo! — gritou, atacando-o de novo com a almofada. — Não caso enquanto não me explicares o que quer dizer «sem cera»! Estás a dar comigo em *doida!*

EPÍLOGO

Diz-se que, na morte, tudo se torna claro. Tokugen Numataka sabia agora que era verdade. Ali de pé, ao lado do caixão na alfândega de Osaca, experimentou uma amarga clarividência que nunca tinha conhecido. A sua religião falava de círculos, da interconectividade da vida, mas Numataka nunca tivera tempo para a religião.

Os funcionários da alfândega tinham-lhe entregado um sobrescrito cheio de papéis de adopção e certidões de nascimento. «É o único parente vivo deste jovem», tinham-lhe dito. «Não foi nada fácil encontrá-lo.»

A mente de Numataka recuou trinta e dois anos, até àquela noite de chuva, até à enfermaria de hospital onde abandonara o filho deformado e a mulher moribunda. Fizera-o em nome do *menboku* — honra —, que agora não passava de uma sombra vazia.

Havia um anel de ouro junto dos papéis. Tinha gravadas palavras que Numataka não compreendia. Não fazia diferença; para si, as palavras já tinham perdido o seu significado. Abandonara o seu único filho. E, agora, a mais cruel das sortes tornara a juntá-los.

ÍNDICE

PRÓLOGO	11
Capítulo Um	13
Capítulo Dois	16
Capítulo Três	17
Capítulo Quatro	31
Capítulo Cinco	37
Capítulo Seis	46
Capítulo Sete	50
Capítulo Oito	58
Capítulo Nove	60
Capítulo Dez	64
Capítulo Onze	71
Capítulo Doze	76
Capítulo Treze	80
Capítulo Catorze	82
Capítulo Quinze	84
Capítulo Dezasseis	87
Capítulo Dezassete	90
Capítulo Dezoito	93
Capítulo Dezanove	95
Capítulo Vinte	99
Capítulo Vinte e Um	102
Capítulo Vinte e Dois	104
Capítulo Vinte e Três	114
Capítulo Vinte e Quatro	120
Capítulo Vinte e Cinco	124
Capítulo Vinte e Seis	126
Capítulo Vinte e Sete	128
Capítulo Vinte e Oito	131
Capítulo Vinte e Nove	135
Capítulo Trinta	141
Capítulo Trinta e Um	144
Capítulo Trinta e Dois	148
Capítulo Trinta e Três	154
Capítulo Trinta e Quatro	156
Capítulo Trinta e Cinco	160
Capítulo Trinta e Seis	165
Capítulo Trinta e Sete	170
Capítulo Trinta e Oito	172

Capítulo Trinta e Nove	174
Capítulo Quarenta	176
Capítulo Quarenta e Um	180
Capítulo Quarenta e Dois	182
Capítulo Quarenta e Três	184
Capítulo Quarenta e Quatro	189
Capítulo Quarenta e Cinco	193
Capítulo Quarenta e Seis	196
Capítulo Quarenta e Sete	198
Capítulo Quarenta e Oito	204
Capítulo Quarenta e Nove	206
Capítulo Cinquenta	208
Capítulo Cinquenta e Um	210
Capítulo Cinquenta e Dois	214
Capítulo Cinquenta e Três	217
Capítulo Cinquenta e Quatro	218
Capítulo Cinquenta e Cinco	220
Capítulo Cinquenta e Seis	224
Capítulo Cinquenta e Sete	226
Capítulo Cinquenta e Oito	228
Capítulo Cinquenta e Nove	232
Capítulo Sessenta	235
Capítulo Sessenta e Um	237
Capítulo Sessenta e Dois	240
Capítulo Sessenta e Três	245
Capítulo Sessenta e Quatro	248
Capítulo Sessenta e Cinco	251
Capítulo Sessenta e Seis	256
Capítulo Sessenta e Sete	258
Capítulo Sessenta e Oito	260
Capítulo Sessenta e Nove	263
Capítulo Setenta	266
Capítulo Setenta e Um	268
Capítulo Setenta e Dois	269
Capítulo Setenta e Três	273
Capítulo Setenta e Quatro	275
Capítulo Setenta e Cinco	279
Capítulo Setenta e Seis	286
Capítulo Setenta e Sete	287
Capítulo Setenta e Oito	290
Capítulo Setenta e Nove	292
Capítulo Oitenta	294
Capítulo Oitenta e Um	302
Capítulo Oitenta e Dois	306
Capítulo Oitenta e Três	310
Capítulo Oitenta e Quatro	312

Capítulo Oitenta e Cinco	313
Capítulo Oitenta e Seis	320
Capítulo Oitenta e Sete	327
Capítulo Oitenta e Oito	330
Capítulo Oitenta e Nove	334
Capítulo Noventa	336
Capítulo Noventa e Um	338
Capítulo Noventa e Dois	341
Capítulo Noventa e Três	344
Capítulo Noventa e Quatro	346
Capítulo Noventa e Cinco	348
Capítulo Noventa e Seis	351
Capítulo Noventa e Sete	355
Capítulo Noventa e Oito	356
Capítulo Noventa e Nove	358
Capítulo Cem	360
Capítulo Cento e Um	364
Capítulo Cento e Dois	366
Capítulo Cento e Três	369
Capítulo Cento e Quatro	372
Capítulo Cento e Cinco	374
Capítulo Cento e Seis	376
Capítulo Cento e Sete	377
Capítulo Cento e Oito	380
Capítulo Cento e Nove	383
Capítulo Cento e Dez	388
Capítulo Cento e Onze	393
Capítulo Cento e Doze	394
Capítulo Cento e Treze	396
Capítulo Cento e Catorze	398
Capítulo Cento e Quinze	400
Capítulo Cento e Dezasseis	402
Capítulo Cento e Dezassete	406
Capítulo Cento e Dezoito	410
Capítulo Cento e Dezanove	412
Capítulo Cento e Vinte	414
Capítulo Cento e Vinte e Um	418
Capítulo Cento e Vinte e Dois	420
Capítulo Cento e Vinte e Três	421
Capítulo Cento e Vinte e Quatro	423
Capítulo Cento e Vinte e Cinco	425
Capítulo Cento e Vinte e Seis	430
Capítulo Cento e Vinte e Sete	433
Capítulo Cento e Vinte e Oito	438
EPÍLOGO	442